LAS HIJAS DE LAS FLORES

TESSA COLLINS

LAS HIJAS DE LAS FLORES

Traducción de
Ana Duque de Vega

PLAZA JANÉS

Papel certificado por el Forest Stewardship Council®

Título original: *Die Blumentöchter*

Primera edición: marzo de 2025

© Ullstein Buchverlage GmbH, Berlin
Publicado en 2024 por Ullstein Taschenbuch Verlag
© 2025, Penguin Random House Grupo Editorial, S. A. U.
Travessera de Gràcia, 47-49. 08021 Barcelona
© 2025, Ana Duque de Vega, por la traducción

Penguin Random House Grupo Editorial apoya la protección de la propiedad intelectual. La propiedad intelectual estimula la creatividad, defiende la diversidad en el ámbito de las ideas y el conocimiento, promueve la libre expresión y favorece una cultura viva. Gracias por comprar una edición autorizada de este libro y por respetar las leyes de propiedad intelectual al no reproducir ni distribuir ninguna parte de esta obra por ningún medio sin permiso. Al hacerlo está respaldando a los autores y permitiendo que PRHGE continúe publicando libros para todos los lectores. De conformidad con lo dispuesto en el artículo 67.3 del Real Decreto Ley 24/2021, de 2 de noviembre, PRHGE se reserva expresamente los derechos de reproducción y de uso de esta obra y de todos sus elementos mediante medios de lectura mecánica y otros medios adecuados a tal fin. Diríjase a CEDRO (Centro Español de Derechos Reprográficos, http://www.cedro.org) si necesita reproducir algún fragmento de esta obra.
En caso de necesidad, contacte con: seguridadproductos@penguinrandomhouse.com

Printed in Spain – Impreso en España

ISBN: 978-84-01-03613-2
Depósito legal: B-737-2025

Compuesto en La Nueva Edimac, S. L.

Impreso en Black Print CPI Ibérica,
Sant Andreu de la Barca (Barcelona)

L036132

Dedicado a mis hijos

Árbol genealógico

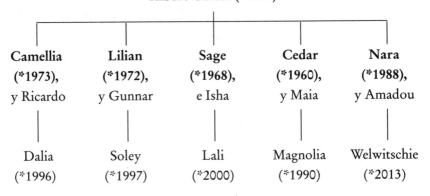

«Las flores son las palabras más bellas de la naturaleza».

Johann Wolfgang von Goethe

Prólogo

Cornualles

Rose no pudo evitar parpadear al alzar la vista hacia el sol deslumbrante. Había estado lloviznando durante toda la mañana y una húmeda neblina desplegaba su pesado manto sobre el paisaje, pero justo a la hora del té el tiempo por fin había concedido una tregua. El gris de aquel cielo de agosto dio paso a un azul limpio de nubes que hacía brillar el esplendor floral del jardín de Blooming Hall.

Lilian y Nara, las hijas de Rose de mayor y menor edad respectivamente, se habían pasado toda la mañana encerradas en la cocina preparando un exquisito banquete para celebrar los ochenta y cinco años que ese día cumplía su madre. En el salón de la antigua mansión, todos pudieron degustar el tierno cordero asado con zanahorias rehogadas y coles de Bruselas al vapor, y después salieron a la terraza. El menú había estado a la altura de los mejores restaurantes de la zona.

Con motivo de la celebración, Lilian había rescatado del armario el mantel blanco de su abuela paterna. Delicados bordados enmarcaban la exquisita tela de grueso lino. Aquel elegante mantel era una pieza antigua muy fina que se reservaba para ocasiones muy especiales, pero ¡quién sabía cuántos cumpleaños más podría celebrar Rose! A su edad había que festejarlo todo.

Rose sintió que la invadía la tristeza; era el primer cumpleaños que celebraba sin su amado esposo. Hacía semanas que temía la llegada de ese día. En esta ocasión Albert no le llevaría el desayuno a la cama, tal como había hecho durante décadas, y tendría que empezar ese día especial por primera vez sin su tierno abrazo. Echaba muchísimo de menos a su marido. Cada día, cada hora, cada minuto, cada segundo de su vida.

Rose sabía que era una mujer afortunada al haber conocido y amado al hombre de su vida hacía ya tantas décadas. Y era consciente de que había podido experimentar algo que muchas otras personas no lo habían vivido jamás. Justamente por eso la repentina muerte de su marido el año anterior fue tan dolorosa. Al acabar el día se habían acostado juntos en la cama y él le había rozado los labios con un beso, tal como había hecho todas las noches desde hacía sesenta años. «Buenas noches, mi maravillosa rosa». Esas fueron las últimas palabras que le dirigió.

En algún momento de la noche su corazón había dejado de latir. Albert murió en paz mientras dormía, sin dolor ni sufrimiento. Había conservado su mente ágil hasta el final. Exactamente como él habría deseado. Sin embargo, cuando Rose se dio cuenta a la mañana siguiente de que su marido se había ido para siempre, se le rompió el corazón. Se preguntó cómo podría continuar con su vida, hasta entonces marcada por la relación maravillosa que tenía con él. Le pareció que había pasado una eternidad hasta que pudo volver a sentir algo de alegría.

Sumida en sus pensamientos, Rose dejó vagar la mirada por la terraza. Tras la muerte de Albert sintió el amor incondicional de toda su familia, que no dejaron de apoyarla en todo momento. Sus hijos y nietos se esforzaron por infundirle nuevos ánimos para seguir adelante. Se encargaron de cocinar para ella y la convencieron de que era importante salir, algo que al principio no le apetecía hacer en absoluto. Sin embargo, al mirar hacia atrás, se alegraba de haberse animado a hacer excursiones con ellos; esos pequeños pasos la ayudaron a reintegrarse de nuevo en la vida.

Una de sus nietas, Soley, le había dedicado una canción, y otra, Dalia, había asumido esa mañana la costumbre de Albert, y le había llevado a la cama un desayuno digno de una princesa.

Al evocar aquellos recuerdos Rose se sentía tremendamente agradecida. Durante su infancia y juventud no lo había tenido nada fácil. Se había visto obligada a luchar mucho, superar obstáculos y empezar de nuevo varias veces. Pero cuando conoció a Albert toda su vida cambió, especialmente con la llegada de sus cinco maravillosos hijos.

Al acordarse de su hija Camellia, fallecida hacía veintiocho años, se enjugó sigilosamente una lágrima de la comisura del ojo. Un hijo nunca debería morir antes que sus padres, pero no habían podido evitar la tragedia. A pesar de que había pasado mucho tiempo, el dolor provocado por la terrible pérdida seguía anclado en lo más profundo de su corazón.

—Bueno, abuela, ¿está rico tu pastel de cumpleaños? —preguntó Dalia mientras le guiñaba un ojo.

Rose se esforzó por esbozar una sonrisa.

—Absolutamente delicioso. Eres una excelente cocinera.

—Gracias, me alegro mucho de que te guste —respondió Dalia antes de seguir conversando con su prima Welwitschie. La hija de Nara, de once años, era la nieta más joven de Rose.

—Mamá, ¿quieres un poco más de té? —Lilian estaba de pie a su lado con la tetera de porcelana blanca en la mano, y la miraba expectante.

Rose alzó la vista.

—Si no te parece demasiado temprano, preferiría un poco de sidra.

Cedar, su hijo mayor, que estaba sentado a su lado, le dedicó a su hermana una amplia sonrisa.

—Mamá solo cumplirá ochenta y cinco años una vez. Y té puede tomarlo cada día.

Lilian puso los ojos en blanco, pero volvió la cabeza hacia la puerta de la terraza por encima de su hombro y exclamó:

—¡Gunnar, ¿puedes traer por favor dos botellas de sidra cuando vuelvas?!

Del interior de la casa salió un bramido ininteligible.

—Eso debe de querer decir que sí —aclaró Lilian riendo, y luego volvió a sentarse junto a su hija Soley.

Rose observó pensativa a su nieta. Soley, de cabello rubio y piel clara, había alcanzado un éxito inusitado como cantante a una edad temprana, y aunque ella no lograba entender su música, sí reconocía la magia que emanaba de su voz. Sin embargo, hoy parecía distraída y nerviosa mientras conversaba en voz baja con su madre. Rose sentía que Soley, al igual que sus primas Dalia y Lali, aún no había encontrado su verdadero propósito en la vida. A diferencia de Magnolia, la mayor de sus nietas, quien parecía tener claro lo que era importante, sus tres nietas medianas se mostraban inseguras e inquietas, todavía en busca de su propio camino.

Mientras Rose paseaba la vista por la propiedad, con sus numerosos parterres, macizos de flores, extensiones de césped de un verde luminoso y coloridos y exuberantes jardines, empezó a sumergirse cada vez más en sus cavilaciones. ¿Acaso sería culpa suya que las tres jóvenes todavía no hubieran encontrado la felicidad? Por supuesto que Soley disfrutaba de la fama, la atención y los privilegios que conllevaba el hecho de ser una «estrella». No podía ser de otro modo a su edad. Y Dalia se entregaba en cuerpo y alma a cada nueva campaña publicitaria destinada a promocionar el centro de jardinería. Por su parte, Lali podía pasarse horas estudiando las hierbas aromáticas y medicinales que se cultivaban para su venta en Blooming Hall. Rose la observaba con frecuencia mientras deambulaba entre los arriates y por los invernaderos. Y, sin embargo, las tres parecían seguir buscando. Durante sus conversaciones con ellas, a Rose le parecía percibir siempre cierta insatisfacción. Lo que más deseaba era poder seguir acompañándolas en sus próximos pasos.

Miró a Maia, la mujer de Cedar. Cuán vulnerable e insegura parecía el día anterior durante el breve paseo que hicieron todos juntos por la extensa propiedad. Y cuánta confianza en sí misma, en cambio, demostraba tener su hija Magnolia. ¿Qué le habría dicho Albert de haber podido pasar aquellos últimos días con toda la familia? Rose apretó los labios. Sabía exactamente lo que le aconsejaría, justo lo mismo que le había repetido durante tanto tiempo: que debería acabar con el secretismo de una vez por todas. Su marido aborrecía profundamente las mentiras, los engaños y los fraudes. Para él la sinceridad y la transparencia eran fundamentales, especialmente en el seno de la familia.

Pero ¿realmente era ella una mentirosa? Cerró los ojos brevemente mientras se enfrentaba a los recuerdos. Durante todos aquellos años solo había querido proteger a su familia: a sus hijos, a sus nueras y yernos, a sus nietas. Se había guardado para sí algunas cosas para evitarles sufrimiento a las personas a las que más quería. En ningún caso había sido su intención hacerles daño. En ocasiones la verdad simplemente no es necesaria, ya que en última instancia las personas tienen que soportarla y vivir con ella. Rose no había mentido ni tampoco engañado. Nunca. Con Albert había sido siempre sincera. Su esposo era el único que lo sabía todo de ella. Entre ellos no había habido ningún secreto hasta el último día.

—Mamá, ¿no te parece que es un día bonito?

Rose abrió los ojos. Nara la miraba con un brillo de alegría en sus ojos.

—Es un día fantástico, Nara. Habéis conseguido que este cumpleaños sea algo muy especial. Os lo agradezco de todo corazón, a todos. —Carraspeó al darse cuenta de que los demás habían interrumpido sus conversaciones y ahora las miraban a ambas—. Ya que estáis escuchando, me gustaría deciros que estoy muy contenta de que hayáis venido todos. —Rose buscó a Cedar con la mirada—. Valoro profundamente que hayáis hecho el largo viaje desde California. —Alzó la mano derecha hacia el cielo—. Vuestro padre seguro que nos está mirando desde ahí arriba. Y nos ha regalado esta tarde el mejor tiempo posible en Cornualles. Probablemente sea esa su forma de felicitarme. —Rose sonrió—. Le echo de menos todos los días, pero me siento muy afortunada de teneros aquí conmigo. —Alzó la copa colmada de sidra que Gunnar le había servido, y todos los miembros de la familia brindaron en su honor.

—¡A tu salud, mamá!

—¡Por la mejor abuela del mundo!

—¡A tu salud, abuela!

En ese momento lo único que podía sentir Rose era una profunda gratitud. Su familia tenía salud, sus nietas se hallaban en el mejor camino para ser dueñas de su propia vida. Y, además, vivía en un auténtico paraíso.

Rose amaba el centro de jardinería y también Blooming Hall, la vieja mansión. Durante su larga vida había podido hacer lo que más le gustaba y más satisfacción le proporcionaba: cultivar nuevas plantas, cuidar aquellas más delicadas y ocuparse de todas las demás tareas relacionadas con la jardinería. Había encontrado su lugar. Hasta ese día.

Observaba ensimismada el arriate en el que había plantado flores para su familia. Las hierbas aromáticas, los árboles y las plantas de toda clase, pero, sobre todo, las flores, desde siempre le habían ofrecido consuelo en las circunstancias más difíciles. Su perfume embriagador y su apacible belleza habían acompañado a Rose desde su más tierna infancia. La simbiosis existente entre ella y las flores durante toda su vida había sido maravillosa.

—Abuela, ¿no querías elegir conmigo las flores para la escuela? —Welwitschie se inclinó hacia ella por encima de la mesa con los ojos brillantes de entusiasmo.

—Hoy no, cariño —amonestó Nara a su hija en voz suave—. Hoy es un día especial para la abuela.

—No pasa nada, Nara. —Rose hizo un gesto con la cabeza a su nieta más joven—. ¿Qué te parece si vamos juntas con Lali y Soley dentro de un rato a ver qué flores son las más adecuadas para vuestra fiesta?

—Yo también os acompaño —anunció Dalia—. Después de todo, tendré que diseñar el cartel para la celebración.

Rose asintió.

—Por supuesto.

—¿No será demasiado para ti, mamá? —El rostro de Lilian expresaba ahora preocupación.

—Todavía no estoy muerta —respondió Rose en tono cortante.

Lilian suspiró.

—Como tú quieras.

Rose reafirmó sus palabras con un nuevo movimiento de cabeza.

—¡Claro que quiero! —A continuación, le guiñó un ojo a Welwitschie—. Un poco más tarde —le dijo en un susurro conspiratorio.

En cuanto las conversaciones se reanudaron a su alrededor, Rose volvió a sumirse en sus pensamientos. ¿Cuánto tiempo de vida le quedaría? La muerte de Albert le había hecho ver cuán repentina podría ser la suya. Un día estaba planeando con él los cultivos de la próxima estación, y al siguiente ya no estaba en este mundo.

Le parecía oír la voz de su marido diciéndole «Tienes que acabar con ese eterno secretismo». ¿Acaso tendría razón? Rose examinó discretamente a su familia. Lilian y Gunnar, que trabajaban en el centro de jardinería desde hacía años y mantenían el negocio en funcionamiento, y su hija Soley, que se había ganado el corazón de tantas personas con su voz. A su lado, la temperamental Dalia, a quien Rose y Albert habían criado tras la muerte de Camellia como si fuera su propia hija. Lali, la más tímida, que después de tantos años seguía sufriendo por la inesperada desaparición de su madre, aunque su padre no se cansara de decir que su hija era lo que más quería por encima de todo. Rose escudriñó a su hijo Cedar, que en ese momento estaba conversando con su mujer, Maia. A su lado estaba sentada su hija Magnolia, que hablaba con Nara, mientras el tesoro más joven de Rose, Welwitschie, su rayo de sol como le gustaba llamarla, intentaba resolver un rompecabezas con una expresión de suma concentración.

Rose los quería a todos y cada uno de ellos tal y como eran, con sus debilidades y sus fortalezas. Eran tan distintos como las flores de las innumerables plantas que cultivaban. No solo por su aspecto, sino también por su carácter. Rose amaba a aquellas personas en su diversidad y variedad. Cada una de ellas enriquecía a su manera su propia vida. No siempre estaban de acuerdo, pero ¿acaso no eran esas miradas distintas, la discrepancia de opiniones, lo que importaba en la vida?

Era consciente de que había ocultado muchas cosas a sus seres más queridos. ¿Por qué no había puesto las cartas sobre la mesa hacía ya tiempo? Con Albert a su lado le habría resultado mucho más fácil. ¿Realmente quería llevarse todos aquellos secretos a la tumba? ¿A quién podrían resultarle de ayuda entonces? Rose era consciente de sus sentimientos encontrados. Aquellos pensamientos ciertamente no eran los más idóneos para aquel día, y le daba un poco de rabia que justamente en su cumpleaños le remordiera su mala conciencia.

—Pareces pensativa, mamá —señaló Nara—. ¿Estás pensando en papá?

Rose titubeó. Se pasó la lengua por el labio inferior con nerviosismo. ¿Quizá había llegado el momento apropiado? Ahora estaban todos ahí reunidos, y sería fácil conversar con sus hijos y nietos, uno por uno, y contarles aquello que le pesaba desde hacía tantos años. Pero ¿cómo reaccionarían? ¿No era tal vez demasiado tarde para contar toda la verdad?

Rose tragó saliva.

—¿Mamá? —Lilian también parecía un poco preocupada—. ¿Qué te pasa?

Ahora. O nunca. O en algún otro momento. Rose movió la cabeza lentamente de arriba abajo.

—Nada, es solo… Estaba pensando en vuestro padre.

Nara posó una mano sobre el antebrazo de su madre y lo apretó con delicadeza.

—Ay, mamá. Él siempre estará con nosotros. —Se llevó la otra mano a su propio corazón—. Aquí dentro.

Rose volvió a asentir.

—Tienes razón, cariño. —¡Qué miserable cobarde estaba hecha!—. No hay razón para estar triste en este maravilloso día. —Se obligó a sonreír.

—Querías muchísimo a papá. —También Lilian rozó suavemente el hombro de su madre—. No debe de ser fácil dejar atrás toda una vida compartida.

La mala conciencia volvió a acuciar a Rose por poner a Albert como pretexto para no tener que hablar del pasado.

—Enseguida se me pasará —dijo con voz ahogada.

Había esperado demasiado, y en ese momento se dio cuenta de que no iba a ser capaz de revelar a sus hijos lo que les había ocultado durante tantos años. Tendría que encontrar otra manera de compartir con ellos todo lo que sabía. ¡Ay, si Albert estuviera ahora con ella! Él sabría qué aconsejarla. Pero Rose había ignorado su advertencia durante demasiado tiempo, y había apartado de su mente el hecho de que no era inmortal. Y ahora estaba ahí, sentada al lado de las personas a las que más quería en el mundo, y no tenía el valor de ser sincera. No tenía el valor de ser honesta consigo misma y con aquellos a los que sentía más cercanos. Necesitaba encontrar la forma de hacerlo. Tal vez no hoy ni mañana, pero quizá la semana siguiente, o la siguiente, o…

1

Seis meses después

—Sigo sin poder creérmelo —dijo la señora Cones sacudiendo la cabeza de un lado a otro—. Conozco a Rose desde que me mudé a Saint Ives hace cincuenta años. —Se tomó unos instantes para reflexionar—. Sí, deben de haber pasado cincuenta años desde entonces. Me acuerdo perfectamente de cuando tu abuela se puso en contacto conmigo para preguntarme si quería que ella y Albert fueran mis proveedores de flores. —Suspiró—. Ay, quiero decir que parece que fue ayer, y sin embargo…

Dalia no podía ni imaginar qué se debía sentir al mirar atrás cincuenta años, nada menos que medio siglo. Tendría que recorrer el resto del camino de su vida por sí misma sin la compañía de su abuela. Tuvo que esforzarse por contener las lágrimas.

—La abuela era… la persona más cariñosa que he conocido —dijo Dalia tragando saliva.

Greta Cones la miró con empatía.

—Hace dos semanas me la encontré en Three Horses. Estuvimos charlando un rato sobre esta maldita niebla que se extiende sobre Cornualles desde hace semanas y sobre la próxima temporada de siembra. —Se enjugó los ojos—. Voy a echarla mucho de menos.

—Yo también —respondió la joven con gran tristeza. Hacía una semana que su abuela había fallecido, y Dalia todavía no podía ni imaginar cómo iba a salir adelante sin ella. Primero el abuelo y ahora, tan solo unos pocos meses después, también la abuela. En muy poco tiempo había visto cómo su vida se tambaleaba. Se sentía tan vacía y desesperanzada como nunca antes.

—Por lo menos tuvo una muerte hermosa, si es que se puede describir así —continuó Greta Cones—. Acostarse para hacer la siesta y no volver a despertar… No se puede desear nada mejor. No sirve de consuelo, por supuesto, pero…

Dalia asintió. Se sentía agradecida por la apacible muerte de su abuela. Cuántos abuelos de conocidos y amigos suyos estaban en residencias abarrotadas donde llevaban una triste existencia día tras día. Muchos no sabían qué día de la semana era y ni siquiera reconocían a su propia familia.

La abuela, en cambio, había podido permanecer en su querido hogar hasta el final. Hasta el último día había deambulado entre los parterres, había preguntado por el estado de los pedidos a Lilian y a Gunnar, y a Nara por los nuevos cultivos. Tenía un espacio propio donde había plantado, abonado y cuidado las flores para sus hijos y nietas, y se deleitaba con su colorido y la variedad de aromas. Dalia sabía que las flores lo habían sido todo para su abuela. «El amor ilumina el corazón y las flores iluminan la vida», le gustaba decir.

El hecho de que esa persona tan querida para ella ya no estuviera en el mundo casi le rompía el corazón. Nunca más volvería a saborear los deliciosos bollitos que preparaba su abuela, ni a tomar con ella en el salón o la terraza el té con leche típico de Cornualles que tanto les gustaba.

—Ella seguirá cuidándote desde donde esté —intentó consolarla Greta Cones—. La familia era lo más importante para Rose. Erais su vida, su mayor alegría. Su felicidad.

A Dalia se le hizo un nudo en la garganta.

—Era la mejor —consiguió decir finalmente con dificultad.

La señora Cones volvió tras el mostrador de su floristería y tomó en sus manos el montón de bocetos que Dalia le había imprimido, ya que la anciana no sabía desenvolverse en internet ni con ningún otro medio digital.

—Muy buen trabajo, Dalia. —La señora Cones deslizó sonriente el dedo índice por la primera ilustración—. No me entero de nada de estas cosas, aunque mi hijo opina que debería ponerme al día.

—Su hijo tiene razón. La presencia en internet hoy en día es imprescindible para cualquier negocio.

La señora Cones suspiró.

—Muchos de mis clientes tienen mi edad. Saben muy bien la calidad que ofrezco. No acabo de entender qué sentido tiene ahora adoptar estas cosas modernas.

Dalia no pudo evitar sonreír.

—Estas cosas modernas, como usted dice, pueden ayudar a conseguir muchos nuevos clientes. Por ejemplo, gente más joven, a la que también le interesen las flores.

Greta Cones hojeó los bocetos.

—Sí que me gustan. Estoy convencida de que la página web quedará preciosa. Y seguro que perjudicial no será.

—Para nada —ratificó Dalia con convicción.

—Bien, entonces adelante.

Tras hablar de los próximos pasos que había que seguir, Dalia se despidió de la anciana y salió de la floristería.

Ya en la calle, escribió un mensaje a Nara diciéndole que había acabado. Ambas habían viajado juntas hasta Saint Ives, una localidad situada en la costa atlántica del norte de Cornualles, famosa por haber inspirado a muchos artistas, llena de galerías y alfarerías. Nara tenía que entregar tres palmeras por la zona, y Dalia había aprovechado la ocasión para hablar por fin con la señora Cones sobre la nueva página web. Habían quedado en encontrarse en la playa de Porthminster cuando acabaran sus respectivas tareas.

Al llegar a la playa, Dalia reconoció a su tía desde lejos. La espesa bruma que se había extendido en las horas matutinas se iba disipando cada vez más. Aquí y allá se podían distinguir pequeñas franjas de cielo azul sobre un mar enfurecido. Había marea alta y enormes olas rompían contra la arena. Sobre la superficie del agua danzaba la espuma.

Nara miró a su sobrina.

—¿Cómo ha ido? ¿Has tenido éxito?

—La señora Cones ha decidido abrazar la modernidad.

Dalia esbozó una sonrisa.

—¿La modernidad? —Nara sacudió de un lado a otro la cabeza—. Las páginas web hace mucho que son la norma.

—Ya, pero la señora Cones tiene más de setenta años.

Nara cogió del brazo a Dalia.

—Demos un paseo. En el centro de jardinería me espera mucho trabajo. Necesito sentir un poco más el mar a mi alrededor y notar la sal en la nariz.

Dalia reprimió una risita ahogada.

—¿Mar y sal? Más bien niebla y arena en los ojos.

—Oh, vamos, disfruta del típico clima de Cornualles.

Dalia aspiró profundamente.

—A la abuela le encantaba esta niebla. Siempre decía que le daba al paisaje un aire místico.

—Y el abuelo la odiaba —prosiguió Nara mientras avanzaban por la playa casi desierta y entornaban los ojos a causa del viento, que les hacía lagrimear—. Aunque era un auténtico córnico. Es curioso, ¿no?

Dalia se encogió de hombros.

—Al abuelo le gustaba el sol, y en cambio para la abuela veinticinco grados ya era demasiado calor. Eso no lo puedo comprender. Yo preferiría estar a más de treinta grados en verano.

—Eran tan diferentes —comentó Nara, pensativa. Se detuvo un momento—. Y, sin embargo, resultaba evidente en todo momento cuánto se querían. Lo unidos que se sentían. Dos mitades de un todo. Prácticamente nunca discutían.

—¿Te acuerdas de cómo se rompió la pierna la abuela? ¿Cuando quería podar los frutales y se cayó de la escalera?

—Claro que me acuerdo. De eso debe hacer ya más de diez años.

Dalia asintió.

—Yo estaba todavía en el colegio. Hace una eternidad. El abuelo la subía cada noche a la planta de arriba, durante semanas, porque no quería que durmiera sola abajo.

—Y la abuela le reñía preguntándole si se había olvidado de la edad que tenía, que ya no era un adolescente. —Nara profirió una risita—. Era un espectáculo digno de ver.

Dalia no pudo evitar reír también al traer a la mente el alboroto que había montado la abuela.

—Juntos eran maravillosos.

—Una pareja feliz —confirmó Nara en voz baja.

Dalia miró a su tía de reojo y descubrió lágrimas en sus ojos. Tomó la mano de Nara y la apretó con suavidad.

—¿Crees que algún día experimentaremos algo parecido? —preguntó Dalia desviando la mirada a lo lejos, hacia el mar. El viento azotaba la espuma de las olas con toda su fuerza sobre la playa, y diminutas gotas cubrían el rostro de la joven. El rugido y el estruendo del océano ahogaban todo lo demás.

—Yo seguro que no —anunció Nara con voz sepulcral.

Dalia le acarició el brazo.

—Tú también te mereces ser feliz. ¡Más que nadie!

—¡Qué va, soy demasiado vieja! —replicó Nara, mientras sacaba un pañuelo del bolsillo de la chaqueta y se secaba los ojos.

—Demasiado vieja. —Dalia torció los labios en un gesto reprobatorio—. Solo nos llevamos unos pocos años.

Nara agitó la mano como desechando la idea.

—Tengo a Welwitschie. No necesito a nadie más para ser feliz.

—En eso tienes razón —corroboró Dalia—. Welwitschie es la hija más dulce y cariñosa que se puede imaginar. —La niña esbelta de largos cabellos ondulados era como mínimo tan hermosa como su madre. E igual de inteligente.

—Dime, querida, ¿te apetece un té con leche y bollos? —Nara cogió la mano de Dalia y la miró alzando las cejas.

—Eso siempre.

Cuando ambas regresaron a Blooming Hall por la tarde, una espesa niebla había vuelto a posarse sobre la propiedad. Hacía ya algún tiempo que Dalia había hablado con Nara sobre la posibilidad de renovar el estilo de la tienda, y se había mostrado dispuesta a elaborar con su programa de diseño gráfico algunos bocetos para la decoración de las paredes. Decidió retirarse a uno de los invernaderos para despejar la mente y pensar en posibles diseños. Sentada en el cálido interior, su mirada se posó en el helecho arbóreo de Nueva Zelanda que crecía delante del invernadero, sobreviviendo al viento, la lluvia y la humedad. Le haría una foto cuando la luz fuera la adecuada y luego la editaría. Sin duda, sería un motivo apropiado.

Perdida en sus pensamientos su mirada vagó hasta el cristal, en el que pudo reconocer su propio reflejo. Contempló su larga melena negra, su tez aceitunada, los rasgos de su rostro que tenía que agradecer a su padre. Y de nuevo se le ocurrió pensar cuán distinto era su aspecto del resto de su familia inglesa.

—De modo que es aquí donde te estabas escondiendo —resonó en ese momento la voz de su prima Magnolia, la cual arrancó a Dalia de sus cavilaciones—. Te hemos estado buscando.

Dalia suspiró.

—Admítelo, ¡has huido de la familia! —exclamó Soley al tiempo que aparecía tras Magnolia.

Dalia se retiró un mechón de la cara.

—La verdad es que sí. Ha habido tanta gente en casa últimamente, desde que la abuela celebró su último cumpleaños. Parece que fue ayer.

—Estoy muy contenta de que todavía estuviera con nosotros en Navidad —replicó Soley con aire pensativo.

—¿Cuándo seguirás con tu gira de conciertos? —quiso saber Dalia.

—En un par de días. Tengo una actuación en Londres, y luego otras en Edimburgo, Glasgow y Liverpool. —Soley titubeó—. Y después quiero tomarme un descanso. Llevo... —arrugó la frente— ...tres meses fuera. No os podéis ni imaginar hasta qué punto aborrezco ahora las habitaciones de hotel.

Magnolia asintió con un gesto.

—No hay nada como la propia cama.

Dalia se incorporó de su taburete.

—¿La echáis tanto de menos como yo? —Su voz empezó a temblar.

Magnolia le pasó un brazo por los hombros y la atrajo hacia sí. Con un ademán señaló los pasillos que discurrían entre las plantas y conducían hacia el interior del invernadero.

—Todavía no puedo creer que no la veremos deambular nunca más por aquí con su delantal rojo. ¿Os acordáis de cómo cogía y frotaba las hojas entre el índice y el pulgar? Cuando lo hacía tenía una expresión extasiada. Como si se hubiera desprendido de su propio cuerpo. Como si estuviera en otro mundo. —Magnolia sacudió la cabeza de un lado a otro—. Ya sé que suena como una estupidez. Pero no sé describirlo de otro modo.

—Comprendo lo que quieres decir —repuso Dalia—. Yo no puedo dejar de pensar en los veranos que pasamos juntas aquí. Cuando la abuela me decía cuándo ibais a llegar... —hizo una pausa para tragar saliva— ...esperaba ese día como si fuera Navidad y mi cumpleaños al mismo tiempo.

—Nos lo pasábamos muy bien juntas —confirmó Magnolia—. Y eso a pesar de que de pequeña siempre odiaba el tiempo que hacía en Cornualles... —Esbozó una débil sonrisa—. Mis amigas a la vuelta de las vacaciones de verano siempre me hablaban de Hawái, Las Vegas, México y otros lugares. Y yo solo podía contar que había estado con mis abuelos en la hermosa y vieja Inglaterra, como siempre. —Suspiró—. Pero ahora pienso que no me habría gustado perderme ni un solo día de los que pasé con vosotras y los abuelos. Cuando mamá no se encontraba bien, el viaje a Cornualles era para mí... mi salvación —dijo con la voz tomada.

—¿Cómo está ahora? —se interesó Dalia demostrando empatía.

Magnolia vaciló.

—Tiene continuos altibajos. Desearía poder ayudarla. ¿Sabíais que de pequeña yo quería estudiar psicología? Únicamente para poder curar a mi madre. Cada vez que se hunde en ese pozo negro de alguna manera me siento culpable, porque yo estoy bien. A veces me gustaría simplemente zarandearla y decirle que debería abrir los ojos y darse cuenta de una vez por todas de la belleza que hay a su alrededor. California es un lugar de ensueño. —Hizo una pausa—. Y tiene un trabajo estupendo en la universidad. Simplemente no lo puedo entender. —Magnolia se rascó la barbilla pensativa—. Pero basta ya de lamentaciones.

—Nos vemos demasiado poco —comentó Dalia en voz baja—. Antes sabíamos todo lo que nos pasaba a cada una de nosotras. Pero ahora...

—Así es la vida —repuso Soley—. Esta maravillosa y maldita vida —concluyó haciendo una mueca.

—¿Qué pasa? —Magnolia escudriñó a su prima pequeña.

Soley se encogió de hombros.

—Nada. Todo está bien. Lleno las salas de conciertos, mis fans me adoran, gano dinero...

—Y, sin embargo, no estás satisfecha —señaló Magnolia.

—Quizá simplemente soy una desagradecida —respondió Soley.

—No lo creo —dijo Dalia—. Yo te comprendo. A mí me pasa algo parecido. Tengo infinidad de encargos, podría estar las veinticuatro horas diseñando páginas web, pero... —se interrumpió y no dijo más.

—¿Pero? —profundizó Magnolia.

—No sé si soy feliz. No sé si me quiero dedicar a esto toda

la vida —explicó Dalia con voz suave—. En cambio, cuando te veo a ti, pareces tan convencida de lo que haces. Inviertes tanta energía en vuestros proyectos.

—En la protección del medio ambiente no nos podemos permitir ni la más mínima pausa —replicó Magnolia con voz seria—. Ya es demasiado tarde de todos modos. Esta misión es el mayor reto al que ha tenido que hacer frente la humanidad. Y la mayoría de las personas todavía no lo han comprendido.

—¿Ves? A eso me refiero —respondió Dalia—. A ti te apasiona tu causa.

—No es mi causa —replicó Magnolia—. La lucha contra el cambio climático nos afecta a todos.

—Tienes razón —asintió Dalia—. Pero ¿sabes? De algún modo me siento vacía interiormente. Cuando escucho dentro de mí... no hay nada. Ya me pasaba antes de que muriera la abuela. Me habría gustado tanto hablar con ella sobre ciertas cosas, pero ahora es definitivamente demasiado tarde.

—¿Sobre qué querías hablar con ella? —preguntó Magnolia.

—Sobre mi madre y tantas otras cosas relacionadas con ella. Me siento tan... inmensamente sola. —Dalia empezó a sollozar.

Soley se acercó a ella y la atrajo hacia sí.

—Oh, cariño.

Magnolia cogió la mano de Dalia y la apretó con suavidad.

—No estás sola. —Hizo un gesto señalando la mansión—. Ahora mismo ahí dentro hay muchas personas a las que les importas mucho. Somos una familia. Todos nosotros. Tus primas, por supuesto, y también nuestros padres.

Dalia asintió sin dejar de llorar mientras Soley y Magnolia intentaban convencerla y tranquilizarla.

Tras lo que pareció una eternidad el llanto cesó, y Dalia se limpió la nariz.

—Gracias.

—Vamos, no hace falta dar las gracias —dijo Magnolia mientras tomaba a Dalia del brazo—. ¿Quieres quedarte aquí o tienes ganas de jugar al Scrabble, como hacíamos antes? Se lo preguntaremos también a Lali y Nara, y nos imaginaremos que tenemos como mínimo… quince años menos. Regreso al pasado.

—Regreso al pasado —repitió Soley con convicción—. Eso suena muy bien, en mi opinión. La vida todavía era tan sencilla entonces.

Dalia se esforzó en dibujar una sonrisa.

—Estoy tan contenta de teneros.

Tres horas y media después, tras dos rondas de Scrabble, a Dalia le estallaba la cabeza. Salió de la casa solariega y se adentró en la espesa niebla. Entretanto había caído la noche, y el aire era húmedo y frío. Se ajustó el cuello de la chaqueta y se dirigió al parterre familiar de la abuela, situado entre los dos invernaderos de mayor tamaño de Blooming Hall.

Soley y Magnolia querían ir a cenar con sus padres al pueblo más cercano. Solo de pensar en acompañarlos se le había hecho un nudo en la garganta. Se sentía como si estuviera de más. ¿Alguna vez se había sentido más sola en toda su vida? La abuela y el abuelo habían sido como unos padres para ella. Y ahora ya no estaban a su lado. Obviamente seguía sintiéndose muy unida a sus primas y a su tía Nara, pero esa relación especial con sus abuelos se había perdido irremediablemente con la muerte de su abuela.

Se adentró en el parterre y contempló las flores y las plantas de la familia y su ordenada disposición: lilas para la tía Lilian; camelias para su madre fallecida, Camellia; salvia para su tío Sage, y el cedro que se erigía a su lado para su otro tío, Cedar. En la parte delantera la abuela había plantado dalias de México para Dalia, cerca de una magnolia de Nueva Zelanda para Magnolia. Los clavos de Sri Lanka de Lali todavía estaban hibernando, como todas las demás plantas que florecían en primavera, al igual que los botones de oro para Soley. A la izquierda, la abuela había dispuesto dos plantas endémicas de Namibia, una nara y una welwitschia, en honor a su hija adoptiva y su nieta, respectivamente.

Fue una idea genial que tuvo su abuela en aquel entonces. Un arriate para sus descendientes, rodeado de un seto de rosales ahora magnífico. Las personas ajenas seguramente no podían comprender por qué Rose había puesto a todos sus hijos nombres de flores y plantas, pero Dalia sabía que los abuelos habían pasado gran parte de su vida muy cerca de la naturaleza y estaban muy conectados con la tierra. Los nombres eran perfectos para la familia Carter. Y el hecho de que años después los hijos de Rose y Albert hubieran recuperado esa bonita tradición a la hora de dar un nombre a sus propios hijos era una prueba más del vínculo familiar y su cohesión.

—¿Qué haces aquí, Dalia? —se oyó la voz de Lali.

Dalia se sobresaltó.

—Perdona, no era mi intención asustarte.

Su prima pequeña llegó hasta donde se encontraba Dalia y siguió su mirada.

—El parterre familiar. Me encanta este sitio.

Dalia asintió.

—Necesitaba tranquilidad. Distancia.

—Pero si a ti normalmente te encanta el bullicio —comentó Lali sonriendo.

—Ahora mismo no me apetece demasiado socializar ni hablar. ¿Cómo te va? ¿Qué tal las prácticas?

—Mejor no hablar de eso —respondió Lali con voz suave—. Al comenzar realmente creía que el trabajo en un periódico me iba a gustar, pero uno de los periodistas... —No acabó la frase.

—¿Qué te ha hecho?

Lali hizo un gesto de desprecio con la mano.

—Al principio... bueno, empezó haciendo comentarios estúpidos. Y la semana pasada... —Lali apartó la mirada.

—¿Qué pasó la semana pasada? —Dalia tuvo una extraña premonición.

—Me acosó. —Los hombros de Lali se desplomaron.

—¿Cómo dices? —Dalia sintió que le hervía la sangre—. Espero que se lo hayas contado a tu jefe.

Lali negó con la cabeza.

—Ese periodista es mi superior inmediato. Se me asignó como tutor para las prácticas, debía acompañarlo en sus investigaciones. El día después de que me manoseara comuniqué al periódico que ya no volvería. Que el periodismo no era para mí.

—¿Y nadie te preguntó nada más? —quiso saber Dalia, incrédula.

—No, creo que se alegraron de que lo dejara. Al fin y al cabo una becaria solo significa más trabajo.

—Deberías denunciar a ese sinvergüenza.

—¿Para qué? —Lali aspiró con fuerza—. Es su palabra contra la mía. Y realmente no pasó nada.

—¿Que no pasó nada? —repitió Dalia fuera de sí—. Ese cerdo te tocó, aunque tú no le habías dado permiso para hacerlo. O sea que sí ha pasado algo. Y puedes estar segura de que volverá a intentarlo con la próxima becaria.

Lali asintió.

—Seguramente tienes razón, pero yo no soy como tú, Dalia. Yo... yo no puedo hacerlo. Solo quería alejarme de allí. No volver a ver a ese tipo. Apenas podía ni siquiera conciliar el sueño.

Lali siempre había sido muy tímida y, a pesar de tener ya más de veinte años, seguía dando la impresión de estar a menudo perdida y ser muy vulnerable. Dalia había deseado de todo corazón que las prácticas en la redacción de un periódico por fin le mostraran una posible trayectoria profesional.

—¿Por qué no le preguntas a Nara si puedes trabajar en el centro de jardinería? —sugirió Dalia al tiempo que señalaba con un gesto hacia el invernadero—. Te encantan las hierbas aromáticas y las plantas medicinales. Tal vez podrías...

—No —la interrumpió Lali—. Eso no... —Sacudió la cabeza de un lado a otro—. Le he preguntado a un veterinario si puedo hacer prácticas en su clínica.

«De un periódico a una clínica veterinaria», pensó Dalia con escepticismo. Lali ciertamente parecía no tener la menor idea de cuál podría ser su futuro profesional.

—¿Y qué te ha dicho?

—Hace dos días me contestó que me aceptaba como becaria. Puedo empezar la semana que viene. Y me encantan los animales.

—¿Significa eso que te planteas ser veterinaria? —insistió Dalia.

—Sí, tal vez.

Dalia tenía serias dudas de que eso fuera buena idea. No podía imaginarse a su sensible prima operando a un animal, y mucho menos sacrificándolo si fuera necesario para que dejara de sufrir. Pero se guardó su opinión para sí misma, puesto que no quería confundirla aún más.

—Yo no soy como tú. —Lali rompió el silencio—. Tú siempre sabes exactamente lo que quieres. Tienes talento, puedes crear ilustraciones maravillosas y diseños fantásticos. Nunca tuviste que cuestionarte qué dirección tomar.

—Ahí te equivocas, Lali —replicó Dalia—. Sí, es cierto que enseguida supe que quería hacer algo creativo. Pero en los últimos tiempos, estos últimos días, me sobreviene cada vez con más frecuencia la sensación de encontrarme en un callejón sin salida.

Lali la miró con atención.

—¿Qué quieres decir?

Dalia se mordió el labio inferior.

—No estoy segura. Me siento… vacía. Apática. —Cerró brevemente los ojos—. Sola. Me siento sola.

—Comprendo a lo que te refieres —afirmó Lali con voz ronca—. A mí me pasa lo mismo desde hace años. Mi madre… La echo tanto de menos. Y cuando quiero hablar de ella con mi padre, simplemente se niega.

—Lo siento, Lali. De veras. —Dalia rodeó con un brazo la delgada espalda de su prima—. Tiene que ser duro para ti.

—Y para ti también. Tú ni siquiera conoces a tu padre.

—Últimamente me pregunto a menudo cómo hubiera sido mi vida si mi madre no hubiera muerto en el parto. Si hubiera podido llevarme con ella a México, con mi padre. —Dalia hizo una breve pausa—. No sé de dónde vengo. Qué rasgos heredé de mi padre y cuáles de mi madre. Los abuelos fueron los mejores padres que podría haber deseado nunca, pero tampoco consiguieron llenar ese vacío. Mi madre me dio la vida, pero nunca tuve la oportunidad de construir un verdadero vínculo.

—Nadie puede sustituir a la verdadera madre —comentó Lali con tristeza.

—Ni tampoco a un padre —prosiguió Dalia, mientras la pena se iba apoderando de ella. Pena por sus abuelos fallecidos, por su madre muerta hacía tantos años… pero también por su padre, al que nunca había tenido la oportunidad de conocer.

2

A Dalia todavía le parecía oír en su mente la voz de Simon y Garfunkel. Fue deseo de su abuela que en su entierro sonara «The Sound of Silence», su canción preferida desde hacía tantas décadas. El tiempo típico de Cornualles por lo menos ese día se había comportado razonablemente. Justo a la hora del sepelio el cielo se abrió para mostrar su aspecto más radiante. El sol de febrero envolvió en una brillante luz a los asistentes congregados en el pequeño cementerio.

Daba la impresión de que la abuela quisiera enviar a su familia un cariñoso gesto de despedida, aunque seguramente habría preferido la niebla de los últimos días para dotar a su último adiós de un aire místico. Su cuerpo iba a descansar junto al de su marido y al de su hija Camellia.

Dalia observó desde la lejanía a Maia y a Cedar, que discutían en voz baja. El rostro de su tío tenía una expresión de disgusto, y su mujer mantenía la cabeza gacha mientras se masajeaba nerviosa las sienes una y otra vez. Desde que tenía memoria Dalia había visto cómo su tía tenía que lidiar con sus problemas mentales. Desgraciadamente, hasta ahora ninguna de las incontables terapias a las que Maia había recurrido le había servido de gran ayuda. Los abuelos siempre se habían mostrado muy preocupados por su nuera, y la abuela se esforzaba por leer en los ojos de Maia hasta el más mínimo de sus deseos siempre que pasaba unos días en Blooming Hall.

Cedar se había trasladado con su familia a California hacía muchos años ya que él y Maia habían recibido unas tentadoras ofertas de la Universidad de California. A la abuela casi se le rompió el corazón al enterarse de que iban a mudarse a miles de kilómetros de distancia. Pero, al mismo tiempo, se sentía orgullosa de su inteligente hijo, que con los años se había ganado una excelente reputación en su campo. Maia también trabajaba como profesora desde hacía años en Los Ángeles, pero ni siquiera su exigente ocupación parecía conseguir liberarla de sus demonios internos.

De pronto, su atención se centró en otros miembros de su familia.

—¡Sí, voy a dedicarme a cantar! —oyó que exclamaba Soley en tono desafiante dirigiéndose a su madre. A continuación, con una expresión de enojo en la cara, añadió algo que Dalia no pudo entender desde donde se encontraba. Era imposible no darse cuenta de que su prima estaba luchando por su carrera y por adueñarse de su propia vida.

«Problemas y más problemas», pensó Dalia angustiada. La ausencia de los abuelos, siempre dispuestos a dar consejos y consuelo, se hacía patente. ¿Cómo saldrían adelante sin ellos? Los abuelos siempre habían sido el centro de la familia. Acostumbraban a invitar a todos sus hijos a pasar unos días en Blooming Hall, para reunirlos a todos. ¿Alguno de ellos tomaría el relevo y convocaría a toda la familia de tanto en tanto? ¿Tal vez Lilian y Gunnar, que se harían cargo junto con Nara del centro de jardinería? Dalia no podía saberlo. Y en esos momentos tampoco podía imaginar cómo serían aquellas próximas reuniones familiares, sin los abuelos, sin los fundadores de la familia.

Al lado de Dalia se encontraba Nara, que conversaba en voz baja con su hija. Welwitschie no había dejado de llorar amargamente durante todo el día por su abuela. A pesar de su juventud comprendía perfectamente que aquella era una despedida para siempre, aunque tal vez no pudiera captar en realidad qué significaba para siempre en ese caso.

Al fondo de la larga mesa se encontraban algunos conocidos,

vecinos y amigos de sus abuelos. Entre ellos también Greta Cones. Dalia pensó que después se acercaría a hablar con ella.

Lali estaba sentada frente a Dalia, y llevaba un rato inmóvil con la mirada fija en su plato vacío. Sage parecía estar pensando cuál sería la mejor manera de acercarse a su hija. Hacía años que la relación entre ambos dejaba mucho que desear, y Dalia podía comprender perfectamente que Lali todavía echara tanto de menos a su madre.

Al notar la mano de Nara sobre su hombro, Dalia giró la cabeza y la miró.

—¿Te apetece tomar el aire?

—¿Ahora? —Dalia dibujó un círculo con la mano derecha que abarcaba toda la mesa.

Nara se encogió de hombros.

—¿Por qué no? Ya hemos acabado de comer y los ánimos están de capa caída. —Nara se volvió hacia su hija y le preguntó si quería acompañarlas afuera.

Welwitschie negó con la cabeza y siguió explicando a la anciana sentada a su lado que en clase de inglés ahora iban a leer una obra de Shakespeare que le parecía horrible. Dalia esbozó una sonrisa de satisfacción y se puso en pie.

—Con permiso —dijo Nara dirigiéndose hacia sus hermanos, mientras empujaba con delicadeza a Dalia hasta el exterior.

Cuando traspasaron el umbral de la enorme puerta de madera de la entrada principal, Dalia respiró profundamente de forma instintiva. No se había dado cuenta hasta entonces de hasta qué punto la había deprimido la tensión presente durante todo el funeral.

—Mejor, ¿no? —Nara pasó su mano por debajo del brazo derecho de Dalia y la guio para alejarse del edificio.

—Mucho mejor —respondió Dalia aliviada—. Todo es tan... descorazonador.

Nara asintió.

—Me aterra que la familia se desmorone, ahora que no está mamá para mantenerla unida.

—A mí se me ha pasado lo mismo por la cabeza —confesó Dalia en voz baja. Nara y ella siempre habían estado en la misma sintonía. Podía decirse que prácticamente habían crecido juntas, y por eso Dalia la consideraba más como una hermana que como una tía, que era su parentesco real.

—Cada uno se preocupa únicamente de sus propios problemas —prosiguió Nara, mientras daban unos cuantos pasos adentrándose en el jardín, dejando atrás la amplia explanada con las palmeras, los rododendros y el ancho seto de rosales.

—Quizá nos hemos estado engañando en los últimos años —replicó Dalia con aire pensativo—. La abuela siempre trataba de mantener la armonía en el seno de la familia. Ahora que ya no está, posiblemente se haga evidente lo que no queríamos ver. O tal vez no podíamos.

Nara guardó silencio, como si estuviera reflexionando sobre las palabras de Dalia.

—Puede que tengas razón —dijo finalmente, y suspiró—. Espero que consigamos reinventarnos a nosotros mismos. Sin mamá y papá Blooming Hall no es lo mismo, pero seguro que estaban convencidos de que podríamos darle un espíritu renovado a su propiedad a nuestra manera. Un nuevo comienzo puede ser también una oportunidad. Para todos.

—Eso sería bonito —replicó Dalia, mientras pensaba en algunos retazos de conversaciones que había conseguido escuchar en las últimas dos horas durante la comida. Todos parecían absortos en sus propias preocupaciones, aunque conversaban unos con otros e intentaban darse mutuo apoyo. A Dalia le pasaba algo parecido—. Tienes razón. La abuela no habría querido que Blooming Hall cayera en el abandono. Y seguro que ambos tenían en mente que nos mantuviéramos unidos como familia.

Nara asintió enérgicamente.

—Haré todo lo que esté en mi mano para conservar su legado. En Blooming Hall sigue presente el alma de mamá y papá. De alguna manera tenemos que conservar toda la propiedad, aparte del centro de jardinería. Es necesario reflexionar acerca de ello, sin precipitarse.

Cuando Dalia y Nara regresaron a la mansión oyeron voces en un tono elevado procedentes del salón.

—¿Qué pasa ahora? —Dalia lanzó a Nara una mirada intranquila, pero esta se limitó a encogerse de hombros y seguir avanzando.

Justo cuando entraban en el salón, Magnolia lanzaba chispas por los ojos, mirando a los demás, furiosa, y gritaba:

—¡¿No os dais cuenta de lo que está pasando delante de vuestras narices?!

En la mesa apenas quedaban comensales. Los amigos de sus abuelos obviamente se habían despedido mientras Dalia y Nara daban su paseo. Ahora solo quedaba la familia más cercana sentada alrededor de la mesa. Era palpable el aumento de la tensión en el ambiente.

—Sería mejor que tomaseis como ejemplo el jardín de Eden Project. —Magnolia se reclinó en el respaldo de la silla y cruzó los brazos por encima del pecho. Dalia solo había estado una vez en el jardín botánico que su prima acababa de mencionar. Se encontraba cerca de Saint Austell y existía desde hacía algo más de veinte años. Eden Project era un auténtico imán para los visitantes de Cornualles y se contaba entre los más relevantes atractivos turísticos de la región. Su propietario, entre otras cosas, tenía la pretensión de proteger, al mismo tiempo que exhibir, cultivos viejos y también plantas en peligro de extinción. La principal atracción eran dos enormes invernaderos, uno de los cuales albergaba vegetación de zonas tropicales húmedas, mientras que el otro estaba dedicado a la flora mediterránea. Dalia se acordaba perfectamente de cuánto la habían fascinado las muchas y variadas especies.

—¡Eden Project! —Lilian alzó los brazos al aire.

—Magnolia, estás comparando peras con manzanas.

Magnolia negó con la cabeza.

—Es solo un ejemplo. Es evidente que Blooming Hall no

cuenta con las mismas dimensiones, pero creo que para vosotros los principales objetivos también deberían ser la sostenibilidad y la neutralidad climática.

—Magnolia, con todo el respeto por tu idealismo… —empezó a decir Gunnar, pero su sobrina le interrumpió de inmediato.

—¡Esto no tiene nada que ver con el idealismo! —saltó Magnolia furibunda.

Dalia tomó asiento en silencio. ¿Qué acababa de suceder allí para caldear hasta tal punto el ambiente? Sabía, por supuesto, que su prima luchaba contra la ceguera política en cuestiones de protección del clima desde hacía años, a menudo con métodos que rozaban los límites de la legalidad.

—¿Acaso no veis las noticias? ¿Os interesáis de vez en cuando por el estado actual de nuestro planeta? —La voz de Magnolia destilaba sarcasmo—. Estamos destruyendo el mundo. No es posible que seáis tan ignorantes.

—Tal vez deberíamos empezar por calmarnos un poco —intervino Cedar.

Su hija deambulaba nerviosa de arriba abajo justo delante del amplio ventanal que daba a la terraza, mientras se mesaba los cabellos.

—¡Calmarnos! —se rio con desdén—. Tú tampoco has entendido nada, papá. —Su voz ahora estaba cargada de frustración.

—Magnolia —comenzó a decir Lilian con suavidad—. Una inversión para hacer lo que tú propones supone un montón de dinero. ¿Tienes idea de cuánto cuesta mantener una propiedad como Blooming Hall? Cada mes nos sentimos aliviados si no perdemos ningún cliente para poder mantenerlo todo tal como deseaban los abuelos.

Magnolia movía la cabeza de un lado a otro defraudada, mientras mascullaba palabras ininteligibles para sí misma.

Maia le susurró a su esposo algo al oído. El rostro de Cedar adoptó de pronto una expresión angustiada. Replicó algo que hizo que Maia se pusiera en pie y abandonara la estancia sin decir más. Su marido la siguió con la mirada hasta que desapareció en el vestíbulo.

—Yo creo que Lilian y Gunnar llevan trabajando en el centro de jardinería el tiempo suficiente como para poder hacerse una idea de cómo se puede seguir gestionando en el futuro el legado de mamá y papá —intervino Sage. Lali, sentada a su lado, guardaba silencio y se amasaba nerviosa los dedos.

Magnolia detuvo su deambular y fue pasando la mirada por cada uno de los miembros de la familia.

—En África el desierto está avanzando. Les estamos arrebatando sus medios de subsistencia, y a nadie le importa. Millones de personas no saben si podrán cenar hoy o si se morirán de hambre. —Hizo un gesto enfático con la cabeza—. Pero, en fin, lo único que cuenta para vosotros es que el centro de jardinería ofrezca suficientes beneficios a corto plazo, por supuesto.

—Eso es injusto, Magnolia —señaló Nara en un tono tranquilo—. Nos esforzamos mucho para ser algo más que una simple floristería. La venta de plantas en maceta en los últimos diez años se ha duplicado, incluso supone algo más del doble.

—Pero sigue siendo insuficiente —replicó Magnolia en tono insolente.

—¿De veras crees que Blooming Hall puede salvar el mundo? —reprobó Gunnar dirigiéndose a su sobrina—. Somos un centro de jardinería, Magnolia, solo uno. Aunque toda Inglaterra adoptara criterios de mayor sostenibilidad, ¿qué efecto tendría eso a escala mundial?

Magnolia puso los ojos en blanco.

—Era obvio, el argumento demoledor por excelencia. ¿Qué puedo conseguir cambiar yo, una sola persona, si los demás no hacen nada? —Se dejó caer sobre una silla—. ¿Quién empezará entonces? —Volvió a mirar a la cara a todos, uno por uno—. Nosotros no, por supuesto. ¿Quién lo hará? ¿Nuestros vecinos, los escoceses, los europeos, los americanos? ¿O los chinos? ¿Los rusos? ¿Quién debería ser el primero que dé la señal? Todos discutimos y debatimos, pero no cambia nada. —Hizo una pausa—. O muy poco.

—Mi madre te está diciendo que no cuenta con los medios para hacer inversiones de tanto alcance —remarcó Soley—. Deberías respetar su postura.

Magnolia profirió una risa sarcástica.

—Claro, a nuestra viajera, que cada mes da la vuelta al mundo en avión, ni se le ocurre pensar en las repercusiones que eso tiene en el cambio climático o en su huella de carbono. ¿Para qué? Lo más importante es que las entradas para sus conciertos se vendan.

—Magnolia, eso está fuera de lugar… —replicó Soley clavando una mirada indignada a su prima.

—¿Fuera de lugar? —repitió Magnolia—. Lo que está fuera de lugar es que todo se vaya al infierno y que aparentemente a nadie le importe. —Suspiró mientras hacía un gesto de indiferencia con la mano. Parecía que le hubieran abandonado todas sus fuerzas.

—Es evidente que la protección del medio ambiente es importante —repuso Gunnar en un tono de voz relajado—. Y que a la larga no podemos seguir como hasta ahora. No obstante, los cambios radicales también necesitan tiempo.

—Pero no contamos con ese tiempo —replicó Magnolia.

—Y, sin embargo, lo necesitamos —dijo Lilian intentando apaciguar a su sobrina.

Magnolia no contestó nada más, sino que dirigió su atención hacia Welwitschie, que estaba sentada a su lado, dibujando.

Dalia suspiró y se acordó de cuando Cedar y Sage se habían enfrentado con motivo de unas obras de reforma hasta tal punto que sus tíos habían dejado de hablarse durante días. Pero la incesante y apaciguadora mediación de la abuela había conseguido la reconciliación. Nada aborrecía más su abuela que las tensiones en el seno de la familia. Por eso ahora se notaba aún más su ausencia como presencia equilibradora.

—Comprendo perfectamente el punto de vista de Magnolia,

pero Lilian y Gunnar hacen un trabajo estupendo —le dijo Nara a Dalia en voz baja—. No se puede tirar simplemente por la borda todo lo construido. ¿Quién asumiría los costes?

—Magnolia siempre se ha mostrado apasionada por las cosas que le importan. A veces excesivamente. —Dalia admiraba en secreto la firmeza de su prima. El convencimiento con el que defendía su postura era algo que ella no tenía y ahora echaba de menos más que nunca. Desde la muerte de su abuela se sentía desarraigada e insegura. ¿Cuál era, en realidad, su objetivo en la vida? ¿Hacia dónde se dirigía? Todavía no había cumplido los treinta años. Habían pasado más de dos años desde su última relación sentimental. Su novio de aquel entonces había llegado a la conclusión de que todavía tenía que disfrutar de la vida, antes de asumir responsabilidades en serio. La ruptura la había pillado por sorpresa. Dalia quedó devastada y necesitó meses para olvidarlo.

Algunas de sus amigas ya se habían casado, tenían niños y se habían comprado una casa. Ella, en cambio, seguía viviendo en la propiedad de sus abuelos. Aunque tenía mucho éxito como diseñadora gráfica, el vacío que sentía en su interior era cada vez mayor. Ahora estaba convencida de que tenía que cambiar algo urgentemente. Todavía no sabía el qué, ni tampoco el cómo. Solo sabía que no podía continuar así.

3

Dalia estaba sentada ante su escritorio cuando Lilian y Gunnar entraron en la habitación.

—¿Tienes un momento? —preguntó Lilian.

—Claro. ¿Qué ocurre?

Lilian acercó una silla a la mesa de Dalia y tomó asiento. Gunnar se quedó en pie a su lado.

—Queríamos hablar contigo un momento sobre la renovación de la tienda.

—Ahora mismo estaba editando unas cuantas fotos con el programa de diseño gráfico —comentó Dalia, y de nuevo volvió a sentir que su trabajo ya apenas significaba nada para ella—. De momento estoy trabajando en un helecho arbóreo, pero también tengo en mente la posibilidad de usar rosas y claveles.

Su tía asintió entusiasmada.

—Lo sé, Nara me lo contó. ¿Quieres enseñarnos los bocetos? Tengo mucha curiosidad.

—Claro. —Giró la pantalla para que pudieran verla.

—¡Son fantásticos! —exclamó Lilian encantada—. Qué ganas tengo de ver los demás motivos. La tienda tendrá un aspecto totalmente distinto con esas imágenes en formato gigante.

—Queríamos pedirte algo más —añadió Gunnar—. ¿Te apetece diseñar un logo elegante para Blooming Hall?

Dalia miró alternativamente a Lilian y Gunnar arrugando la frente.

—¿A qué os referís exactamente?

—Pues a un único logotipo para todo —explicó Lilian—. Podríamos renovar nuestra página y que la nueva imagen girara en torno a ese logotipo, incluirlo en el rótulo de fuera con el nombre de la empresa y también en el papel de cartas, en las facturas, en las etiquetas con los precios…

El entusiasmo de Lilian era irrefrenable.

—Comprendo —respondió Dalia impasible.

—¿Qué te parece la idea? —preguntó Lilian con una mirada inquisitiva.

Dalia se encogió de hombros.

—¿Creéis que vale la pena?

—Nuestra propuesta te parece una tontería —determinó Gunnar desilusionado.

—No, no es eso. Es solo que…

—¿Qué pasa, Dalia? —Lilian se inclinó hacia ella y la tomó de la mano—. Me he dado cuenta de que últimamente te has vuelto más reservada. ¿Es todavía por la muerte de la abuela? Todos estamos muy consternados, pero mi madre tenía ochenta y cinco años. Eso de alguna manera tiene que servirnos de consuelo. Mucha gente no llega a esa edad. Y mamá, por lo menos, estuvo en forma hasta el último día. Tuvo una vida extremadamente satisfactoria. —Acarició los dedos de su sobrina con delicadeza.

Dalia titubeó.

—Claro que estoy triste. La abuela lo era todo para mí. Ella y el abuelo eran mi familia. —Alzó la vista para mirar a Lilian a los ojos—. Aunque vosotros también lo sois.

Su tía asintió.

—Pero hay algo más, ¿verdad?

—No estoy segura de si mi trabajo me sigue llenando como antes —explicó Dalia con voz suave—. Me siento… consumida, vacía… Me estoy cuestionando qué sentido tiene todo esto.

—Es una crisis profesional —afirmó Gunnar—. Es algo pasajero. Tengo que volver al trabajo, ¿os importa que os deje solas?

Lilian confirmó con un gesto, animándolo a seguir con sus tareas.

—Claro, nos vemos luego.

Cuando su tío abandonó la estancia, Dalia dejó caer la cabeza.

—¡Extraño tanto a mi madre!

—Ay, Dalia. —Lilian acarició con la mano sus cabellos—. Yo también la echo de menos. Muchísimo. Aunque hayan pasado tantos años.

—Tengo la sensación de que ya no sé cuál es mi sitio —dijo Dalia intentando expresar con palabras sus sentimientos—. Los abuelos fueron siempre mi norte. Cuando estaba con ellos sabía que todo estaba bien. En las últimas semanas me planteé una y otra vez preguntarle a la abuela sobre mamá, pero... —Tragó saliva—. Pero al final no me atreví a hacerlo. Temía que al recordarle la muerte de su hija se entristeciera.

Lilian esbozó una breve sonrisa.

—Estoy segura de que pensaba cada día en Camellia de todos modos. La muerte de un hijo se queda grabada a fuego en el corazón. Puede que no quisiera que se le notara, que se mostrara fuerte ante todos los demás. Pero cuando muere un hijo la vida nunca puede ser como antes. Siempre falta algo. Hasta el final. —Miró a lo lejos a través de la ventana, pensativa—. A la abuela seguro que le habría encantado hablar contigo de tu madre. Probablemente tuviera el mismo temor que tú. No quería que te pusieras triste. —Lilian volvió a dirigir su atención a Dalia—. Cuando tengas ganas de hablar de ella, yo siempre estaré dispuesta. Era mi hermana. Y también mi mejor amiga. —Hizo una breve pausa—. ¿Qué te parece si te tomas un par de días libres? Para reencontrarte. Para reflexionar sobre qué es lo que realmente quieres.

Dalia no dijo nada durante unos instantes.

—En mayo hay una exposición itinerante en Londres sobre la obra de Frida Kahlo —dijo por fin.

—¿La artista mexicana?

Dalia asintió.

—Me encantan sus cuadros. Podría ir a visitar la exposición.

—Sí, hazlo —la animó Lilian—. Seguro que te sienta bien salir un poco. Aparte del mar, las ovejas, los prados y mucho viento, aquí no hay nada. Londres tal vez te dé un nuevo impulso. El ambiente de la gran ciudad te sentará bien.

—Me gustaría poder pintar como ella —reconoció Dalia con aire pensativo.

—¿Como Frida Kahlo? —Lilian frunció los labios—. Creo que talento no te falta. Antes te pasabas las horas pintando.

—De eso hace mucho. —Dalia echó la cabeza hacia atrás y se quedó mirando fijamente el techo—. Demasiado. Tal vez debería haber seguido pintando en lugar de estudiar diseño gráfico…

—Puedo comprender totalmente que necesites un cambio de aires, Dalia. Tómate tu tiempo y reflexiona sin prisa sobre qué es lo que te gustaría hacer en el futuro.

Lilian guardó silencio. Parecía que estaba dejando vagar sus pensamientos.

—¿Qué pasa? —preguntó Dalia tras unos momentos.

—Creo que a Soley le están asaltando dudas parecidas a las tuyas. Desde que está aquí siempre parece estar ensimismada.

—¿Cómo le va con Greg? —se interesó Dalia. Greg Fairchild era un conocido actor británico, que desde hacía algo más de un año mantenía una relación con Soley. Dalia no se había atrevido a preguntarle directamente a su prima por él, porque temía que hubieran vuelto a cortar—. Creía que tal vez la acompañaría al funeral.

—Ahora mismo está en Sudáfrica en un rodaje. —Lilian suspiró—. No lo tienen fácil. Cuando Soley no está de gira por todo el mundo, Greg está en algún otro sitio filmando.

—Mientras sean felices juntos.

—Eso espero. Soley no habla conmigo sobre su vida amorosa, obviamente, porque soy su madre.

—Voy a ir a verla luego, antes de que se vaya.

Lilian volvió a tomar la mano de Dalia.

—Sois muy jóvenes todavía, tenéis toda la vida por delante. Y el mundo a vuestra disposición. Soley ha visto y ha vivido muchas cosas en los últimos años. Tengo la sensación de que está algo estresada de tanto viajar. Tú, en cambio, te has pasado toda la vida aquí, en un lugar aislado. ¿Por qué no te quedas unos cuantos días más en la capital? Tal vez Nara quiera acompañarte.

A Dalia le gustó la propuesta de Lilian.

—Lo pensaré, hablaré con ella.

Su tía se puso en pie.

—Pues ya está todo hablado. Lo del logotipo no corre prisa. Seguro que tienes muchos más encargos. —Lilian entornó los ojos—. Me voy ahora a buscar a mi hija. Quería ensayar dos canciones. Puede que me regale un miniconcierto.

—¿Cuándo volveremos a vernos? —Dalia envolvió a Soley en un fuerte abrazo durante un largo momento.

—Pronto —respondió su prima sonriendo—. Prometido.

—Espero que llenes todas las salas en tus próximos conciertos y que tengas miles de fans entusiasmados y fuera de control. —Dalia la liberó de su abrazo y la miró a los ojos.

—Gracias, bonita. —Soley vaciló un instante.

—¿Todo bien?

Asintió con la cabeza.

—Hablamos la próxima vez que nos veamos, ¿sí?

—Por supuesto —confirmó Dalia—. Tu visita aquí de nuevo me ha parecido demasiado corta. —Habían estado muy unidas durante los veranos que habían pasado juntas de pequeñas. Durante semanas las cinco niñas, las cuatro primas y Nara, recorrían los campos de flores del centro de jardinería, alborotaban las estancias de Blooming Hall, llenaban la casa de risitas y carcajadas. Dalia sentía nostalgia al recordar su infancia.

—He pensado en tomarme un descanso dentro de poco —dijo Soley, y a continuación le dio un beso fugaz en la mejilla a su prima—. Y entonces seguro que me quedaré más tiempo. Necesito sin falta hacer una pausa.

Después de que Soley subiera al taxi, Dalia regresó al vestíbulo. Lilian y Nara tenían una importante cita de negocios con un cliente y se habían despedido de Soley hacía una hora. A Cedar y a Maia no los había visto en todo el día. Y Magnolia había quedado con un conocido.

Dalia se quedó contemplando la ancha escalera de mármol que conducía a las habitaciones de la planta superior, y sintió que los recuerdos la inundaban como si del fuerte oleaje del mar se tratara. Soley, cuya voz luminosa resonaba a través de las paredes. Lali, que siempre se escondía detrás de las demás, que nunca quería llamar la atención, pero siempre estaba dispuesta cuando alguien la necesitaba. Y Magnolia, que siempre quería llevar la voz cantante, pero también se ocupaba de cada una de ellas cuando alguna no se sentía bien. Y era a Magnolia a quien se le ocurrían las mejores propuestas cuando ya no sabían qué hacer. Nara, que por edad parecía más otra prima que la tía de todas ellas, en cambio, era la más pragmática de todas. Siempre tranquila, siempre realista. Dalia no podía recordar haber visto a Nara alguna vez alterada.

¿Y ella, Dalia? ¿Cómo la verían las demás? ¿Qué dirían si tuvieran que describir su carácter? ¿Demasiado temperamental a veces? ¿O tal vez en ocasiones demasiado irreflexiva, directa, poco diplomática? Dalia no podía saberlo.

Mientras observaba cómo los rayos del sol que atravesaban la ventana del vestíbulo incidían en el suelo claro de mármol, se le ocurrió una idea. Se acercó a uno de los ventanales que llegaban hasta el suelo y miró hacia el cielo. Unos cuantos jirones azules se abrían paso entre el gris uniforme. Decidida, Dalia salió de la casa y se dirigió hacia su coche.

La playa de Porthcurno se encontraba apenas a veinte minutos de Blooming Hall y a Dalia le parecía la playa más hermosa que había visto nunca. Siempre que sentía la necesidad de reflexionar a solas salvaba los pocos kilómetros que la separaban de la costa sur de Cornualles. El trayecto pasaba por varios pueblecitos, recorriendo estrechas carreteras franqueadas por espesos setos y por los gruesos muros de piedra que salpicaban toda la región, para finalmente llegar hasta el aparcamiento del teatro Minack, un anfiteatro al aire libre al pie de los acantilados, donde Dalia dejaba el coche. En verano había ido allí con frecuencia para asistir a las distintas representaciones en compañía de su abuela.

El camino hasta la playa consistía en una larga escalera y una estrecha senda, ya sobre la arena. Mientras descendía las escaleras Dalia observaba las aguas revueltas que se estrellaban contra las paredes de granito gris. Al final del camino comprobó que la playa de aquella cala rodeada de rocas estaba vacía. Lentamente atravesó la superficie de arena y llegó hasta la orilla. El día se había despejado aún más y ahora el cielo azul se extendía reluciente sobre la zona costera. Dalia cerró los ojos y disfrutó de la sensación de la suave brisa en las mejillas. Inhaló el aire salado que olía levemente a algas, y se regocijó en la infinita calma a su alrededor. Ahora podía escuchar el rugido de las grandes olas que se desplomaban con una cadencia rítmica sobre la orilla. El mar rugía y bramaba.

Abrió los ojos y dejó vagar la mirada sobre la inmensidad del mar. En verano el agua de Porthcurno Beach refulgía en un tono casi turquesa. Si no fuera porque sabía dónde se encontraba podría haber pensado que estaba en algún lugar del Caribe. Pero Dalia evitaba acudir a la playa en temporada alta, porque estaba demasiado concurrida y había demasiado ruido para su gusto. En cambio, en invierno le encantaba estar allí.

Alzó los brazos e inspiró profundamente. Los escarpados acantilados a derecha e izquierda, ahora iluminados por los rayos del sol, refulgían rivalizando con la centelleante superficie del agua. Dalia deambulaba sin prisa por la orilla, escuchando el rugido de las olas, cuando al otro lado de la playa reconoció la silueta de una mujer y de dos jóvenes que trepaban por unas rocas de gran tamaño. Dalia notó que su interior se iba relajando paulatinamente. El persistente vacío dio paso a una confianza silenciosa. Tal vez realmente era una desagradecida y simplemente había dejado de darse cuenta de cuánta belleza le deparaba la vida. ¿Cómo podía nadie sentirse mal ante aquellas fenomenales vistas? Los acantilados se extendían a ambos lados de la costa. El mar parecía infinito a los ojos de Dalia. ¿No era así como se sentía la verdadera libertad? Sin cavilaciones, sin darle vueltas a todo, sin miedos.

—¿Dalia?

Sorprendida, Dalia se giró y reconoció a Maia a lo lejos.

—Maia, ¿qué haces aquí?

Su tía esbozó una leve sonrisa.

—He venido a buscar un poco de… calma.

Dalia no pudo evitar reírse.

—¿Y por eso has venido aquí?

Maia asintió.

—¿De qué conoces esta playa?

—Cedar me trajo aquí por primera vez hace ya muchos años. Poco después de conocernos.

Dalia sabía que Cedar y Maia se habían visto por primera vez en Londres.

—Es mi playa preferida —explicó Dalia con un tono casi de orgullo en su voz.

—También la mía —respondió Maia—. Cada vez que estamos de visita en Cornualles vengo aquí, por lo menos una vez. Siempre me recuerda mi época de juventud. Cuando no hacía tanto que conocía a Cedar. —Sus palabras destilaban nostalgia.

—A mí me recuerda a mi infancia. El abuelo nos traía a menudo. Durante los veranos, cuando estábamos todas juntas en Blooming Hall.

—Seguro que era fantástico —comentó Maia pasándose la mano por la frente—. Cuando Magnolia volvía a casa no paraba de hablar entusiasmada durante semanas de su estancia en Cornualles.

—Fue un tiempo verdaderamente precioso —confirmó Dalia absorta en sus recuerdos—. Me encanta estar aquí. Disfrutar de la calma, la sensación de estar completamente sola en el mundo.

—No sabes cómo te entiendo. A mí me pasa algo parecido.

Maia detuvo sus pasos.

—Y yo que siempre había creído que te encantaba el ajetreo —comentó de nuevo con una breve sonrisa.

Dalia arqueó las cejas.

—Últimamente prefiero estar sola. Y, de todos modos, de vez en cuando necesito un poco de tranquilidad, para encontrarme a mí misma. Para escuchar mi interior.

—Es importante —confirmó Maia haciendo un gesto con la cabeza—. La introspección puede ser de gran ayuda.

Dalia miró a su tía.

—¿Y cómo estás tú?

Maia hizo una larga exhalación.

—Es como una montaña rusa.

—¿Cuánto tiempo tenéis pensado quedaros en Cornualles?

—Queremos volar pasado mañana. Cedar ya ha estado buscando vuelos.

—Me ha gustado mucho veros, aunque las circunstancias sean… tan tristes.

—Todos echaremos mucho de menos a vuestra abuela —dijo Maia—. Rose era una mujer muy especial. Nunca me juzgó, aunque sabía cuánto sufrían su hijo y su nieta debido a mi enfermedad. Siempre se mostraba comprensiva, nunca me esquivaba como hacían otros.

—Sí, la abuela comprendía a las personas, las veía. Demostraba su interés por cada uno de nosotros, siempre estaba dispuesta a escuchar. —Dalia tragó saliva.

—Seguirá viviendo en nuestro recuerdo. —Maia acarició con delicadeza el brazo de Dalia—. Y eso, por suerte, no nos lo puede quitar nadie.

Siguieron avanzando, y Dalia le habló de su sensación de insatisfacción, de su inseguridad.

—Tienes veintiocho años. Todavía tienes tiempo de encontrar tu camino —dijo su tía mientras le pasaba un brazo por los hombros.

Poco después, cuando Dalia giró el volante hacia la entrada de Blooming Hall, se sentía un poco más ligera y relajada. La fresca brisa del mar le había hecho bien.

Bajó del coche y se dirigió hacia la puerta principal, y justo en ese momento alguien la abrió.

—Dalia, ¡por fin has llegado! —exclamó Nara.

—¿Qué pasa? —Dalia nunca había visto a su tía, habitualmente serena, tan alterada.

—Nada, bueno sí que ha pasado algo.

Aunque notó que se le aceleraba el corazón mientras salvaban los escalones hasta la casa, Dalia hizo un esfuerzo por permanecer tranquila. Sentía una premonición indefinible.

—¿Qué pasa? —volvió a preguntar.

Nara la cogió de la muñeca y la arrastró consigo hasta el vestíbulo.

—¡Nara!

—Ven. —Nara le pasó un brazo por los hombros y la empujó con suavidad hacia el salón. —Siéntate —le pidió.

Confusa por el tono de voz de su tía, Dalia no se atrevió a contradecirla y se limitó a hacer lo que esta le pedía. Nara se hizo con una silla, la acercó a apenas un metro de donde se encontraba Dalia y tomó asiento.

Poco a poco, Dalia empezó a ponerse nerviosa.

—¿Tengo que preocuparme?

Nara, sin decir nada, cogió una funda transparente que descansaba sobre la mesa del comedor para dársela luego a Dalia. Su rostro tenía una expresión grave, si no preocupada.

Dalia se sentía cada vez más alarmada.

—¿Qué es esto? —preguntó. Examinó la funda y reconoció un documento, una nota y dos pequeños objetos coloridos.

—¿Te acuerdas de que hoy por la tarde tenía una reunión importante con un cliente? ¿Y que Lilian y Gunnar también iban a asistir? —empezó a decir Nara.

Dalia afirmó con un gesto de cabeza.

—Después de la reunión me encerré en el despacho de la abuela para revisar y clasificar por fin sus papeles: qué se podía tirar, qué era necesario resolver, a qué compañías aseguradoras había que avisar, esas cosas.

Dalia volvió a asentir. Bien sabía Dios que no envidiaba a Nara por tener que encargarse de eso. Jamás en la vida habría sido capaz de rebuscar entre los documentos de la abuela. Aunque, por supuesto, era consciente de que era necesario hacerlo.

—Y mientras ponía orden encontré esto —prosiguió Nara.

—¿Qué es? —repitió Dalia.

Nara titubeó.

—Dalia, es una carta de tu padre.

Dalia sintió que un escalofrío le recorría todo el cuerpo. Súbitamente tuvo la sensación de que el tiempo se había detenido, y notó que su garganta de pronto se había quedado totalmente seca.

—¿Qué? —Pensó que había entendido mal.

Nara hizo un gesto para confirmárselo.

—La he leído, lo siento, no sabía qué era.

—Pero... —En la mente de Dalia se agolparon mil pensamientos. ¡Su padre! No era posible. Nadie sabía quién era. ¿Y ahora Nara había encontrado una vieja carta suya entre los papeles de la abuela? Volvió a mirar concentrada la funda transparente. Las letras se veían muy descoloridas, la carta debía de datar de hacía décadas. Se acercó la funda transparente a los ojos para examinarla con más detalle. Sobre el papel de cartas había unos pendientes de cerámica, con la forma de unas diminutas dalias de colores. Las lágrimas empezaron a brotar de los ojos de Dalia.

—No puede ser. —Parpadeó frenéticamente.

—Yo tampoco lo entiendo, cariño. —Nara arrastró la silla

para acercarse aún más a su sobrina y le posó una mano sobre la rodilla.

—¿Por qué los abuelos me dijeron que no sabían quién era? —Dalia ya no entendía nada. ¿Cómo había llegado esa carta hasta allí?

—Léela —pidió Nara con voz ronca—. Con calma —dijo, y luego carraspeó.

—¿Y qué significa esta dirección? —Dalia señaló la breve nota que cubría en parte la carta.

—No lo sé. Podría ser de una vieja amiga de Camellia. En todo caso es una dirección en Ciudad de México.

—Ciudad de México —repitió Dalia, absorta.

—Todo esto debe de haberte impactado tremendamente —comentó Nara con voz suave.

—No sé qué decir, cómo reaccionar.

Nara asintió.

—Claro que no. Yo también me he quedado conmocionada.

Mil ideas colisionaron en la mente de Dalia. ¿Qué significaba todo aquello?

—Dalia, ahora voy a dejarte sola, pero cuando quieras hablar o simplemente necesites a alguien que te abrace... —Nara le ofreció una débil sonrisa—... aquí me tienes. Estaré en la oficina de mamá. Aquí al lado.

Dalia asintió de forma mecánica. Una carta. De su padre, cuya identidad supuestamente hasta ahora nadie conocía.

4

Después de que Nara abandonara el salón, Dalia extrajo el pliego de papel de cartas con manos temblorosas de la funda transparente. Detrás del papel había un sobre arrugado. Las letras estaban tan desvaídas que la dirección del remitente era completamente ilegible. En la parte reservada al destinatario Dalia consiguió con mucho esfuerzo descifrar el nombre de su abuela. Tragó saliva. Su padre había escrito una carta a su abuela. ¿Por qué ella se lo había ocultado? De repente, temió enterarse de lo que estaba a punto de saber. Se secó las lágrimas y luchó por sobreponerse. Tras vacilar unos momentos empezó a leer.

Apreciada señora Carter:
Sus palabras me han sumido en la más profunda pena. Mi corazón está destrozado. No puedo ni siquiera imaginar que en el futuro pueda volver a sentir algún instante de felicidad. Mi interior está totalmente vacío y oscuro. No sé por qué me levanto por las mañanas, para qué sigo viviendo.

La relación entre Camellia y yo al final de su estancia en México no fue fácil. Obviamente solo yo tengo la culpa. Fui tan estúpido, tan ciego, tan terriblemente ignorante. No puedo llegar a expresar cuánto me arrepiento de mi sórdido comportamiento. Amé a su hija por encima de todas las cosas.

El hecho de que Camellia y nuestra hija no hayan sobrevivido al parto se me antoja casi como un castigo. Un trágico golpe del destino debido a que yo no fui capaz de ceder a mis sentimientos.

Todavía no soy capaz de asimilarlo. Tuve que releer varias veces su carta, con esta terrible noticia, hasta que finalmente llegué a comprender lo sucedido.

Deseo expresarle mis *más sentidas condolencias por la pérdida de su hija y su nieta; yo he perdido* al gran amor de mi vida y una hija.

Es para mí tremendamente difícil aceptar que Camellia y yo ya nunca tendremos la posibilidad de vivir un futuro juntos, y que no veré crecer a mi hija. Una niña que no ha llegado a ver la luz de este mundo. Pero no querría importunarla en su dolor con mis problemas personales.

Me faltan palabras para expresar lo que siento. *¿Acaso las hay en una situación semejante?*

Querida señora Carter, *únicamente puedo desear de todo corazón que algún día, de alguna manera, pueda superar la muerte de su maravillosa hija.*

Esta pérdida me acompañará hasta el fin de mis días. Mi corazón sigue perteneciéndole a Camellia, ella siempre estará conmigo.

Me despido con la profunda y desconsolada tristeza que nos une.

Siempre suyo,

RICARDO

Ricardo.

Su padre se llamaba Ricardo. Dalia murmuró el nombre una y otra vez para sí misma, con la esperanza de convertir en algo más tangible al hombre que describía a su madre como el amor de su vida. Para conseguir que fuera más real, concreto. Pero simplemente no era capaz de unir aquel nombre con una imagen. ¿Qué aspecto tendría? ¿Cómo hablaría? ¿Cuál sería su profesión? ¿Sería un hombre tranquilo o tan temperamental como Dalia? ¡Todavía no podía creerlo! ¿Acaso no había sentido últimamente que echaba muchísimo de menos a su madre? Y ahora tenía en sus manos una carta de su padre.

Dalia se acercó a la ventana y observó cómo el crepúsculo iba cubriendo paulatinamente el paisaje de una impenetrable oscuridad. Ricardo. Su padre. Y él creía que ella estaba muerta. ¿Cómo había llegado a suponerlo? De haber comprendido bien, había recibido de su abuela la noticia de la muerte de su madre y de la suya propia. ¡Pero eso era imposible! ¿Por qué habría explicado su abuela semejante mentira? Dalia debía haber entendido mal las palabras de su padre. Quizá su abuela, al recibir esa carta, le había aclarado que no estaba en lo cierto. Y tal vez esa carta, por la razón que fuera, nunca le llegó a su padre.

Todos aquellos años Dalia había dado por supuesto que nunca sabría quién había sido su padre. Ahora tan solo sabía que se llamaba Ricardo. Y que tenía una caligrafía preciosa. Ese detalle, intrascendente en realidad, provocó en Dalia una sonrisa.

—Cariño, ¿cómo estás?

Dalia se sobresaltó. No se había dado cuenta de que Nara había entrado en el salón.

—No lo sé —murmuró—. Absolutamente... confusa.

—No me extraña. —Nara se puso a su lado y siguió su mirada hacia el exterior.

Dalia asintió, antes de preguntar:

—¿Sabes algo de él?

Nara suspiró.

—Cuando tu madre murió yo todavía era una niña. La tragedia dejó a toda la familia conmocionada. En la casa, donde siempre había bullicio y mucho alboroto, de pronto solo había un silencio espectral. —Hizo una pausa y posó un brazo sobre el hombro de Dalia—. Pero la abuela nunca me habló de tu padre. Al igual que tú, durante todos estos años creí que ella no sabía quién era.

—¿Por qué nunca me contó nada? —La desesperación empezó a abrirse paso en Dalia. Desesperación por tantos años perdidos, por saber que ahora tal vez nunca podría averiguar dónde vivía su padre. Ni llegar a conocerlo nunca.

—No lo sé. —La voz de Nara tenía un tono abatido que reflejaba exactamente cómo se sentía Dalia en ese momento.

—Ah, estáis aquí. —Lilian entró en el salón y se colocó también al lado de Dalia—. Nara me ha contado lo que ha encontrado.

Dalia apoyó la cabeza instintivamente en el hombro de su tía. Necesitaba cercanía, aliento, consuelo…, necesitaba a su familia. No fue capaz de seguir reprimiendo las lágrimas. Un débil sollozo salió de su garganta.

—¿Qué tendría en mente la abuela? —comentó Lilian como para sí misma.

Dalia inhaló para sorber la mucosidad y se enjugó las lágrimas.

—¿Tampoco te contó a ti entonces… nada de nada?

Lilian le acarició el pelo.

—Cuando Camellia murió, todos nos quedamos en estado de shock. Había hablado mucho con ella sobre su embarazo, me había explicado cuánto se alegraba, y de pronto ya no estaba. Se había ido para siempre. Definitivamente. Durante días nadie consiguió hablar con la abuela. Lo único que le importaba eras tú. Te alimentaba, salía a pasear contigo, te llevaba con ella a todas partes, pero… —La voz de Lilian se quebró. Los recuerdos, a pesar de la distancia en el tiempo, parecían estar ganando fuerza, abrumándola—. Durante mucho tiempo no podía acabar de creérmelo. Mi encantadora hermana… Era todavía tan joven. —Una lágrima descendió por su mejilla—. Tenía toda la vida por delante. Y entonces llegaste tú. Un bebé, una niñita que nunca conocería a su madre. —Atrajo a Dalia aún más hacia sí—. Fue horrible.

—¿Mi madre nunca te contó quién era mi padre? Eras su hermana, teníais casi la misma edad.

—Tienes razón, nos llevábamos tan solo once meses. Y, por supuesto, yo sabía que había conocido a alguien. —Lilian rio—. Al fin y al cabo, cuando regresó embarazada a casa, lo supo todo el mundo. Pero a mí ya me lo había comentado antes, cuando todavía estaba en México. Que había alguien.

—¿Y nada más? —Dalia giró la cabeza hacia su tía y observó sus delicadas facciones. Sabía por las viejas fotos que Lilian y Camellia se parecían mucho. ¿Habría seguido siendo así de vivir todavía su madre? Aunque ahora tendría más de cincuenta años, Dalia siempre se la había imaginado con aspecto joven, tal como aparecía en las fotos que conocía de ella. Eso nunca podría cambiar.

Lilian titubeó.

—No, aparte de eso, nada. No quería explicar nada más. Durante un tiempo tuve la sospecha de que quizá se había enamorado de un hombre casado. Pero por lo que dice la carta... supongo que estaba equivocada.

—¿Por qué volvió a Inglaterra si él era el amor de su vida?

—Tenía una beca para un viaje de estudios a México. No debía ser tan sencillo quedarse allí sin un puesto de trabajo. Pero no lo sé con seguridad —contestó Lilian.

—¡Es tan injusto! —estalló Dalia—. No hay nadie que me pueda dar una respuesta.

Con los ojos nublados por las lágrimas miró a Nara, quien había escuchado en silencio las explicaciones de Lilian, y luego volvió a dirigir la vista al exterior.

—Me gustaría conocerlo. Me gustaría saber quién es. Y preguntarle por qué mamá regresó sola y embarazada a Inglaterra.

—Solo sabemos su nombre de pila —le recordó Nara con suavidad.

—Tú lo has dicho —replicó Dalia, de pronto con un tono decidido—. Solo tenemos un nombre, pero eso ya es mucho más de lo que hasta hoy por la tarde sabía de él.

Dalia hablaba en serio. El nombre era lo primero que había sabido de su padre. Ricardo de México. Ricardo, que aparentemente había amado mucho a su madre. Ricardo, que, aunque sabía de la existencia de Dalia, suponía que había muerto durante el parto.

Dalia miraba fijamente las llamas de la chimenea que irradiaban un claro resplandor. Su calor la envolvía. Sentía que le ardían las mejillas. En algún lugar, muy lejos, Ricardo tal vez estaba sentado a la mesa para cenar con una nueva familia, aunque también era posible que estuviera solo en un pequeño apartamento de dos habitaciones pensando justo en ese momento cómo habría sido su vida si su gran amor y su hija no hubieran muerto. ¿Quién podría saberlo?

Dalia echó un vistazo al reloj. ¿Qué hora sería en México? Unas cuantas horas antes que en Inglaterra. ¿Seis, siete, ocho? Eso significaba que Ricardo más bien debía de estar comiendo en lugar de cenando. Nuevamente Dalia cogió la carta de su padre en sus manos y absorbió cada una de las palabras que había escrito. Con aire reverente pasó el índice por encima de la caligrafía. Los pendientes con forma de dalias estaban ahora sobre la mesita auxiliar situada al lado del sofá. ¿Se los habría regalado a su madre? En la mente de Dalia se agolpaban innumerables preguntas. ¡Ojalá pudiera tener alguna respuesta!

—Welwitschie ya se ha acostado —informó Nara y luego se dejó caer al lado de Dalia sobre los mullidos cojines. Cerró brevemente los ojos. Después miró a su sobrina—. Me encanta este calor acogedor, el chisporroteo de la leña. Esta agradable sensación.

Dalia no pudo evitar sonreír.

—A mí también. ¿Te acuerdas de cómo el abuelo forcejeaba para encender el fuego cada vez que no lo conseguía a la primera? «La leña está demasiado húmeda» —dijo imitando su voz con una sonrisa burlona—. «Hay una presión atmosférica hoy que no deja que salga el humo». —Luego dejó la carta al lado de los pendientes y anunció con firmeza—: Voy a volar a México. Voy a buscar a mi padre y preguntarle qué pasó. Por qué permitió que mamá volviera a Inglaterra sola. Me gustaría saber qué sucedió antes entre ellos. No puedo deducir nada más de las crípticas alusiones en su carta. Seguro que puede contarme algo de mi madre. Dónde se vieron por primera vez. Cómo se conocieron. Quiero saberlo todo, hasta el más mínimo detalle.

En la mirada de Nara había ahora escepticismo.

—Dalia, ¿sabes cuánta gente vive en México?

—¿Unos cuantos millones?

—Más de ciento veinte millones de personas —corrigió Nara con cierta vacilación—. El doble que en Gran Bretaña. —Hizo una breve pausa—. Tus pesquisas tienen las mismas posibilidades de éxito que si buscaras aquí a un tal James.

Dalia se sentía cada vez más contrariada.

—¿Quiere decir eso que me aconsejas que deje las cosas tal y como están?

Nara suspiró.

—Cariño, no lo sé. Pero viajar a México a la aventura sin nada más que un nombre de pila, y además uno muy corriente que seguro que le han puesto a miles de mexicanos, no suena en mi opinión demasiado... razonable.

—Razonable —repitió Dalia mientras alzaba los hombros en señal de indignación—. En algún lugar al otro lado del océano vive mi padre, que cree que estoy muerta. ¿Y yo debería quedarme aquí sentada de brazos cruzados?

—Dalia, para mí todo esto también ha sido una gran sorpresa —explicó Nara—. Pero ¿crees realmente que podrás encontrarlo?

—No lo sé, pero si no lo intento, nunca podré averiguarlo. ¿No te parece que para él también sería importante saber que su hija está viva? Tal vez soy su única hija.

—Estoy convencida de que se alegraría si al final llegáis a encontraros. Pero me temo que las probabilidades no son muy elevadas.

Dalia reflexionó.

—Estoy estancada —afirmó al cabo de unos instantes—. Ya hace mucho tiempo. El trabajo ya no me llena como antes. Tengo la sensación de que el ambiente a mi alrededor es demasiado oprime. Me falta inspiración. Lilian me ha sugerido que me tome algún tiempo. Tenía en mente ir a Londres en mayo para visitar una exposición itinerante de Frida Kahlo, y de paso quedarme un par de semanas en la capital. ¿Qué tendría de malo viajar ya a Londres y desde allí volar directamente a México?

Nara volvió a coger la mano de Dalia.

—Deseo de todo corazón que encuentres lo que buscas. Pero México es peligroso. Y Ciudad de México... Tú vives en el campo. Espero que no sufras un choque cultural al llegar.

Dalia devolvió una mirada de sorpresa a Nara.

—¿Eso significa que me apoyas?

Nara se rio traviesa.

—Por supuesto que te apoyo. Los Carter hacen piña, ¿no?

Dalia asintió.

—Voy a ponerme en marcha lo antes posible.

—No deberías precipitarte —advirtió Nara—. Un viaje tan largo hay que prepararlo bien.

—He esperado veintiocho años a que llegara este momento, Nara —explicó Dalia con un tono serio en su voz—. Y no tengo ningunas ganas de esperar un día más de lo que sea estrictamente necesario. Voy a viajar lo antes posible. Esta misma semana.

La madre de Dalia había recibido en aquel entonces una beca de la Universidad Nacional Autónoma de México y había viajado a ese país hacía veintinueve años para visitar las famosas ruinas mayas que conocía por sus estudios de antropología americana, y para participar en unas excavaciones. Aquel pueblo indígena había vivido su época de máximo esplendor entre los siglos VII y X mientras se expandía por toda la península de Yucatán, en el este de México. Dalia recordaba que la abuela le contó una vez que Camellia había estado en Chichén Itzá, pero tampoco estaba completamente segura.

Esa noche Dalia se quedó en el salón navegando por los sitios webs que describían las ruinas de los yacimientos arqueológicos mayas más conocidos, y estuvo largo rato observando una foto de la famosa pirámide de Kukulcán. La imponente construcción estaba constituida por nueve grandes basamentos y cuatro empinadas escalinatas. Dalia se imaginó a su madre subiendo por aquellas escaleras hacía muchos años, y retrocediendo mentalmente a su vez a otros tiempos muy lejanos.

Decidió iniciar su búsqueda en Ciudad de México. Quizá alguien de la universidad podría ayudarla. Su madre tuvo que dejar algún rastro que ella pudiera seguir.

Cogió la nota con un nombre y una dirección de la capital mexicana y la examinó letra por letra. Lilian le había confirmado que se trataba de la caligrafía de su madre. Almara Fuentes Sánchez. Dalia tenía que hablar con esa mujer. Probablemente podría ayudarla a encontrar a su padre.

—¿Qué haces aquí a estas horas?

Lilian se encontraba bajo el marco de la puerta con un largo camisón azul claro y todavía adormilada parpadeaba ante el resplandor de la pequeña lámpara de sobremesa.

Solo al oír las palabras de su tía Dalia se dio cuenta de lo cansada que estaba.

—Yo... ¿Qué hora es?

—La una y media.

Dalia movió la cabeza de un lado a otro.

—No me he dado cuenta de lo rápido que ha pasado el tiempo.

Nara le había dado las buenas noches sobre las diez y se había acostado. ¿Realmente había pasado Dalia más de tres horas sentada ante el portátil para buscar información de México en internet?

Lilian se acercó y se dejó caer en el sofá al lado de Dalia.

—Es todo un poco abrumador, ¿no?

Dalia cerró brevemente los ojos.

—Tengo que encontrarlo.

Lilian inspiró profundamente.

—México no es precisamente un lugar seguro.

—No me harás cambiar de opinión. Me voy pasado mañana. Ya he reservado el vuelo.

—En este aspecto te pareces a tu madre. —Lilian sonrió—. Siempre sabía lo que quería. Ya de joven, qué digo, de niña, hablaba entusiasmada de los mayas y sus impresionantes estructuras en medio de la selva. El viaje de estudios a México era el sueño de su vida. Cuando era una adolescente empezó a aprender español expresamente con ese fin.

—No tenía ni idea —comentó Dalia, atónita.

—Camellia estaba… literalmente obsesionada por todo lo que pudiera estar relacionado con México y los mayas. A los demás hermanos nos parecía un tema mortalmente aburrido, pero cuando en la tele había algún documental sobre los mayas, ella se sumergía por completo en el reportaje en compañía del abuelo. Camellia ya deseaba entonces a toda costa ser investigadora, para descifrar los enigmas de esa cultura perdida. Aunque también le interesaban otras civilizaciones antiguas, la de los mayas le atraía especialmente.

—Ojalá hubiera podido conocerla… —murmuró Dalia apenada—. Por lo menos tendría algún recuerdo. Aparte de lo que me habéis contado y de sus fotos antiguas no tengo nada de ella. Ni siquiera sé cómo era su voz.

Lilian rodeó con un brazo los hombros de Dalia y la atrajo hacia sí.

—Te quería mucho. Cuando estabas creciendo en su vientre me hablaba entusiasmada de ti. Estaba impaciente por conocerte, y también muy emocionada, muy entusiasmada con la idea de ser madre. Siento muchísimo que no pudiera tenerte entre sus brazos. Que no se le permitiera contemplarte y sentirse orgullosa de ti.

—Era muy valiente —concluyó Dalia—. Viajar sola a un país extranjero…

—Sí, sí que lo era. —Lilian miró a Dalia de reojo—. ¿Has reservado ya un alojamiento?

Dalia negó con la cabeza.

—Ciudad de México es enorme. No debe de ser muy difícil encontrar una pensión o un pequeño hotel. Prefiero hacerme una idea del lugar cuando llegue. Además, no tengo ni idea de si la capital es el sitio acertado para encontrar pistas sobre el paradero de Ricardo.

—Por favor, ten mucho cuidado.

Dalia asintió.

—Hablo muy bien español. No hace tanto tiempo de las clases del instituto. Y muchos mexicanos saben inglés. Estoy segura de que me las apañaré.

—De eso no me cabe la menor duda. Aunque solo tengas la mitad de los genes de tu madre, no tendrás ningún problema. —Lilian le acarició la mejilla.

—Gracias —dijo Dalia conmovida—. Esto significa mucho para mí, de veras.

—Confírmame la hora de tu vuelo. Gunnar y yo te llevaremos al aeropuerto de Londres. —Lilian se puso en pie—. Y ahora deberíamos irnos a la cama. De lo contrario igual aparecerá Welwitschie de un momento a otro y dirá que ya es hora de levantarse.

—Ve a acostarte tranquila. Yo voy a apagar el portátil, por hoy ya está bien. Mañana será otro día.

Dalia cerró cada una de las páginas web y observó salir a Lilian mientras apagaba el ordenador. ¿Sería, tal vez, una idea descabellada intentar encontrar a su padre, del que solo sabía el nombre de pila? Pero no tenía alternativa; simplemente necesitaba saber dónde estaban sus raíces.

5

Tres días después, cuando Dalia bajó del avión en el aeropuerto internacional Benito Juárez de Ciudad de México se sentía completamente agotada. Llevaba casi doce horas de vuelo, había embarcado en Londres a las seis de la mañana, y allí apenas eran las doce del mediodía. Le dolían las piernas y tenía la espalda con contracturas. Mientras se dirigía junto con el resto del pasaje al control de pasaportes, Dalia se quitó la chaqueta. A pesar del aire acondicionado del edificio hacía un calor sofocante en la inmensa sala. Había llegado. Pero todavía no se lo podía creer.

En la cinta de recogida de equipajes volvió a encontrarse con sus compañeros de viaje durante el vuelo, Ellie y Peter, una pareja joven, más o menos de su edad. Ambos eran de un pueblo cerca de Liverpool y querían visitar en México a una antigua amiga de la universidad.

—Por fin podemos estirar las piernas —suspiró Ellie sonriendo—. Odio tener que estar tanto rato sentada.

Dalia asintió.

—Es la primera vez que vuelo, pero... —sonrió—... yo también lo odio. De momento eso lo tengo claro.

—¿Ya sabes dónde te vas a alojar? —preguntó Peter mientras las primeras maletas empezaban a aparecer sobre la cinta.

—Creo que primero voy a dar una vuelta por la ciudad. Lo mejor sería encontrar algo lo más cerca posible del centro. —Hizo una pausa para reflexionar—. Aunque la universidad donde estudió mi madre está a veinte kilómetros de la ciudad.

Dalia les había contado a ambos durante el largo vuelo el motivo de su viaje. La ciudad aparentemente era inmensa. Había imprimido en casa varios planos y tenía la esperanza de que de algún modo le servirían para orientarse en la intrincada jungla de la gran metrópolis.

—Podemos acompañarte, Dalia —volvió a ofrecer Ellie, que ya se lo había propuesto en el avión—. Nuestra amiga Mandy conoce bien la ciudad, seguro que puede ser de ayuda. Ciudad de México puede resultar bastante intimidante al principio.

Ella rechazó la oferta con un gesto de la mano.

—Gracias, de veras, pero creo que puedo hacerlo sola.

Dalia también les había hablado de su hasta ese momento tranquila vida en Cornualles. Y de su deseo de encontrar por fin su propio camino, sus raíces, su familia mexicana. La posibilidad de dar un nuevo rumbo a su porvenir.

En ese momento apareció la mochila de color rojo oscuro de Dalia sobre la cinta transportadora.

—Ya está aquí mi mochila.

Sonrió triunfante y se acercó a la cinta. Después de echarse la enorme mochila a la espalda abrazó primero a Ellie y luego a Peter.

—Muchas gracias. Ha sido genial conoceros.

—Ojalá tengas mucho éxito y encuentres a tu padre —dijo Ellie—. Si alguien puede conseguir encontrar una aguja en el pajar, esa eres tú.

—Eres capaz de conseguir eso y todo lo que te propongas —añadió Peter sonriendo—. Que te vaya bien, Dalia. Y recuerda que tienes nuestro número, por lo que pueda pasar. Puedes llamarnos cuando quieras.

Al salir diez minutos después de la terminal del aeropuerto le sorprendió la agradable temperatura del exterior. Esperaba que esta rondara los treinta grados y que hubiera mucha humedad, pero, a pesar del sol que lucía en ese momento, el viento era fresco y el aire seco. Su camiseta casi le parecía demasiado fina. Las guías de viaje no siempre tenían razón.

En la calle había varios coches iguales —el modelo Escarabajo de Volkswagen— verdes y blancos con un rótulo en el techo con la palabra TAXI. Justo en el momento en que Dalia se disponía a tomar uno, un joven de cabellos negros y ojos brillantes se acercó a ella.

—¿Inglesa, *madam*?

Dalia asintió.

—Sí.

—¿Estás buscando un alojamiento económico en la ciudad? —preguntó el joven en un mal inglés.

De nuevo Dalia asintió, y entonces se acercó otro hombre.

—Podemos ofrecerte una bonita habitación. Céntrica y asequible —siguió hablando el primer hombre—. Por cierto, me llamo Juan, y este es mi amigo Miguel.

—Lo cierto es que busco un albergue que esté en el centro —explicó Dalia—. Ahora mismo iba a coger un taxi para que me llevara allí.

—Sí, sí, en el centro. —Juan asintió con la cabeza—. Ven con nosotros. *Vamos* —añadió en castellano.

Se dirigieron hacia uno de los numerosos vehículos y le indicaron a Dalia que les siguiera.

Dalia vaciló un momento, pero el alivio de encontrar tan fácilmente un alojamiento prevaleció sobre la prudencia, y tras apartar la duda de su mente les siguió.

Juan tomó asiento al lado del conductor, y Miguel se sentó junto a Dalia en el asiento de atrás. Dalia se puso la mochila encima de los muslos.

Juan conversaba con el conductor en español. Hablaba tan rápido que Dalia solo lograba entender algunos fragmentos aislados de la conversación.

—¿Tu primera vez en México? —preguntó Miguel a Dalia, examinándola detenidamente con sus ojos marrones.

—Sí.

—¿De vacaciones?

Dalia reflexionó un momento. ¿Por qué debería explicarles sus planes a dos perfectos desconocidos?

—Exacto. Vacaciones. —Se esforzó por esbozar una sonrisa.

Cuando el conductor empezó a avanzar, de repente le sobrevino la terrible sensación de que tal vez había actuado demasiado precipitadamente. ¿Y si aquellos tipos la secuestraban? Pero volvió a tranquilizarse enseguida pensando que se encontraba en un taxi público, y se concentró en el caótico tráfico a su alrededor. Los coches hacían sonar el claxon, la gente rugía en una bulliciosa confusión, los ciclistas gritaban y maldecían.

El conductor giró en una ancha avenida con edificios residenciales bien cuidados. El cansancio lentamente iba haciendo mella en Dalia. En Inglaterra debía de ser la hora de cenar, calculó mentalmente. Le habría gustado dejar caer la cabeza hacia atrás y cerrar los ojos, pero no se atrevía a hacerlo. Estaba en un taxi con tres hombres desconocidos a nueve mil kilómetros de su hogar. Tenía que permanecer despierta a toda costa y tener mucho cuidado.

—¿Cuánto tiempo tienes pensado quedarte aquí? —preguntó Miguel, mientras el conductor y Juan aparentemente seguían discutiendo.

—No lo sé todavía —dijo ella con franqueza—. El tiempo que me apetezca.

—México es lindo. Los hombres mexicanos también son lindos. —Miguel desplegó una amplia sonrisa.

La conversación había tomado un giro que a Dalia no le gustaba en absoluto. Volvió a mirar hacia el exterior y se dio cuenta de que las casas ahora parecían más deslucidas que las que había visto hacía unos pocos minutos. ¿Quizá debería enviar a Nara un breve mensaje de texto y explicarle dónde se encontraba? Pero tampoco lo sabía exactamente. Dalia no podía reconocer el nombre de ninguna calle. ¿Y no preocuparía a Nara innecesariamente al decirle que se encontraba en un taxi y no sabía adónde la llevaban? ¿Cómo podía haber sido tan increíblemente ingenua? Se esforzó en no dejarse llevar por el pánico. Todavía no había pasado nada.

En cuanto bajaran del taxi intentaría explicarles a aquellos dos hombres que buscaría otro alojamiento. Miró de reojo su reloj y comprobó que el trayecto de momento solo había durado un cuarto de hora. No era mucho teniendo en cuenta las distancias en aquella inmensa ciudad.

—¿Tienes marido?

¿Qué debería responder?

—Miguel, deja a la *señorita* en paz —sonó la voz de Juan amonestándolo desde el asiento delantero.

Aliviada, Dalia giró la cabeza para mirar a través de la ventanilla. Tal vez había malentendido la situación. Tras una breve réplica de Miguel, Juan prosiguió en un monólogo de un minuto de duración. Ambos hablaban tan rápido que Dalia apenas entendía nada, a pesar de que había estudiado español durante varios años en el instituto.

Cuando poco después el conductor detuvo el taxi, Dalia agarró las correas de su mochila con más fuerza.

—Hemos llegado —anunció Juan y después pagó al taxista.

Tras descender del taxi, Dalia tenía la intención de explicarles a ambos hombres que ya no estaba interesada en su oferta, pero Juan la cogió del brazo y la empujó rudamente para que fuera delante.

—Es ahí. —Señaló con la otra mano uno de los numerosos bloques de pisos.

—Vivimos ahí. Puedes quedarte en… uno de los cuartos para invitados. —Entornó los ojos—. Pero dime, ¿cómo te llamas?

Dalia percibía su excesiva proximidad, y justo tras ella el aliento de Miguel en el cuello.

—Dalia —respondió vacilante—. Pero yo…

—Venga. *Vamos.* —Juan la arrastró hasta la puerta de entrada, que solo estaba entornada, y la empujó hacia delante a través del cargado ambiente del pasillo. Fragmentos de pintura, que en otro tiempo debía haber sido blanca, se desprendían de las paredes. En una de ellas alguien había escrito «Roco + Matilda».

—Nuestra casa está en el tercer piso.

¿Cómo conseguiría salir de allí? ¿Por qué diantres no había aceptado la ayuda de Ellie y Peter? Nadie en el mundo sabía dónde se encontraba. Ni siquiera ella lo sabía. Juan se detuvo ante una puerta en el tercer piso y empezó a rebuscar en el bolsillo del pantalón para sacar la llave.

¿Qué harían esos hombres cuando Dalia intentara escabullirse? Podría bajar corriendo las escaleras y...

—*Bienvenida*. ¡Eres bien recibida en nuestra casa! —Juan le indicó el pasillo y esperó a que Dalia entrara. Miguel fue el último en entrar y cerró apresuradamente la puerta tras él.

—¡Ven! —Nuevamente Juan la asió por el brazo y la condujo hacia una de las habitaciones—. Limpia y económica.

En la estancia había una estrecha cama de hierro con sábanas floreadas, y al lado un taburete destartalado que hacía las veces de mesita de noche; en la pared opuesta había una estantería de madera. El suelo de gres presentaba manchas, y las paredes también habían visto tiempos mejores.

—El baño está ahí detrás.

Dalia cerró los ojos y asintió. Cuando volvió a abrirlos estaba sola en la habitación. ¿Qué debería hacer? En ningún caso debería desempaquetar la mochila en ese antro. Ni, por supuesto, tumbarse en esa cama. La colcha parecía más o menos limpia, pero daba la sensación de que alguien acabara de recostarse en la almohada. No, no pensaba dormir allí ni un solo minuto.

Quizá Juan y Miguel saldrían en algún momento de la casa. Entonces podría aprovechar la ocasión para esfumarse sin llamar la atención.

Tras pasar más de una hora en aquel cuartucho paseando de arriba abajo inquieta, barajando en su mente como mínimo cien posibles maneras de salir de aquella situación indemne, Dalia no pudo aguantar más. Abrió la puerta y echó una mirada furtiva al pasillo.

Juan y Miguel estaban discutiendo a gritos en la cocina con un tercer hombre que ella no conocía.

Dalia no podía más. En ese mismo momento decidió que recogería la mochila y desaparecería. Después de todo, aquellos tipos no podían retenerla en contra de su voluntad.

Pero al ver entonces que aquel extraño les entregaba varias bolsitas en la mano, tuvo muy claro que tenía un problema de mucha más envergadura de lo que había supuesto. Juan y Miguel evidentemente eran traficantes de drogas. No podía saber todavía cuáles eran sus intenciones con respecto a ella, pero estaba segura de que no les haría gracia enterarse de que había presenciado sus actividades presumiblemente ilegales.

Tenía que salir de aquel lugar como fuera lo antes posible. Dalia regresó a la habitación, inspiró profundamente y de nuevo abrió la puerta, ahora sin evitar hacer ruido. En el pasillo, por si acaso, carraspeó además con fuerza. Tal como esperaba los tres hombres se giraron para mirarla, mientras ella avanzaba hacia ellos. Juan se llevó rápidamente la mano derecha a la espalda.

—Tengo hambre —anunció Dalia, esforzándose por dotar a su voz de un tono de seguridad, y discretamente ocultó sus temblorosas manos en los bolsillos del pantalón—. Voy a salir a ver qué encuentro. —Señaló con aire despreocupado la puerta.

Juan intercambió una mirada con Miguel y después avanzó hacia ella dando grandes zancadas.

—Vamos contigo.

Dalia negó con la cabeza.

—No es necesario en absoluto. Puedo ir sola. —Dalia forzó una sonrisa.

—Vamos contigo —repitió Juan en un tono de voz más arisco—. Tú no conoces el barrio. Y eres nuestra huésped. Tenemos que cuidar de ti.

Sus palabras, sin embargo, no inspiraron en Dalia la más mínima confianza. Regresó apresuradamente a la habitación y se disponía a coger la mochila cuando Juan apareció en el umbral.

—Puedes dejarla aquí.

—Prefiero llevarla conmigo —replicó Dalia sobreponiéndose a su miedo. ¿Cómo podría escapar de esa desagradable situación?

—Aquí hay muchos ladrones —explicó Juan condescendiente, como si Dalia fuera una niña pequeña—. Hay muchos hombres que no tienen buenas intenciones con mujeres guapas como tú. Es mejor que la mochila se quede aquí.

Si no quería arriesgarse a que esos canallas no la dejaran salir, muy a su pesar tendría que seguir las instrucciones de Juan. En su interior se mezclaban agitados la rabia y el miedo. Había sido tan inconcebiblemente estúpida.

—Vale —aceptó con voz apocada—. Pero de veras que puedo ir sola.

—No insistas. —Juan se dirigió a Miguel y al tercer hombre y dijo algo en español que de nuevo Dalia no entendió.

—¡Vamos! —Asió a Dalia del brazo nuevamente y la condujo a la puerta. Los otros dos los siguieron hasta llegar a la calle, donde el hombre que había traído las drogas se despidió, guiñándole un ojo a Dalia mientras sonreía.

Dalia le dio la espalda asqueada.

—¿Te apetecen unas tortillas de maíz? —preguntó Miguel.

—Suena bien —dijo con voz ahogada y se esforzó por poner buena cara.

Al lado del bloque de pisos había un pequeño parque infantil con un tobogán destartalado y una estructura para que treparan los niños que no parecía demasiado estable. Dos jóvenes mexicanas estaban de pie al lado de los columpios y conversaban riendo, mientras tres niños pequeños jugaban sentados sobre la arena con unas cuantas canicas azules. Los pantalones que llevaban mostraban algunos desgarros, y a la chaqueta de una de las chicas le faltaba una manga. Al darse cuenta de la evidente pobreza Dalia sintió que se le hacía un nudo en la garganta.

¿Cómo viviría su padre? De inmediato volvió a apartar aquellos pensamientos. Bien sabía Dios que en ese momento tenía otras preocupaciones.

—Ahí delante hay un local de comidas —explicó Juan—. No está lejos.

Dalia asintió, reprimiendo cualquier posible réplica, mientras avanzaba por la calle en silencio entre los dos hombres. Se sentía casi como una delincuente a la que estuvieran llevando al calabozo.

—Aquí tienen las mejores tortitas de toda la ciudad —se jactó Juan, antes de abrir la puerta del pequeño local.

Dalia constató con pesar que en su interior había un solo cliente. Tenía la esperanza de poder pedir ayuda sutilmente, pero el joven ante el mostrador conversaba animadamente con el vendedor y no se percató de la entrada de Dalia y los dos hombres. Mientras Juan y Miguel se acercaban a un expositor para examinar la oferta de bebidas, ella se aproximó discretamente al joven.

Finalmente este giró la cabeza y la vio. Sus ojos se encontraron unos segundos y Dalia intentó darle a entender el miedo que la asolaba mediante la expresión de su rostro.

Aparentemente lo consiguió. El joven la contempló con un gesto inquisitivo. ¿Habría comprendido que estaba metida en un lío?

Dalia asintió débilmente y señaló con un leve movimiento de barbilla a Juan y Miguel.

Después de mirar alternativamente a los dos hombres y a Dalia varias veces, le indicó que se hacía cargo con un leve movimiento de cabeza y un gesto sombrío.

—¿Algún problema? —preguntó muy despacio en español, de modo que Dalia pudo entenderle sin esfuerzo. Ella asintió.

Juan se apartó del expositor y miró con una expresión airada al joven.

—¿Decías algo, amigo?

—No soy tu amigo —dejó claro el desconocido con voz firme—. Y esta señorita obviamente parece no sentirse a gusto en vuestra compañía. —Miró hacia Dalia—. ¿O me equivoco?

—Dile que eres nuestra huésped —exigió Juan en un mal inglés.

—Yo... —empezó a decir Dalia insegura—. Yo...

—O sea que tengo razón —añadió el extraño hablando en inglés, casi sin acento—. Dejad en paz a la dama si no queréis tener más problemas.

Sin previo aviso, Miguel sacó un cuchillo. Al verlo Dalia gritó alarmada y retrocedió.

—¡Guarda el cuchillo! —exigió el joven en español.

—Fuera de aquí esa arma ahora mismo —intervino el vendedor—. No en mi local. No quiero tener problemas.

—No vas a tenerlos —dijo el joven desconocido dirigiéndose hacia él—. ¡Guarda el cuchillo! —repitió en dirección a Miguel—. ¡Ahora mismo!

Miguel hizo una mueca burlona.

—Tú no me das órdenes, capullo. Voy a defender a nuestra huésped con uñas y dientes —dijo mientras volvía a agitar el arma ante la cara del joven.

Dalia contemplaba la escena conteniendo la respiración, mientras se preguntaba si no sería mejor simplemente abrir la puerta y echar a correr. Pero su mochila, todo el equipaje, el dinero, su pasaporte... todo estaba todavía en la casa de los dos traficantes. Tenía que recuperar sus cosas como fuera.

Mientras Miguel seguía intentando apuñalar al joven, Juan se acercó a Dalia y la agarró de un brazo con brusquedad.

—¡Suéltala! —El joven miraba a Juan y a Miguel alternativamente.

—¿Y si no lo hago? —se mofó Juan totalmente confiado.

Sin la menor vacilación el desconocido hizo volar el cuchillo que Miguel tenía en la mano, y a continuación se giró y golpeó a Juan con el puño derecho en la cara.

—¡Dejad a la señorita en paz! De lo contrario os vais a arrepentir.

El cuchillo se deslizó por el suelo embaldosado y quedó oculto bajo uno de los expositores. Miguel corrió a buscarlo sin dejar de maldecir, y Juan, tras recibir el derechazo, por fin liberó a Dalia y se llevó ambas manos a la cara. Le sangraba profusamente la nariz.

—Mi equipaje… —balbuceó Dalia—. Está en su casa todavía.

El joven desconocido aparentemente reflexionó un momento antes de golpear de nuevo a Juan en el hombro derecho.

—¿Dónde está la casa?

Juan chillaba de dolor, mientras Miguel seguía buscando a tientas el cuchillo.

—¿Dónde está la casa? —repitió la pregunta.

Juan gruñó unas palabras que Dalia no comprendió.

—Si no queréis más problemas esfumaros donde no pueda veros, hasta que la señorita haya recogido su equipaje. —El joven alargó la mano—. ¡Las llaves!

Juan denegó con la cabeza mientras se cubría la nariz con las manos.

—¡Las llaves!

Juan las sacó del bolsillo maldiciendo y se las dio al desconocido.

—¡En una hora podréis recuperarlas aquí! —les gritó—. ¡Eso si no causáis más problemas! De lo contrario se las daré a vuestros mejores amigos. Seguro que saben qué hacer con vuestras elegantes instalaciones.

Indicó a Dalia que le siguiera. Ya en la puerta se detuvo y se volvió hacia el vendedor de tortitas.

—Hablamos otro día, ¿vale? Hoy desgraciadamente el ambiente está demasiado cargado. —Luego dirigió su atención a Dalia.

—Vamos, recogeremos tus cosas.

6

Ya fuera del local, el joven le ofreció la mano a Dalia.
—Me llamo Pablo.
—Dalia.
—¿Eres inglesa?
Dalia asintió.
—¿Dónde está su casa?
Dalia le indicó con un gesto la dirección aproximada.
—¿Quieres contarme qué ha pasado exactamente? ¿Cómo te has encontrado con esos tipos? ¿Por qué está tu equipaje en su casa? ¿Y qué haces en México? —De pronto alzó ambas manos y se echó a reír—. Perdona. Puede que sean demasiadas preguntas a la vez, pero lo que acaba de pasar no estaba exento de peligro. Por eso me gustaría que me pusieras en antecedentes.
Dalia se avergonzaba de su ingenuo comportamiento. ¿Acaso no le habían inculcado sus abuelos desde bien pequeña que nunca se fuera con hombres desconocidos? ¿Y encima en un país extranjero? La verdad es que ni siquiera ella se explicaba qué había pasado.
Hizo una profunda respiración y empezó a contárselo todo. Desde la carta de su padre, al que no conocía, y su decisión de dar con él hasta su llegada al aeropuerto y el encuentro con esos hombres. Mientras lo hacía se dio cuenta de lo raro que debía sonar todo aquello para alguien que no sabía nada de ella.
—¡Guau! —Pablo se detuvo y la escudriñó sin decir nada

durante unos momentos—. Eso es... No esperaba una historia semejante.

—Ha sido una estupidez —prosiguió Dalia en un tono de voz apagado y se sintió aún más tonta—. No sé en qué estaba pensando en el aeropuerto para coger un taxi con aquellos dos tipos. Y dejarme llevar a su casa. —Sacudió la cabeza—. Al bajar del taxi me di cuenta de que algo obviamente no iba bien, pero ya era demasiado tarde. Tenía miedo de que no me dejaran marchar. Y luego lo único que quería era salir de esa casa y alejarme todo lo posible de esos dos.

—No volverás a verlos nunca —aseguró Pablo en tono tranquilo—. Te lo prometo. —Señaló la entrada del edificio—. Recojamos tus cosas para poder irnos de aquí. ¿Tienes idea de dónde vas a alojarte? ¿En un hotel? ¿O prefieres una pequeña pensión?

Dalia se encogió de hombros.

—No tengo la menor idea. Soy tan... idiota. No tenía que haber... —Al asimilar todo lo que podía haberle pasado, un escalofrío le recorrió el cuerpo. Finalmente, no pudo contener el llanto. Avergonzada, se enjugó las lágrimas con la mano—. Lo siento —dijo en voz baja—. Ha sido demasiado para mí.

—No tienes que disculparte. —Pablo parecía no estar seguro de cómo debía reaccionar. Empezó a mover una mano hacia ella, pero enseguida la retiró—. Todo ha salido bien al final.

Dalia suspiró.

—Pero podía haber acabado de forma muy distinta. ¿Qué demonios me pasa? Si no hubieras estado tú allí...

Entraron en el edificio en silencio y recogieron la mochila de Dalia, que seguía tirada en el suelo al lado de la cama.

—Gracias. Por todo —dijo Dalia cuando regresaron al exterior—. Siento muchísimo haberte implicado en esta situación. En ningún caso era mi intención que tú... Por suerte no has resultado herido. Solo de pensar en aquel cuchillo...

Pablo sonrió un poco, y al lado de las comisuras de su boca hicieron aparición dos hoyuelos.

—No te preocupes por mí —replicó con un brillo en sus

ojos—. Vivo en Ciudad de México desde hace muchos años y soy consciente de lo que uno se puede encontrar. Además, en mi juventud practiqué varias artes marciales. Me las arreglo bien. Ahora estamos en el barrio de Venustiano Carranza, uno de los peores. —Hizo una breve pausa—. Pero ya debes de haberte dado cuenta de eso.

—¿Cómo es que hablas tan bien inglés?

El joven esbozó una amplia sonrisa.

—Soy anglicista y doy clases en la universidad.

—O sea que no eres un traficante de drogas —soltó Dalia grandemente aliviada.

Él se rio.

—No, eso seguro que no. —Su mirada se tornó más penetrante—. Bueno, ¿qué hacemos ahora contigo?

Dos chicos con sendas camisetas azules de fútbol americano pasaron a su lado en monopatín hablando en voz muy alta. Dalia los observó mientras desaparecían en la siguiente esquina.

—He estudiado español durante años y, sin embargo, no entiendo nada —declaró frustrada—. Creía que me desenvolvería bien aquí con mi nivel del idioma, pero evidentemente estaba muy equivocaba.

—Los mexicanos realmente hablamos muy rápido —respondió Pablo lentamente en español—. Pero si me esfuerzo un poco, seguro que me entenderás mejor.

Dalia abrió mucho los ojos denotando sorpresa.

—Lo he entendido todo. Qué maravilla. —Se detuvo en seco—. Como antes en el local de las tortitas.

Pablo hizo un gesto con la cabeza como para reafirmar su sensación.

—¿Lo ves?

—Yo... —empezó a decir Dalia insegura, mientras cambiaba el peso del cuerpo de un pie a otro—. Creo que voy a buscar otro alojamiento. Encontraré algún sitio. Todavía es de día y...

—Podrías quedarte en casa —propuso Pablo apresuradamente y la miró expectante—. Con nosotros.

—¿Con tu familia?
Él se rio.
—No. Por suerte no viven aquí. Vivo con dos estudiantes de doctorado. Compartimos piso, por así decirlo. Estela y Rubén. —Ladeó la cabeza—. Aunque puedo comprender perfectamente que ahora desconfíes y tras esta mala experiencia prefieras ir a un hotel de verdad. —Le guiñó un ojo en un gesto divertido—. No te puedo ofrecer una habitación propia, desgraciadamente, solo un sofá cómodo en la sala de estar y buena comida. Rubén cocina estupendamente.

Dalia no tuvo que pensarlo demasiado. A pesar del mal trago que había pasado en las últimas horas percibía de forma instintiva que Pablo no suponía ninguna amenaza. El joven irradiaba seguridad y parecía digno de confianza e inteligente.

—Acepto con mucho gusto tu oferta —anunció Dalia—. Gracias. —Haría lo que fuera con tal de no estar sola.

—De nada.

Siguieron avanzando por la calle hasta llegar al siguiente cruce, donde había mucho más tráfico. Pablo hizo señas a un taxi. Al subir se sentó al lado de Dalia en el asiento trasero. Enseguida se apoderó de Dalia el cansancio y cerró los ojos.

Obviamente se había quedado dormida, y cuando Pablo la despertó pudo constatar que habían pasado veinte minutos. El taxi se había detenido ante un bonito edificio residencial de cuatro plantas.

—Bienvenida al barrio de Coyoacán —declaró Pablo con voz solemne y se echó a la espalda la mochila de Dalia—. Ahora estamos al sur de la Ciudad de México, muy lejos de esos malhechores. Además, la universidad está cerca. La principal razón de que los tres nos mudáramos aquí fue que el trayecto era más corto.

—Qué bonito es esto —dijo Dalia mientras contemplaba la fachada bien cuidada. Había rosales en flor ante el edificio, y dos altas palmeras ofrecían una agradable sombra en la parte delantera.

Pablo la condujo hasta la entrada y sacó la llave.

—¡Nos hemos olvidado de llevar las llaves al local de tortitas! —exclamó Dalia espantada, y luego se llevó la mano a la boca.

Pablo hizo un gesto como restando importancia a aquello.

—Una noche al raso seguro que les sienta bien a esos dos. La mala hierba nunca muere. Mañana volveré para hablar con Felipe y le dejaré allí las llaves.

Pablo vivía en el primer piso. Al abrir la puerta Dalia oyó alegres risas procedentes del interior. De inmediato se sintió segura y bien recibida. Donde la gente se reía no podía haber mal ambiente.

Pablo se volvió hacia ella y le explicó sonriendo:

—Estela y Rubén están en casa. Así podrás conocer ya a toda la banda.

El suelo de la vivienda era de baldosas gris claro, y las paredes estaban pintadas de blanco. Los muebles de madera de color negro conferían un aspecto elegante al espacio claro y acogedor.

—Ven, te los presentaré.

Al entrar en la sala Dalia pudo ver a una mujer joven y muy atractiva de largos cabellos negros sentada a una pequeña mesa de comedor ante un portátil. A su lado había un hombre corpulento inclinado por encima de sus hombros que señalaba la pantalla.

—Hola, chicos —saludó Pablo—. ¿Qué es tan divertido? Tenemos visita.

Ambos se volvieron para mirarlos con curiosidad.

—Estela me acaba de enseñar al profesor García barriendo el patio de la facultad porque le molesta el polvo. —El joven volvió a reír. Tenía una expresión afable en su rostro.

—Os presento a Dalia de Inglaterra —anunció Pablo.

—Hola, Dalia de Inglaterra —saludó el hombre divertido—. Yo soy Rubén de México.

—Tonto —dijo la mujer sacudiendo de un lado a otro la cabeza mientras le daba un codazo de broma en el costado—. Hola, Dalia, soy Estela.

—Hola —respondió Dalia y se obligó a esbozar una débil sonrisa. Todavía sentía en los huesos el susto que se había llevado poco antes aquel mismo día—. Gracias por dejar que me quede.

—Dalia está en México para buscar a su padre. Se quedará aquí unos días.

—¿Estás buscando a tu padre? —repitió Rubén picado por la curiosidad—. ¡Qué guay! Eso tiene pinta de ser una historia emocionante.

—Pero ahora vamos a dejarla descansar —dijo Pablo—. El vuelo ha sido muy largo. Mañana será otro día.

Dalia lo miró agradecida. La calidez que emanaban aquellas tres personas despertó en ella la esperanza de que la desagradable experiencia de aquel día solo hubiera sido un desafortunado incidente y de que a partir de ese momento pudiera realmente concentrarse en su objetivo sin más contratiempos.

7

Veintinueve años antes
Cornualles

Camellia deslizaba sus dedos temblorosos una y otra vez por encima del remitente de la carta levemente arrugada. ¿Qué haría si la habían rechazado? Comprobó el grosor del sobre colocándolo entre el índice y el pulgar. Si fuera una respuesta negativa, ¿no sería un solo folio? También podría ser que la Universidad Nacional Autónoma de México le hubiera enviado ya toda la documentación para formalizar la solicitud.

Camellia inspiró profundamente. Normalmente no vacilaba tanto; más bien lo contrario. ¿No le advertía siempre su madre que no se precipitara? ¿No se había unido al proyecto de ayuda humanitaria de su universidad dos años atrás de una manera impulsiva? Justo después de que leyera la convocatoria en el tablón de anuncios de que se necesitaba un cooperante en África Occidental para una fundación juvenil sin ánimo de lucro, había solicitado el puesto. ¿Cómo podría no haber aceptado dedicar ocho semanas de su vida a hacer algo tan altruista que además le sumaría competencias en su currículum? Su madre no estaba tan entusiasmada, probablemente por lo precipitado de su partida, pero Camellia viajó allí tan solo tres días después. Y no se arrepintió. Toda su vida recordaría las experiencias allí vividas.

Sus pensamientos regresaron al presente, a la solicitud de

una beca para estudiar en México. ¡Tenía tantas esperanzas de que su gran sueño se hiciera realidad, de poder ver con sus propios ojos las ciudades de los mayas y conocer de cerca aquella civilización perdida!

Camellia cerró los ojos y evocó en su mente la imagen de la gran pirámide. ¿Cuántos libros ilustrados sobre esa temática había devorado? ¿Cuántos reportajes y documentales de incontables investigadores especializados había visto? No lo sabía. Calculaba que debían de ser cientos. ¿Cómo sería tocar con sus propias manos esos venerados muros? ¿Deambular entre las ruinas y absorber todas esas sensaciones? ¿E incluso tal vez poder participar en unas excavaciones? Si todo salía bien, quizá incluso se le ocurriría un buen tema para su trabajo de fin de carrera gracias a ese viaje.

Cuando tres meses atrás vio en la universidad el cartel que anunciaba la beca no se lo podía creer. Habían salido a su encuentro oficialmente las palabras clave: México, viaje de estudios, ciudades mayas, excavaciones y península de Yucatán. Semejante oportunidad no volvería a presentársele. También en esta ocasión no pasaron ni cuarenta y ocho horas antes de que enviara su solicitud. Ahora confiaba fervientemente en que los dos artículos que había escrito sobre el tema, junto a las recomendaciones de sus profesores, hubieran convencido al jurado.

Volvió a contemplar el sobre que descansaba entre sus manos. ¿A qué estaba esperando para abrirlo? En caso de que la hubieran aceptado cada minuto que pasaba era un tiempo valioso perdido, puesto que tendría muchas cosas que preparar y organizar. Y si la habían rechazado, entonces podría empezar ya a afrontar su frustración. La respuesta sería la misma si leía el contenido del sobre en ese momento, por la noche o a la mañana siguiente temprano.

Cogió el abrecartas de bronce y lo introdujo bajo la solapa. Con mucho cuidado, casi de un modo reverencial, lo deslizó sobre el papel. El momento de la verdad estaba cada vez más cerca. Al ser consciente de los pensamientos melodramáticos que le asaltaban, Camellia no pudo evitar sonreír. Después de todo, no estaba filmando la escena de una película. Nadie, aparte de ella, estaba viviendo ese electrizante momento.

Extrajo el pliego de papel de cartas del sobre y empezó a leer con el corazón palpitante.

> Estimada señorita Carter:
> Le agradecemos su solicitud y nos alegra sumamente comunicarle que le hemos concedido una beca para su viaje de estudios a México.

De los ojos de Camellia brotaron las lágrimas. ¡Realmente lo había conseguido! Viajaría a México, conocería los yacimientos arqueológicos de los mayas… Se puso en pie de un salto y salió disparada de la habitación con la carta de aceptación en la mano.

—¡¿Mamá?! ¡¿Papá?!

—Estamos aquí, cariño. —La voz de su madre provenía del salón.

Camellia echó a correr por el pasillo y se detuvo un momento ante la puerta abierta, mientras se pasaba la mano por el pelo. Luego entró en el salón y agitó el sobre como si fuera un trofeo.

—¿Qué es eso? —Su padre alzó la vista por encima del borde de sus gafas de lectura arrugando el ceño, mientras dejaba caer el periódico que sostenía con las manos sobre su regazo.

—¡¿A ver si adivináis quién acaba de recibir una carta de confirmación desde México?! —exclamó Camellia, incapaz de refrenar su alegría.

—¿Te han aceptado? —Los labios de su padre se curvaron en una sonrisa de orgullo—. Bueno, o sea que se han dado cuenta de lo lista y curiosa que es mi hija —dijo haciendo un gesto de aprobación con la cabeza.

—¿Vas a ir a México? —La madre de Camellia parecía menos contenta.

Camellia asintió sonriente.

—Voy a explorar las grandiosas ruinas mayas: Chichén Itzá,

Palenque y todas las demás que hasta ahora solo conozco por la tele. ¡Las veré con mis propios ojos!

—¡Enhorabuena! —El padre de Camellia se puso en pie y la abrazó.

Su madre también se levantó y avanzó hacia ella.

—Me alegro por ti, cariño. —Asió a Camellia por un brazo—. Aunque preferiría que investigaras en Stonehenge en lugar de en México —repuso, mientras la miraba preocupada.

Camellia puso los ojos en blanco, como si estuviera pidiendo paciencia.

—Stonehenge es de la época neolítica, mamá. Yo estudio arqueología con una especialización en antropología americana, y lo que más me interesa son las civilizaciones precolombinas.

—Rose, déjalo estar. Alégrate de tener una hija tan talentosa. Estoy seguro de que la Universidad de México no le concede una beca a cualquiera.

—Las plazas son limitadas —explicó Camellia haciéndose eco del comentario de su padre—. En todo el mundo solo se han convocado veinte becas.

—¿Veinte? ¿En todo el mundo? —Su madre asintió pensativa—. Realmente es un gran honor. —Volvió a abrazar a Camellia—. Me alegro mucho por ti. De veras. Es solo que México no es un país… especialmente seguro. Los cárteles de drogas, la corrupción, los asaltos…

—Rose —volvió a reprenderla su marido—. Tu hija va a viajar a México para participar en excavaciones, no para colaborar con la policía local. —Se volvió nuevamente hacia Camellia—. ¿Cuáles son los siguientes pasos?

—Todavía no he acabado de leerla. —Camellia agitó la carta en el aire sonriendo—. Al ver que me habían aceptado, he venido corriendo a decíroslo. En todo caso lo siguiente es viajar a Ciudad de México, donde nos encontraremos todos los participantes. Allí también conoceremos al director del viaje de estudios, que nos distribuirá por los distintos yacimientos. —Hizo una breve pausa—. Ojalá me envíen a Chichén Itzá. Cruzad los dedos por mí por favor. Aunque también me alegraré si al final me destinan a otras ruinas, por supuesto, Uxmal o Palenque, por ejemplo… Estoy segura de que cada yacimiento alberga sus propios enigmas por resolver.

—Nuestra hija es todo pasión y energía cuando se trata de su tema favorito —concluyó su padre con una sonrisa.

—Papá, ya sabes cuánto tiempo hace que sueño con esto —replicó Camellia—. Y ahora se ha hecho realidad. Estoy… muy emocionada.

—Has soñado con esto desde que te regalamos aquel libro cuando eras pequeña —recordó su madre, que parecía estar haciéndose lentamente a la idea de que su hija se iría a otro continente durante unos meses—. Debías de tener ocho o nueve años.

El rostro de Camellia tenía una expresión radiante.

—Estoy impaciente.

—¿Impaciente? ¿Por qué? —Lilian hizo aparición en la estancia y miró a sus padres y a su hermana—. ¿Me he perdido algo?

—Me han aceptado —informó Camellia—. ¡Me han dado la beca para el viaje de estudios a México! —Lilian abrió mucho los ojos.

—¿Te han aceptado? —Se abalanzó sobre Camellia y la abrazó exaltada. Empezaron a bailar las dos juntas por todo el salón y luego a dar saltos de aquí para allá, mientras Lilian daba gritos de júbilo sin cesar.

—Un manicomio no puede competir con esta familia —comentó su madre con aire bondadoso.

Mientras Camellia se unía a la algarabía de su hermana, de forma instintiva podía sentir que ese viaje cambiaría su vida.

8

Actualidad
Ciudad de México

Al despertar a la mañana siguiente, Dalia no supo en un primer momento dónde se encontraba. Pero cuando vio la mesa del comedor a la que estaban sentados Estela y Rubén el día anterior, los recuerdos volvieron de golpe: el largo vuelo, el ajetreo del aeropuerto, la desagradable experiencia con aquellos dos tipos, y, por último, Pablo, su salvador.

Rubén había preparado en su honor las enchiladas más sabrosas que había probado en su vida. Después apenas podía sostenerse en pie y casi se había quedado dormida sentada. Pablo despachó a Estela y Rubén a sus respectivos cuartos y luego le llevó una manta y una almohada a Dalia, antes de retirarse también a su habitación para que ella pudiera estar tranquila en la sala de estar. No tardó ni cinco minutos en dormirse.

Ahora se sentía descansada y fresca. Pablo tenía razón: el sofá era muy cómodo y perfecto como cama. Le había sentado bien dormir. Pero ¿dónde estaban todos? No se oía el más mínimo ruido en la casa. A través de una ventana en posición abatida apenas llegaba el ruido de los motores de los coches.

—Buenos días.

Al girarse en la dirección de donde provenía la voz, Dalia vio a Pablo bajo el marco de la puerta. Llevaba una camisa de manga larga en un tono verde con unos vaqueros de color azul oscuro.

—Tengo que salir pronto hacia la uni, porque tengo una reunión importante a primera hora. ¿Quieres que desayunemos algo juntos antes de irme? —Entró en la sala de estar y se dirigió a la ventana.

Dalia se puso en pie y miró lo que llevaba puesto. La víspera había sacado de la mochila unos *leggins* y la primera camiseta que encontró para pasar la noche, no había tenido fuerzas para más.

Pablo se rio.

—¿Quieres darte una ducha? —Señaló hacia atrás por encima del hombro—. La segunda puerta a la izquierda. Las toallas están en el armario al lado del lavabo. Mientras te duchas prepararé algo para desayunar, ¿te parece bien? —Nuevamente había hablado tan despacio que Dalia había podido entender cada una de sus palabras.

—Gracias. Me encantaría poder ducharme.

Extrajo una camiseta limpia y ropa interior de la mochila y se dirigió al cuarto de baño. Ya en la ducha disfrutó de la sensación chispeante del agua caliente sobre su piel. Las baldosas de color azul oscuro de la pared ofrecían un maravilloso contraste con el suelo de color amarillo. «Típico mexicano», pensó Dalia, y sonrió divertida. Algunos clichés sí tenían algo de verdad.

Al regresar a la sala de estar vio que la mitad de la mesa estaba ocupada por distintos platos. Dalia distinguió huevos cocidos al lado de tortillas francesas y huevos revueltos, tortillas de maíz, un cuenco con bananas cortadas a trozos y, al lado, papaya, mango, queso y varias clases de embutido. En medio de la mesa había un frasco con crema de cacao; a Dalia le pareció que estaba un poco fuera de lugar entre todas esas deliciosas viandas.

—¿Qué pasa? —Pablo la miró arrugando el ceño.

Dalia alzó una mano como restando importancia a lo que se le había ocurrido y sacudió la cabeza de un lado a otro.

—Perdóname, por favor, es solo que… Creo que nunca había visto tanta abundancia en la mesa para desayunar. ¿Quién se va a comer todo eso?

—Nosotros dos. —Pablo le indicó por señas una silla—. Siéntate, por favor. No sabía qué te apetecería, por eso pensé que era buena idea poner en la mesa simplemente un poco de todo lo que tenemos en casa —explicó y luego tomó asiento.

Al sentarse a la mesa Dalia fue consciente del hambre que tenía.

—Sírvete.

Ella se sirvió. Después de probar todos los platos con huevo, rellenó una tortilla de maíz con queso y jamón, y después puso en su plato algunos trozos de fruta.

—Me encantan las mujeres con buen apetito —comentó Pablo sonriendo, mientras observaba con las cejas arqueadas cómo Dalia introducía un trozo de papaya en su boca.

—Delicioso —replicó Dalia con la boca llena—. ¿Dónde están Rubén y Estela?

—Tienen una reunión con los demás estudiantes de doctorado. En realidad, estamos en período de vacaciones, pero no pueden permitirse estar ociosos. Tienen prisa por acabar su tesis.

Dalia asintió comprensiva.

—¿Y tú?

—Yo ya la hice en su momento —dijo sonriendo.

—Entonces, ¿ya eres doctor? —preguntó Dalia impresionada.

Pablo ladeó la cabeza.

—Sí, más o menos.

Dalia cogió otro trozo de papaya.

—¿Por qué elegiste filología inglesa?

—Es una buena pregunta, que no sé cómo responder realmente. Siempre me había interesado mucho el idioma inglés. Y la cultura, las tradiciones… Estados Unidos es nuestro país vecino. Por alguna razón, me parecía que tenía sentido. —Pablo la observó—. ¿Y tú? ¿Qué haces cuando no estás buscando a tu padre?

—Soy diseñadora gráfica. Empecé en una agencia publicitaria. Pero hace dos años me lancé a la piscina y decidí trabajar por mi cuenta. —Hizo una mueca graciosa—. Sabía que con el centro de jardinería de mis abuelos tenía un cliente seguro. Y además trabajo para varias importantes empresas turísticas que ofrecen viajes a Cornualles, para las que diseño imágenes, entre otras cosas... Aparte de eso me dedico básicamente a crear páginas web y material publicitario para otros clientes. —Hizo una pausa—. Antes pintaba.

Pablo enarcó las cejas.

—¿Pintabas?

Dalia asintió.

—Sobre todo flores, pero también retratos... Lo que surgía. Pero hace mucho de eso.

—Una nueva Frida Kahlo —comentó Pablo con una sonrisa.

—Qué más quisiera yo —replicó Dalia con un suspiro—. Me encanta Frida Kahlo. Más que ninguna otra artista, pero entre su talento y el mío hay un abismo.

—Muy cerca de aquí hay un museo sobre ella.

—¿En serio?

Pablo cogió una tortilla de maíz y la crema de cacao.

—Sí, claro. Si te apetece podemos ir juntos en algún momento. —Al percibir la mirada crítica de Dalia, arrugó la frente—. ¿Qué pasa?

—No estarás pensando untar la crema en la tortita, ¿no?

Pablo rio.

—Pues sí, eso es exactamente lo que pensaba hacer. ¿Te molesta?

Dalia se llevó una mano a la garganta.

—¡Dios mío!

—Como todo acompañado de tortitas —explicó él sonriendo—. Absolutamente todo.

Dalia sacudió la cabeza de un lado a otro.

—Pero eso no parece muy... mexicano.

Pablo soltó una carcajada.

—¿Me vas a decir que no soy un mexicano auténtico porque como tortitas con crema de cacao?

Dalia no pudo evitar sonreír.

—Bueno, acabas de destrozar irremediablemente mi visión del mundo.

—Lo siento muchísimo. Por lo que me has explicado, también fluye por tus venas una cantidad nada desdeñable de sangre mexicana —dijo adoptando un rictus serio—. ¿De veras solo conoces el nombre de pila de tu padre? ¿No tienes nada más? ¿Ninguna dirección, la empresa para la que trabajaba, algún apellido…?

Dalia negó con la cabeza.

—Solo sé que se llama Ricardo. —Se reclinó hacia atrás en la silla y miró a Pablo.

—¿Ricardo? Ese nombre deben llevarlo aproximadamente… un millón de personas en este país. ¿Cómo piensas encontrarlo con tan poca información?

Dalia suspiró.

—No tengo ni idea. Se me ha ocurrido que primero intentaré seguir el rastro a mi madre. Antes o después eso debería conducirme a mi padre. Al fin y al cabo, en algún momento sus caminos se cruzaron.

—¿Y qué sabes de tu madre? ¿De su estancia aquí?

Dalia le habló de la beca de la Universidad de Ciudad de México, de la obsesión por los mayas que tenía su madre, de los yacimientos arqueológicos que visitó con motivo del viaje de estudios.

—Probablemente sería también un estudiante —especuló Pablo pensativo cuando Dalia acabó de explicarle la historia.

—Yo también lo creo —coincidió Dalia—. Ah, y también tengo una nota con el nombre y la dirección de una mujer escrita por mi madre. Por lo menos es su caligrafía. Ya he buscado la dirección en internet, pero quién sabe si esa mujer todavía vivirá allí. Quizá si se casó, ahora lleve otro apellido.

—En México las mujeres conservan su apellido después del matrimonio —aclaró Pablo, mientras se ponía en pie y recogía los platos—. ¿Quieres enseñarme la nota? Le haré una foto. Tal vez pueda averiguar algo. Pero ahora tengo que irme.

—¿A la uni? —preguntó Dalia.

Pablo asintió.

—Voy contigo. Así podré empezar ya mi búsqueda. Puede que sepan algo de mi madre.

—¿Cuánto tiempo hace que estuvo aquí?

—Tengo veintiocho años —dijo Dalia en voz baja.

Pablo volvió a reír.

—Bienvenida al club, yo también —dijo, y se dispuso a recoger también las tazas—. Si quieres que te sea sincero, no creo que la universidad guarde documentación de hace casi treinta años.

—Por lo menos tengo que intentarlo —replicó Dalia en tono resuelto—. Empezaré a buscar ahí.

—Como quieras —dijo Pablo, y después recogió los platos del desayuno y los llevó a la cocina.

Dalia fue tras él llevando los cuencos con el resto de la fruta que no había conseguido acabarse. Se le ocurrió de repente que tampoco sabía el apellido de Pablo.

—¿Cuál es tu nombre completo?

—Hernández García. ¿Por qué?

—Oh, por nada.

Dalia enseñó a Pablo la notita con el nombre y la dirección de Almara Fuentes Sánchez, y él le hizo una foto. Después se pusieron en marcha.

La Universidad Nacional Autónoma de México estaba situada al sur de la capital. En pocos minutos Dalia y Pablo salvaron el trayecto hasta el extenso campus en uno de los vagones naranjas y amarillos del metro. El vagón estaba abarrotado, y las estaciones también estaban muy concurridas. Dalia nunca en su vida había visto tanta gente junta en tan poco tiempo. Los mexicanos aparentemente hablaban sin cesar, había mucho ruido y ajetreo, pero en ningún caso el ambiente era agresivo. A pesar del bullicio, Dalia estaba a gusto entre todas esas personas. Apenas entendía lo que decían, únicamente captaba de vez en cuando algún fragmento de las conversaciones, y sin embargo no se sentía como una extranjera.

Al despedirse acordaron que Pablo la avisaría en cuanto acabara sus asuntos. Poco después Dalia se encontraba frente a la magnífica biblioteca central de la universidad, y contemplaba sobrecogida el mosaico que cubría la totalidad de la fachada del edificio. En la esquina inferior derecha reconoció la figura de un guerrero a caballo, más arriba había una mano que sostenía un libro abierto, y otros suntuosos edificios aparecían representados junto a más guerreros, un sol, ángeles y animales. Dalia no salía de su asombro.

¿Habría estado su madre en ese mismo lugar y habría admirado también como ella esa extraordinaria obra de arte? De ser así, ¿qué pensamientos se le habrían pasado por la cabeza mientras la contemplaba? ¿Y su padre, Ricardo? ¿Cuántas veces habría pasado por delante de esa fachada?

La melancolía se apoderó de Dalia. A pesar de la amable acogida por parte de Pablo y sus compañeros de piso, en ese momento volvió a ser consciente de lo sola que estaba. Sus abuelos estaban muertos. Y le habría gustado hablarles a ellos de sus primeras impresiones en aquella ciudad: el ruido constante que se oía; la gran cantidad de gente que había por todas partes, en el metro, en el campus; la música, siempre presente; el ambiente en general relajado, y el increíble dinamismo que caracterizaba a aquella ciudad.

Un grupo de chicas pasó a su lado. Las estudiantes conversaban en voz alta, a gran velocidad, y Dalia no pudo entender nada. Sin embargo, inmediatamente se sintió identificada con aquellas jóvenes, que por su aspecto se parecían mucho más a ella que la abuela, Lilian, Soley o Magnolia. Su cabello liso y negro azabache no era herencia de los Carter. Tan solo tenía los ojos verdes de su madre. Sus facciones también eran inequívocamente las de una mexicana: los altos pómulos, la tez de un tono aceitunado, tan obviamente distinta del cutis pálido de su familia británica.

Con ademán decidido se dirigió al edificio. El enorme vestíbulo parecía estar a oscuras en contraste con la luz cegadora del sol en el exterior. Cuando sus ojos se acostumbraron, Dalia se acercó a un amplio mostrador, tras el cual estaba sentada una mujer de unos sesenta años. En un pequeño rótulo de metal situado al lado del teclado podía leerse su nombre: «Señora Tardes».

—Buenos días —saludó Dalia resuelta, y luego se aclaró la voz.

La mujer alzó la vista. Llevaba los cabellos surcados de canas recogidos en un moño apretado, y la piel parecía tener una textura coriácea.

—Dígame, ¿qué desea?

—Mi nombre es Dalia Carter —empezó a decir, mientras buscaba las palabras adecuadas—. Mi madre, Camellia Carter, recibió una beca de esta universidad hace unos treinta años.

—Muy bien —comentó la funcionaria sin inmutarse.

—Lamentablemente falleció cuando yo nací —prosiguió Dalia, nerviosa—. Y quería saber si usted podría decirme dónde estuvo exactamente mi madre en aquel entonces.

Dalia se dio cuenta al hablar de lo caóticas e incoherentes que debían sonar sus palabras para alguien que no conociera en absoluto su historia. Debería haberse preparado mejor su discurso.

—No acabo de comprender cómo puedo ayudarla —respondió la mujer, algo confundida, como era de esperar.

—No conozco a mi padre. Él es mexicano —explicó Dalia apresuradamente.

—Lo suponía. —Por primera vez los labios de aquella mujer se curvaron en una leve sonrisa.

—Y sospecho que mi madre debió conocerlo aquí, en la universidad. Durante su viaje de estudios.

—Lo siento mucho, pero no guardamos documentación de hace treinta años, señorita Carter. Y menos de los estudiantes internacionales becados, que solo estuvieron aquí temporalmente en un viaje de estudios.

Era el primer revés, pero Dalia no estaba dispuesta a abandonar tan pronto.

—Es muy importante para mí poder tener algún tipo de información. La beca que le concedió esta universidad es el único punto de partida que tengo. —El tono de su voz era casi de súplica, debido al miedo que amenazaba con apoderarse de ella ante la perspectiva de tener que marcharse sin ninguna información útil.

—Señorita, lo siento muchísimo, pero realmente no sé cómo podría ayudarla. —La mujer miró a Dalia con empatía—. ¿Cómo ha dicho que se llamaba su madre?

Agradecida, Dalia le repitió el nombre.

La mujer no paró de teclear durante unos cuantos minutos, arrugando la frente de vez en cuando.

Dalia volvió la vista atrás y observó a una pareja joven de rasgos asiáticos que pasaba a su lado debatiendo algo. La joven hablaba en una lengua desconocida para ella con su acompañante, que intervenía con breves comentarios y asentía una y otra vez. Cuando ambos desaparecieran en uno de los innumerables pasillos, los pensamientos de Dalia volvieron a centrarse en su madre.

—Camellia Carter. Aquí está —dijo la mujer interrumpiendo el silencio.

Dalia suspiró aliviada.

—¿La ha encontrado?

La mujer movió levemente la cabeza de un lado a otro.

—Encontrar es mucho decir. Solo veo que su madre recibió una beca de la universidad para un viaje de estudios. Como ya le he dicho, no guardamos ninguna documentación más.

—¿Puede mirar si en su grupo había otro estudiante becado llamado Ricardo? —preguntó Dalia. Su agitación iba en aumento.

La funcionaria sacudió la cabeza con pesar.

—Ni siquiera puedo ver para qué clase de estudios era la beca.

—Estudió arqueología especializada en antropología americana —aclaró Dalia con optimismo—. Quería viajar a un yacimiento maya y participar en las excavaciones.

—Lamentablemente no tengo acceso a más información. ¿Conoce el nombre completo de su padre?

Dalia dejó caer la cabeza.

—No, desgraciadamente solo el nombre de pila.

—¿Solo el nombre de pila? —repitió la mujer, incrédula, como si no hubiera oído bien—. ¿Y cómo pretende encontrarlo? ¿Tiene alguna dirección?

Dalia negó con un gesto.

—Solo conozco el nombre de pila —contestó, casi en un susurro—. Entonces, ¿no puede decirme nada más del paso de mi madre por la universidad? —insistió por última vez. Al responderle de nuevo que no, Dalia le dio las gracias y abandonó el edificio.

En el exterior, sobre la amplia extensión de césped solo interrumpida por varios caminos pavimentados, había grupitos de estudiantes de todos los rincones del mundo. En el aire flotaba la confusión de sus voces, aunque la mayoría de los jóvenes eran mexicanos. Dalia sintió que se le formaba un nudo en la garganta. Era uno de ellos. Tenía el mismo aspecto físico y un padre mexicano, y, sin embargo, la invadió la triste sensación de no encajar en ninguna parte. En Inglaterra, su apariencia siempre la había distinguido de sus compañeros de clase, aunque hablara el idioma y viviera de acuerdo con la cultura de aquel país que consideraba su patria. Y en México todo le resultaba desconocido hasta el momento, aunque por su genética se sintiera mucho más cercana a los habitantes de aquel país que a sus vecinos de Cornualles.

Se sentó en un banco y se sumió en sus cavilaciones. Quizá Lilian tenía razón. Su partida había sido demasiado precipitada, no se había preparado lo suficiente. Por otra parte, ¿qué habría cambiado de haber salido dos semanas más tarde? Tenía sentimientos encontrados. ¿Debería abandonar y regresar a casa? No había valorado bien la situación, pero no era para tanto. Por lo menos, lo había intentado. Y como mínimo no podría culparse a sí misma por no haber buscado a su padre.

En ese momento sonó el móvil. Era Pablo.

—Dalia, ¿dónde estás?

—En el campus todavía —respondió.

—Escucha, he averiguado algo de esa tal Almara Fuentes Sánchez.

—¿Sí?

—Ahora tengo una reunión, pero podemos vernos después y te lo cuento. Te recomiendo que vayas al parque Masayoshi Ohira, no está lejos de la uni. Es un jardín japonés que vale la pena visitar. Te vuelvo a llamar cuando esté por allí. Es una zona segura. Te va a gustar. ¿Te parece bien?

—Claro —confirmó Dalia—. Gracias, Pablo.

Él tardó unos segundos en contestar.

—De nada. Nos vemos luego.

Una vez concluida la llamada, Dalia se puso en pie. Tras buscar con ayuda del móvil el trayecto más corto para llegar al parque se puso en marcha. Tal vez sí habría alguna posibilidad de seguirle la pista a su madre. En caso de que Almara pudiera ayudarla, proseguiría la búsqueda. Darse por vencida nunca había sido una opción para Dalia.

9

Veintinueve años antes
Ciudad de México

—Todavía no puedo creer que esté aquí realmente —dijo Camellia exhausta, mientras colocaba su escaso equipaje en un pequeño armario. La habitación doble de la residencia de estudiantes estaba en la tercera planta y no llegaba siquiera a los doce metros cuadrados. Dos camas, una mesita de noche y dos armaritos. No había sitio para más. Pero a Camellia le daba igual. Al fin y al cabo, no había viajado hasta allí para pasar el tiempo en el dormitorio.

Almara se rio afable, se dejó caer en la cama y se desperezó.

—¡Bienvenida a México!

La mexicana de baja estatura procedente del norte del país era la compañera de habitación que le habían asignado. Rebosaba energía, literalmente, y desde el principio le cayó bien a Camellia. Almara estudiaba desde hacía unos cuantos semestres en Ciudad de México, pero había solicitado la beca para poder participar en una de las excavaciones programadas en aquel viaje de estudios. Ambas conocerían a los demás estudiantes becados en el acto de presentación preparado por la universidad. Allí también les presentarían a los directores del viaje de estudios. Camellia sentía cómo la excitación crecía en su interior. Todavía no le había dado tiempo de ver nada, aparte de aquel tráfico increíblemente denso. Miles de personas en una ciudad inmensa, como nunca antes había visto. Londres ahora se le antojaba como un pueblo en comparación.

Almara le había contado que la capital mexicana se extendía durante más de sesenta kilómetros de norte a sur. Esa era la distancia que había de Saint Ives hasta Pentewan en la costa sur de Cornualles. Camellia apenas podía concebir aquellas dimensiones. Un trayecto de diez kilómetros hasta el puesto de trabajo se consideraba «corto». Casi nadie podía llegar a su destino en aquella ciudad sin un medio de transporte. Unas distancias a las que Camellia se enfrentaba por primera vez.

—¿Te apetece ir a la ciudad? —Almara se incorporó de nuevo—. Podría enseñarte el Zócalo.

Camellia acabó de colocar las camisetas restantes en el armario y cerró la puerta.

—¿Quién o qué es el Zócalo?

Almara se rio.

—La plaza principal de Ciudad de México. El centro, si prefieres llamarlo así.

—Pero ¿esta ciudad tiene un centro? —preguntó Camellia sonriendo—. En el trayecto desde el aeropuerto tuve la sensación de que no hay nada más, no parece que tenga áreas periféricas, sino que todo es el centro.

—En eso te equivocas —aclaró Almara y se puso en pie—. Pero al mismo tiempo también estás en lo cierto. El bullicio, el ruido, la horrible contaminación siempre sobrevolando la ciudad... todo eso puede resultar muy agobiante cuando una no está acostumbrada.

—Vengo de Cornualles —explicó Camellia en un tono más serio—. En toda la región vive medio millón de personas. Mis padres tienen un centro de jardinería que se encuentra a las afueras de un pueblecito de dos mil habitantes. El vecino más próximo vive a unos tres kilómetros.

Almara se echó a reír de nuevo.

—Este viaje debe de ser un auténtico choque cultural para ti.

—Bueno, estudio en Londres, que no es precisamente un pueblo, pero si quieres que te diga la verdad, me había imaginado México completamente distinto.

—Ahora estamos en Ciudad de México, que no es México. Espera y ya verás cuando salgamos de aquí —la tranquilizó Almara, y luego la cogió del brazo—. Vamos.

Poco después Camellia se encontraba en la plaza de la Constitución, a la que los locales llamaban simplemente el Zócalo, y no podía salir de su asombro.

—Nunca he visto algo así —confesó, mientras contemplaba el Palacio Nacional, en el que tenía su sede el gobierno de México.

—Dicen que el presidente prefiere trabajar desde casa porque a causa del caótico tráfico tarda una eternidad en llegar a su despacho. —Almara llegó a la altura de Camellia—. Magnífico, ¿no?

Camellia asintió. Ante el imponente edificio, que ocupaba casi toda la longitud de la extensión del Zócalo, deambulaban cientos de personas. Sobre la pequeña cúpula en mitad de la estructura ondeaba la bandera mexicana.

Turistas de todos los países fotografiaban el palacio desde diferentes perspectivas. Innumerables grupos escuchaban en su propio idioma las explicaciones de sus guías, que narraban la historia de aquella construcción que originalmente databa del siglo XVI.

—Vamos a ver la catedral. —Almara tomó a Camellia de la mano con ademán resuelto y tiró de ella para que avanzara unos cuantos metros.

La catedral metropolitana se encontraba justo frente al Palacio Nacional. Ante la entrada se había formado una larga cola.

—El subsuelo es aquí demasiado blando para un edificio tan pesado —explicó Almara mientras se dirigían hacia el templo—. Por eso la catedral se va hundiendo cada año que pasa y hay que apuntalarla con andamios en el interior. También se rellena la base regularmente con un hormigón especial, para darle más estabilidad.

—Es como la torre inclinada de Pisa —comentó Camellia atónita—. ¿Por qué no entramos otro día en la catedral? Tengo muchísima hambre. —Dibujó con la boca una mueca de disculpa—. Y creo que tardaríamos horas en poder entrar.

—Claro. No hay problema.

Salieron de la plaza y vagaron por una de las calles adyacentes. La acera estaba abarrotada de puestos de vendedores de comida. Almara miró a Camellia, inquisitiva.

—¿Qué te apetece?

Camellia se encogió de hombros.

—Decide tú.

—Vale. —La joven se acercó a un puesto y pidió dos porciones de chilapitas.

Camellia siguió con curiosidad los movimientos del vendedor mientras preparaba y empaquetaba la comida.

—¿Qué es esto? —preguntó mientras Almara le daba su porción.

Se sentaron en el saliente de un muro y desenvolvieron cuidadosamente la comida.

—Son tortillas de maíz salteadas rellenas de frijoles, carne de pollo y una deliciosa crema de aguacate. Muy ricas —explicó Almara—. ¡Que aproveche!

—Suena bien. —Camellia dio un bocado a su tortita—. ¡Y está buenísimo! —exclamó enseguida.

—Aquí sin tortitas no se puede comer —comentó Almara y después se rio—. Será mejor que te vayas acostumbrando a comerlas por la mañana, a mediodía y por la noche. —Hizo una pausa para masticar—. Ah, y como almuerzo y merienda comemos... quién lo hubiera dicho... ¡tortillas de maíz!

Al regresar al Zócalo encontraron un grupo de músicos cerca de la catedral, que se esforzaban por dar lo mejor de sí mismos. La alegría de vivir que transmitía su música se apoderó de toda la multitud que había en la plaza. Algunos bailaban, y los que conocían las letras los acompañaban cantado a voz en cuello.

—Escuchémoslos un rato —propuso Camellia mientras detenía sus pasos.

—Son mariachis —explicó Almara—. En México hay muchas agrupaciones como esta. Y algunas son realmente buenas.

Los ocho músicos llevaban trajes negros, pantalones ajustados y sombreros de ala ancha. Dos de ellos tocaban la trompeta, otro el violín, cuatro rasgaban las cuerdas de sus respectivas guitarras y también había un cantante.

Camellia cerró los ojos y escuchó la música. De repente, le pareció que su hogar quedaba muy lejos. Se sumergió en la vibrante melodía y se dejó llevar por el ritmo que se apoderaba de su cuerpo. Eso era México, tal como se lo había imaginado, tal como lo había soñado. Sintió crecer en ella inconmensurablemente la impaciencia y la ilusión por los días venideros y todo lo que allí la aguardaba.

10

Actualidad
Ciudad de México

El parque Masayoshi Ohira que Pablo había propuesto como punto de encuentro era una maravillosa joya verde en medio de aquella inmensa e intrincada ciudad. Dalia empezó a bordear paseando el apacible estanque bellamente ajardinado y salpicado de grandes piedras, y mientras lo hacía casi llegó a olvidar dónde se encontraba. Sobre las aguas oscuras y centelleantes se extendían puentes de madera pintados de rojo, y la exuberante vegetación hacía que el parque brillara en distintos tonos de verde y confería además a las sendas que lo atravesaban una atmósfera muy especial. Le recordó un poco a los muchos jardines de Cornualles que rebosaban de verdor en cualquier época del año.

Al pasar por delante de un banco de madera, Dalia se detuvo y se sentó. Dejó caer la cabeza hacia atrás y cerró los ojos para concentrarse por completo en el olor a tierra seca, hierba fresca y plantas exóticas. Hacía tan solo veinticuatro horas que había llegado a México, pero tenía la sensación de que había pasado mucho más tiempo. De nuevo pensó en Pablo. Si no hubiera caído en la trampa de aquellos dos traficantes, sus caminos jamás se habrían cruzado. Hacía mucho que no conocía a nadie que le despertara tanta confianza.

Había pasado ya algún tiempo desde su última relación. Con David había salido durante casi dos años, pero al final ambos se habían dado cuenta de que tenían visiones del futuro muy distintas. David era un hombre racional hasta la médula y no había demostrado demasiado entusiasmo por la vena artística de Dalia. Durante los dos años que habían transcurrido desde el final de la relación no lo había echado de menos.

¿Por qué pensaba en aquello precisamente ahora? ¿No tenía acaso otros problemas más acuciantes? Dalia suspiró. Ni siquiera sabía si Pablo tenía novia. ¿Por qué demonios estaba pensando en él? Físicamente no era en absoluto su tipo y apenas lo conocía. Sin embargo, aquel opíparo desayuno que había preparado, la amable oferta de que se quedara con él y sus compañeros de piso y el apoyo que le había demostrado la habían impresionado profundamente.

—Parece muy absorta en sus pensamientos, señorita...

Dalia, sobresaltada, abrió los ojos y justo delante de ella vio el rostro sonriente de Pablo. Se quedó mirando fascinada los dos hoyuelos que se le formaron a ambos lados de su boca.

—¿Se te ha comido la lengua el gato? —Pablo se sentó a su lado y la observó divertido.

—No... eh, vaya... —Negó por señas—. Lo siento. He perdido la noción del tiempo.

—Eso es bastante comprensible en este entorno. Es bonito, ¿no te parece?

—Precioso —confirmó Dalia—. Gracias por el consejo. Imagino que no demasiados turistas encuentran este lugar.

—No te equivocas. Además, no es una casualidad que te haya recomendado este parque.

Dalia le miró con curiosidad.

—Almara Fuentes Sánchez vive a tres manzanas de aquí.

A Dalia le pareció no haber oído bien.

—¿Cómo lo sabes?

Los labios de Pablo se curvaron en una sonrisa.

—Conozco a alguien en el ayuntamiento, que conoce a alguien, que a su vez conoce a alguien… —Pablo no acabó la frase, sonriendo.

—¡Increíble! No me habría atrevido ni remotamente a imaginar que esa mujer todavía viviera en la capital. Después de tantos años.

—Ya no vive en la misma calle que indicaba la nota, pero hace tres años que está empadronada en la dirección que consta registrada actualmente. —Pablo se reclinó en el banco—. ¿Quieres que nos quedemos un rato aquí sentados o prefieres no esperar más?

—Quedémonos un cuarto de hora más —pidió Dalia—. Es un sitio tan tranquilo.

—Estás en Ciudad de México. Aquí nada es tranquilo —bromeó Pablo y después la miró—. ¿Cómo te ha ido en la uni?

Mientras Dalia le informaba brevemente de su conversación con la funcionaria de la biblioteca se les acercó un niño vestido con unos pantalones andrajosos que llevaba un cepillo para zapatos. Pablo le dijo algo en español que Dalia no pudo comprender y luego le dio un billete.

—De modo que también puedes hablar rápido —comentó Dalia, después de que el muchacho se fuera.

—Siempre hablo rápido —replicó Pablo ostentosamente indignado—. Solo hablo despacio contigo.

—Muchas gracias. Lo considero un gran honor —respondió Dalia sonriendo tras hacer una breve reverencia con la cabeza.

—Le he dicho al chico que no necesitamos sus servicios.

—Pero le has dado dinero —constató Dalia en tono de elogio.

—Es un chico de la calle. Seguro que no va al colegio y vive en la miseria.

—¿No hay hogares o instituciones que se ocupen de niños en esa situación? —preguntó Dalia.

—Sí que los hay, pero están desesperadamente desbordados. Falta presupuesto público en todos los ámbitos. Quizá haya estado en un centro semejante y se haya escapado. —El rostro de

Pablo adoptó una expresión seria—. Ese es uno de los graves problemas de este país. Esa omnipresente pobreza. Los políticos se llenan los bolsillos, mientras que mucha gente tiene que apañárselas como puede para alimentar a sus hijos.

—No era consciente de eso —dijo Dalia perpleja.

—Solo tienes que mirar a tu alrededor —explicó Pablo en tono amargo—. Me encanta mi país más que ningún otro y no podría imaginarme vivir en un lugar distinto, pero… —Sacudió la cabeza de un lado a otro—. Desgraciadamente hay demasiadas personas que tienen demasiado poco.

—Tú has tenido suerte —determinó Dalia mientras le miraba de reojo—. Has podido estudiar.

—Mis padres no son ricos, si te refieres a eso. Vengo de cerca de Tulum, en la costa atlántica. Mi familia ahorraba hasta el último peso para hacer posible que estudiara aquí, en Ciudad de México. Ahora es al revés, yo les ayudo desde que acabé la carrera y gano dinero.

Dalia sintió aún más respeto por Pablo. La familia parecía ser muy importante para él.

—Me parece estupendo que les estés devolviendo su apoyo de esa manera —comentó con sinceridad.

Poco después se encontraban ante un edificio residencial blanco de cuatro plantas, situado en una calle secundaria más tranquila. Al reconocer el nombre escrito en la nota en uno de los timbres Dalia sintió que se le aceleraba el pulso.

—¿Quieres hablar a solas con ella? —preguntó Pablo.

Dalia negó con la cabeza.

—¿Podrías acompañarme, por favor? Si no te importa, claro.

Pablo se rio.

—Por supuesto. Traduciré para ti si habla demasiado rápido.

—Gracias. —Dalia pulsó el timbre con dedos temblorosos. No habían pasado ni diez segundos cuando zumbó el intercomunicador.

Cuando Dalia y Pablo entraron en el luminoso vestíbulo se abrió una puerta en la planta baja. Una mexicana de unos cincuenta años apareció en el umbral.

—¿Sí?

—¿Señora Fuentes Sánchez? —preguntó Dalia con cierta inseguridad en su voz.

—¿Quién pregunta? —La mujer entornó los ojos con desconfianza y examinó a Dalia.

—Mi nombre es Dalia Carter. Soy la hija de Camellia Carter —se presentó Dalia en su limitado español.

—¿Y? —La mujer miró a Pablo.

—Mi madre vino aquí en un viaje de estudios hace veintinueve años. Era inglesa. Y encontré entre sus papeles una nota con su nombre.

—Camellia Carter —murmuró Almara Fuentes Sánchez varias veces para sí—. ¡Ah! —Sus ojos centellearon un momento—. Sí, ya me acuerdo. La rubia guapa de Inglaterra.

Dalia sonrió.

—Era mi madre.

—¿Cómo está? ¿Es usted su hija? —La expresión en su rostro se volvió de pronto amable.

—Hubo complicaciones durante el parto —respondió Dalia—. No sobrevivió.

—¡Qué desgracia! Lo siento muchísimo. —La mujer reflexionó un instante—. ¿Le gustaría tal vez pasar un momento?

Dalia intercambió miradas con Pablo.

—Con gusto —respondió acto seguido Dalia.

El piso era pequeño, pero estaba muy bien cuidado. Almara Fuentes Sánchez los condujo al comedor, en el que había un sofá de color amarillo anaranjado y dos sillones alrededor de una mesa oscura de madera.

—Tomen asiento.

Después de que Pablo y Dalia se acomodaran en el sofá, la mujer salió un momento de la salita para regresar enseguida con una garrafa de agua y tres vasos.

—Sírvanse por favor.

Agradecida, Dalia dio un largo trago, mientras Pablo también se presentaba.

—Y ahora está siguiendo el rastro de su madre en México —dijo la mexicana sonriendo afablemente.

—Sí y no —siguió explicando Dalia, y le habló de la carta y de su decisión de encontrar a su padre.

—¿Camellia tenía un novio? —repitió Almara confundida.

—¿No lo sabía? —Dalia empezó a sentir que la invadía la decepción.

—Éramos compañeras de habitación y pasamos algunos días juntas en la residencia de estudiantes. También asistimos juntas al curso introductorio. Pero antes de que nos distribuyeran a los distintos yacimientos mi padre murió de forma repentina. —Almara hizo una profunda inspiración—. Tuve que regresar a casa de inmediato, y originariamente vengo del norte.

—¿Eso significa que ya no vio más a mi madre? —Dalia todavía no quería aceptar que volvía a encontrarse en un callejón sin salida.

Almara Fuentes Sánchez negó con la cabeza.

—Le di la dirección de mi prima aquí, en Ciudad de México, en caso de que quisiera contactar conmigo.

Dalia extrajo la nota escrita por su madre del bolso y la dejó sobre la mesa frente a Almara, quien la cogió entre sus manos y asintió.

—Exacto, esta es la dirección de mi prima.

—Pero no volvió a ponerse en contacto con usted —acabó la frase Dalia desilusionada.

—Lamentablemente no. —La mujer le devolvió la nota.

—Ni siquiera sé adónde fue finalmente. Lo que más deseaba era ir a Chichén Itzá y participar en una excavación.

—Creo que estuvo allí —añadió Dalia—. Pero no estoy segura del todo.

—¿Y ahora está buscando a su padre? —preguntó Almara retomando el hilo de la conversación.

—Por lo menos lo voy a intentar —respondió Dalia suavemente—. Solo sé su nombre de pila.

Pablo posó una mano sobre el antebrazo de Dalia.

—Ya se nos ocurrirá algo.

Sorprendida, Dalia miró de soslayo sus dedos, y después alzó la cabeza para mirarle directamente a sus ojos oscuros.

—En cualquier caso, deseo que tengáis mucho éxito, Dalia. Aunque no pueda ser de más ayuda —concluyó Almara Fuentes Sánchez—. Tu madre era una jovencita muy especial. Nos llevamos de maravilla desde el primer momento y nos lo pasamos muy bien juntas aquellos pocos días aquí en Ciudad de México. Le enseñé la ciudad. Le gustó especialmente el Zócalo, todavía me acuerdo. —La mujer escudriñó a Dalia—. Se parece mucho a su madre, aunque obviamente también tiene mucho de su padre. Tiene la misma cálida sonrisa que Camellia. Era una persona encantadora. Me cayó muy bien.

Dalia luchaba por captar el significado de las palabras de Almara. La pena empezó a abrirse camino en su interior, mezclada con el profundo anhelo de acercarse un poco más a su madre muerta y seguir desentrañando sus propias raíces mexicanas.

—No voy a encontrarlo —prorrumpió Dalia ya en el exterior. Apenas podía asumir aquella decepción—. Ha sido una idea descabellada por mi parte creer que podría seguirle la pista a mi padre en un país tan inmenso como México.

La desesperación incipiente que crecía en ella amenazaba con volverse abrumadora. Empezaron a escocerle los ojos. No pudo contener las lágrimas por más tiempo. Avergonzada, se dio media vuelta y empezó a sollozar suavemente.

Al notar una mano sobre su hombro, Dalia no se giró. Pablo no dijo nada, sino que esperó pacientemente a que se serenara un poco.

Dalia aspiró la mucosidad y se secó las lágrimas.

—Lo siento —dijo en un murmullo.

—No tienes por qué —la tranquilizó Pablo—. Es perfectamente comprensible que estés desanimada. No quiero ni imaginar qué se debe sentir al no saber quién es tu propio padre. Cuáles son tus raíces. De dónde viene uno en realidad. —Su voz era seria y empática.

Hacía mucho tiempo que Dalia no sentía que alguien la comprendía tan bien. Alzó la vista para mirarlo a través de los ojos llorosos. A diferencia de muchos mexicanos, Pablo era media cabeza más alto que ella.

—¿Por qué lo haces?

Pablo ladeó la cabeza.

—¿A qué te refieres?

—Pues a esto. Me ofreces alojamiento. Me dedicas tu tiempo, aunque seguro que tienes cosas mejores que hacer. Me das ánimos. Y no me conoces de nada.

Pablo esbozó una débil sonrisa.

—¿Cómo sabes que tengo cosas mejores que hacer? Tal vez simplemente me gusta poder ayudarte. Quizá sea porque mi madre me ha educado para estar disponible para los demás y ofrecerles mi ayuda.

Dalia sacudió la cabeza.

—Pero…

—Nada de «peros» —replicó Pablo con firmeza—. Me caes bien, ¿vale? ¿Te sirve eso como argumento?

—Sí… no, bueno, vale. —Dalia sintió que empezaba a ruborizarse.

—Dalia Carter —amonestó Pablo en un tono severo—. Necesitas ayuda en un país extranjero, que casualmente es el mío. Y yo posiblemente pueda ayudarte con mis conocimientos y mis contactos. ¿Dónde está el problema?

Dalia suspiró.

—Ese es precisamente el problema. Que no lo hay. Y eso no es… lo habitual. —Le ofreció una sonrisa—. Cuando me acuerdo de los dos traficantes…

—¡Uf! —exclamó Pablo con fastidio—. ¿Preferirías que fuera un delincuente de poca monta? ¿Encajaría mejor en la imagen que tenías en tu mente de México? ¿Un maleante que unta sus tortitas con crema de cacao? —La miró alzando las cejas con sorna.

Dalia no pudo evitar proferir una breve risita.

—Tonto.

Pablo movió la cabeza lentamente de arriba abajo.

—De modo que así es como me agradeces mi ayuda. Me siento ofendido. —Se cruzó de brazos y le dio la espalda, alejándose un poco de ella.

Dalia le dio un empujoncito.

—Eres un idiota.

—Tonto, eres un idiota... —la imitó—. Ya estoy comprobando en mis propias carnes que este mundo es malvado e ignorante.

—Gracias —respondió Dalia en voz baja—. De veras. Lo que estás haciendo no puede darse en absoluto por sentado. Valoro mucho realmente la ayuda que me estás prestando. Sin ti... sin duda estaría ahora mismo yendo al aeropuerto para volver a casa.

Pablo negó con la cabeza.

—Todavía no has conseguido tu objetivo. Que, por cierto, no consiste en volver a casa. —Pablo desvió la mirada hacia la calle—. Te propongo una cosa: tengo buenos contactos en la uni y también algunos conocidos en el departamento de arqueología y antropología americana. Voy a investigar un poco, a ver si todavía podemos encontrar alguna pista de tu madre o de tu padre. Si damos por hecho que se conocieron en aquel viaje de estudios, tiene que quedar alguien que sepa algo de ellos. —Pablo la cogió con naturalidad de la mano—. Y ahora vamos a visitar juntos el museo de Frida Kahlo. Ya te dije que no estaba lejos de casa.

Dalia lo miraba boquiabierta.

—Eres increíble.

Pablo hizo una pequeña reverencia.

—Gracias por las flores, pero te aseguro que no soy increíble.

Dalia contemplaba absorta el edificio de color azul cobalto en el que había nacido hacía más de cien años aquella pintora célebre en el mundo entero.

—Es... un sueño estar aquí —susurró Dalia en un tono cargado de veneración—. Me encanta Frida. Su obra, su vida. Esa mujer tenía una fuerza interior... —Inspiró profundamente—. Solo pensar en el dolor que tuvo que soportar toda su vida tras aquel horrible accidente...

—Sí, solo por eso es digna de admiración —respondió Pablo al tiempo que agitaba en el aire las dos entradas. ¿Entramos? ¿Estás preparada para tu creativa hermana en espíritu mexicana?

Dalia se rio.

—Creo que nunca he estado más preparada.

—Vamos.

En el vestíbulo había un guía del museo, que justo en ese momento explicaba en inglés a un grupo de turistas que la casa de Frida Kahlo era uno de los museos más populares de Ciudad de México, visitado por más de veinticinco mil personas al mes. Allí había nacido la artista mexicana en 1907, y también fallecido prematuramente en 1954, a la edad de cuarenta y siete años. Impresionados, Dalia y Pablo se adentraron en el museo y empezaron a pasear por las distintas salas.

—Me alegro tanto de tener la oportunidad de visitar este museo —comentó Dalia—. Tenía previsto ir a Londres en mayo a ver una exposición itinerante sobre Frida Kahlo, pero entonces encontramos la carta. Y este museo es, por supuesto, mucho más espectacular.

En una de las salas de la planta baja había varias obras de la primera etapa artística de la pintora. Dalia se detuvo para contemplar los coloridos cuadros. En cada una de las pinceladas

Dalia pudo apreciar la pasión, la confianza y la energía de aquella mujer, cualidades que habían quedado perpetuadas en sus cuadros. Ojalá pudiera expresarse ella también de aquel modo a través de la pintura…

—¿Qué te pasa? —Pablo se puso a su lado y la miró de soslayo.

—Frida Kahlo amaba apasionadamente lo que hacía. Desde lo más profundo de su ser —explicó Dalia con un tono reverente.

—Era una persona genial.

Al pasar por un bodegón con varias clases de fruta distintas representadas, Pablo anunció:

—Acabo de darme cuenta de que tengo hambre.

Dalia alzó las cejas en un gesto desaprobatorio.

—Inculto.

—Para nada. Me encanta Frida también. No como a ti, pero hizo mucho por México actuando como embajadora de nuestro país y dándolo a conocer en todo el mundo. Solo por eso le estoy sumamente agradecido.

—Era sin duda una artista extraordinaria —coincidió Dalia.

Prosiguieron con la visita y contemplaron algunas obras de Diego Rivera, un artista mexicano asimismo célebre, con el que Frida se casó dos veces. Al igual que su mujer, Rivera era una especie de héroe nacional.

Examinaron admirados los trajes tradicionales mexicanos expuestos con los que a Frida Kahlo le encantaba vestirse, y también unas cuantas cartas escritas de su puño y letra, y algunas fotografías. Finalmente deambularon por la cocina y el comedor, conservados en estilo típico mexicano. Dalia observó detenidamente un juego de vasos y la vajilla de cerámica artesanal allí expuestos.

En el dormitorio adyacente estaba el espejo que la artista había utilizado habitualmente para pintar sus numerosos autorretratos. Dalia se detuvo un momento y dejó que su mirada vagara por la estancia.

—Es asombroso —dijo en un tono apenas audible—. Gracias por haberme acompañado. No podrías haberme hecho mejor regalo. —Ante ella estaba expuesta también la vieja silla de ruedas de Frida Kahlo—. Solo por esto ha valido la pena venir a México.

—Y yo que creía que ibas a decir que había valido la pena solo por haberme conocido —bromeó Pablo, aunque Dalia tuvo la sutil sensación de que no había dicho aquello tan a la ligera como parecía.

—Bueno, sin ti y tu genial idea, ahora tampoco estaría aquí —replicó Dalia.

Pablo no respondió; tan solo se limitó a ofrecerle una sonrisa un tanto peculiar, que ella no fue capaz de interpretar.

11

Dalia pasó una velada sumamente deliciosa con Pablo, Estela y Rubén, ante una enorme cacerola de *pozole*, un guiso picante con carne de cerdo, maíz, chile y unos pequeños pero sabrosos tomates. A la mañana siguiente Pablo se fue a la universidad, porque tenía una tutoría con una estudiante, y Estela y Rubén tenían que reunirse con sus tutores para comentar el progreso de sus respectivas tesis.

Dalia decidió aprovechar el día para explorar la ciudad por su cuenta. Quizá sintiera a su madre más cerca al acudir a los mismos lugares que ella había visitado hacía tantos años. Sus compañeros de piso provisionales le habían aconsejado empezar su recorrido por el Zócalo, donde su madre había estado con Almara.

Cuando Dalia llegó a la plaza hacia las diez de la mañana ya pululaban cientos de turistas por aquel enorme espacio abierto entre la catedral y el Palacio Nacional. Dalia fotografió aquellos imponentes edificios desde todos los ángulos y decidió visitar el interior de la catedral. Los muros en tonos claros conferían a la maciza iglesia un ambiente asombrosamente liviano. Con paso reverencial Dalia avanzó entre los bancos de madera y dejó que calara en ella aquella agradable sensación.

Se detuvo ante el Retablo de los Reyes y contempló admirada el estilo barroco profusamente decorado, que se consideraba una de las más hermosas muestras del arte colonial español. Miles de pensamientos cruzaron la mente de Dalia mientras escuchaba el silencio. ¿Habría estado allí también su madre, y habría dejado que calaran en ella la belleza y el silencio de aquel templo? Y su padre, Ricardo, ¿sería originario incluso de la misma Ciudad de México? ¿O vendría de otra zona de aquel enorme país?

La tristeza se apoderó de ella. Se dio cuenta de que aquella atmósfera melancólica no le sentaba bien. Espontáneamente decidió encender una vela y observó meditabunda el parpadeo de la llama. Cómo deseaba en ese momento haber podido estar allí con su madre y su padre desconocido, protegida y amada, colmada de atenciones, sintiendo que formaba parte de algo. Se le escapó inconscientemente un pesaroso suspiro.

Solo tras abandonar la catedral pudo volver a inspirar profundamente. Desde allí se dirigió al Paseo de la Reforma. Después de la calma del templo ahora podía verdaderamente disfrutar del alegre ajetreo que reinaba en aquel transitado bulevar. Los rascacielos a ambos lados del pavimento dotaban a aquel barrio de un cierto aire que recordaba a Nueva York. El gentío se agolpaba en las aceras, se oían risas y un gran bullicio. Dalia se sintió más animada. Tomó una fotografía de los monumentos a Colón y a Cuauhtémoc, el último emperador azteca, ambos situados en glorietas en medio de los carriles de la calzada, y luego llegó al Monumento a la Independencia, el ángel dorado que desplegaba sus alas y dominaba desde las alturas la avenida.

Allí comenzaba el barrio conocido como la Zona Rosa, que Pablo, Estela y Rubén le habían recomendado encarecidamente visitar. Discotecas, hoteles y restaurantes compartían espacio con innumerables galerías de arte, *boutiques* y anticuarios. ¿Tal vez habría acudido allí su madre de vez en cuando para pasar la tarde? ¿Habría entrado en aquellas tiendas y discotecas en compañía de otros estudiantes? ¿Tal vez incluso era posible que hubiera conocido allí a Ricardo?

Con ritmo pausado Dalia empezó a deambular por delante de los escaparates de las galerías y a contemplar las obras de arte expuestas. Mientras examinaba un cuadro de un artista de la región donde había representada una pirámide maya bien conservada, sonó su móvil. Era Nara.

—*Hola, cariño* —la saludó en castellano.

Dalia no pudo evitar sonreír.

—Hola —respondió ella en el mismo idioma.

—¿Cómo te va? Tus mensajes hasta ahora han sido… muy breves.

A Dalia le asaltó de pronto una sensación de culpabilidad.

—Lo siento. Han pasado tantas cosas en los dos últimos días. No he tenido tiempo para explayarme más en mis mensajes.

—No era un reproche —aclaró Nara—. Simplemente tenía curiosidad y quería saber si ya habías hecho algún avance en tu búsqueda.

Sin apenas reflexionar, las palabras salieron atropelladamente de la boca de Dalia. Le contó a su tía lo sucedido con los dos delincuentes, la intervención de Pablo, el sorprendente ofrecimiento de que se alojara en su casa, y cómo la estaba apoyando en su investigación.

—¡Guau! —exclamó Nara—. Por lo me cuentas parece que realmente no has tenido ni un minuto libre. ¿Y ese Pablo? ¿Te ayuda de forma totalmente desinteresada? —preguntó con un cierto escepticismo en su voz, aunque Dalia no podía culparla por ello.

—Es extremadamente amable, Nara. Al principio yo también pensé que no podía tener tanta suerte, pero es… muy cortés y servicial. —Le habló a Nara del programa que él había organizado ayer para animarla, incluida la visita al Museo Frida Kahlo.

—Debe ser un tío estupendo.

Dalia casi podía oír literalmente la sonrisa de Nara al otro extremo de la línea.

—En efecto, lo es, de veras —respondió con seriedad.

—¿Y qué pasa ahora con lo de tu padre?

Dalia suspiró.

—No lo sé, Nara. Solo sé que he llegado aquí y me he sentido integrada y aceptada de buen principio. Bienvenida, en una palabra. —Hizo una breve pausa—. La gente tiene el mismo aspecto que yo, y siento que pertenezco a este sitio, aunque no conozca a nadie. Ya sabes que mi temperamento a veces me supera, que en ocasiones hablo demasiado alto o soy más vivaracha que el resto de la familia. —No pudo evitar reírse—. Pero los mexicanos son como yo. O yo soy como ellos, no sé, aquí simplemente todo el mundo es igual de ruidoso. La vida es bulliciosa, por la calle se oye continuamente música procedente de todas partes, se ríen, bailan y cantan... Aquí no llamo la atención... —Suspiró nuevamente—. Ya sé que tal vez suene como una estupidez, pero creo que ahora entiendo por qué soy distinta de los demás Carter, no solo físicamente.

—No me parece una estupidez para nada —replicó Nara—. Puedo comprenderte perfectamente. A mí me pasa algo parecido. —Nara también se distinguía simplemente por su oscuro color de piel de los demás familiares. Sin duda alguna, podía entender la sensación que tenía Dalia.

—Pero hasta ahora ni la uni ni esa tal Almara Fuentes Sánchez me han servido de ayuda —prosiguió Dalia—. Y no tengo más pistas. Por el momento estoy estancada y no sé por dónde seguir buscando.

—¿Quieres que intente hablar con Lilian? —se ofreció Nara tras vacilar un instante—. Tal vez se acuerde de algún detalle que Camellia le contó en aquel entonces y que ahora te podría orientar. No puede ser que hayas hecho el viaje en balde.

—Creo que ya me contó todo lo que sabía, pero se puede intentar...

—De acuerdo, cuando la vea hablaré con ella. Y le diré que se ponga en contacto contigo directamente. Y no te dejes vencer por el desánimo, ¿vale?

Tras colgar el teléfono, Dalia siguió paseando. La conversación mantenida con Nara le había hecho bien. Ahora se daba cuenta por primera vez de cuánto echaba de menos a su familia y su casa. En los últimos años nunca había estado sola, siempre tenía a su alrededor a alguien de su familia. Ahora se encontraba en un entorno nuevo completamente a su suerte. No obstante… Lo que le había contado a Nara era cierto. La gente a su alrededor no le resultaba extraña, aunque no conociera a nadie. Sentía que formaba parte de aquel país.

Tras haber recorrido todas las calles del barrio con las casas de color rosa, Dalia decidió ir a comer un tentempié al parque Chapultepec. Le rugía el estómago.

El bosque de Chapultepec era el parque urbano de mayor tamaño de América Latina, y en su interior albergaba entre otras cosas un palacio, un zoo y el Museo Nacional de Antropología, además de un jardín botánico. Dalia se sintió abrumada por la amplitud de su extensión. Mientras paseaba tranquilamente dejó atrás un estanque, fotografió un espléndido carrusel antiguo y, por último, decidió pedir una jugosa enchilada con mucho queso.

Se sentó con la comida en uno de los numerosos bancos dispuesta a hacer una pausa. Tanto caminar, el jetlag y la altitud a la que se encontraba la ciudad estaban empezando a pasarle factura. Le pesaban los párpados y le ardían los pies. En el banco de al lado había una joven madre con dos niños pequeños. Dalia calculó que la mujer apenas debía de ser un poco mayor que ella. Los niños mordisqueaban unas tortillas de maíz secas, mientras la madre hablaba por teléfono en voz muy alta. A una distancia de unos cincuenta metros Dalia descubrió a dos hombres sentados en taburetes de madera que escribían algo en unas pizarrillas. Pablo le había explicado que había mucha gente que se dedicaba a escribir para los numerosos mexicanos analfabetos, los cuales les pagaban para que se encargaran de su intercambio de correspondencia con las administraciones y organismos públicos.

Dalia acabó de comer y se puso en pie de nuevo. Pablo le había dado la llave del piso por si volvía antes que él a casa, y decidió regresar en metro. Aquel sinfín de nuevas impresiones habían aumentado aún más su fatiga, y solo tenía ganas de volver a tumbarse en el sofá.

12

Veintinueve años antes
Ciudad de México

El corazón de Camellia latía con fuerza al entrar en el auditorio, ya que por fin sabría a qué yacimiento maya la destinarían. En los últimos días, durante el curso de introducción, había tenido la oportunidad de conocer un poco a los demás estudiantes becados. Pero ahora iba en serio. Al fin y al cabo, Camellia no había viajado hasta allí para asistir a un curso teórico que podía hacer igualmente en Inglaterra, sino para ver con sus propios ojos las magníficas edificaciones de los mayas, tocarlas con sus manos e incluso asimilar su olor. Pero, sin duda, lo que más ilusión le hacía era participar en una excavación. Tal vez descubriera otros enigmas de los mayas o contribuyera a descifrarlos. Posiblemente todavía habría incluso construcciones por descubrir. Camellia deseaba sumergirse en aquella antigua civilización, de los pies a la cabeza, en cuerpo y alma, con el corazón y con la mente. No pudo reprimir una sonrisa desbordante al pensar en todo lo que la aguardaba.

—Estás soñando con los ojos abiertos —dijo Carmen, una española de Madrid, en tono de broma.

Camellia sonrió.

—¡Estoy tan impaciente!

—Tú preferirías ir a Chichén Itzá, ¿no es así? —Carmen extrajo un bloc de notas del bolso—. ¿Por qué no nos sentamos delante? Así seguro que no se olvidan de nosotras.

—Sí, Chichén Itzá ha sido siempre mi sueño —respondió Camellia, mientras bajaba las escaleras detrás de Carmen—. Ojalá lo consiga...

—Los demás yacimientos también son espléndidos —replicó Carmen—. Cuando era una adolescente estuve aquí con mis padres. Hicimos una ruta turística por Yucatán, obviamente muy superficial. —Frunció los labios—. Pero fue suficiente para mí. —Se rio.

—¿Ya sabéis algo? —preguntó Saddie, una chica de Washington rubia de cabellos ondulados, resoplando con fuerza mientras miraba con expresión angustiada a Camellia y Carmen alternativamente—. Quiero saber por fin adónde voy a ir. ¡Todo esto es tan increíblemente emocionante! —comentó mientras se abanicaba con una mano.

Camellia esbozó una sonrisa irónica.

—Desde luego es emocionante.

—No, todavía no sabemos nada —contestó Carmen mirando a Saddie—. No nos cuentan nada antes a propósito, para que nadie empiece a discutir o pida un cambio.

—¿No sería genial que nos enviaran al mismo yacimiento? —Saddie se sentó al lado de Camellia—. ¿Dónde está Almara?

Camellia profirió un suspiro.

—Tuvo que marcharse ayer.

—¡¿Qué?! —exclamaron Carmen y Saddie a coro.

—Su padre ha fallecido repentinamente. —Camellia les habló de la llamada que había recibido el día anterior su compañera de habitación y que, obviamente, la había dejado destrozada por completo—. Su madre la llamó, y... Almara estaba destrozada. Ayer por la noche la acompañé a la estación de autobuses para volver a su casa lo antes posible.

—Pero volverá después, ¿no? Cuando... —Saddie hizo una breve pausa—. Tal vez cuando haya pasado el tiempo suficiente.

Camellia se encogió de hombros.

—Sinceramente, no estoy segura. Ahora tiene otras cosas de que preocuparse, la pobre.

—¡Oh, no! Lo siento muchísimo por ella —dijo Carmen en un tono cargado de compasión—. Estaba tan ilusionada.

Camellia asintió.

—Me ha dado la dirección de su prima, por si quiero ponerme en contacto con ella. Si queréis os la doy luego.

—Claro —respondió—. Me gustaría escribirle una carta. Para consolarla y animarla.

—Buenos días, damas y caballeros. —Una voz masculina interrumpió su conversación.

Las tres callaron al instante y dirigieron su atención a un hombre vestido con un traje gris, que había entrado en el auditorio mientras estaban hablando, y ahora estaba delante de la enorme pizarra.

—En nombre de la Universidad Nacional Autónoma de México les damos a todos ustedes de nuevo nuestra más calurosa bienvenida. Mi nombre es Carlos Alonso Martín, y soy el director responsable de nuestro programa de becas. En caso de tener alguna pregunta, algún punto que no haya quedado claro, o algún problema, no duden en dirigirse a mí. Me congratula ver aquí reunidos a tantos jóvenes con tanto talento, interesados por la cultura de nuestros ancestros. Como seguramente todos ustedes saben, los mayas no se extinguieron, a diferencia de otras civilizaciones. Al contrario. Una gran parte de la población de México tiene sangre maya en sus venas. —Sonrió—. Yo también, por cierto. Mi tatarabuela era maya, y me siento orgulloso de tener mis orígenes en un pueblo con semejante nivel de desarrollo. Con toda seguridad conocen las espléndidas ruinas mayas gracias a la televisión o a libros especializados en el tema, pero créanme, van a quedarse sobrecogidos cuando contemplen con sus propios ojos las pirámides, los observatorios y los templos. —Se interrumpió un momento para mirar a los becados uno por uno a la cara—. Pero ahora no deseo seguir manteniéndolos en suspense. Sé que todos ustedes esperan con ansiedad el momento en el que por fin se les informe del yacimiento que próximamente será su segundo hogar. Los becados irán en grupos de cinco personas a Uxmal, Palenque, Tulum y, por supuesto, a Chichén Itzá. Cada uno de estos lugares es único. Por eso ahora voy a ceder la palabra al director del viaje de estudios, que los convocará de uno en uno para continuar con su inscripción. Les deseo a todos una apasionante estancia en nuestro maravilloso país. Y que consigan contribuir a seguir descifrando los enigmas de nuestros antepasados. Queda mucho por descubrir todavía.

Cuatro hombres más jóvenes que habían esperado pacientemente su turno dieron un paso adelante.

—Deseo darles a todos la bienvenida también de mi parte —dijo uno de los docentes en inglés—. Primero leeremos la lista con los nombres para que todos sepan adónde les llevará este viaje de estudios. Somos conscientes de que todos ustedes están sobre ascuas.

Cuando el hombre pasó la mirada por todos los miembros del grupo de becados, sonriente, Camellia se dio cuenta de que se estaba ruborizando. ¿Quién era ese hombre? ¿Un investigador? Calculó que debía de tener como mucho treinta años. El pelo negro azabache rozaba el cuello de su polo azul claro. Tenía los brazos definidos, dorados por el sol, y sus ojos centelleaban divertidos mientras hablaba. Camellia se había quedado tan cautivada que dejó de prestar atención cuando el profesor empezó a leer en voz alta los nombres de los becados.

—Ustedes cinco irán a las singulares ruinas arqueológicas de Uxmal —anunció.

—Ahora tenemos más probabilidades de que nos toque Chichén Itzá —le susurró Saddie al oído izquierdo mientras daba palmaditas con las manos sin hacer ruido.

—¿No han dicho nuestros nombres todavía? —Camellia se propuso concentrarse.

—¿No estás atenta? Pero si apenas podías esperar... —murmuró Carmen, que estaba sentada a la derecha de Camellia.

—Estaba… sumida en mis pensamientos.

—Ustedes cinco pueden ir preparando la maleta para Tulum —prosiguió el atractivo profesor.

Camellia había vuelto a despistarse y tampoco esa vez había escuchado los nombres. Intentó sobreponerse y apartar cualquier otro pensamiento de su mente.

En la lista de becados para Palenque tampoco se encontraban las tres chicas. Como Almara de momento no podría participar, solo fueron asignados cuatro estudiantes a aquellas excavaciones.

Camellia, Saddie y Carmen se cogieron de las manos, en vilo, con la mirada fija en los labios del profesor, como hechizadas.

—Saddie March, Carmen Castillo Varela, Camellia Carter, Giovanni Bianchi y Armand Dupont, ustedes cinco me acompañarán a Chichén Itzá.

Camellia cerró los ojos, soltó la mano de Saddie y la alzó al cielo en un puño victorioso.

—¡Sí! —exclamó en un tono demasiado audible.

El profesor desvió su mirada hacia ella con una expresión divertida en su rostro.

—Parece que una persona está muy contenta. —Se rio—. Bien.

Camellia agachó la cabeza avergonzada.

Diez minutos después, cuando le tocó el turno para formalizar la inscripción, se precipitó por la escalera con el corazón acelerado.

—Soy Camellia Carter —se presentó en un audaz impulso ante el profesor.

—Ah, la dama que profirió el grito de alegría. Hola, Camellia. Mi nombre es Ricardo Murillo Flores, y soy el director de tu viaje de estudios. ¡Bienvenida a mi equipo!

13

Actualidad
Ciudad de México

Cuando Dalia despertó, Rubén, Estela y Pablo se encontraban en la cocina hablando en un tono apenas audible. Debía de haber dormido tan profundamente que no se había enterado de cuándo habían vuelto los tres a casa.

Al volver de su visita turística no había nadie en el piso. Aunque Dalia estaba exhausta, no había podido conciliar el sueño. Las muchas y variadas impresiones de aquella metrópoli se arremolinaban en su mente, hasta tal punto que decidió levantarse para ir a buscar el bloc de dibujo que había llevado consigo. Dibujó el estanque del parque de Chapultepec, las amplias explanadas que lo rodeaban, turistas con la mirada fija en sus aguas y, al fondo, el magnífico carrusel antiguo al que había tomado unas cuantas fotos aquella misma mañana. Pintar le sentó bien.

Al darse cuenta de que se tranquilizaba interiormente, se tumbó en el sofá y se quedó dormida en cuestión de segundos.

—¿Ya se está despertando la bella durmiente? —bromeó Rubén mientras se acercaba a ella. Llevaba el pelo recogido en una coleta.

—Bueno, ¿te has recuperado?

Dalia se rio avergonzada.

—Lo siento.

—No tienes que disculparte —comentó Estela mientras se sentaba en una butaca frente a ella—. Estabas cansada. Y no es de extrañar. Seguramente todavía notas los efectos del jetlag. Además de que no estás acostumbrada a la altitud, la horrible contaminación...

—Creía realmente haber superado la diferencia horaria. —Dalia retiró la manta y se incorporó.

—Estábamos hablando de ti, por cierto. —Pablo tomó la palabra y le indicó por señas que se hiciera a un lado.

Dalia le hizo sitio en el sofá.

—Espero que no fuera nada malo —respondió y después los miró con curiosidad, uno por uno.

Rubén y Estela negaron con la cabeza.

—¿Cómo podríamos hablar mal de ti? —preguntó Pablo sonriendo. Dalia puso los ojos en blanco—. Bueno, sí, yo podría decir que odias las tortitas con crema de cacao.

Dalia no pudo evitar echarse a reír.

—Eso es asqueroso. —Estela se mostró de acuerdo con ella—. El gusto de Pablo a veces deja mucho que desear.

—Sí, sí, burlaos de mí, adelante. —Pablo hizo una mueca ofendida, y luego volvió a ponerse serio—. Pero volvamos al tema que nos ocupa, o sea la búsqueda de tu papá.

Dalia alzó las cejas, sorprendida.

—¿A qué te refieres?

Pablo intercambió una breve mirada con Estela y Rubén, que Dalia no supo cómo interpretar.

—¿Has descubierto algo más?

Él negó con la cabeza.

—Lamentablemente no. Hace mucho tiempo que tu madre estuvo aquí. Nadie la recuerda. Y el nombre de Ricardo... es simplemente demasiado inespecífico.

—¿Estáis intentando decirme que debería abandonar la búsqueda? ¿Que no tiene sentido buscar una aguja en un pajar? —Suspiró decepcionada—. ¿Y que eso sería más probable que encontrar a mi padre?

Pablo le posó una mano sobre el brazo.

—No, Dalia, no, queremos proponerte justo lo contrario.

Ella frunció el ceño, confusa.

—¿Qué quieres decir?

—¿Qué te parecería si viajáramos los tres a Yucatán?

—¿A Yucatán? —repitió Dalia. La propuesta la había pillado por sorpresa—. ¿Con vosotros?

Pablo no pudo evitar reírse.

—Sí, con nosotros.

Estela se inclinó hacia delante en su butaca para dirigirse a ella.

—Nos has dicho que tu madre estaba literalmente obsesionada con los mayas y que por eso estudió antropología americana. Si tomó parte en una excavación arqueológica con toda seguridad tuvo que ir a la península de Yucatán. Y si conoció a tu padre en aquel viaje de estudios, probablemente a él también debía fascinarle la cultura maya. —Lanzó las manos al aire—. Por supuesto, no podemos estar cien por cien seguros, pero es mucho más probable que podamos descubrir algo sobre tus padres allí, donde trabajan la mayoría de los arqueólogos. Muchos mantienen contacto entre ellos. Con un poco de suerte encontraremos a alguien que pueda ayudarnos.

Dalia estaba completamente perpleja.

—Pero... ¿Por qué queréis ir conmigo a Yucatán? Tenéis que trabajar en vuestras tesis. —Miró a Pablo—. Y tú tienes que trabajar.

—Son las vacaciones de fin de semestre —le recordó sonriendo—. Y ya te conté que originariamente provengo de cerca de Tulum, y mis padres se alegran cuando voy a verlos. En realidad, quería visitarlos dentro de dos semanas, pero también puedo trabajar a distancia.

—Nuestras familias también viven en Yucatán —explicó Rubén—. La abuela de Estela cumple años dentro de un par de días, y celebrará una gran fiesta que no queremos perdernos por nada del mundo.

Dalia los miró atentamente, deteniéndose en cada uno de ellos.

—Yo... No sé qué puedo decir. —Tragó saliva—. Sois... —Cerró los ojos—. Sois las mejores personas que he conocido en mucho tiempo. ¡Gracias! —Apenas podía disimular la emoción.

—Entonces todo arreglado. —Estela agitó la mano como restando importancia a su ofrecimiento—. Iremos a visitar a nuestras familias y, con suerte, tal vez encuentres a tus familiares mexicanos.

—Has hecho un viaje tan largo —añadió Pablo—, que sería una auténtica lástima que tuvieras que volver con las manos vacías. Viajaremos en autobús, mañana mismo compraré los billetes para todos. Allí hablaremos con los investigadores, y si al final no encontramos ninguna pista, por lo menos habrás conocido un poco mejor el país de tu padre. Ciudad de México es un lugar genial, excitante, jovial, dinámico y bullicioso, pero nuestra nación tiene mucho más que ofrecer. Déjate simplemente impregnar por esta cultura que ya forma parte de ti de todos modos. Y te prometo una cosa. —Hizo una pausa para sonreír. Dalia le miró expectante—. ¡No tendrás que comer tortitas con crema de cacao!

Los cuatro empezaron a reírse al mismo tiempo.

Una vez se apagaron las risas, a Dalia se le ocurrió una idea.

—Hoy por la noche cocino yo —anunció, y después echó un vistazo a los demás para ver su reacción—. En mi región hay un plato típico que me gustaría preparar como muestra de agradecimiento por vuestro gran apoyo.

—¡Me parece una propuesta genial! Tengo mucha curiosidad. —Rubén se frotó las manos—. Eso significa que hoy no tengo nada más que hacer.

—¿Nada que hacer? —preguntó Estela indignada—. ¿No me has dicho antes que tenías que acabar un pequeño artículo para una revista?

Rubén sacudió la cabeza, ostensiblemente molesto.

—Gracias por recordármelo, mamá.

—Estoy impaciente por probar la cena —declaró Pablo—. ¿Qué es eso tan rico que vas a cocinar?

—Empanadas de Cornualles —anunció Dalia—. Son pastelitos rellenos, una especialidad de la región del mismo nombre donde me crie. —Se puso en pie—. Voy a ver si tenéis todos los ingredientes que necesito.

Rubén la siguió a la cocina.

—¿Qué necesitas?

Dalia enumeró los ingredientes necesarios para preparar la masa y el relleno.

—Tenemos de todo —proclamó Rubén orgulloso.

—No esperaba menos de un hogar llevado de forma ejemplar —bromeó Dalia y se dispuso a cocinar.

Dos horas después los cuatro estaban sentados ante la cena, y Pablo dejó sobre la mesa una botella de tequila que había sacado del armario de la cocina.

—Empanadas de Cornualles y tequila mexicano. Una mezcla que combina perfectamente con tus genes.

Dalia movió la cabeza de un lado a otro, divertida.

—Está realmente sabroso —comentó Estela, tras dar buena cuenta de su porción—. Siempre creí que los ingleses no tenían cultura culinaria. Lo siento. Clichés. —Se pasó la servilleta por las comisuras de los labios, mientras miraba a Dalia con una expresión de disculpa—. Creo que tengo que reconsiderar mi posición.

—Gracias —replicó Dalia—. Me alegro mucho de que te haya gustado. Y en cuanto a la cultura culinaria, me acaba de venir a la cabeza un contraejemplo mexicano. —Miró riéndose a Pablo, que pretendió no darse por aludido.

Después de recoger los platos, Pablo sirvió tequila para todos, y el ambiente se fue animando con cada trago. Dalia, que apenas bebía alcohol, empezó a notar sus efectos al tercer vaso.

Cada vez se reía más fuerte y le costaba más articular las palabras de forma clara. Pero estaba disfrutando de la compañía de los tres mexicanos y en toda la noche no pensó ni un segundo en su hogar en Gran Bretaña, que ahora parecía tan lejano.

Hacía mucho que Dalia no se sentía tan a gusto. En casa, en Inglaterra, a menudo era demasiado ruidosa y alegre en comparación con los demás miembros de su familia, casi demasiado eufórica, pero aquí su carácter efervescente no parecía molestarle a nadie, más bien al contrario.

Cuando al día siguiente Dalia llegó al centro de Ciudad de México todavía le dolía la cabeza a pesar de haber tomado un analgésico. Resultaba obvio que la noche anterior había tomado algunos tequilas de más. «Espero no haber hecho demasiado el ridículo», pensó.

Sus tres anfitriones ya habían salido de casa cuando ella se despertó hacia las nueve de la mañana. Aparentemente podían aguantar mucho mejor la bebida que ella. Al pensar en la velada no pudo evitar sonreír. Habían charlado mucho y reído aún más. Estela le habló de su familia, de su hermano mayor, Mateo, que estudiaba en Estados Unidos y tenía una novia australiana. Rubén habló sobre su tesis. De lo estresado que se sentía y de lo feliz que iba a estar cuando hubiera dejado atrás la universidad. Y Pablo había relatado varias anécdotas sobre sus estudiantes.

Dalia habría podido seguir escuchándolos toda la noche. Y, a pesar de los efectos del alcohol, con el paso de las horas cada vez le costaba menos seguir la conversación. También se había dado cuenta de que había mejorado a la hora de expresarse, aunque todavía tenía que buscar las palabras adecuadas.

Pablo tenía la intención de comprar los billetes de autobús para salir al día siguiente en caso de que quedaran cuatro plazas con tan poca antelación. Por eso Dalia había decidido dedicar un último día a hacer turismo. Mientras Rubén, Estela y Pablo hablaban de su hogar en la península de Yucatán, cada vez sentía más impaciencia por conocer ese lugar. Esperaba con ilusión aquel viaje por ese maravilloso país: visitar las antiguas ruinas mayas, contemplar los paisajes selváticos de ensueño de los que ya se había hecho una idea gracias a internet y sentir el ambiente caribeño del océano Atlántico, del que Pablo hablaba entusiasmado.

Dalia se había propuesto visitar en primer lugar el Palacio de Bellas Artes. La amplia extensión que había delante del edificio se dividía en cuatro zonas ajardinadas artísticamente dispuestas. Dos estanques y varias delicadas estatuas completaban el imponente conjunto. Dalia deambuló por el inmenso espacio al aire libre y tomó fotos de cada uno de sus atractivos rincones.

El palacio se preciaba de ser la casa de la cultura más importante de México. En su interior albergaba diversas salas y escenarios destinados respectivamente a exposiciones y espectáculos de todo tipo. El edificio era en sí mismo una gran obra de arte única. Una marquesina de piedra semicircular, soportada por impresionantes columnas cilíndricas, daba sombra a la entrada principal. En lo más alto de la estructura destacaba una reluciente cúpula dorada, visible desde la lejanía, con un grupo escultórico de bronce. La fachada era de mármol blanco. Dalia no se cansaba de contemplar la elegancia y el refinamiento de aquella construcción.

Al dejar vagar la mirada volvió a percatarse de la terrible miseria a su alrededor. Por las aceras podían verse andrajosos limpiabotas que ofrecían sus servicios a otros más afortunados a cambio de un puñado de pesos, y niños que vivían en la calle vestidos con harapos mendigando para poder comer. ¿Qué habrían dicho sus abuelos si pudieran verla allí? Cuánto le habría gustado que estuvieran en esos momentos con ella, poderles hablar del país de su padre, del magnífico centro histórico de la ciudad, pero también de la pobreza reinante.

¿Habría estado en aquellos jardines también su madre? ¿Cuánto tiempo habría pasado en la capital, antes de partir hacia las excavaciones? ¿Había conocido a Ricardo allí o entre las ruinas de los mayas? ¿Encontraría Dalia algún día las respuestas a todas aquellas preguntas?

Entró en el palacio para visitar el museo. El célebre vestíbulo del edificio estaba revestido por mármol de varios colores. Grupos de turistas se agolpaban ante las numerosas pinturas murales. Dalia descubrió un fresco de Diego Rivera, el esposo de Frida Kahlo. Era como un bombardeo inexorable de impresiones entrelazadas. En muy pocas ocasiones había visto reunidas tantas obras de arte y tanta cultura en una única ubicación.

Cuando tres horas después salió al exterior Dalia apenas podía creer que el tiempo hubiera pasado tan rápido. Para acabar el día, por último, quería dar un agradable paseo en bote en el barrio de Xochimilco. Con el metro y un tren ligero suburbano se dirigió hacia el sur y salvó a pie el resto del camino.

A orillas de los famosos canales de Xochimilco había varias embarcaciones, llamadas trajineras, ricamente adornadas con coloridos arreglos florales que se desplazaban pausadamente sobre las aguas transportando a los visitantes. Dalia preguntó a uno de los barqueros si podía llevarla. El hombre la invitó solícito a subir a la embarcación y le informó del precio del paseo. Una joven pareja de turistas estadounidenses quiso también compartir la barca.

Poco a poco se fueron alejando de la orilla. Mientras los dos jóvenes conversaban entre ellos, el barquero tarareaba una canción en voz baja. Al oír la melancólica melodía Dalia se reclinó en su asiento para disfrutar del relajante paseo, y se dejó llevar por aquella atmósfera tan especial. Se imaginó que su madre estaba sentada a su lado rodeándola por los hombros con un brazo.

De pronto sintió que la invadía la tristeza. ¿Cuáles habrían sido sus sensaciones de haber podido compartir lo sucedido en los últimos días con su madre? Nuevamente volvía a sentirse inmensamente sola. La divertida víspera que había pasado con Rubén, Estela y Pablo se le antojaba ahora muy lejos. Los tres seguirían con su vida allí mucho después de que ella estuviera de regreso en Inglaterra. Pablo vivía en su mundo académico, Estela y Rubén pronto buscarían un trabajo que les permitiera construir su propia vida fuera donde fuese. ¿Y ella? Seguía sin saber cómo continuar con la suya.

Con ademán decidido extrajo el bloc de dibujo de la mochila y comenzó a inmortalizar el canal con la espesa vegetación de ribera en el papel.

—Muchos habitantes de Ciudad de México vienen el fin de semana aquí a relajarse —explicó el barquero como pudo en inglés—. Toda esta zona es un área natural protegida.

Dalia empezó a dibujar bocetos detallados de las distintas plantas.

—¿Pintora? —El mexicano se colocó tras ella e indicó por señas el dibujo.

—Sí, más o menos —respondió Dalia con una sonrisa.

—Muy bonito. —Levantó el pulgar hacia arriba—. Muy lindo.

Antes de emprender el trayecto de regreso, a su lado hizo aparición un vendedor que ofrecía tacos rellenos. El estómago de Dalia empezó a rugir a la vista de la sabrosa comida, así que decidió comprarle un taco relleno de carne de ternera y ensalada. Estaba delicioso.

Una vez hubieron regresado al punto de partida, la pareja se despidió y abandonó la embarcación. Dalia le dio las gracias al barquero antes de irse.

Ya en el apartamento, Pablo la esperaba en el recibidor. Agitó en el aire la mano derecha, en la que sostenía cuatro billetes.

—¡*Hola, señorita!* —la saludó en castellano—. ¿Preparada para la próxima aventura?

Sus palabras levantaron instantáneamente el estado de ánimo de Dalia. Atrás quedaba la sensación de soledad que le había asaltado durante la excursión. Se echó a reír.

—*Claro* —respondió ella en castellano también.

—Salimos mañana. El autobús estaba casi completo, pero conseguí hacerme con las pocas plazas que quedaban e incluso nos hicieron un descuento por comprar los billetes a última hora. —Sonrió dejando al descubierto su blanca y reluciente dentadura.

Dalia movió la cabeza de un lado a otro, incrédula.

—Todavía no me lo puedo creer. El hecho de que queráis acompañarme... es... simplemente sois fabulosos.

Los labios de Pablo se curvaron en una sonrisa aún más amplia.

—Va a ser un viaje muy interesante, eso seguro. Tenemos por delante unos dos mil kilómetros.

Dalia le miró boquiabierta.

—¿Dos mil kilómetros?

—Haciendo algunas paradas —relativizó Pablo sonriendo—. Pero sí, creo que seguramente nunca podrás olvidar este viaje.

14

Al despertar a la mañana siguiente Dalia se sentía exhausta. Los nervios no le habían permitido conciliar el sueño hasta muy entrada la noche, y había permanecido despierta pensando en lo que le aguardaba en los próximos días. Envió a Nara un breve mensaje para informarle de sus planes inmediatos y organizó su ropa de nuevo en la mochila.

—*Buenos días.* —Pablo entró en la sala de estar vestido con una camiseta y unos vaqueros desgastados—. ¿Has dormido bien?

Dalia negó con la mano.

—Mejor no me preguntes.

—¿Qué pasa? —Se acercó a ella y observó cómo apretaba las cintas de la mochila.

—Ay, se me pasan mil cosas por la cabeza. —Dalia se dejó caer en una butaca, agotada—. He estado pensando, por ejemplo, en cómo habría sido mi vida de haber conocido a mi padre.

Pablo se apoyó en el respaldo de la butaca a su lado.

—Seguramente habría sido muy distinta, pero ahora tienes la oportunidad de recuperar parte del tiempo perdido.

Dalia no pudo evitar sonreír.

—Pareces optimista.

—Soy optimista —confirmó sonriendo, para luego ponerse en pie—. Yo voy a ayudarte, ¿de acuerdo? Pero ahora tenemos que darnos prisa. El autobús no va a esperar por nosotros.

Una hora más tarde Estela, Rubén, Pablo y Dalia llegaban a la estación de autobuses del este. El autobús de color azul claro tenía un aspecto moderno y bien cuidado, nada que ver con lo que se esperaba Dalia, y contaba incluso con un aseo.

—Es un rápido —explicó Pablo—. Como el viaje estaba reservado casi por completo, en algunos tramos tendremos que sentarnos separados.

—Ya estamos siempre juntos, día y noche —bromeó Rubén con buen humor—. No nos irá nada mal un poco de distancia durante un par de horas.

—¡*Estúpido!* —replicó Estela al tiempo que le dedicaba una peineta.

Pablo habló con el conductor del autobús, le mostró los billetes y señaló con un gesto su equipaje. Dalia pudo comprobar que la mayoría de los asientos ya estaban ocupados.

—Id subiendo y buscad vuestro asiento —les indicó Pablo—. Yo me ocupo de que carguen nuestro equipaje.

Dalia se abrió paso por el pasillo mientras echaba un vistazo a la numeración de los asientos. Cuando localizó su sitio al lado de una mujer mayor, la saludó con una sonrisa.

—Hola —contestó la mujer mientras observaba a Dalia con interés—. ¿Adónde vas?

Dalia desató la cinta de su riñonera y se sentó.

—No lo sé todavía exactamente.

El rostro de la mujer adoptó una expresión de curiosidad. Dalia se animó entonces a explicarle de forma sucinta que estaba buscando a su padre, al tiempo que se preguntaba a sí misma por qué le contaba a una perfecta desconocida algo tan personal. Pero no tuvo la sensación de que fuera algo demasiado íntimo o fuera de lugar.

Un par de minutos después Pablo posó una mano sobre su hombro al pasar a su lado.

—¡Hasta luego!

Dalia asintió con la cabeza, mientras él seguía avanzando hasta la parte posterior del autobús.

—¿Tu esposo? —preguntó la mujer.

Dalia negó entre risas.

—¿Quizá algún día lo será? —insistió la mexicana sonriendo.

Dalia sacudió la cabeza de un lado a otro, abochornada.

—¿Y tu madre?

Le contó a la mujer, que se presentó y dijo llamarse Rosa, la historia de su madre: que había muerto al darla a ella a luz y que hacía casi tres décadas había hecho un viaje de estudios a México. Una vez terminado su relato, Rosa guardó silencio durante unos cuantos segundos con la mirada fija en el vacío.

El autobús arrancó y salió lentamente de la terminal.

—Yo soy maya —anunció la mujer ahora en tono serio—. Mi familia desciende de los mayas en Yucatán.

Dalia la miró con creciente interés.

—Fascinante.

Rosa se encogió de hombros.

—En realidad no.

—Pero el pueblo maya tiene una larga y emocionante historia —replicó Dalia—. Sus antepasados eran extremadamente inteligentes y ávidos de saber.

—Es cierto —dijo Rosa con voz suave—. Voy a ver a mi hijo. Pedro vive en Acayucan, a quinientos kilómetros de aquí —prosiguió—. Trabaja como albañil…, cuando le dan algún encargo. —Se amasó los dedos—. No es fácil para nosotros, ¿sabes? Mucha gente vive en barrios de chabolas, con muy poco dinero. Los buenos puestos de trabajo suelen ser para los mestizos. —Su voz dejaba entrever un dejo de amargura—. O sea, los que también tienen sangre española —añadió.

—No sabía nada de eso —respondió Dalia acongojada.

Aparentemente el problema en México no era solo la pobreza generalizada, sino también la desigualdad entre blancos e indígenas, que era un lastre para la sociedad.

—Pero no quiero abrumarte con mis problemas. Hablando de ello tampoco se soluciona esta situación.

Dalia asintió con la cabeza y miró a través de la ventana.

Justo en ese momento estaban dejando atrás las últimas áreas residenciales de la capital. ¿Qué le aguardaba en aquel trayecto hacia lo desconocido? Un viaje por un país con una profunda división entre ricos y pobres, con graves desigualdades entre las distintas comunidades. ¿Y cuál sería la situación de su padre? ¿Tendría un buen trabajo? ¿Ingresos suficientes para poder vivir? En caso de que tuviera estudios era más probable que no se incluyera en el segmento de población más pobre de México.

Pero la vida no siempre salía según lo previsto. Tal vez su padre fuera un simple obrero o artesano que se enamoró hacía muchos años de una estudiante de arqueología de Inglaterra. Era posible que tuviera que luchar cada día para poder sobrevivir, como muchos otros mexicanos, sin saber cómo iba a financiar la compra de los siguientes zapatos que necesitarían sus hijos o los alimentos para pasar el fin de semana.

Dalia se sumió en aquellas profundas cavilaciones, mientras el autobús dejaba atrás un kilómetro tras otro.

—¿Dónde estamos? —preguntó Dalia cinco horas después.

Pablo, Estela y Rubén se habían reunido con ella a la sombra del autobús.

—En algún lugar de la sierra Mixteca —respondió Estela mientras se llevaba la mano a la frente, sobre las cejas, a modo de visera.

Dalia dejó vagar la mirada por el árido paisaje montañoso con las cimas de las colinas cubiertas de musgo.

—Todo es completamente distinto aquí. —Entornó los ojos para seguir el vuelo de una rapaz que sobrevolaba en círculos un cerro, aparentemente acechando alguna presa. Los grillos cantaban entre las hierbas que enmarcaban la arenosa explanada en la que había aparcado el autobús.

—Pues ya verás cuando lleguemos a Yucatán —comentó Pablo—. México cuenta realmente con una gran diversidad natural. Ahora estamos a mayor altitud incluso que en la capital y, sin embargo, el aire es completamente distinto, ¿no te parece?

—Hace más calor, pero el aire es más fresco sin toda esa contaminación. Ahora me doy cuenta de cómo me quitaba el aliento ese ambiente tan cargado —añadió Dalia en tono asombrado—. Y, sin embargo, no habría imaginado que estuviéramos en un altiplano.

—Pues sí, algunas cumbres superan incluso los tres mil metros —explicó Rubén—. No me canso de contemplar este espléndido paisaje. Uno tiene la sensación de estar completamente solo en el mundo. La amplitud y la soledad, el contraste absoluto con la metrópolis. ¡Ah! ¿Y sabéis qué? La vida es bella —concluyó con una beatífica sonrisa.

Dalia le miró de reojo.

—Pero aquí también vive gente, ¿no?

Pablo se rio.

—Claro. Hay muchas poblaciones de pequeño tamaño como esta. —Señaló hacia la pista polvorienta franqueada a ambos lados por puestos de comida—. Aquí, en la sierra Mixteca, vive obviamente el pueblo mixteca. Se llaman a sí mismos «gente de la lluvia».

—¿Gente de la lluvia? —repitió Dalia—. ¿Por qué?

—La traducción exacta sería «pueblo que vive donde el dios de la lluvia». Los mixtecas son un pueblo indígena muy antiguo —aclaró pacientemente Pablo—. Un poco como los mayas.

—Todo esto suena muy místico —opinó Dalia—. Por cierto, que mi hambre no llega a ese nivel de misticismo. Me rugen las tripas.

—Pues entonces venga, vamos a comer algo. —Rubén le indicó que le siguieran.

Tras echar un vistazo a la carta del primer local, Pablo pidió cuatro raciones de cuitlacoche.

—¿Qué es esto? —Dalia miró con escepticismo el pastel relleno que Pablo enseguida le puso en la mano.

—Son chalupas —explicó con aire divertido—. Hechas de harina de maíz.

—¿De qué iba a ser, si no? —dijo Dalia sarcástica—. ¿Y el relleno? —Todavía no estaba completamente convencida de que fuera algo comestible.

Pablo alzó las cejas.

—Cebolla, chilis, queso fresco, especias y crema agria. —Hizo una breve pausa—. Y, además, cuitlacoche.

—Estiércol durmiente —añadió Rubén con una sonrisa divertida.

—¿Cómo dices? —Dalia miró alternativamente a sus dos amigos, atónita.

—Es solo la traducción de su significado en azteca —explicó Pablo con una amplia sonrisa.

—No sé si eso me deja realmente más tranquila —respondió Dalia con cierta suspicacia.

—El cuitlacoche proviene de granos de maíz parasitados por un hongo en especial —intervino Estela—. Está muy rico. Simplemente pruébalo y opina por ti misma. Apuesto lo que quieras que no te vas a arrepentir.

Después de dar un bocado con mucha cautela a una de las chalupas rellenas Dalia dibujó con sus labios una sonrisa de satisfacción.

—¡Delicioso!

—Ya te lo decíamos —dijeron Rubén y Pablo al unísono, y después se echaron a reír.

Se sentaron en dos bancos de madera y se concentraron en saborear la comida. El conductor del autobús había anunciado al llegar a aquel pueblito que la parada sería de una hora. O sea que podían tomarse el tiempo suficiente para deleitarse sin prisas.

Dalia se alegraba de poder estirar por fin las piernas.

—¿Con qué frecuencia hacéis este trayecto en autobús? —preguntó mirándoles uno por uno.

Estela se encogió de hombros.

—Tres o cuatro veces al año, más o menos.

Rubén asintió.

—Depende —confirmó Pablo—. Volar es demasiado caro. Y el autobús está perfectamente bien. Ya lo has visto. Obviamente hay que tener en cuenta los días que tardas en ir y volver. El viaje resulta bastante agotador.

Dalia se podía hacer una idea. Tras las pocas horas que había pasado en el autobús ya ansiaba llegar al primer destino intermedio donde pasarían la noche.

—*Ciao*. —Una pareja joven, que durante ese primer trayecto estaba sentada tres filas delante de Dalia, se les acercó.

—¿Podríais recomendarnos algo? —El hombre indicó por señas la comida de la que estaban dando buena cuenta los cuatro.

Pablo les explicó en un inglés perfecto en qué consistía su comida.

—¿De dónde sois?

—De Italia, Milán —contestó la joven—. Soy Giovanna. Y él se llama Marco.

—¿Adónde vais? —preguntó Estela, después de que todo el grupo se hubiera presentado.

—No lo sabemos todavía exactamente —respondió—. Nos gustaría visitar Yucatán, las ruinas mayas, las grandes ciudades, y quedarnos unos días donde más nos apetezca. ¿Vosotros?

Rubén les explicó que iban a visitar a sus respectivas familias.

—¿Todos sois originarios de la península de Yucatán? —preguntó Giovanna posando su mirada en Dalia.

—Yo soy inglesa —dijo Dalia tras negar con un gesto.

Giovanna arrugó la frente.

—Ah, vale. Pensaba que tú también eras… —No acabó la frase.

Pablo le hizo un gesto cómplice a Dalia, sonriendo alegremente.

—Dalia es también una de nosotros. Su padre es mexicano.

A Dalia se le aceleró un poco el corazón al oír sus palabras. Era una de ellos, eso es lo que acababa de decir. Y así se sentía ella también. Tenía la sensación de que pertenecía a ese país, de que sus raíces estaban allí. No era tan solo su aspecto exterior lo que la unía al pueblo mexicano. Cada vez hablaba mejor el idioma, se había adaptado a los horarios y la comida, y se sumergía gradualmente más y más en la cultura mexicana.

—Sí, soy medio mexicana —confirmó Dalia y al decirlo sintió su pecho henchirse de orgullo.

La pareja se dirigió al local para pedir también chalupas. Al parecer, Pablo los había convencido.

Al darse la vuelta Dalia descubrió una iguana verde de unos cincuenta centímetros de largo, que tomaba el sol inmóvil sobre una piedra plana.

—Mirad —dijo en voz baja para llamarles la atención sobre el reptil—. ¡Es tan bonito!

—¿Bonito? —Rubén se rio—. A ver, de veras que se me ocurren un montón de adjetivos para describir a estos bichos, pero bonitos... —Agitó la cabeza de un lado a otro—. No, lindo no es.

—Claro que sí —insistió Dalia—. Mirad el diseño de filigrana en las patas.

Rubén asintió.

—Cierto, es verdaderamente bonito. —Volvió a echarse a reír.

—Los hombres simplemente no tenéis ni idea —espetó Estela apoyando a Dalia—. A mí también me parece fantástico. Es realmente muy mono.

Pablo llegó hasta donde estaba Dalia y observó detenidamente la iguana.

—Pero bonita no es, ¿no?

—Es muy linda —reiteró Dalia en un tono desafiante.

—Entonces espero que ninguna mujer me describa nunca como «bonito» —respondió Pablo en tono melancólico—, porque me sentiría igual de feo que una iguana.

—No te preocupes —contraatacó Estela—. Con toda seguridad eso no va a suceder.

15

Veintinueve años antes
Chichén Itzá

Por fin había llegado. Camellia estaba en el lugar con el que soñaba desde hacía tantos años. ¡Cuántas veces se había imaginado las sensaciones que despertaría en ella ese yacimiento arqueológico, su olor, cómo podría servirle de inspiración!

Habían aterrizado la noche anterior en el aeropuerto de Chichén Itzá, tras un vuelo de dos horas y media de duración en una avioneta. Su alojamiento, situado en un pueblecito llamado Kaua en las proximidades de la mundialmente famosa ciudad en ruinas, era sencillo y funcional, pero estaba limpio. Carmen y Saddie compartían una habitación doble, y como no había más participantes femeninas en aquel viaje de estudios, Camellia tenía un cuarto para ella sola.

La diferencia de temperatura respecto a la capital y la elevada humedad atmosférica habían pasado factura a Camellia, así que después de cenar se había ido directamente a su pequeña habitación y se había tumbado a descansar. Durmió profundamente y sin sueños. Tantas impresiones nuevas la habían dejado agotada.

Y aunque aquella mañana al despertar se había sentido descansada, ahora nuevamente estaba luchando contra el calor extremo, que ya a las diez de la mañana flotaba pesadamente en el ambiente, como si una pantalla invisible impidiera que se disipase.

—Sentémonos. —Carmen instó a Camellia a tomar asiento después de cogerla del brazo—. El jefe supremo ya nos está esperando —dijo sonriendo.

Saddie se sentó al lado de Giovanni y Armand bajo la sombra de la enorme pirámide, a la que los españoles llamaron simplemente «el Castillo».

Ricardo estaba ante ellos vestido con unos pantalones cortos y una camisa de manga larga arremangada hasta el codo, mirando con el ceño fruncido la documentación. Camellia se dejó caer sobre las hierbas secas al lado de Saddie, contemplando con veneración la pirámide que se alzaba a su lado. Casi no podía apartar la vista de la imponente estructura. ¿Cómo habían podido los mayas apilar aquellos sillares de piedra tantos siglos atrás?

—Buenos días —saludó Ricardo en ese preciso momento a los estudiantes—. Espero que hayáis dormido bien y os sintáis descansados para disfrutar de nuestro primer día en Chichén Itzá. Hoy empezamos un poco más tarde de lo normal, porque consideré necesario que en primer lugar os recuperaseis del viaje de ayer. Pero supongo que ya os habréis dado cuenta de que a estas horas el sol ya es abrasador. Por eso en las próximas semanas trabajaremos preferentemente por la mañana temprano y por la tarde. Obviamente no iremos directamente a las excavaciones. Primero os guiaré por este yacimiento maya y su entorno inmediato, y profundizaremos en temáticas concretas mediante presentaciones específicas de corta duración. A mediodía haremos una larga pausa. Podéis disponer de ese tiempo como gustéis, aunque os aconsejo evitar la exposición al sol durante esas horas. Eso significa, para ser más exactos, que nuestro horario de trabajo empieza a las seis de la mañana.

Camellia nunca había sido demasiado dormilona. La perspectiva de aprovechar las horas más frescas de la mañana para poder descansar a mediodía le pareció más que razonable, teniendo en cuenta las mortales temperaturas.

—Veo que nadie protesta —comentó el joven investigador sonriendo satisfecho—. Por lo visto sois un grupo de madrugadores. Después de la larga pausa a mediodía volveremos a encontrarnos a las seis de la tarde. Acabaremos la jornada a las diez de la noche. —Se puso serio—. Ya sé que las noches serán cortas, porque después tendréis que comer algo y tal vez tengáis ganas de reuniros. Pero os aseguro que aprovecharéis mejor la jornada que si trabajáramos en las horas de más calor, sufriendo todo el día, aunque acabáramos más temprano. No hay que subestimar el calor y la humedad tropical. ¿Qué opináis?

Camellia y los demás hicieron un gesto afirmativo con la cabeza.

—Entre nosotros hablaremos en español y en inglés —prosiguió Ricardo—. Podéis elegir. ¿Tenéis alguna pregunta sobre la organización?

—¿Qué se puede hacer contra los mosquitos? —intervino Giovanni mientras mostraba un brazo con numerosas picaduras rojas.

Ricardo sonrió con indulgencia.

—Hay varios productos a la venta en la farmacia que funcionan muy bien. Usad ropas en tonos claros que os cubran totalmente las piernas y los brazos. Lamentablemente no os puedo aconsejar mucho más. Algunas personas por desgracia atraen a estos insectos chupasangre mientras que otras son bastante inmunes.

—¿Adónde podemos ir a mediodía? —preguntó Saddie.

—Kaua no está precisamente al lado, pero hay un autobús que recorre el trayecto hasta allí con relativa frecuencia. Y puesto que disponéis de varias horas libres durante el día, podéis volver a vuestros alojamientos sin problema. O podéis ir a visitar algunos de los pueblos cercanos. Pero, por favor, tened en cuenta que el clima es cálido y sofocante. Algunos tenéis la piel muy clara y preferiría que no os quemarais ni sufrierais un golpe de calor. —Volvió a sonreír—. Pongámonos en marcha. Imagino que estáis impacientes. Hoy tendréis una visión general de todo el yacimiento. Y podréis comprobar que hasta ahora solo se ha excavado e investigado una pequeña fracción de las ruinas. Queda mucho todavía por explorar. —Desvió la mirada hacia Saddie—. Me gustaría que os presentarais brevemente antes de empezar: de dónde venís, qué esperáis de vuestra estancia aquí… ¿Te importaría ser la primera?

Saddie aceptó la invitación con un gesto.

—Me llamo Saddie March. Tengo veintidós años y vengo de Washington. La civilización maya me ha fascinado desde que era adolescente. —Se encogió de hombros—. Eso es todo.

Ricardo movió la cabeza en señal de agradecimiento.

—Gracias. ¿Quién quiere ser el siguiente?

—Soy Armand Dupont, de Normandía, una región en el norte de Francia. Hace muchos años estuve en una exposición en París sobre la cultura maya. Y desde entonces he ansiado a toda costa conocer mejor esta misteriosa civilización. —El chico francés de cabellos rubios reflexionó brevemente—. Mi deseo es que todos tengamos una estancia estupenda aquí y espero que los mosquitos no se obsesionen demasiado conmigo.

Todos rieron, y después Carmen tomó la palabra y se presentó.

—Vengo de Madrid. Visité la región con mis padres hace tiempo. Desde entonces quise convertirme en investigadora para conocer mejor los rituales de los mayas.

Ricardo le agradeció su intervención y volvió su mirada hacia Camellia.

—Te toca.

Camellia hico un gesto afirmativo con la cabeza y se presentó.

—Vengo de Inglaterra, de Cornualles para ser exactos. Hace muchos años mis padres me regalaron un libro infantil sobre los mayas. A partir de entonces he visto todos los documentales que se televisaban y devorado todos los libros inimaginables sobre el tema. Pero no tenía suficiente. Por eso empecé a estudiar arqueología especializada en antropología de las Américas, y solicité esta beca. Y ahora estoy aquí, para ver con mis propios ojos este lugar único.

—¿Qué esperas de tu estancia en México? —insistió Ricardo.

Camellia ladeó la cabeza.

—Una mayor amplitud de perspectivas y nuevos estímulos para la reflexión... la verdad.

—La verdad —repitió Ricardo con una sonrisa amable—. Eso suena bien. Los investigadores al fin y al cabo siempre buscan la verdad, los hechos. —Desvió la vista hacia Giovanni—. ¿Quieres añadir algo más sobre ti? Aparte de que los mosquitos te adoran, eso ya lo sabemos.

Todos volvieron a reír. Camellia disfrutaba del ambiente distendido y relajado que reinaba en el grupo.

Giovanni hizo una mueca.

—Sí, los mosquitos me adoran. Y yo a los mayas. Mi padre es también arqueólogo, y sus investigaciones se centran sobre todo en Egipto. Por eso desde que era pequeño he estado expuesto a piedras antiguas y gran cantidad de historia, de modo que era bastante lógico que siguiera el mismo camino. —Hizo una breve pausa y se rascó el brazo—. ¿Por qué los mayas? Creo que en algún momento supe de su existencia gracias a la biblioteca de mi padre, y pensé que podría interesarme. O sea, nada espectacular.

—Por eso precisamente tu estancia aquí será aún más relevante. —Ricardo extendió los brazos—. Tengo la impresión de que sois un grupo de personas agradables y ávidas de saber. Os doy de nuevo mi más calurosa bienvenida en Chichén Itzá, uno de los yacimientos mayas más magníficos y mejor conservados de México, y me alegro de compartir los nuevos hallazgos que podamos descubrir con todos vosotros. Nuestro deseo común es dejarnos cautivar por una antigua civilización, que hoy en día sigue fascinando al ser humano actual.

Fue un día largo y muy caluroso. A pesar de que habían descansado en las horas centrales del día, Camellia sentía el agotamiento en cada fibra de su cuerpo.

—¿Estás cansada? —Ricardo giró la vista a un costado para mirarla.

Camellia le devolvió la mirada y de nuevo percibió aquella calidez en la expresión de su rostro. Pensó que tendría que ser precavida y no quedarse mirando fijamente al director del viaje de estudios para evitar llamar la atención.

—El calor es tremendo —replicó—. Hasta ahora, cuando me imaginaba participando en una excavación arqueológica, en ningún momento me veía empapada en sudor, intentando localizar todo el rato la botella de agua más cercana. —Se rio—. Por alguna razón había conseguido obviar con éxito esa cuestión.

Ricardo hizo un gesto comprensivo.

—El ser humano es básicamente campeón mundial en la disciplina de reprimir cosas que no desea aceptar. Aunque también hay que decir que es casi imposible hacerse una idea de este clima cuando nunca antes se ha estado aquí.

Una joven mexicana se acercó a la mesa a la que todos estaban reunidos y les preguntó qué deseaban tomar. Ricardo había propuesto dar el día por terminado poco antes de las diez de la noche e ir todos juntos a cenar para concluir de forma agradable aquella primera jornada.

—Para mí una ración de pozole —dijo Ricardo.

—¿Qué es eso? —preguntó Camellia.

—Un guiso muy sabroso, originario de la costa oeste. Con mucha carne de pollo, maíz y aderezado por supuesto con salsa de chili —le explicó Ricardo con una sonrisa, mientras la mexicana corroboraba sus palabras asintiendo con la cabeza.

—Suena bien. Lo mismo para mí, por favor —pidió Camellia audaz.

—Pues espero que te guste el picante, Camellia —comentó Ricardo, mientras la camarera tomaba nota de los demás pedidos.

—Creo que sí me gusta. —Camellia se encogió de hombros—. La cocina inglesa es bastante distinta a la vuestra en ese sentido.

—Pero ¿de verdad existe una gastronomía inglesa? —Ricardo le ofreció una sonrisa burlona—. Es solo una broma.

Camellia frunció el ceño.

—No te atrevas a subestimar a los británicos. Ni en cuestiones culinarias ni en ninguna otra.

Ricardo alzó una mano en señal de rendición.

—Jamás osaría.

—¿Cómo descubriste que querías dedicar tu vida a investigar la historia de los mayas? —Camellia cambió de tema—. Nos hemos presentado todos esta mañana, pero hasta el momento tú te has mantenido muy reservado. —Tenía la esperanza de saber por fin algo más de su vida privada. La mirada de Ricardo se tornó más penetrante.

—Eres muy curiosa, Camellia.

Ella asintió.

—¿Cómo podría un científico no tener un poco de curiosidad sana? El que nada pregunta, nada descubre. Es uno de mis lemas.

—De nuevo tienes razón —admitió, y luego dio un trago a su refresco de cola. —Soy de cerca de Tulum, esa maravillosa ciudad maya que se halla justo a orillas del Atlántico.

—Hasta ahora solo he visto fotos. La ubicación debe ser de ensueño.

—Realmente lo es. Si algún día puedes ver ese lugar con tus propios ojos, comprobarás que es mucho más impresionante de lo que muestran las fotografías. Tiene una atmósfera… verdaderamente única. Cuando era todavía un niño, mi padre, que era pescador, me hacía acompañarlo con frecuencia en sus salidas al mar. Y aquellas ruinas siempre estaban ante mis ojos. Las aguas azul turquesa del mar, el cielo de color azul celeste… y, en medio de la naturaleza, esos venerables muros. Todos esos colores mágicos fusionados para crear la sensación de una obra pictórica.

—Eres un auténtico romántico —declaró Camellia asombrada.

Ricardo se rio.

—No estoy seguro de que mi entusiasmo tenga algo que ver con el romanticismo. Pero desde entonces tuve claro que quería saber más de aquella civilización capaz de crear algo tan excepcional en una época tan antigua. —Hizo una pausa y deslizó la mirada por el rostro de Camellia—. Esa pasión ya nunca me ha abandonado hasta hoy. Y no me he arrepentido ni un solo día de la profesión que elegí.

—Lo que acabas de decir es precioso —dijo Camellia con la voz entrecortada. Los ojos de Ricardo brillaban mientras hablaba. Sus reflexiones y la manera en que explicaba lo que era importante para él, lo que le llenaba, emocionaron profundamente a Camellia.

Antes de poder proseguir con la conversación, la camarera les llevó la comida.

—Buen provecho —deseó Ricardo a todos los comensales antes de comenzar con su ración de pozole.

Cuando Camellia se llevó a la boca el primer bocado no tuvo más remedio que empezar a toser violentamente.

—¿Es más picante que lo que creías, entonces? —Las comisuras de los labios de Ricardo se curvaron en una sonrisa divertida.

Camellia se abanicó con la mano mientras notaba que le ardían las mejillas. Seguramente su cara había adquirido el tono de un tomate maduro.

—Levemente —respondió casi afónica.

Ricardo le pasó el cestito con las tortillas de maíz.

—Acompáñalo con una tortilla y se te pasará.

Camellia siguió su consejo y luego hizo un gesto de agradecimiento con la cabeza.

—Gracias.

Cuando la camarera poco después recogió los platos vacíos, Ricardo pidió una ronda de pulque para todos.

—¿Qué es esto? —le preguntó Giovanni.

—Nuestra bebida nacional —contestó Ricardo—. Se obtiene de la planta de maguey. El pulque juega un papel importante en la mitología y también en muchos rituales religiosos de la población indígena. —Sonrió—. Y sabe muy bien.

—¿Eso significa que los mayas inventaron esta bebida? Saddie miró a Ricardo expectante.

—Lo bebían sobre todo los toltecas y los aztecas —explicó Ricardo—. Existen varias leyendas sobre la cuestión del origen del pulque. A ese respecto, por cierto, se han encontrado antiguos cálices en restos de ambas culturas, que se supone que se usaban exclusivamente para tomar esta bebida.

—¿Y qué hay de ti? —intervino Carmen de nuevo—. ¿Procedes también de alguno de esos pueblos indígenas?

Ricardo se echó a reír.

—La mayoría de nosotros tenemos sangre indígena en nuestras venas. En mi caso predomina la parte española. —Alzó los hombros como en señal de disculpa—. Pero mi tatarabuelo era un maya auténtico.

Camellia le examinaba con interés. No era el primer hombre atractivo e inteligente que se cruzaba en su camino, pero tenía algo que le diferenciaba de los que había conocido hasta ese momento. Parecía más cosmopolita, más sensible, más despierto. Se obligó a sí misma a guardar silencio por precaución, y dirigió su atención decididamente hacia Carmen, que estaba sentada al otro lado. Quizá sería mejor mantener la distancia al principio y no permitir que las conversaciones entre ella y Ricardo tomaran un cariz demasiado personal. Camellia era consciente de que no le iba a resultar fácil, pero tenía que concentrarse en su verdadero objetivo, aquello que tanto había luchado por conseguir.

16

Actualidad

Rosa se había quedado dormida de nuevo y Dalia se acababa de despertar. Acurrucada con la cabeza apoyada en el respaldo, deslizaba sus dedos una y otra vez sobre la funda transparente con la carta de su padre y los pendientes afiligranados. Todos esos años había creído que su nombre se debía a la tradición familiar de poner a los niños nombres de plantas o flores. Los pendientes con forma de dalias, sin embargo, arrojaban una nueva luz sobre el origen de su nombre. ¿Le habría regalado su padre aquellos pendientes a su madre? ¿O tal vez incluso eran un regalo destinado a su hija? Si su madre la había llamado Dalia inspirándose en aquellos pendientes, ¿por qué no le había presentado a Ricardo a sus padres? Los abuelos de Dalia no habían llegado a conocerle.

Dalia detuvo el tren de sus pensamientos. Algo no encajaba. La abuela le había escrito una carta y él había contestado. Por lo menos habían tenido contacto por escrito. El motivo por el cual le habían hecho creer a él que ella también había muerto durante el parto seguía siendo un enigma. ¿Cómo había podido ocultarle la abuela algo así?

Se acordó de una conversación que había mantenido con ella hacía muchos años en la terraza de Blooming Hall. Aquella tarde, como tantas otras, habían disfrutado juntas de su té con leche mientras contemplaban los parterres en flor. El abuelo había tenido que ausentarse para acudir a una reunión en otra ciudad. Esa tarde su abuela parecía un tanto agitada y melancólica. Dalia le había preguntado qué le pasaba, pero Rose simplemente había hecho un gesto agitando la mano, como para restar importancia a su estado anímico.

—Hay momentos en la vida en los que te cuestionas todas tus acciones. A pesar de ser consciente de que siempre tuviste buena intención, a veces a una le asaltan serias dudas sobre la validez de sus propias decisiones.

Dalia no había comprendido entonces qué había querido decir la abuela con aquellas crípticas insinuaciones.

—De haber sabido que Camellia pagaría su viaje a México con la muerte, habría hecho todo lo posible para impedirlo. La profunda tragedia de perder a un hijo no es comparable a ninguna otra desgracia. —Hizo una pausa—. Aunque por otro lado estoy infinitamente agradecida de que me regalara a esta nieta maravillosa.

Dalia había asimilado acongojada aquellas palabras, demasiado joven como para poder reaccionar adecuadamente, demasiado desconocedora de la realidad como para poder indagar más.

No sabía por qué justo entonces le había venido a la cabeza esa conversación. Y, sin embargo, de repente aquel recuerdo se reproducía en su mente con una perspectiva totalmente distinta. ¿Estaría la abuela tal vez culpando a Ricardo de la muerte de su hija? Desde un punto de vista racional aquella implicación era absolutamente absurda, por supuesto. Pero la muerte de una persona, y sobre todo la de un hijo, no tenía nada que ver con la lógica o la sensatez. Los padres solían buscar un culpable, se preguntaban por qué precisamente su hijo había tenido que dejarles antes de tiempo. No obstante, Dalia no podía comprender por qué no se le había explicado toda la verdad. Su abuelo tampoco había mencionado nunca ni una sola palabra al respecto. ¿Cómo era posible?

¿Acaso se estaría refiriendo su abuela durante aquella conversación a la carta que le había escrito a Ricardo? En caso de que realmente le hubiera mentido, por la razón que fuera, eso explicaría lo que había querido decirle aquella remota tarde. Precisamente, tal vez, que se arrepentía de no haberle dicho la verdad. Y sin embargo... La abuela todavía podría haberle hecho saber de su existencia en cualquier otro momento. Y confesarle a su nieta la verdad.

Dalia abrió los ojos, volvió a guardar la funda de plástico en la mochila y suspiró levemente.

—A mí también me agota siempre este viaje tan largo —comentó en mal español la joven sentada al otro lado del pasillo.

—No es eso. O por lo menos, no solo eso —replicó Dalia mirando hacia ella.

—Perdón, no pretendía ser indiscreta —se retractó la joven—. Yo... —Sonrió—. Pareces simplemente un poco... meditabunda y afligida.

—Estoy buscando a mi padre —explicó Dalia sin pensar, mientras volvía a colocar la mochila en el compartimento superior para equipajes—. Es bastante complicado. —Volvió a sentarse y se encogió de hombros a modo de disculpa—. ¿Adónde vas?

—A un pueblecito cerca de Palenque. Trabajo para una organización humanitaria que entre otras cosas ayuda a los campesinos mexicanos a adaptar sus métodos de trabajo al cambio climático. Por cierto, me llamo Grace y vengo de Florida.

—Yo soy Dalia y vivo en Cornualles —se presentó Dalia en inglés.

—¿Eres inglesa? —Grace parecía sorprendida—. Creía que eras...

—Mexicana, lo sé —acabó la frase Dalia con una sonrisa—. Me ha pasado con bastante frecuencia en los últimos días.

—Eso significa que no eres de aquí.

—No, es la primera vez que estoy en México.

—Un país maravilloso —declaró Grace—. He viajado bastante, pero en ningún otro sitio del mundo he conocido gente tan amable y servicial como en México. Muchos apenas tienen nada y, sin embargo, compartirían con un extraño todo lo que les queda.

—Sí, yo he experimentado en persona la disponibilidad para ayudar de los mexicanos —confirmó Dalia mientras pensaba en Pablo, Rubén y Estela—. ¿Has estado aquí en más ocasiones?

—En México sí, pero no en el pueblo donde me esperan. Los campesinos están teniendo desde hace ya algún tiempo grandes dificultades con el cultivo del maíz —explicó Grace—. Y México sin maíz... —La joven profirió una risita—. Los campesinos necesitan urgentemente adaptar las condiciones de los cultivos, tal vez con el tiempo incluso cambiar de variedad. Quedan algunas opciones todavía para conseguir que las cosechas vuelvan a ser más sostenibles y rentables. Para los pequeños granjeros es una cuestión de vital importancia.

—Y tú les ayudas a adaptarse al cambio —prosiguió Dalia—. Debe de ser muy bonito tener un trabajo tan gratificante. —Se dio cuenta de que aquellas palabras estaban impregnadas de cierta envidia.

—En realidad soy trabajadora social titulada —respondió Grace—. Siempre quise ayudar a otras personas. En un principio el cómo hacerlo era para mí un tema secundario. Lo importante era conseguir que algo se moviera. Hacer del mundo un lugar un poquito mejor. Ya sé que suena muy idealista y patético, pero es que soy una optimista sin remedio, y nunca podré resignarme ante la idea de que no es posible cambiar nada.

—¡Guau! —exclamó Dalia impresionada—. Parece que realmente has encontrado tu camino.

—Ay, no sé si cada uno encuentra alguna vez verdaderamente su camino definitivo, o si en realidad se trata de ir redefiniéndolo en cada etapa de la vida.

—Yo desearía poder saber por dónde empezar, con eso de momento me conformaría —se le escapó a Dalia.

Grace la miró expectante.

—¿Quieres explicarte mejor?

—¿Tienes tiempo?

Grace se rio.

—Calculo que nos quedan unos cuantos cientos de kilómetros por delante.

Tras una corta noche en una sencilla pensión, los cuatro se dispusieron a disfrutar de un opíparo desayuno: café, chilaquiles, tortillas de maíz en pedacitos fritas y aderezadas con una sabrosa salsa de tomate caliente, cebollas, ajo, chilis, queso y cilantro. Mientras Estela y Rubén aprovechaban la mañana para seguir trabajando en sus tesis, Pablo y Dalia se subieron a otro autobús para visitar los hallazgos arqueológicos de Palenque.

Una vez allí, Dalia era incapaz de decidir dónde dirigir primero su atención. Estaba absolutamente deslumbrada. No había visto en su vida nada comparable, aparte de los dólmenes de Stonehenge.

—Bienvenida a Palenque —anunció Pablo en tono alegre—. Estas ruinas se cuentan entre las más bellas de todo el país.

—En mitad de la selva. —Dalia se giró sobre sí misma y dejó vagar la mirada por el imponente Templo de las Inscripciones, que se alzaba hasta una altura de más de veinte metros. Unos empinados escalones conducían desde la base hasta una plataforma, sobre la que se encontraba el verdadero templo.

—En el interior de la pirámide se encuentra la cámara mortuoria de uno de los reyes más importantes de Palenque. Pakal.

Dalia se volvió para mirar a Pablo, que avanzaba dos pasos por detrás de ella, y los deslumbrantes rayos del sol le hicieron entornar los ojos.

—¿Ahora eres también un experto en los mayas?

Pablo esbozó una sonrisa, y luego señaló por encima de su hombro.

—La verdad es que no. Pero para eso están los paneles informativos, ¿no? —Se hizo a un lado y Dalia atisbó el cartel blanco densamente impreso que describía minuciosamente los detalles relevantes de cada una de las estructuras.

—Por lo menos eres sincero —contestó Dalia en tono indulgente, y luego dirigió de nuevo su atención a las ruinas.

—Esa construcción es el palacio —prosiguió Pablo—. Es el edificio de mayor tamaño de Palenque, la sede de los gobernantes de aquella época. —Indicó por señas la torre de cuatro plantas que se erigía dominante en medio del complejo—. La torre también era un observatorio y es única en este estilo arquitectónico.

Dalia movió la cabeza de arriba abajo impresionada.

—Ya había leído algo sobre el dominio que tenían los mayas en astronomía.

—No solo astronomía —añadió Pablo—. También en matemáticas estaban muy adelantados para la época.

—Ya calculaban con el cero —dijo Dalia compartiendo los conocimientos que había aprendido leyendo.

—Ajá, la *señorita* ha investigado. —Pablo se puso a su lado y la miró desde el costado.

—Un poco —confesó Dalia sonriendo—. Tengo que estar preparada. Mira esas inscripciones. Debe de haber cientos de símbolos distintos. ¿Cuánto crees que tardaban en hacer esos grabados? —Dalia contemplaba con expresión de incredulidad los innumerables caracteres estrechamente apretados.

—Desde nuestra perspectiva actual es imposible imaginar cómo aquel pueblo pudo construir estructuras tan magníficas hace mil quinientos años —dijo Pablo—. Sin herramientas metálicas, sin grandes instrumentos. Y cómo fueron capaces de documentar su saber con tanto detalle. Los españoles destruyeron muchos escritos de aquella época. Lamentablemente. Deben de haberse perdido para siempre valiosos tesoros y vestigios de tiempos pasados.

—Poco a poco empiezo a comprender por qué esta cultura fascinaba a mi madre —dijo Dalia, más para sí misma que para proseguir la conversación con Pablo. ¿Habría estado también allí? ¿Tal vez en el mismo lugar en el que ahora ella misma se hallaba, sobrecogida y cautivada por el arte arquitectónico de aquella civilización? Aunque todavía no hubiera averiguado nada de crucial importancia, Dalia se sentía de forma inexplicable más cercana a su madre.

Palenque era como un enorme museo al aire libre. Dalia no se cansaba de contemplar las molduras con filigranas y los bajorrelieves con cabezas de animales, a veces de aspecto feroz. Tras visitar los tres templos que conformaban el llamado Conjunto de las Cruces, Pablo sugirió que buscaran a los arqueólogos que trabajaban allí, para preguntarles por los padres de Dalia.

De pronto se oyeron unos extraños chillidos agudos procedentes de la selva que rodeaba el complejo de las ruinas.

—¿Qué es eso? —Dalia arrugó la frente, confusa.

—Son monos aulladores.

Dalia lo miró perpleja.

—¿Monos aulladores?

Pablo asintió.

—Sí, en la selva hay monos. ¿No lo sabías?

Ella negó con un gesto de cabeza.

—No lo sabía. Es fascinante.

Pablo se encogió de hombros.

—A ti como europea seguramente te lo parece. Quizá podamos ver después alguno más de cerca. Pero primero tu padre, luego los monos —anunció con una sonrisa.

Pablo la guio empujándola con suavidad fuera del complejo de los templos y se dirigió a un grupo de personas que conversaban a la sombra de una altísima ceiba. Algunos tomaban notas, mientras que otros indicaban por señas la zona donde se estaban realizando excavaciones en ese momento.

—Tienen el aspecto inconfundible propio de los arqueólogos —le comentó Pablo sonriendo mientras se acercaba amablemente al grupo a saludarlos—. Hola, ¿podemos haceros una pregunta? Seremos breves.

—¿Qué podemos hacer por vosotros? Si queréis hacer una visita guiada tenéis que pedírselo a la mujer de la entrada —dijo uno de ellos.

Pablo negó con un gesto de la mano.

—Gracias, pero no se trata de eso.

Tras presentarles a Dalia y presentarse él mismo rápidamente, explicó al grupo que estaban buscando al padre de su amiga. Los investigadores debían de tener más o menos su edad, por lo que no pudieron ayudarles.

—Pero podéis preguntar a Alberto. Hace décadas que trabaja en Yucatán. Tal vez pueda deciros algo, conoce personalmente a muchos expertos en los mayas —sugirió uno de los mexicanos—. Debe de estar cerca del campo de juego de pelota. Ahí detrás. —Señaló hacia la parte trasera del complejo de los templos—. Tiene el pelo espeso y canoso, gafas oscuras, es delgado, más o menos de mi altura.

Le dieron las gracias y se dirigieron al área deportiva. Delante de uno de los muros encontraron a un hombre mayor que coincidía con la descripción que les había facilitado el joven investigador. Estaba hablando con una mujer joven, aparentemente explicándole el significado de un grabado en la pared.

Al acercarse ambos, el hombre los miró de forma inquisitiva. Pablo le saludó con un movimiento de cabeza.

—Hola, ¿es usted Alberto?

—En efecto, ese soy yo. ¿Y vosotros quiénes sois?

Pablo volvió a presentarse a él mismo y a Dalia, y después repitió la misma pregunta.

Alberto se volvió hacia la joven que le acompañaba:

—Hagamos una breve pausa, Lucía. Luego seguimos hablando.

—De acuerdo, Alberto. ¡Hasta luego! —La estudiante alzó la mano y se despidió de Pablo y de Dalia haciendo un gesto con la cabeza. Luego se dirigió al palacio y desapareció entre sus muros.

—¿Y decís que estáis buscando a un tal Ricardo, que vino a Yucatán como estudiante hace casi treinta años?

Dalia asintió, aunque era consciente de lo absurdo que debía de sonar su plan.

El científico les indicó que le siguieran. Les condujo hasta un rincón sombreado.

—Aquí todavía se puede soportar más o menos el calor —dijo, secándose la frente con el dorso de la mano—. Llevamos aquí desde las seis de la mañana. —Luego se dejó caer pesadamente sobre un pequeño saliente que presentaba el muro.

Dalia y Pablo le imitaron.

—Parece una tarea imposible, si me permitís mi opinión. —Miró alternativamente a Pablo y a Dalia—. Cada año vienen aquí un montón de investigadores y científicos, arqueólogos, historiadores y antropólogos especializados en antiguas civilizaciones americanas.

—Es la única posibilidad que tengo de encontrarlo —repuso Dalia, con la sensación de que tenía que defender su propósito—. Mi madre falleció cuando me dio a luz, y hace poco murieron también mis abuelos. Mi padre es la última pieza del puzle familiar que falta por encajar.

El anciano investigador asintió comprensivo.

—Bueno, en realidad no sé si puedo ayudaros. Pero conozco dos Ricardos que me vienen a la mente espontáneamente. Uno es Ricardo Ortiz Delgado, que por su edad podría encajar. Debe de estar en la mitad de la cincuentena. Un investigador excelente, experto en rituales de los mayas. Creo que actualmente se encuentra investigando en Uxmal, pero no estoy seguro del todo.

—Uxmal es nuestra próxima parada —anunció Pablo—. Si está allí, le encontraremos.

—El otro es Ricardo Murillo Flores. Debe de tener mi edad y es profesor en la universidad, en Ciudad de México. Hace mucho que no lo veo, por eso no puedo saber con certeza si todavía está allí. Si vais hasta Uxmal tal vez haya alguien que os pueda dar más información.

Dalia anotó ambos nombres en su bloc de notas. Después extrajo la carta de su padre y se la mostró al investigador.

—Es su letra. Quizá pueda reconocerla. —La voz de Dalia delataba una incipiente esperanza casi imposible de disimular.

Alberto echó un rápido vistazo a la carta, y después negó con la cabeza.

—Lo siento, pero en realidad no suelo leer nada escrito a mano por mis compañeros, y no conozco su caligrafía. —Sonrió levemente—. Puedo darme por satisfecho si consigo descifrar mi propia letra.

Volvió a mirar la carta más detenidamente.

—Tiene una letra inusualmente bonita, por cierto. La mayoría de los científicos escriben de forma... bueno, digamos que cuesta de leer.

Tras su charla con Alberto decidieron espontáneamente unirse a una visita en la que el guía alternaba las explicaciones en inglés y en español. Durante el recorrido se enteraron de que Palenque había sido antaño una gran potencia muy influyente en el reinado maya occidental. El experto en las ruinas del yacimiento les mostró algunos bajorrelieves y explicó el significado de algunos símbolos, y que los mayas representaban el cero con una concha.

Dalia habría podido seguir escuchando durante horas a aquel joven mexicano que transmitía al grupo de turistas conocimientos básicos de la cultura maya. Se sentía cada vez más cautivada por el hechizo de aquel yacimiento, y al mismo tiempo conmovida por la conexión con la naturaleza y la sabiduría de ese pueblo antiguo. Ahora podía entender qué era lo que había fascinado tanto a su madre. Nuevamente tuvo la sensación de estar más cerca de ella, e incluso le pareció percibir casi su etéreo abrazo.

Por la tarde Dalia y Pablo se encontraron con Estela y Rubén en la ciudad moderna de Palenque, y los cuatro deambularon por un mercadillo típico mexicano. Dalia contemplaba boquiabierta la riqueza de colores de las frutas y especias expuestas. En un puesto se ofrecían espléndidas tallas de madera, máscaras, platos y pequeñas reproducciones de pirámides mayas. Puesto que

Dalia todavía no sabía dónde concluiría su viaje, prefirió no hacer grandes compras y se decidió por un sombrero mexicano artesanal en miniatura, que pensaba regalarle a Welwitschie como pequeño souvenir.

Un poco más tarde Estela y Rubén se despidieron porque habían quedado con un par de antiguos compañeros de clase que vivían muy cerca. Pablo le propuso a Dalia acabar de pasar el día juntos.

Poco después se encontraban sentados en una tranquila callejuela delante de uno de los innumerables puestos de comida, esperando que llegara su sopa de lima, que Pablo le había recomendado encarecidamente.

Dalia sentía la necesidad de asimilar todas las impresiones que ese día le había deparado. México y sus habitantes, el paisaje y la naturaleza, eran completamente diferentes a los referentes que hasta ahora había tenido en su hogar, Cornualles, y a medida que pasaban los días aumentaba en ella la sensación de que su cuerpo estuviera habitado por dos almas, dos identidades culturales distintas.

—¿En qué estás pensando? —preguntó Pablo interrumpiendo sus cavilaciones.

Dalia se concentró nuevamente en el presente y le devolvió la mirada. Sus ojos oscuros brillaban en la oscuridad, y sus labios se curvaban en una leve sonrisa.

—Pareces muy pensativa.

Dalia asintió.

—Lo cierto es que tengo muchas cosas en la cabeza. —Se oyó el ladrido de un perro en el vecindario, el canto de los grillos entre la hierba.

—¿Tu padre?

—También. Desearía tener una imagen concreta ante los ojos y saber qué aspecto tiene. —Desvió la mirada hacia la calle polvorienta, por la que justo en ese momento pasaba una anciana conduciendo un ciclomotor con un ruidoso zumbido. Una pareja joven, que paseaba cogida del brazo por delante del puesto de comida, se detuvo un momento para echar un vistazo a la pizarra de color verde con el listado de los platos.

—Todo me parece tan irreal. En primer lugar, que mi abuela ya no esté. La echo tanto de menos. Y ahora estoy aquí… en algún lugar en mitad de México. —Se echó a reír—. Contigo. Hasta hace nada no nos conocíamos. Y ahora me estás ayudando a encontrar mis raíces.

Pablo frunció las cejas.

—Así va la vida a veces. La pena y la alegría van de la mano.

—Cuéntame algo de ti y tu familia —pidió Dalia—. ¿Cuáles son tus sueños? ¿Qué esperas del futuro?

A Pablo aquella petición le pilló un poco desprevenido.

—¿Mi familia? ¿Qué quieres que te cuente? Mi padre es obrero y mi madre trabaja en un pequeño supermercado. Tengo una hermana más pequeña, Clara, que trabaja en una guardería privada. Y mi hermano Rafael tiene cuatro años más que yo. Es profesor, está casado y tiene dos niños.

—Parece que os va muy bien a todos —comentó Dalia.

Pablo se encogió de hombros.

—Nos las apañamos bien, supongo.

La camarera llevó la sopa en dos grandes cuencos de cerámica amarillos decorados con dalias rojas en los bordes. Dalia examinó el contenido.

—Parece un auténtico puchero. —En el líquido de un tono claro descubrió tiras finas de tortillas de maíz, trocitos de carne de cerdo, tomate, pimiento y distintas especias y hierbas aromáticas.

—Creo que no te vas a quedar con hambre. —Pablo sonrió satisfecho y alzó su cuchara—. Buen provecho.

Durante los siguientes minutos apenas hablaron, concentrados en la comida. Las estrellas refulgían en la oscuridad del cielo. La luna empezaba a asomar lentamente por encima de una de las casas vecinas.

La sopa estaba deliciosa y Dalia rebañó el cuenco hasta la última gota.

—¡Qué rica! Gracias por la recomendación. Ahora estoy atiborrada. —Apartó el plato a un lado y miró a Pablo—. Todavía me debes dos respuestas.

Las comisuras de los labios de Pablo se curvaron hacia arriba.

—Cierto. Me has preguntado por mis sueños.

—Y por tu futuro —añadió Dalia al tiempo que ladeaba la cabeza y lo miraba expectante.

—Bueno, respecto a mis sueños... —Alzó la vista hacia el cielo—. Creo que son los mismos que los de la mayoría de la gente: tener una buena vida, algún día mi propia familia, niños... —Volvió a mirarla a los ojos—. Simplemente me gustaría ser feliz.

Dalia examinó su rostro. Parecía satisfecho, equilibrado, relajado.

—¿Acaso no eres feliz ahora?

Sus ojos centellearon por un instante. Luego hizo un gesto afirmativo con la cabeza.

—Ahora mismo sí. Estoy aquí sentado con una mujer inteligente y muy guapa en un entorno precioso. Después de una comida estupenda. —La expresión de su rostro se intensificó—. ¿Cómo podría no estar contento ahora?

—Gracias. —Dalia se aferró a su vaso con más fuerza, turbada.

—¿Qué te pasa? —preguntó con voz suave.

Dalia suspiró.

—Ha sido un día muy agradable —respondió ella en voz baja—. No sé cómo expresar lo agradecida que te estoy por todo lo que estás haciendo por mí. Me parece casi como... un sueño. —Lo cierto era que Dalia sentía algo más que simple agradecimiento, aunque no quisiera admitirlo.

—¿Pero? —preguntó él sonriendo.

—¿A qué te refieres? —Se pasó la mano por la frente.

—Tus palabras dejan entrever un «pero». —Pablo se inclinó

hacia delante hasta que su cara quedó a pocos centímetros de la de Dalia.

Ella se encogió de hombros.

—Me falta algo. —Dalia se llevó una mano al pecho—. No soy capaz de definirlo realmente, pero… hay un hueco en mi interior, una especie de vacío, como si me faltara un trozo de mí misma, como si no estuviera completa. —Sacudió la cabeza de un lado a otro—. Sé que suena como una estupidez, pero no sé expresarlo de otro modo.

—En absoluto, no me parece que sea una tontería —contradijo Pablo con un tono de máxima seriedad en su voz. Alargó una mano y la posó sobre los dedos de ella. Dalia notó su calor fluyendo por su mano, luego por el brazo hasta el torso. Empezó a sentir un hormigueo al instante en su piel, en el lugar donde entraba en contacto con la de él—. Estás buscando una parte de tu propia identidad. —Dejó vagar la mirada sobre el rostro de Dalia—. Espero por ti, con toda mi alma, que lo encontremos.

Dalia sintió que se le hacía un nudo en la garganta.

—Eres una persona muy especial, Pablo. Me alegro tanto de haberte conocido.

Y, de repente, Dalia se sintió un poco menos sola.

17

Al día siguiente Dalia dormitaba sentada al lado de Pablo, mientras el autobús devoraba un kilómetro tras otro. Rosa, la mujer mayor mexicana, se había bajado en Palenque para visitar a una vieja amiga antes de continuar el viaje para ir a ver a su hijo. Por eso Dalia y Pablo habían podido sentarse juntos en ese tramo del trayecto.

Mientras Pablo miraba en silencio el paisaje al otro lado de la ventanilla, Dalia le observaba disimuladamente desde el costado. Parecía pensativo, ensimismado. ¿Tal vez le habría afectado la conversación que habían mantenido la noche anterior durante la cena tanto como a ella?

Al acostarse el día anterior, los pensamientos de Dalia giraban una y otra vez en torno a aquella charla. Habían hablado muy abiertamente. Se habían confiado cosas que normalmente no contarían a una persona que acababan de conocer durante una cena. Pablo le había hablado de los problemas que afectaban a su familia. Su padre empezaba a tener problemas de salud, y cuando llegara el momento en que no pudiera seguir trabajando, Pablo y sus hermanos tendrían que plantearse cómo mantendrían a sus padres. Él mismo ya ayudaba económicamente a su familia todo lo que podía. Y la vida en Ciudad de México no era precisamente barata.

Eso le recordó a Dalia a sus abuelos, que trabajaron en el centro de jardinería hasta una edad muy avanzada. Era su proyecto vital, y cuando gradualmente se fueron retirando, seguían teniendo a Lilian, Gunnar y Nara, que contaban con una larga experiencia de muchos años en ese sector.

Dalia también le había hablado a Pablo de su familia, de las complicadas relaciones de parentesco, de la cohesión entre las chicas y de los meses de verano que había compartido con sus primas. Al contarle algunas anécdotas Pablo había estallado varias veces en sonoras carcajadas. Dalia hacía mucho tiempo que no se sentía tan a gusto en compañía masculina.

Una vez en la pensión, al llegar a la puerta de sus respectivas habitaciones, parecía que ninguno de los dos sabía cómo despedirse. A final Pablo rozó brevemente el brazo de Dalia y le dio las buenas noches. Ningún beso, ni tampoco el menor contacto de carácter más íntimo. Tal vez se conocían desde hacía demasiado poco tiempo como para eso. ¿O no?

Dalia bajó la vista y examinó las manos de Pablo, posadas sobre sus muslos. ¿Cómo se sentiría si esas manos la tocaran? ¿Cómo sería...?

Al notar una mano sobre el hombro derecho, Dalia se sobresaltó. Rubén y Estela estaban sentados justo detrás de ellos.

—Mi madre me pregunta si os queréis quedar hasta mañana con nosotros para celebrar el cumpleaños de la *abuelita*.

Pablo giró la cabeza por encima del hombro para dirigirse a Estela.

—¿En serio te lo está preguntando? —Pablo le guiñó un ojo, divertido.

Estela hizo una mueca.

—No, por supuesto que no me lo está preguntando. Ya ha tomado una decisión y me ha dicho que tenéis que quedaros.

Dalia miró alternativamente a Estela y a Pablo.

—Pero queríamos seguir hasta Uxmal.

Pablo la tranquilizó con un gesto.

—Uxmal no está demasiado lejos de Campeche. Calculo que unos ciento cincuenta o ciento sesenta kilómetros. Podemos quedarnos hoy con Estela y Rubén, y continuar el viaje mañana por la mañana.

—¡Estoy seguro de que nunca has estado en una auténtica *fiesta* mexicana! —exclamó Rubén—. No deberías perdértela por nada del mundo. Es una experiencia que recordarás toda tu vida.

—La abuelita también se alegraría mucho de que vinierais —añadió Estela.

La resistencia que había opuesto Dalia se derrumbó, de modo que alzó los hombros y se reclinó en su asiento en señal de aceptación.

—¿Por qué no? Asistir a una fiesta mexicana realmente suena muy tentador.

—Entonces tendrás que bailar conmigo —bromeó Pablo, aunque en su voz había cierta seriedad que delataba que la noche anterior no había pasado sin dejar huella tampoco para él.

Un cuarto de hora más tarde descendieron del autobús y esperaron a que el conductor sacara su equipaje del maletero.

Justo cuando iban a ponerse en marcha se abalanzó hacia ellos con los brazos abiertos una mujer mexicana bajita y fuerte de unos cincuenta años.

—¡Estela, *mi hija*!

Estela profirió un grito de alegría, depositó apresuradamente la mochila en el suelo y devolvió a su madre el efusivo abrazo.

Al contemplar la conmovedora escena a Dalia se le hizo un nudo en la garganta. Madre e hija permanecieron abrazadas durante varios minutos, meciéndose y hablando tan rápido que Dalia no entendió ni una palabra.

—Típica escena familiar mexicana —comentó Pablo burlón.

—¡Qué entrañable! —exclamó Dalia invadida por la nostalgia.

Cuando las mujeres por fin se separaron, Estela volvió a coger su mochila, mientras su madre se volvía hacia Dalia y Pablo.

—Me llamo Renata —se presentó y luego abrazó a Dalia como saludo.

—Yo soy Dalia.

Por último, la madre de Estela abrazó a Pablo y a Rubén.

—Nosotros ya nos conocemos —dijo con una sonrisa—. *Vamos*. Emilio nos está esperando. Y cuando tiene hambre se pone insoportable.

—¿Quién es Emilio? —susurró Dalia a Pablo al oído.

—El papá de Estela.

Tras caminar algo más de veinte minutos llegaron a una hacienda pintada de rojo, que había visto tiempos mejores. Las viejas paredes aparecían desconchadas aquí y allá, el portón de hierro forjado estaba oxidado en varios puntos, y los oscuros marcos de las ventanas presentaban signos de desgaste. Dalia oyó balidos de ovejas a lo lejos. Dos gatos grises atigrados estaban acomodados al lado de una cacerola de cerámica amarilla vacía.

Unas palmeras resecas adornaban el patio delantero de gravilla, en el centro del cual había una pequeña fuente de color azul cobalto. El agua centelleaba bajo el sol de mediodía, y los chorros reflejaban todos los colores del arcoíris. A Dalia le pareció que la propiedad tenía un aire salvaje y romántico, y se sintió cómoda de inmediato.

—Bienvenidos a mi hogar —anunció Estela volviéndose hacia sus amigos.

—*Mi casa es tu casa* —dijo Renata en castellano mientras abría la puerta y señalaba hacia el interior con un gesto de su mano—. Tenemos cuartos más que suficientes para invitados. Durante el transcurso del día llegarán algunas personas más para la fiesta de mañana. Muchos se alojarán en casa de algunos vecinos. Los mariachis vendrán mañana por la mañana, porque esta noche actúan en otro lugar.

Ya en el vestíbulo la temperatura era agradablemente fresca. Las baldosas del suelo eran de color azul oscuro, y las paredes estaban pintadas en un tono terracota claro. Renata animó al pequeño grupo a avanzar por el pasillo y empezó a abrir varias puertas.

—Estas son vuestras habitaciones, una diferente para cada uno. Antes dormían aquí los criados, pero esos tiempos pasaron a la historia. —Agitó una mano con un gesto que denotaba apremio—. Tengo que volver a la cocina. En diez minutos comemos.

Cuando Renata se marchó, lo primero que hizo Dalia fue respirar profundamente. Aquella mujer tenía la energía de un tornado.

—No te asustes —dijo Estela riendo—. Mama siempre es así. Continuamente en acción, o está cocinando o está arreglando cosas. Puede resultar un tanto agotadora a primera vista. —Le mostró a Dalia una de las habitaciones—. Puedes dormir aquí. Pero, acuérdate, ahora solo tienes diez minutos. —Alzó el dedo índice—. Si no estamos en la cocina a la hora de comer, que Dios se apiade de nosotros.

—Gracias.

Mientras Rubén y Pablo elegían cada uno su propio cuarto de entre los disponibles para invitados, Dalia entró en la habitación que le habían asignado y dejó que la mochila se deslizase por el hombro hasta llegar al suelo. En la pared había una cama de madera oscura, vestida con sábanas de color violeta con un estampado de flores de gran tamaño, y al lado una angosta mesita de noche sobre la que descansaba una vieja Biblia. De la pared colgaba una imagen de la Virgen de Guadalupe, la patrona de México. Una estantería que llegaba hasta el techo y un tocador pasado de moda completaban el mobiliario.

Dalia se desplomó sobre la cama para descansar un momento. Oía hablar a Estela y su madre en el vestíbulo. La conversación le recordaba el cacareo de unas ocas enojadas. Dalia no pudo evitar sonreír. Aunque de momento no había avanzado ni un solo paso en su objetivo de encontrar a su padre, aquel país y sus habitantes se habían ganado desde el primer momento su corazón. Renata también se había mostrado extremadamente abierta y sin reservas, algo que Dalia pocas veces había experimentado con anterioridad. Recordó lo que le había dicho Grace: en ninguna otra parte del mundo se encontraba gente tan amable como los mexicanos.

Dalia sacó un cepillo de la mochila y se peinó. Luego se puso un poco de crema en la cara, se la extendió con suavidad y luego se puso en pie. Al mirarse en el espejo de la cómoda se percató de que apenas se notaba por su aspecto que había hecho un viaje tan largo. Abandonó el cuarto y miró a su alrededor, indecisa. ¿Dónde estaban los demás? Quizá debería haber esperado a entrar en su cuarto para enterarse de dónde se alojarían sus compañeros. Insegura, se giró sobre su propio eje.

—¡Dalia, ven! —se oyó desde el otro extremo del pasillo, donde se encontraba Renata gesticulando frenéticamente.

Aliviada, Dalia se dirigió hacia ella.

—Ven, por aquí —le indicó Renata.

Dalia siguió a la madre de Estela y pasó bajo el dintel de la puerta, tras la cual se encontraba la cocina de la hacienda, casi igual de enorme que la de Blooming Hall. A la larga mesa de madera estaba sentado un solo hombre, hosco y ceñudo, con un ancho bigote.

—Este es Emilio, el papá de Estela —se lo presentó Renata—. Los demás seguro que vienen enseguida. Siéntate si quieres, por favor.

Dalia saludó con la cabeza al padre de Estela y se acomodó en una de las toscas sillas de madera.

—Dalia es una amiga de Estela —explicó Renata a su esposo, el cual profirió una especie de gruñido ininteligible.

—Mateo desgraciadamente no podrá venir —prosiguió Renata, mientras removía el contenido de una cazuela que estaba sobre el fuego y que emanaba un estimulante aroma—. Mateo es el hermano de Estela. Estudia en Estados Unidos —subrayó con la voz henchida de orgullo, todavía de espaldas a Dalia, zarandeando una sartén de un lado a otro.

—Estela me ha hablado de él —respondió Dalia.

Renata hizo un gesto de aprobación con la cabeza.

—Mateo y Estela son buenos hijos. Los dos. Inteligentes. Brillantes.

—Y caros —gruñó Emilio y después se aclaró la garganta—. La universidad cuesta un dineral.

—Ay, eres un aguafiestas —riñó Renata a su marido—. ¿Preferirías que fueran unos vagos, como Javier y Donato, los chicos de los vecinos de delante?

Su esposo replicó algo que Dalia no entendió, y justo en ese momento afortunadamente hicieron aparición Pablo, Estela y Rubén.

—Por fin estáis aquí —dijo Renata y les indicó que tomaran asiento al lado de Dalia—. Vamos a comer, así Emilio podrá volver enseguida a los campos.

Pasaron la tarde fuera, en la naturaleza. Dalia estaba disfrutando de su estancia en aquel maravilloso entorno. Por todas partes había flores y el zumbido de las abejas hacía vibrar el aire.

Poco antes de que Dalia se acostara, Estela y Renata se asomaron a su cuarto y le preguntaron si le gustaría llevar un vestido tradicional para la fiesta del día siguiente. Dalia afirmó con un gesto y le entregaron un precioso vestido negro que llevaban en las manos. Dalia se lo probó al momento. El corpiño de tela suave era ajustado y la falda de vuelo que le llegaba hasta los tobillos, estampada con grandes y coloridos motivos florales, se ondulaba ligera alrededor de sus piernas. Así ataviada se sentía como una auténtica mexicana.

Dalia estaba tan agotada por la infinidad de impresiones que había tenido aquel día que poco después se desplomó sobre su cama muerta de cansancio.

18

Dalia no había visto una fiesta así jamás en su vida. Estaba impresionada por el derroche de luces de colores con el que resplandecía ahora la hacienda, por el aroma de las plantas exóticas, las risas de los invitados y las conmovedoras canciones de los mariachis. Se alejó un poco de la pista de baile, que habían dispuesto al aire libre, dio un sorbito a su refresco de cola y se quedó contemplando el animado ajetreo a su alrededor.

Los ocho músicos vestidos con trajes de color rojo y tocados con anchos sombreros cantaban y tocaban sin hacer apenas pausas desde las once de la mañana, alternando ritmos alegres con melodías melancólicas. A Dalia le encantaban esas melodías pegadizas y esa forma de cantar típica mexicana. No podía acordarse de con cuántos hombres había bailado. Como mínimo la mitad de los habitantes de ese pueblo le habían pedido un baile en el transcurso del día.

—¿Qué hace una mujer tan bonita tan sola? —Pablo se acercó a ella y deslizó los ojos por el vestido con una mirada de aprobación—. Este traje típico te queda estupendamente bien.

—Gracias —respondió Dalia—. El vestido es verdaderamente precioso.

Pablo señaló con un gesto a la ruidosa multitud que bailaba en la pista.

—Dime, ¿qué te parece?

Dalia sonrió.

—Es genial. Nunca antes había visto tanta comida junta.

Renata había dispuesto una fila de mesas alargadas en el patio, con todas las frutas exóticas posibles, incontables torres de tortillas de maíz piladas, distintas salsas de todos los colores imaginables, varias clases de carne, verduras y patatas. Además de un montón de postres de aspecto tentador.

—Y creo que nunca he comido tanto en mi vida —añadió mientras se pasaba una mano sobre el vientre—. Los próximos días voy a hacer ayuno.

—Comer forma parte esencial de cualquier fiesta que se precie —replicó Pablo impasible—: mucha comida, música y baile.

—Uy sí. —Dalia asintió—. El baile empieza a pasarles factura a mis pies.

La hacienda de los padres de Estela era mucho más extensa de lo que Dalia había imaginado en un primer momento. Detrás de la casa había varios corrales para gallinas, ovejas, cabras y cinco cerdos. Renata había decorado con ayuda de varias vecinas toda la propiedad con enormes globos de colores y numerosas guirnaldas luminosas. La finca tenía un aspecto radiante con tantas luces de distintos tonos. En la entrada de la hacienda había como mínimo cincuenta coches aparcados. Muchos invitados habían llegado por la mañana.

La casa bullía de animación como una colmena. Dalia estaba profundamente impresionada por la actividad frenética de las mujeres. Eran como piezas de un engranaje. Renata tenía una habilidad organizativa extraordinaria. No se había despistado ni una sola vez, sabedora en cada momento de quién debía ocuparse de qué, dónde y hasta cuándo.

Pablo dejó su copa en una de las mesas altas dispuestas aquí y allá.

—¿Cómo lo tienes? ¿No me habías prometido un baile? —Alargó la mano derecha hacia ella.

Dalia rio con picardía.

—Por supuesto.

Gustosamente se dejó guiar por Pablo hasta la pista de baile.

Una vez allí liberó la mano de Dalia y empezó a bailar al ritmo de la música y a cantar a voz en cuello. Dalia inclinó la cabeza hacia atrás, contempló el cielo estrellado y alzó los brazos. ¿Alguna vez se había sentido igual de despreocupada? Sus piernas parecía que se movían solas al ritmo acelerado de la melodía. Sentía la cabeza libre, la mente ligera como una pluma.

Se entregó a esos momentos y le regaló una risa alegre a Pablo, a quien por primera vez veía tan entusiasmado. Era como si la fiesta borrase todos los problemas y las preocupaciones de los invitados, como si solo existiera ese instante, esa música, esa desbordante alegría de vivir. Los asistentes disfrutaban de estar juntos y celebraban la vida como Dalia no se habría atrevido a imaginar en sus sueños más locos. Cuando los mariachis dieron por finalizada la canción, Dalia se quedó ante Pablo sin saber qué hacer. Pero los músicos enseguida empezaron a entonar una melodía tranquila y emotiva.

—¿Me concedes este baile? —Pablo se inclinó con aire solemne ante ella y la cogió de la mano derecha. Insegura, Dalia posó su mano izquierda sobre el hombro de Pablo.

Mientras el cantante del grupo declamaba sobre un amor perdido hacía tiempo, Dalia cerró los ojos y se concentró plenamente en la proximidad de Pablo. Su mano estaba posada en su cintura y su aliento le rozaba la cara. De repente la conexión entre ambos había cambiado totalmente. Las conversaciones parecieron acallarse a su alrededor, las risas se oían ahora lejanas. La invadió la estimulante sensación de estar completamente a solas con Pablo en la pista de baile.

—Es una canción muy bonita —le dijo él al oído con voz suave.

Dalia se limitó a asentir con la cabeza, porque temía que le fallara la voz. Al volver a abrir los ojos, se percató de que las otras parejas a su alrededor también estaban disfrutando de la música absortos el uno en el otro. Era un instante perfecto. Sentía cómo la envolvía el calor de Pablo y su musculoso cuerpo pegado al de ella. ¿Había sido alguna vez tan feliz?

—¿En qué estás pensando? —le preguntó Pablo bajando la vista hacia ella.

—Es como si fuera... magia —respondió Dalia intentando expresar sus pensamientos con palabras—. Siento como si estuviera en otro mundo.

Él sonrió débilmente.

—Creo que México para ti es realmente otro mundo.

—Tienes razón. Al mismo tiempo tengo la sensación de que este es mi sitio. Como si no hubiera vivido nunca en ningún otro país. Es muy... curioso.

—Pero tú perteneces a este país, Dalia. Eres una de nosotros. —dijo mientras le acariciaba suavemente la espalda.

Aquella caricia hizo que todo su cuerpo se estremeciera.

—El destino nos ha unido —prosiguió Pablo—. Y estoy muy agradecido por ello.

Dalia profirió una risita nerviosa.

—O sea que en el fondo sí eres un romántico —dijo ella en tono de broma para romper la tensión que había ido aumentando entre los dos.

Pablo volvió a mirarla.

—¿Cuándo he dicho lo contrario? —Sus labios se curvaron en una sonrisa—. Por cierto, desde que estamos aquí todavía no me he zampado ni una sola tortilla de maíz con crema de cacao.

De nuevo su conversación era ligera, el hechizo se había roto.

—No querría que desarrollaras el síndrome de abstinencia —bromeó Dalia, y después desvió la mirada al extremo de la pista de baile, donde estaba sentada la abuela de Estela, siguiendo con los ojos muy abiertos todo lo que sucedía a su alrededor—. No le hemos regalado nada a la abuela —se le ocurrió de pronto.

Pablo siguió la mirada de Dalia.

—Le pregunté a Renata, pero la abuelita no quería ningún regalo, solo una fiesta. Tampoco es un cumpleaños relevante. Dentro de tres años cumplirá ochenta. ¡Esa sí que será una fiesta! A la que tendrás que asistir a cualquier precio. —Su voz ahora tenía un tono muy serio.

—Por el momento no puedo siquiera imaginar irme nunca de aquí. Todo me parece tan natural, tan coherente. —Movida por un impulso, Dalia apoyó la cabeza en el hombro de Pablo y se dejó llevar de nuevo por la melancólica voz del cantante.

Pablo la trajo hacia sí y la abrazó con más fuerza. Juntos siguieron meciéndose al compás de la música, atenuando los ruidos a su alrededor y concentrándose por completo en la cercanía del otro.

Dalia apenas podía asimilar todo lo que había sucedido en los últimos días, como por ejemplo el mero hecho de estar allí celebrando una fiesta con gente que hasta hacía muy poco ni siquiera conocía. Había viajado sola a México, un país del cual hasta entonces lo poco que sabía era lo que había oído de boca de sus abuelos o lo que había aprendido en el colegio. En los pocos días que llevaba allí, había aprendido más sobre sí misma que en los últimos años en Cornualles. Había hecho amigos que la apoyaban, personas que la aceptaban sin tener que demostrarles nada. Y había conocido a un hombre que trastornaba sus sentidos de forma milagrosa, con un estilo único y solo propio de él.

19

Veintinueve años antes
Chichén Itzá

Camellia observaba sobrecogida las aguas verdes centelleantes del cenote, un hoyo en la roca caliza lleno de agua dulce.

—Las víctimas a menudo eran atadas de pies y manos antes de ser arrojadas al agua —explicó Ricardo mientras indicaba el centro del agujero—. No me preguntéis cuántos huesos hemos recuperado del fondo. También esqueletos de niños y animales, unos doscientos en total.

Camellia sintió un escalofrío recorriéndole la espalda al imaginar a los prisioneros al borde del pozo sabiendo que les esperaba una muerte segura. No podía haber una forma más horrible de morir.

—Esta contradicción no dejará de fascinarme nunca —comentó Camellia pensativa—. Por una parte, estamos hablando de una gran civilización, muy avanzada a su tiempo. Los mayas contaban con sofisticados calendarios y amplios conocimientos en campos como la astronomía y las matemáticas. Y, por otra parte, en cambio, realizaban estos atroces sacrificios humanos. —Movió la cabeza de un lado a otro en un gesto que denotaba incomprensión.

Giovanni se acercó al borde del pozo.

—Es verdaderamente horripilante —dijo con la mirada fija también en las profundidades.

—Hay tantos aspectos del modo de vida de los mayas que todavía no comprendemos —comentó Ricardo mientras se rascaba la barbilla—. El cenote albergaba al dios de la lluvia, Chaac, al que se le ofrecían sacrificios. Los mayas lo representaban con un cuerpo humanoide, aunque cubierto de escamas reptilianas. En lugar de nariz tenía una trompa y presentaba, además, unos colmillos curvados. —Sonrió levemente—. Hasta ahí la parte correspondiente a la fantasía y la sofisticación de esta antigua civilización.

—¿Arrojaban a las víctimas de las ofrendas vivas? —preguntó Armand.

—Eso todavía es objeto de debate. Algunas habían sido previamente decapitadas, otras quemadas, y otras se ahogaban en el cenote —enumeró Ricardo, con aparente indiferencia—. Cuando se trataba de aplacar a los dioses los mayas no eran precisamente escrupulosos; ni tampoco demasiado ingeniosos. —Hizo una pausa—. Los descendientes de los mayas también realizan rituales arraigados profundamente en el pasado. Lo cual, por supuesto, no significa que sigan sacrificando personas a modo de ofrenda. —Miró sonriente a Camellia y luego a Armand y Giovanni—. El dios de la lluvia tenía cuatro ayudantes de pequeño tamaño, los llamados «bacabes». Por eso los mayas creían que le gustaban los niños, y se supone que esa es la razón de que sacrificaran a muchos de ellos. —Señaló hacia abajo con la mano, hacia la superficie del agua—. Aún hoy en día existe una variante de la ceremonia de la lluvia, durante la cual cuatro niños se colocan en las cuatro esquinas de la plaza donde se celebra, en representación de los bacabes. Y hay muchos más ejemplos. Los mayas nunca se extinguieron en realidad. Los científicos todavía podemos aprender muchas cosas de sus descendientes actuales, que nos ayudan a comprender aquellas antiguas tradiciones.

Camellia le había escuchado fascinada. La mirada de Ricardo brillaba cuando hablaba de sus investigaciones. Siempre conseguía que el pasado cobrara vida ante sus ojos. Había podido visualizar perfectamente en su mente cómo se desarrollaban los rituales de sacrificio de los cuales Ricardo les había hablado ese día.

—Realmente apasionante —comentó Camellia impresionada.

Ricardo la miró fijamente.

—Absolutamente. A veces pienso que toda una vida no alcanzaría para investigar todos los enigmas que todavía yacen aquí ocultos a la espera de salir a la luz.

—Me interesaría saber si… —Un aullido desgarrador interrumpió las palabras de Armand.

Camellia miró alarmada a Ricardo.

—¿Qué ha sido eso? —preguntó. También Giovanni y Armand tenían ahora una expresión aterrorizada en su cara.

El docente miró a su alrededor para localizar el origen del grito, y en un primer instante se mostró también confuso.

—Ni idea.

Entonces se escuchó un segundo alarido, que parecía proceder de la gran pirámide.

—¡Ricardo! Ven, rápido —se oyó la voz de Saddie en la lejanía—. ¡Ayuda!

Ricardo echó a correr, seguido por Camellia, Armand y Giovanni.

Al abandonar la espesa selva que rodeaba el cenote, Camellia descubrió a Saddie, una de sus compañeras de viaje, delante de la pirámide de Kukulcán, haciendo señas frenéticamente. A su lado se hallaba Carmen, tirada en el suelo, la cual parecía estar retorciéndose de dolor.

Ricardo se precipitó hacia ellas y lo primero que hizo fue ponerle una mano en la frente a Carmen.

—¿Qué ha pasado? Está hirviendo.

Saddie comenzó a sollozar.

—No lo sé. Creo que… le ha mordido algo. De pronto ha empezado a gritar, como si la estuvieran matando. Pero no podía decirme nada.

Carmen yacía en el suelo jadeando intensamente mientras mantenía los ojos cerrados con fuerza.

Ricardo le inspeccionó los brazos desnudos, y luego remangó levemente y con cuidado la pernera derecha, pero la piel parecía estar intacta. Enseguida repitió la operación con la pernera izquierda, y al momento dio un grito ahogado. La pierna estaba hinchada y enrojecida, y la piel de la rodilla parecía estar ardiendo.

—Una picadura de serpiente —anunció con preocupación y miró a su alrededor en busca de ayuda. Pero era demasiado temprano y, aparte de ellos, no había nadie más en el yacimiento.

—Armand, ve a la entrada y diles que llamen inmediatamente a emergencias, que creemos que se trata de una mordedura de serpiente venenosa, ¿lo has entendido? Date prisa, por favor. El tiempo apremia.

Armand dio media vuelta y se lanzó sin decir más hacia la entrada.

Ricardo volvió a poner una mano sobre la frente de la joven. Miró uno por uno a los estudiantes. La expresión de gravedad en su mirada aterrorizó a Camellia.

—Carmen. —Se inclinó hacia la herida—. Carmen, ¿me oyes?

La española seguía resollando, demasiado rápido y con excesiva intensidad. Parecía que no podía oír las palabras de Ricardo a juzgar por la ausencia de cualquier reacción.

—¡Carmen, escucha! Enseguida va a venir el médico —dijo esforzándose por dar un tono más tranquilo a su voz—. Tienes que permanecer despierta. Es importante. —Le tomó la mano derecha entre las suyas y la apretó con fuerza—. ¿Notas que te estoy cogiendo de la mano? Estoy contigo, ¿me oyes? Todos estamos contigo. Tienes que aguantar un poco más. El médico ya está en camino. Te ayudará en cuanto llegue. El dolor desaparecerá. Te pondrás bien. —Se volvió hacia Camellia, Saddie y Giovanni.

—Tenemos que ponerla en una posición decúbito lateral segura. Ayudadme, por favor. Con mucho cuidado, ¿sí?

Movieron a Carmen centímetro a centímetro hasta ponerla

de costado. La cara de la estudiante brillaba, el sudor le corría por la sien.

—Tiene fiebre —determinó Ricardo.

Camellia podía percibir en su voz una profunda preocupación.

—Probablemente ha sido una nauyaca —masculló para sí mismo. Luego se quitó la camiseta y le secó la frente a Carmen con ella—. Vas a ponerte bien, Carmen. —Volvió a cogerle y apretarle la mano—. Estoy contigo. Todos estamos aquí —repitió como un mantra.

Camellia sentía los latidos de su corazón incluso en el cuello. Empezó a rezar fervientemente pidiendo que Carmen se recuperara de la picadura. La pierna parecía estar cada vez más inflamada y ahora presentaba pequeñas ampollas; la piel enrojecida se había tornado en cuestión de segundos de color violeta oscuro.

Camellia instintivamente se percató de que la situación era mucho más grave de lo que Ricardo les había hecho creer. Mientras él seguía hablándole a Carmen, ella miró a su alrededor. ¿Dónde estaba Armand? ¿Y el médico de emergencias? ¿Por qué tardaban tanto? Carmen necesita ayuda urgentemente. Camellia apenas podía pensar con claridad. Estaba aterrorizada ante la perspectiva de que aquello no terminara tan bien como esperaban. Carmen tenía que recuperarse de la mordedura y ponerse bien. No estaba dispuesta a permitir que invadiera su mente ningún otro posible pensamiento.

20

Actualidad
Uxmal

Al día siguiente, cuando llegaron a las excavaciones arqueológicas de Uxmal, Dalia todavía notaba los efectos de la fiesta del día anterior en sus huesos y no pudo evitar bostezar con fuerza en varias ocasiones. Se habían ido a dormir bien pasada la medianoche. Había seguido bailando con Pablo una canción tras otra, ambos se habían abandonado al ritmo de los mariachis y habían disfrutado del ambiente palpitante de la celebración.

Pablo la miró sonriente.
—Pero valió la pena, ¿no?
Ella asintió.
—Por supuesto. Fue maravilloso.

Antes de subir al autobús por la mañana temprano, Dalia había devuelto el vestido tradicional y le había dado las gracias a Renata por haberla invitado. Después se despidió de Estela y Rubén, que pasarían todavía unos cuantos días con sus respectivas familias, antes de volver a reunirse con ellos en el Atlántico.

—¿Qué hay entre Estela y Rubén? —Dalia se atrevió por fin a preguntar aquello que la tenía en ascuas desde hacía días. ¿Eran pareja o solo buenos amigos? Hasta ahora no había podido formarse un juicio sobre la relación existente entre aquellos dos.

—¿A qué te refieres? —Pablo la miró a los ojos.

—Bueno, me preguntaba si no estarían... ¿juntos? —La brillante luz del sol obligó a Dalia a entornar los ojos.

Pablo negó con la cabeza.

—Dios nos libre, no. Estela es, en lo que a hombres se refiere, demasiado exigente, en mi humilde opinión. Ninguno le parece suficientemente bueno. Y Rubén... no busca en absoluto nada serio. A las mujeres les encanta, él y también su arte culinario. Y él ama a las mujeres. —Pablo se echó a reír—. Rubén disfruta de la vida al máximo. Él y Estela... nunca podrían funcionar como pareja. Se entienden muy bien, han crecido prácticamente juntos, porque vienen del mismo pueblo, fueron al mismo colegio. Pero son más bien como hermanos.

Dalia ya se había imaginado algo parecido, pero simplemente necesitaba una confirmación.

—Es bonito que entre hombres y mujeres a veces realmente haya algo parecido a una amistad platónica.

—Ambos se conocen desde niños, por eso seguramente no hay posibilidad de que surja la chispa del amor entre ellos —replicó Pablo en un tono más serio—. ¿Preparada para Uxmal? —dijo cambiando abruptamente de tema mientras señalaba la entrada, en la que había varias tiendas de souvenirs, un restaurante y un pequeño museo. El corazón de Dalia empezó a latir con más fuerza.

—Sí, claro.

Compraron las entradas y se dirigieron en primer lugar a la Pirámide del Adivino, una construcción ovalada de treinta y siete metros de altura que había sido levantada en cuatro fases, según decía el panel explicativo situado en sus proximidades.

—La forma ovalada es muy poco habitual —comentó Pablo, mientras Dalia fotografiaba la pirámide.

—Resulta interesante el hecho de que los mayas fueran añadiendo estructuras a sus construcciones.

—La edificación progresiva en varios niveles se da en casi todas las regiones que habitaron los mayas —explicó Pablo—. Uxmal significa «construido tres veces».

Siguieron avanzando hasta el Cuadrángulo de las Monjas, un complejo compuesto por cuatro edificios singulares que se alzaban en torno a un enorme patio interior. En los muros podían verse máscaras talladas en piedra, bien conservadas, del dios de la lluvia, Chaac, además de varias representaciones de animales. Dalia se detuvo ante ellas, boquiabierta, e intentó imaginarse a su madre cuando era joven deambulando por aquel paraje, con una curiosidad ardiente y un gran afán investigador. Se acordó de cuando su abuela, hacía ya muchos años, le había enseñado las notas que antaño hubiera tomado su madre. En aquel entonces Dalia no sentía que ella misma tuviera la menor relación con México y con los mayas. Ahora se arrepentía de no haber traído consigo aquellos viejos apuntes. Por otra parte, la capacidad de su mochila era muy limitada.

Mientras Dalia proseguía hacia la Casa de las Tortugas, volvió a tener aquella sensación de estar más cerca de su madre. ¿Tal vez habría conocido allí a Ricardo?

Se detuvo ante el panel explicativo correspondiente y leyó la información. Algunos investigadores afirmaban que, para los mayas, las tortugas encarnaban el solsticio de verano, y que aquella estructura había sido erigida por tanto con fines astronómicos. Aunque hasta la fecha nadie lo sabía con exactitud.

—¡Mira! —Pablo interrumpió los pensamientos de Dalia.

—¿Qué?

—Mira esos tres señores mayores ahí delante vestidos con batas grises —dijo Pablo en tono decidido—. ¿No te parece que tienen pinta de científicos?

Dalia se encogió de hombros.

—Ni idea.

Pablo la cogió de la muñeca y la condujo hacia allí.

—Vamos a preguntar.

—¿Así sin más?

Pablo paró en seco y la miró a los ojos.

—Sí, Dalia, así sin más.

—Pero qué voy a decir si uno de ellos... —Se interrumpió

para tragar saliva—. Si uno de ellos realmente es mi padre —susurró en un tono apenas audible.

Pablo suspiró.

—Ya lo pensaremos cuando llegue el momento.

Se dirigió resuelto hacia los tres hombres, y Dalia le siguió a regañadientes. ¿Sería uno de ellos verdaderamente su padre? Empezó a sentir que se le aceleraba el corazón.

—Hola —saludó Pablo al grupo—. Nos gustaría hacerles una pregunta.

Los hombres se giraron hacia ellos con interés.

—¿Alguno de ustedes, por casualidad, se llama Ricardo Ortiz Delgado?

Un hombre de barba cana ladeó la cabeza, con expresión de asombro.

—Sí, soy yo. ¿De dónde nos conocemos?

Pablo lanzó una rápida mirada cómplice a Dalia.

—Lo cierto es que no nos conocemos. Se trata de…

—Buscamos a alguien que estuvo aquí con mi madre en un viaje de estudios, hace muchos años, para realizar investigaciones sobre la cultura maya —espetó Dalia, mientras se colocaba de un salto a su lado.

Los hombres se rieron afablemente.

—¿Para investigar a los mayas? Eso es lo que hacemos todos aquí.

—¿Por casualidad les dice algo el nombre de Camellia Carter? —preguntó Dalia, decidida a no darse por vencida. De pronto, había perdido la timidez. Al fin y al cabo, no tenía nada que perder. Prefería mil veces una respuesta clara, afirmativa o negativa, a aquellas infinitas conjeturas.

Ortiz Delgado arrugó la frente, concentrándose, y bajó la vista al suelo.

Mientras esperaban, Dalia sintió cómo se intensificaban los latidos de su corazón hasta notarlos en la garganta.

Entonces el científico sacudió la cabeza de un lado a otro.

—¿Una americana?

—Inglesa —corrigió Dalia. De repente, notó que Pablo la cogía de la mano. Volvió la vista hacia él, agradecida, y comprobó que le ofrecía una sonrisa alentadora.

—No —respondió Ricardo Ortiz Delgado después de lo que les pareció casi una eternidad—. Ese nombre lamentablemente no me dice nada. ¿De qué año estamos hablando?

—Hace veintinueve años de eso —respondió Dalia con un tono de frustración en su voz.

—No —reiteró el hombre—. Lo siento. —Desvió la mirada hacia sus compañeros—. ¿Habíais oído antes ese nombre? —Pero los otros dos hombres negaron también con la cabeza.

—Gracias —dijo Pablo y después alzó una mano para despedirse. Dalia también les dio las gracias antes de alejarse de ellos.

—No lo vamos a encontrar —murmuró ceñuda—. Todo esto ha sido una idea totalmente ridícula. —Su estado anímico estaba bajo mínimos.

Pablo se detuvo y asió a Dalia por el brazo.

—Todavía nos queda otro Ricardo. —Su mirada era ahora aún más penetrante—. Además, vamos a conocer a muchos otros investigadores. Les preguntaremos a todos. Terminemos la visita, y luego, en la entrada, nos informaremos de quiénes son los investigadores que se hallan aquí trabajando. Hablaremos con todos, uno por uno. —Le ofreció una tímida sonrisa—. ¿Realmente quieres dejarlo ahora?

Dalia inspiró profundamente. Luego negó con la cabeza.

—Gracias. Sin ti... —No acabó la frase.

—Tengo una idea —anunció Pablo con ademán decisivo mientras tiraba de ella para que avanzara y le indicaba por señas un rinconcito con hierba a la sombra—. ¿Qué te parece si te relajas un poco y yo me ocupo de tu Ricardo? —Acompañó su propuesta con una mueca divertida.

Dalia no pudo evitar reírse.

—Eres el mejor.

Él asintió solemne.

—Eso por supuesto. Me alegro de que por fin te hayas dado cuenta. —Luego nuevamente le sonrió—. ¿Necesitas algo más?

Dalia le devolvió la sonrisa.

—Un lienzo. Y pintura —respondió ella medio en broma. La visión de aquellos antiguos lugares de culto estimulaba su creatividad con una intensidad que llevaba mucho tiempo sin experimentar. Sentía un hormigueo en los dedos. Lo que más deseaba era empezar de inmediato a inmortalizar aquel paisaje. Sus ansias por jugar con el color iban aumentando de manera irresistible.

Pablo se quedó mirándola fijamente durante unos instantes, y frunció las comisuras de sus labios levemente antes de dar media vuelta sin decir nada más, para desaparecer después tras la pirámide. Dalia siguió su consejo, se tumbó sobre la hierba y se echó una breve siesta.

Dalia ladeó la cabeza y contempló el bajorrelieve que rodeaba la pirámide en su totalidad. Su mirada saltaba de la foto que había hecho aquella mañana en Uxmal a la imagen que había comenzado a dibujar y que ahora descansaba sobre la cómoda al lado de la cama. Algo no tenía sentido, pero no conseguía ver qué era lo que no cuadraba. Una y otra vez comparó ambas imágenes, hasta que se percató de la incongruencia. La perspectiva de la forma ovalada no era la correcta. En el cuadro la pirámide parecía bidimensional. Dalia no había tenido suficientemente en cuenta las diferencias de tamaño. Aliviada al haber podido detectar por fin el error, empezó a rectificar el ángulo de visión.

Se había quedado boquiabierta cuando a primera hora de la tarde había visto regresar a Pablo cargando, de hecho, con un lienzo, pintura y pinceles. Ahora se encontraba en su cuarto en una vieja hacienda reconvertida en una casa de huéspedes pintando antiguas construcciones de cuya existencia hasta hacía muy poco no tenía la menor idea. Y estaba disfrutando muchísimo de aquella actividad. Para Dalia suponía todo un reto insuflar nueva vida a aquellas ruinas, representar aquellas estructuras de tal manera que reflejaran con emoción y a la vez realismo aquella lejana época en la cual fueron el epicentro de una formidable civilización. Era algo totalmente distinto a diseñar logotipos y sitios web, aquello a lo que se había dedicado en los últimos años.

Cuando oyó que llamaban a la puerta, Dalia dejó a un lado el pincel.

—¿Sí?

Pablo entró en la habitación con una bolsa en la mano derecha, de la cual emanaba un aroma delicioso.

—Bueno, Frida, ¿cómo va eso? —Avanzó sonriendo y se colocó tras ella para contemplar la obra que acababa de iniciar—. ¡Guau! Es magnífico.

—¿De veras te lo parece? —Dalia todavía no tenía claro si pintar edificios se le daba bien.

—Sí, de veras —contestó Pablo en tono serio mientras dejaba la bolsa con la comida a un lado—. ¿Te apetecen unas tortillas de maíz?

Dalia lo miró desconcertada.

—¿Eres adivino?

—No, pero no hemos comido nada decente desde esta mañana. Tengo el estómago en los pies. —Rebuscó en el interior de la bolsa, desplegó dos servilletas y colocó sobre ellas sendas tortitas—. ¿Qué te parece si hacemos una pequeña pausa?

Dalia se levantó de la banqueta y estiró la espalda.

—¿Qué hora es?

—Las ocho pasadas.

—¿Ya? —Dalia casi no se lo podía creer. ¿Había estado realmente cuatro horas pintando? El tiempo había pasado volando, todo a su alrededor se había desdibujado, y ella se había sumergido por completo en su mundo creativo. Hacía mucho que no le pasaba algo así.

Pablo indicó por señas la puerta de la terraza.

—¿Quieres que comamos fuera? ¿O ya es demasiado oscuro?

—¿Oscuro? —Negó con la cabeza—. Vengo de Cornualles. Más oscuro que allí es imposible. Y nunca hace calor.

Con una sonrisa Pablo llevó hasta la terraza la comida y una botella de agua.

Tras sentarse en la pequeña mesa redonda, Dalia cerró los ojos e inspiró profundamente.

—¿Lo hueles?

—Bueno, los cactus y las palmeras no es que huelan mucho —respondió Pablo en tono serio.

—¡Tonto! Huele a… tierra, musgo, a alguna clase de flor exótica, cuyo nombre desgraciadamente desconozco.

—Alguna clase de flor exótica. Eso suena realmente muy romántico —bromeó Pablo—. Buen provecho.

Al dar el primer bocado Dalia ya demostró su entusiasmo.

—¿Por qué está tan rica vuestra comida? —Alzó los ojos al cielo, en el que brillaban mil estrellas. Una brisa soplaba ligera sobre el paisaje. Parecía que fueran los únicos huéspedes del rústico hostal.

—Si todavía te sigue gustando nuestra comida, eso debe de ser porque el porcentaje de genes mexicanos es lo suficientemente elevado.

Dalia lo miró con el ceño fruncido.

—¿Qué quieres decir con eso?

—Bueno, me refiero al hecho de comer cada día tortillas de maíz. Idealmente por la mañana, a mediodía y por la noche. Muchos turistas se rinden al poco tiempo, pero a ti parece que de momento no te aburren.

Dalia hizo una mueca.

—¿Cómo me iba a aburrir de comer tortillas? Hasta ahora no he comido una sola tortilla cuyo sabor se pareciera remotamente al de otra. Todas esas salsas… Me pregunto cuántas recetas de salsa debe de haber. Y las especias…

Pablo confirmó con un gesto.

—Tienes razón. Cada persona las prepara de forma distinta.

Mi madre, por cierto, cocina las mejores enchiladas de todo México.

—Creía que era Rubén —replicó Dalia, y luego se limpió las comisuras de la boca.

—Las de Rubén tampoco son para nada despreciables —corroboró Pablo—. Pero las de mi madre... —La miró fijamente—. Esas tienes que probarlas como sea. Son divinas. Nunca he comido enchiladas mejores en ningún otro lugar. Y eso que he visto un poco de mundo.

Dalia examinó el rostro de Pablo durante un breve instante. Sus ojos oscuros refulgían bajo la tenue luz de la luna. Mientras él le sostenía la mirada, Dalia empezó a sentir un agradable cosquilleo. Carraspeó avergonzada.

—Verdaderamente me encantaría probarlas —declaró con la voz ronca.

—Pues voy a hablar con ella y...

—¡*Bastardo*! —Justo en ese instante oyeron los gritos de una voz femenina, provenientes de un prado cercano.

Dalia se sobresaltó.

—¡Sabía que me estabas engañando, pero tenía que ser con Mariela precisamente! —Era la voz de la propietaria de la hacienda, que justo en ese momento apareció en la extensión de gravilla de la entrada, ahora iluminada, en la que había unos cuantos coches aparcados.

—*Cariño*, mi amorcito —decía su esposo para intentar apaciguarla, mientras la seguía dando grandes zancadas—. Sabes perfectamente que solo te quiero a ti.

—¡Deja de llamarme «cariño»! —le gritaba su mujer—. ¡Encima con ella! ¡Sabes exactamente lo mal que me ha tratado todos estos años! ¡Y ahora te has ido con esa perra a la cama! ¡Bastardo! —Se dio la vuelta bruscamente y desapareció tras el edificio. Su marido la seguía refunfuñando y maldiciendo.

Turbada, Dalia intercambió una mirada con Pablo, el cual como respuesta se encogió de hombros.

—Así son por desgracia los hombres mexicanos —comentó

en un tono casi como de disculpa—. Auténticos machos. Siento que hayamos tenido que presenciar aquí y ahora una demostración práctica, por llamarlo de algún modo.

—No todos son así, ¿no? —Los labios de Dalia se curvaron en una sonrisa.

Pablo negó con la cabeza.

—No, todos no. Pero sí que hay muchos que se comportan así. Sobre todo, los de mayor edad. Siguen creyendo que pueden oprimir a las mujeres y hacer lo que les venga en gana. Mirad, tengo cuatro amantes. Soy un tipo estupendo. No respetan verdaderamente a las mujeres lo más mínimo, y se aferran a las viejas estructuras.

—Y eso saliendo de tu boca —comentó Dalia—. Al fin y al cabo, tú también eres un hombre.

Pablo fingió estar cavilando sesudamente. Luego hizo un gesto afirmativo con la cabeza.

—Sí, creo que yo también soy un hombre.

—¡Tonto!

—No, ahora en serio. —Su mirada se tornó más penetrante—. Mi madre no me permitiría jamás semejante comportamiento. Nos ha educado desde niños a tratar a todas las personas con respeto, de igual a igual, independientemente del género o el color de su piel. Si engañara a una novia, a buen seguro me echaría de casa con cajas destempladas y dejaría de hablarme.

—¿Y tu padre? —preguntó Dalia.

Pablo se rio.

—Él también sabe cómo piensa ella, la conoce muy bien. Nunca se atrevería a tocar a otra mujer. —Hizo una breve pausa—. Aunque lo cierto es que creo que la ama de veras y no desea a ninguna otra. Pero lamentablemente aquí tener una aventura es algo casi de rigor para muchos hombres.

—No le estás haciendo muy buena propaganda al género masculino —decidió Dalia mientras pensaba en su propio padre, quien seguía siendo una incógnita. ¿Y si defendía una visión machista similar? ¿Podría ser ese el motivo de que la relación con su madre hubiera fracasado? Si es que en verdad habían tenido algo parecido a una relación, algo de lo que Dalia ni siquiera podía estar segura.

—¿Has podido averiguar algo más? —preguntó a Pablo.

—Lamentablemente no. He estado hablando con unos cuantos científicos y estudiantes más en las ruinas. Pero ninguno parece haber conocido a tu madre. Su nombre no le suena a nadie.

—¿Y nadie conocía a otro Ricardo? —especuló Dalia desilusionada. No les quedaban demasiadas posibilidades. Quizá lo mejor fuera hacerse a la idea de que ese viaje no le permitiría alcanzar su verdadero objetivo.

—Sí, dos personas han mencionado al otro Ricardo del que nos hablaron. Al que se apellida Murillo Flores. Parece ser que realmente es toda una eminencia en su campo.

Dalia suspiró.

—Aunque seguro que no será el que buscamos.

21

A la mañana siguiente el autobús que iba hasta Chichén Itzá estaba tan lleno que Dalia y Pablo no pudieron sentarse juntos, puesto que solo quedaban un par de asientos sueltos. Dalia había conseguido sentarse al lado de una joven, cuyas hijas se encontraban en la fila de delante. Cada vez que la madre hablaba con las niñas, parecía que estaba a punto de llorar. Sin saber adónde mirar, Dalia desvió la vista hacia la ventanilla para seguir el movimiento del autobús al arrancar. Recuperó los pendientes con forma de dalia y empezó a repasar con los dedos el contorno de aquellas flores de cerámica. ¿Se los habría puesto alguna vez su madre? ¿O era un regalo destinado a ella desde un principio? Preguntas y más preguntas, para las que seguía sin tener respuesta.

Cuando la mujer sentada a su lado sacó un pañuelo del bolso y se limpió la nariz en silencio, Dalia la examinó disimuladamente desde el costado. La piel por debajo de la sien izquierda presentaba un leve tono violeta, y en la base de los párpados se apreciaban unas oscuras ojeras. A Dalia le asaltó una terrible sospecha.

—¿No se encuentra bien? ¿Puedo ayudarla de algún modo?

La mujer alzó la vista, como si en ese momento percibiera por primera vez la presencia de Dalia.

—*Disculpe*. Lo siento. Yo... —Sacudió la cabeza de un lado a otro y empezó a sollozar en silencio.

—No pretendía... —comenzó a decir Dalia, para luego, avergonzada, girar la cabeza hacia el otro lado. En ningún caso había tenido la intención de importunarla. Resultaba evidente que tenía serios problemas.

—Lo siento —susurró la joven dirigiéndose a Dalia.

—No tiene que disculparse —dijo esta para tranquilizarla—. No debería haberle preguntado.

La mujer tragó saliva y luego hizo un gesto afirmativo con la cabeza.

—Claro que sí —la contradijo, mirando a Dalia a los ojos—. Es muy amable por su parte haberse interesado. —Con aire ausente acarició el pelo de la niña de más edad que estaba sentada justo delante de ella—. Son mis hijas. Vamos... voy con ellas a casa de mi familia.

Dalia no supo qué más decir.

—He... abandonado a mi marido. —Se pasó los dedos con cuidado por encima del hematoma visible en su cara—. Él es... —Se le quebró la voz, y volvió a secarse los ojos. Resultaba evidente que estaba literalmente luchando por mantener la calma.

—No tiene que contarme nada —dijo Dalia con voz suave.

Las niñas habían juntado sus cabezas y se susurraban cosas a la vez que proferían risitas.

—No se han enterado de nada. —Su madre señaló hacia delante con la barbilla, mientras seguía hablando—. Él es... Ramón bebe demasiado. Y luego ya no sabe lo que hace. Hace varios meses que está sin trabajo. Es una situación muy difícil.

—Lo siento muchísimo.

—No puedo seguir así —prosiguió la mujer sin titubeos—. Tenía un miedo terrible de que algún día pegara también a las niñas.

—Estoy segura de que sabe perfectamente qué es lo que mejor le conviene —comentó Dalia prudentemente. ¿Qué madre no querría proteger a sus hijos de un esposo violento?

La mujer rio con un deje de amargura.

—Mis padres no saben nada. —Movió la cabeza de un lado

a otro—. No tengo ni idea de cómo les voy a explicar lo que... ha pasado.

—Usted no tiene la culpa.

La mujer vaciló unos segundos.

—No estoy tan segura. ¿Qué clase de mujer soy que no he sido capaz de hacer feliz a mi marido?

Dalia caviló un instante.

—Su marido ha decidido él solito comportarse del modo en que lo ha hecho. Usted es una víctima —insistió Dalia—. Y no es la responsable de su felicidad.

Seguía habiendo demasiadas mujeres que justificaban el comportamiento de sus respectivos maridos con cualquier falsa excusa. Un hombre que golpeaba a otra persona era el único responsable de aquella acción. Al culpar a otros, en última instancia estaba demostrando su propia debilidad.

—No quiero ser una víctima —rebatió la joven a Dalia con bravura.

—Ya ha dejado de serlo. Ahora ya ha actuado. Se lo explicará a sus hijas y tomará las riendas de su propia vida. Y velará por que usted y las niñas vuelvan a ser felices.

La mujer rebuscó el móvil en el bolso y deslizó el dedo por la pantalla para ir pasando fotos. Dalia pensó en un primer momento que la joven madre quería enseñarle una foto familiar de otros tiempos más felices. Pero al alargar la mano para mostrarle la imagen, Dalia vio un colorido poncho tejido a mano.

—Lo he hecho yo misma —anunció su compañera de asiento con orgullo—. Lo acabé en solo una semana.

Dalia examinó con atención aquella prenda.

—Es un poncho precioso —dijo admirada.

—Se me ha ocurrido que tal vez podría hacer unos cuantos y venderlos en el mercado —siguió explicando la mujer, y por primera vez Dalia percibió algo parecido a la esperanza y el optimismo en su tono de voz—. ¿Cree que podrían interesarles a los turistas?

Dalia sonrió.

—Yo soy una turista. Y por eso puedo responder a su pregunta definitivamente con un «sí».

La mujer abrió grandemente los ojos, atónita.

—¿Es una turista? Creía que...

—Soy inglesa —aclaró Dalia—. Pero mi padre es mexicano. —Suspiró—. Mi padre desconocido, al que todavía no he podido encontrar.

—Suena... complicado —comentó la joven.

Dalia apretó los labios.

—Es realmente complicado. Pero no quiero abrumarla con mis problemas. —Volvió a dirigir su atención a los pendientes que descansaban entre sus manos.

De pronto la joven posó sus manos sobre los dedos de Dalia.

—Eso es lo que acabo de hacer yo ahora. Lo siento. Si quiere, puede contarme el motivo de su visita a México. Por qué nunca conoció a su padre. Y qué es lo que tienen de especial esos preciosos pendientes. Soy buena escuchando.

22

Veintinueve años antes
Chichén Itzá

Carmen había muerto. Falleció de madrugada, después de que los médicos hubieran luchado durante casi todo un día por salvarle la vida a aquella grácil española.

Camellia no era capaz de seguir reprimiendo el llanto. El día anterior por la mañana, durante el desayuno, todo estaba bien. Había tomado café con unos bollos dulces en compañía de Saddie y Carmen, antes de dirigirse al yacimiento. Carmen les había hablado de aquellas vacaciones en México cuando era adolescente, de cómo la habían cautivado las historias sobre los mayas narradas por el guía turístico en aquel entonces. Mientras ella formulaba una pregunta tras otra, incapaz sin embargo de saciar sus ansias de saber, sus padres se limitaban a mover la cabeza de un lado a otro, desconcertados. A buen seguro Carmen habría sido una prominente investigadora de la cultura maya.

Camellia dejó caer la cabeza hacia atrás e intentó serenarse. Después de que Ricardo les informara de la triste noticia hacía un par de horas, se les comunicó que ese día no trabajarían. De todos modos, ninguno de los participantes podía concentrarse de momento en las ruinas o las antiguas tradiciones mayas. Saltaba a la vista que Ricardo también estaba obviamente conmocionado.

Camellia no pudo evitar acordarse de cómo había intentado que Carmen siguiera consciente, con paciencia y confianza, totalmente tranquilo, hasta que por fin había llegado el médico de emergencias. Pero sus esfuerzos fueron en vano. Carmen no había conseguido recuperarse.

A pesar del calor extremo que hacía ya por la mañana temprano, Camellia sentía escalofríos mientras avanzaba en dirección a la zona del juego de pelota. No había soportado quedarse sola en su cuarto, tenía la sensación de que se volvería loca si permanecía un solo minuto más en la casa de huéspedes. Por eso había decidido viajar sola hasta Chichén Itzá. Allí tendría más calma, mayor amplitud, más paz. Todavía había unos cuantos turistas visitando las ruinas, aunque bien repartidos por el extenso complejo.

No pudo evitar pensar que los mayas creían en la vida tras la muerte. Enterraban a sus muertos con regalos, como por ejemplo utensilios de cocina, o joyas y adornos. El universo de los mayas se componía de tres mundos, que aparecían vinculados en su árbol sagrado: el inframundo, la tierra para los vivos y el cielo para los muertos. ¿Estaría Carmen ya en el cielo?

Camellia se agazapó ante uno de los muros que delimitaban el campo de juego y contempló su enorme extensión. La zona reservada para el juego de pelota de Chichén Itzá era la de mayor tamaño que se había conservado. Entornó los ojos e intentó imaginarse a los jugadores de hacía quinientos años desfilando por el campo, con las manos protegidas por una especie de guantes, una tela que cubría la entrepierna atada a la cadera por un cinturón de piel o de corteza de árbol, y un sofisticado tocado en la cabeza. No llevaban protecciones en los codos ni en los hombros, ya que era con esas partes del cuerpo con las que debían mantener la pelota de caucho en el aire. Siempre con la presión del miedo a perder el juego y tal vez posiblemente la propia vida. Aunque los investigadores todavía no tenían una opinión unánime acerca de si el capitán del equipo perdedor, e incluso tal vez todos sus componentes, eran realmente decapitados tras el juego, o si ese ritual estaba reservado únicamente para ocasiones muy especiales. Otras teorías afirmaban que era el equipo ganador el que debía morir, ya que se consideraba un honor sacrificar la vida como ofrenda para los dioses. Para los mayas la muerte no era el final, sino simplemente el tránsito hacia otro mundo.

Camellia cerró los ojos y reprimió las lágrimas que volvían a aflorar. Carmen estaba muerta. No se encontraba en otro mundo. Ayer estaba compartiendo el desayuno con todos los demás, y hoy...

Súbitamente oyó una voz que la sacó de su ensimismamiento.

—Camellia.

Ella volvió a abrir los ojos y vio la cara de Ricardo, justo delante de ella.

—¿Qué haces aquí? —Ricardo se acuclilló y la miró con una expresión de profunda preocupación. Su tez estaba pálida y tenía un aspecto demacrado. Camellia se encogió de hombros.

—No lo sé. No podía seguir encerrada en mi cuarto. Yo... —Su voz se quebró. Rebuscó desesperadamente en el bolsillo de sus pantalones cortos un pañuelo.

Ricardo se sentó a su lado sobre la hierba.

—Acabo de hablar con sus padres.

Camellia lo miró de soslayo. En su rostro podía leerse también una tristeza abismal.

—Ha sido horrible. ¿Cómo les dices a unos padres que su hija nunca regresará con ellos, que nunca podrán volver a hablar con ella? —Movió la cabeza de un lado a otro y se pasó la mano derecha por los ojos, que brillaban como delatando el llanto.

—Todavía no me lo puedo creer —dijo Camellia en voz baja—. Que simplemente ya no esté aquí. Ayer estaba en este mismo lugar riéndose con nosotros.

Ricardo asintió.

—Cuesta mucho aceptar la muerte. Su carácter definitivo. Y Carmen era tan joven... Tenía toda la vida por delante. —Guardó silencio unos instantes—. Muchos mexicanos no ven la muerte como un final. Consideran que la vida es una especie de transición del mundo terrenal al más allá. El alma no muere, sino que regresa una vez al año a este mundo, y entonces llevamos ofrendas a nuestros seres queridos ya fallecidos. Pensamos en ellos, celebramos festejos en su honor. —Suspiró—. Lamentablemente a mí esta vieja tradición no me sirve de mucha ayuda. Probablemente no es compatible con mi pensamiento científico. Mis padres, en cambio, sí celebran ese día.

—Estaba tan increíblemente entusiasmada con su participación en este programa —prosiguió Camellia pensativa—. Le apasionaba la arqueología y especialmente la cultura maya. Me caía muy bien.

—Apenas llegué a conocerla, desgraciadamente, pero también tuve la impresión de que estaba muy comprometida con la misión de este viaje de estudios —corroboró Ricardo, mientras se acomodaba y estiraba las piernas.

—No sé cómo vamos a poder continuar. —Camellia se pasó ambas manos por la frente—. Cada vez que vea el yacimiento no podré evitar pensar en ella.

—Tardaremos un poco en superarlo —opinó Ricardo—. No la olvidaremos. Carmen tenía muchas cosas interesantes que aportar. Había perseguido con determinación sus propias teorías y líneas de pensamiento. Podía llegar a identificarse con esta antigua cultura. —Hizo una pausa—. Igual que tú, por cierto, Camellia. —Giró la cabeza para mirarla.

Ella le devolvió la mirada, contempló sus atractivas facciones, y de inmediato intentó mantener sus emociones bajo control.

—Pero ahora mismo tengo la sensación de que nada tiene sentido.

Ricardo movió lentamente la cabeza en un gesto comprensivo.

—Una muerte repentina nos hace ser conscientes de lo que realmente importa en la vida, aunque sea de forma trágica. Debemos estar agradecidos de estar sanos. De poder dedicarnos a esta actividad de investigación que es nuestra pasión. Deberíamos disfrutar del presente, en lugar de hacer planes para quién sabe cuándo, porque nadie sabe qué pasará mañana.

—¿Por qué son necesarios acontecimientos tan terribles para darnos cuenta?

Ricardo sonrió apenas.

—Creo que de otro modo a veces nos resultaría difícil sobrellevar esta vida. Ignoramos el conjunto y nos centramos en los detalles. En cosas pequeñas que nos parecen esenciales e importantes en un momento dado. Solo cuando pasa algo horrible comprendemos que en última instancia cada uno dispone de un tiempo limitado, y que deberíamos llenarlo a toda costa de todo aquello que nos hace bien, que nos da alegría y placer.

Camellia suspiró hondamente.

—Eso suena muy inteligente.

Ricardo se rio con suavidad.

—No lo creo. Simplemente... describe la realidad.

Camellia se giró para mirarlo y se dio cuenta de que él también la estaba observando. Ninguno de los dos dijo nada. El aire entre ambos empezó a vibrar, el ambiente de pronto se tornó electrizante.

Camellia no era capaz de rehuir aquel momento, y tampoco Ricardo hizo el menor ademán de querer romper el hechizo. Alzó una mano y la posó delicadamente sobre la mejilla de Camellia. Ella cerró los ojos y presionó la piel contra sus dedos, sintiendo su calor, disfrutando de esa intimidad tierna e incipiente, de esa reconfortante cercanía. ¿Qué estaba pasando?

Aquellos segundos le parecieron una eternidad. En sus entrañas sintió un estremecimiento de deseo.

Cuando Ricardo carraspeó para aclararse la voz y retiró la mano de su rostro, Camellia volvió a abrir los ojos y se pasó la mano por el pelo, abochornada.

—¿Sabías que el adjetivo «pitzili» en el idioma de los mayas no solo quería decir «bonito», sino también «jugando a la pelota»? Para nosotros son dos conceptos completamente distintos, lo cual demuestra lo importante que debía de ser este juego de pelota en la cultura maya —explicó Ricardo de repente.

Camellia reaccionó con alivio ante el cambio de tema. A pesar de que la sensación que le había dejado aquel contacto era demasiado agradable, tenía claro que ella y Ricardo nunca... Que en ningún caso debía acercarse demasiado a él. Era su profesor.

—¿Conoces el idioma maya? —preguntó ella en un tono de incredulidad.

Ricardo hizo un amago de sonrisa.

—No del todo, solo los conceptos más importantes. Las construcciones que nos dejaron los mayas son impresionantes, pero gracias a la lengua y los escritos (muchos de los cuales, por cierto, lamentablemente fueron destruidos) podemos acercarnos a la cultura y la vida cotidiana de aquella época de una forma totalmente distinta.

—Cuando te oigo hablar así, tengo la sensación de que nunca llegaremos a conocer todas las facetas de la cultura maya —reconoció Camellia—. Hay demasiadas incógnitas, y muchas cosas imposibles de comprobar.

Ricardo titubeó un momento.

—Debemos ser conscientes de esa realidad como investigadores —concluyó Ricardo—. Aunque podamos ahondar en algunos temas específicos, tenemos que hacernos a la idea de que solo contamos con la posibilidad de descifrar una pequeña parte de esa cultura ancestral.

23

Actualidad
Chichén Itzá

Cuando llegaron a Chichén Itzá a última hora de la tarde, la joven madre del autobús ya conocía toda la historia de la vida de Dalia. La mujer no había exagerado, era muy buena escuchando. Había dejado hablar a Dalia y solo había intervenido brevemente para hacer alguna pregunta para comprender mejor el contexto. Para Dalia aquella conversación fue una buena oportunidad de procesar lo sucedido en los últimos días.

Tras bajar del autobús, Valeria, que así se llamaba la joven mexicana madre de dos hijas, se despidió calurosamente de Dalia y le deseó todo lo mejor. Dalia, a su vez, la alentó a desarrollar su proyecto y le deseó mucha fuerza para comenzar su vida de nuevo.

—Obviamente no te cuesta hacer amistades —comentó Pablo mientras se alejaban de la estación de autobuses.

—El viaje ha sido estupendo —dijo Dalia. Estaba entusiasmada, y sentía una especie de hormigueo por todo el cuerpo, además de la sincera esperanza de encontrar por fin una pista que la llevara hasta su padre—. Y los mexicanos sois simplemente tan encantadoramente sencillos y accesibles.

Pablo detuvo sus pasos un momento y la miró fijamente.

—¿Sencillos y accesibles? —repitió ladeando la cabeza—. No sé si debo tomármelo como un cumplido.

Dalia se echó a reír y le tomó del brazo para tirar de él y animarle a seguir caminando.

—Por supuesto que es un cumplido. Esa era mi intención al decirlo. Sois geniales. A excepción de... —No acabó la frase porque ya no recordaba los nombres de los traficantes de drogas.

—Esos tipos eran dos idiotas rematados —declaró Pablo en un tono de voz grave, como si le hubiera leído los pensamientos—. Olvídalos. Los demás somos... sencillos y accesibles.

Dalia indicó por señas un letrero.

—Vayamos directamente al yacimiento.

Pablo arrugó la frente.

—¿No tienes hambre? ¿Y no deberíamos buscar primero un alojamiento?

Dalia negó con la cabeza.

—No, por favor, vamos antes a comprobar si... él está allí. —Suspiró—. Casi no puedo soportar la incertidumbre por más tiempo. ¿Qué hago si tampoco se encuentra aquí?

Pablo avanzó un paso hacia ella y le cogió ambas manos. De nuevo una sensación de bienestar inundó a Dalia al sentir aquel contacto inocente y superficial.

—En ese caso seguiremos buscando.

Ella se quedó mirándole fijamente unos segundos.

—Eres increíble.

Los labios de Pablo empezaron a curvarse en una sonrisa.

—Sencillo y accesible es más que suficiente.

—¡Idiota! —exclamó ella cariñosamente.

—*Gracias.* —Pablo hizo una pequeña reverencia y luego indicó a Dalia por señas que le siguiera.

Puesto que ya estaba avanzada la tarde, la afluencia de turistas no era tan exagerada como sería de esperar en aquellas ruinas famosas en el mundo entero. Faltaban un par de horas para que el yacimiento arqueológico cerrara, lo cual no era ni de lejos suficiente tiempo para explorar todo el complejo.

—¿Hay grupos de investigadores trabajando actualmente en las ruinas? —preguntó Pablo a la cajera que había en la entrada.

La mujer le miró desconcertada.

—En este lugar siempre hay investigadores. Hace ocho años que trabajo aquí y no recuerdo un solo día en el que no haya habido arqueólogos o antropólogos americanistas.

—¿Es posible que algunos trabajen aquí de forma más permanente? ¿Conoce al profesor Ricardo Murillo Flores?

La mujer reflexionó unos instantes. Luego asintió.

—Sí, claro que conozco al profesor. —La mujer volvió a dirigir su atención a la pantalla del ordenador—. Pero no estoy segura de que se encuentre aquí en estos momentos. Hace mucho que no le veo. —Hizo una pausa—. Detrás de la pirámide ahora mismo hay unas cuantas científicas trabajando. Podéis preguntarles a ellas porque creo que también le conocen.

Pablo lanzó a Dalia una mirada triunfante.

—Gracias, ahora mismo iremos para allá.

Los dos se dirigieron con paso decidido a la principal atracción de las célebres ruinas mayas, ignorando todo lo que iban dejando atrás, a izquierda y derecha. Dalia se detuvo ante la imponente estructura e inspiró profundamente. Se acordó de que antes de viajar a México, al buscar información en internet sobre el país, también se había quedado admirada ante la imagen de esa misma pirámide. Y ahora estaba allí y podía verla con sus propios ojos. Durante el trayecto en autobús había chateado con Lilian, y su tía le había confirmado que su madre de hecho había viajado a las excavaciones de Chichén Itzá, el lugar con el que siempre había soñado.

Dalia recorrió con la mirada las empinadas escalinatas hasta lo más alto y súbitamente volvió a sentir que la invadía una profunda pena. ¿Por qué no se le había permitido conocer a su madre? ¿Estar allí junto a ella y dejarse contagiar por su pasión? Nunca había echado más de menos a su madre que en ese momento. Sus ojos se humedecieron. La sensación de pérdida amenazaba con abrumarla por completo.

—¿Qué te pasa? —Pablo aparentemente había percibido su estado anímico.

Dalia se mordió el labio inferior.

—Nada. Se me pasará... enseguida.

Él se acercó más a Dalia y le rodeó los hombros con un brazo. Ella se recostó en su pecho agradecida. Le hacía tanto bien no estar sola. Saber que Pablo estaba a su lado significaba mucho para ella. Sobreponiéndose, recobró la compostura.

—Ya estoy mejor —anunció poco después, tras haberse tranquilizado, en un tono de voz más firme—. Vayamos a buscar a las científicas.

—Eres una mujer muy fuerte, Dalia —afirmó Pablo, antes de deshacer el abrazo y separarse de ella, para tomar ambos el camino que rodeaba la pirámide.

En la sombra que proyectaba la pirámide por la parte posterior había cinco mujeres de unos cuarenta años que hablaban en español en un tono muy elevado de voz. Cuando Pablo y Dalia se acercaron a donde se encontraban, todas callaron a un tiempo y giraron la vista hacia ellos con una expresión de curiosidad en el rostro.

Dalia se armó de valor, presentó a Pablo y luego a sí misma para enseguida preguntar por Ricardo Murillo Flores.

—Ya no trabaja aquí —contestó una de las mujeres.

Otra negó con la cabeza.

—No lo conozco personalmente. Su nombre me suena, por supuesto, pero no he coincidido con él.

—Asistí a una de sus conferencias en una ocasión. Es un investigador extraordinario —comentó una tercera.

—Creo que ahora está investigando en Tulum, y ofrece también visitas guiadas. —La primera mujer que había hablado volvió a tomar la palabra—. Estuvo aquí trabajando durante décadas.

Dalia aguzó el oído.

—¿Saben cuánto tiempo hacía que trabajaba aquí?

La mexicana parecía estar reflexionando.

—Mucho tiempo. Muchísimo. Es un poco más mayor que nosotras. —Se llevó la mano a la barbilla—. Debe de tener unos sesenta años, diría yo.

Las otras dos mujeres hicieron un gesto para confirmar sus palabras.

—¿Por qué no preguntan por él en la universidad, en Ciudad de México? —propuso esa misma mujer—. Allí deben de saber dónde se encuentra realizando sus investigaciones. Pero estoy bastante segura de que ahora mismo está en Tulum. Es originario de esa región, por lo que he oído decir.

—Mi familia vive cerca de esa zona —intervino Pablo—. Tulum está a tan solo ciento cincuenta kilómetros de aquí. Mañana podemos seguir viaje hasta allí y hablar con él.

Dalia se mostró de acuerdo. Dio las gracias a las mujeres sin darles más explicaciones de por qué estaba buscando al profesor, y ambos se alejaron del grupo.

—De todos modos, queríamos ir a Tulum —dijo Pablo mientras se dirigían hacia el Templo del Jaguar.

Dalia asintió con aire ausente. Con el paso de los días iba creciendo en ella la sensación de estar persiguiendo un fantasma. Ni siquiera sabía con seguridad si ese profesor de renombre era en realidad su padre. La única pista que tenían era que se llamaba Ricardo, ¿era eso suficiente? Tal vez su verdadero padre nunca tuvo ninguna relación con las investigaciones sobre los mayas de su madre. Era posible que fuera un estudiante de historia del arte, de arquitectura o tal vez de magisterio. ¿Acaso su plan no parecía cada vez más descabellado? Viajar por un país tan inmenso como México con la esperanza de encontrar a un hombre del que no sabía más que su nombre de pila...

—¿Qué te parece si voy a buscar algo para beber? Mientras tanto, tú podrías darte una vuelta por el complejo —sugirió Pablo en ese preciso instante.

Dalia le miró asombrada, aunque también agradecida.

—¿No te molesta?

Pablo negó sonriendo.

—Si me molestara, no lo habría propuesto. Creo que necesitas estar sola. Este es el lugar donde estuvo tu madre hace muchos años. Date una vuelta y percibe su presencia.

¿Podía Pablo leerle los pensamientos?

—Gracias —se limitó a decir Dalia.

Él hizo un gesto con la cabeza, como restándole importancia a su ofrecimiento.

—De nada. —Echó un rápido vistazo al reloj—. Tienes algo más de una hora. Nos reuniremos después en la entrada, ¿de acuerdo? —Le plantó un delicado beso en la mejilla antes de dar media vuelta y dejarla a solas.

Dalia, perpleja, se llevó la mano al lugar donde Pablo había posado sus labios. ¿Estaría soñando? ¿Estaba pasando eso de verdad? Su objetivo era encontrar a su padre, una búsqueda que a medida que pasaba el tiempo se le antojaba cada vez más absurda. Y ahora parecía que estaba a punto de enamorarse del hombre que desde su llegada a México la había acompañado casi todo el tiempo. ¿Adónde conduciría todo aquello? Ella vivía en Cornualles, Pablo en cambio estaba firmemente arraigado en su país. Tendría que ser muy precavida para no perder el control por completo.

Observó las distintas escenas que ofrecían los bajorrelieves del templo. Se detuvo ante un jaguar de piedra en el interior de aquella construcción, y se imaginó a su madre allí mismo, en compañía de Ricardo. Debatiendo sobre el significado de la figura de piedra, y descubriendo un sentimiento recíproco de amor a través de la pasión que compartían por esa cultura.

«Solo son fantasías románticas», se reprendió a sí misma. Quizá su padre no había estado jamás en aquel lugar, tal vez ni siquiera conocía aquel yacimiento arqueológico. Sacudió la cabeza de un lado a otro ante aquellos oscuros pensamientos.

—Este lugar sagrado puede ejercer efectos curiosos en las personas.

Dalia se giró sobresaltada y advirtió la presencia de una anciana mexicana de pequeña estatura.

—Le doy toda la razón —confirmó Dalia—. Ahora mismo me siento bastante confusa.

—Se está cuestionando algo —dijo la mujer.

—¿Cómo lo sabe? —Dalia la miró con gran interés.

La anciana sonrió, indulgente.

—Seguramente usted lo llamaría experiencia, pero yo lo llamo intuición, espiritualidad. Puedo notarlo. Y por la expresión de su cara... —Ladeó la cabeza y luego hizo un leve gesto como ratificando su percepción.

—Yo... —Dalia tragó saliva. ¿Iba a contarle a cada persona que conociera la historia de su vida? Y, sin embargo, aquella mujer emanaba algo que Dalia no podía definir concretamente, pero que le hacía sentir que pertenecía a ese lugar. Que había llegado a su destino. Y sí, también que era bienvenida.

—Soy inglesa —balbuceó torpemente.

La anciana asintió.

—¿De veras?

Dalia empezó a titubear.

—No lo sé —masculló—. Ya no estoy segura... de nada.

—Muy pronto lo sabrás —replicó la mujer con voz rotunda—. Encontrarás todas las respuestas.

Dalia abrió los ojos con gran asombro.

—¿Cómo sabe...?

La mexicana la interrumpió haciendo un gesto casi imperceptible con la cabeza.

—Aquí vivían mis antepasados. Hace muchos, muchos años.

—¿Es usted... maya?

La mujer asintió.

—Mi madre vino aquí como estudiante. Estaba... absolutamente fascinada con su pueblo —explicó Dalia—. Y quería averiguar más cosas a toda costa.

La mexicana volvió a asentir.

—Nadie puede predecir el impacto de este lugar. En cada persona tiene una influencia distinta. —Alzó una mano y la agitó lentamente en el aire—. ¿Puedes notar el espíritu de los ancestros, que habita el interior de este templo?

Aquellas palabras le pusieron a Dalia la piel de gallina. Empezó a tiritar levemente.

—Aquí murió mucha gente para aplacar a los dioses, pero... su espíritu no ha hallado la paz. —Examinó a Dalia con una expresión más amable—. No quería asustarla, al contrario. Todas las respuestas se hallan ocultas en algún lugar. Solo hay que buscarlas. Sobre el suelo que pisamos dormitan innumerables preguntas y secretos. Cosas que ya nadie sabe. Y a veces es mejor no saberlo todo, dejar una parte en la ignorancia.

—Busco a mi padre —espetó Dalia—. Mi madre está muerta, ya no me puede decir nada de él. Y yo... me siento tan extremadamente perdida. Echo de menos a mis padres. Mis raíces. Mi historia.

—El pasado es importante para que podamos comprender el presente —declaró la anciana en voz baja—. Encontrarás las respuestas que buscas —repitió críptica.

—Estoy perdiendo poco a poco la esperanza —admitió Dalia.

—Nunca debes abandonar la esperanza de que alguien te apoye, incluso cuando te parece que no cuentas con el menor sostén. Mantén esa esperanza de que volverás a sentirte respaldada. —Asintió enérgicamente—. Volverás a sentir que alguien te sostiene.

La anciana apoyó brevemente la mano derecha sobre el brazo de Dalia, antes de dar media vuelta y desaparecer tan sigilosamente del templo como había entrado.

Dalia, temblorosa, abandonó el edificio. Al salir al exterior disfrutó del calor todavía reinante en el ambiente. La anciana se había esfumado.

Sumida en sus pensamientos Dalia regresó paseando desde el Templo de los Guerreros a la pirámide de Kukulcán. Allí se sentó en el escalón inferior, dejó caer la cabeza hacia atrás y contempló el cielo azul despejado. ¿Acaso tendría aquella descendiente de los mayas una especie de séptimo sentido? «Nunca debes abandonar la esperanza de que alguien te apoye, incluso cuando te parece que no cuentas con el menor sostén». ¿Por qué volvía a pensar en Pablo justo en ese momento? El joven anglicista se había abierto camino hasta su corazón con su forma de ser, serena y realista. Aunque a buen seguro no siempre podría dedicarle tanto tiempo; en algún momento tendría que regresar a su trabajo en la universidad, en Ciudad de México. ¿Cuánto más estaría Dalia dispuesta a seguir persiguiendo a un desconocido, al que tal vez jamás podría localizar?

Nuevamente parecía que iba a sucumbir a la desesperación. Se levantó del sillar de piedra y se volvió para contemplar la pirámide. ¿Cuántas veces habría estado allí su madre con esa imagen ante los ojos? ¿Y por qué la abuela le había mentido sobre su padre todos esos años? Dalia intentó recomponerse. No podía permitirse de ningún modo volver a rendirse a la resignación.

—¡Dalia!

Se volvió en la dirección de donde provenía la voz de Pablo, que avanzaba con grandes zancadas hacia ella, con dos vasos de papel en la mano. Su estado de ánimo mejoró al ver la expresión de confianza en su cara.

—Buenas noticias —anunció al llegar hasta donde estaba ella, mientras le ofrecía uno de los vasos—. Zumo de papaya —dijo con una sonrisa.

—Gracias. —La mera presencia de Pablo hacía que se sintiera más animada. Le había echado realmente de menos.

—Ricardo Murillo Flores está trabajando en estos momentos en Tulum —prosiguió, confirmando la noticia con un gesto de cabeza—. Eso significa que mañana seguro que vas a poder conocerlo.

Dalia sintió que se le aceleraba el corazón. La tensión ante la incertidumbre de golpe volvía a hacerse patente.

—Mañana —repitió en un tono reverencial—. ¿Y si resulta que tampoco es él?

24

La pequeña habitación de la posada era sencilla, pero estaba decorada de forma acogedora. En la angosta galería de madera que daba paso al cuarto colgaba de la pared incluso una hamaca con un estampado colorido, igual que las que Dalia se había quedado mirando embelesada en el mercado.

Habían llegado a Tulum poco después de las once de la mañana. Después de ayudarla a conseguir una habitación, Pablo había ido a visitar a su familia. Le había preguntado repetidamente si no le apetecía acompañarlo y alojarse en su casa, pero Dalia ya no se fiaba de sí misma. Desde aquel encuentro con la anciana mexicana se sentía absolutamente confundida. A cada roce con Pablo, por muy inofensivo y casual que fuera, retrocedía con un estremecimiento, puesto que no quería que el vínculo entre ellos se estrechara aún más. Ella vivía en Inglaterra, y eso descartaba la posibilidad de un futuro común para ambos. Por eso creyó conveniente distanciarse un poco hasta que volviera a tener bajo control sus sentimientos. Pablo no había podido disimular su decepción ante la negativa de Dalia, pero no había hecho comentario alguno.

Dalia salió a la terraza, que daba a un jardín maravilloso. Altas palmeras bordeaban parterres con las más variopintas flores. En sus extremos había una pequeña zona con orquídeas, y al lado reconoció iris amarillos y dalias de dos colores, rojas con las puntas de los pétalos blancas. El aroma que impregnaba el aire la envolvía como un sutil velo.

A pesar de la incertidumbre que la acompañaba desde que había iniciado su viaje, notó que se iba calmando paulatinamente. Podía percibir aquel país con todos sus sentidos: la sabrosa comida condimentada de forma deliciosa, el increíble colorido, tanto en la flora como en la vestimenta de la población autóctona, la calidez y el carácter abierto de la gente. Todo ello apabullaba a Dalia cada día más. La idea de que sus raíces estaban también allí le hacía sentirse hasta cierto punto orgullosa. Amaba su tierra, Cornualles, más que ningún otro lugar, y seguía sin poder imaginarse viviendo en otro sitio, pero allí en México, donde su aspecto no llamaba la atención, donde la gente creía que era una de ellos y en todas partes la recibían como a un miembro de la familia, se sentía bienvenida y aceptada.

Cuando oyó que llamaban a la puerta, abandonó la terraza y fue a abrir.

—¿Preparada para la hora de la verdad? —preguntó Pablo con una amplia sonrisa.

Dalia se alegró de volver a verlo. Había regresado de ver a su familia antes de lo que esperaba. Su presencia le hacía bien, pensó. Luego se acordó de que le había hecho una pregunta.

—Sí, estoy preparada. ¿Cómo es eso que dice la gente? Mejor hacer de tripas corazón que prolongar la agonía, ¿no?

Pablo movió la cabeza de un lado a otro como si fuera un caso perdido, y la rodeó por los hombros.

—Por favor, un poco más de optimismo, señorita.

—Ciudad de México, Palenque, Uxmal, Chichén Itzá… —enumeró Dalia mientras contaba con los dedos—. ¿Y hasta ahora qué resultado ha tenido mi búsqueda? —Elevó las cejas—. ¿Dónde exactamente perdí el optimismo?

—Ahora estamos en Tulum. Es una nueva partida con las cartas acabadas de barajar —anunció Pablo sonriendo.

Dalia puso los ojos en blanco.

—¿Aquí tenéis todos una asignatura llamada «Cómo hacer que el mundo parezca más bonito»?

—No —respondió Pablo con paciencia—. Pero no hay ningún motivo para ponerse sarcástico. El profesor está en Tulum esperando conocerte.

—¿Cuántas probabilidades hay de que el profesor Murillo Flores sea mi padre?

Pablo sonrió apenas.

—¿Una entre... un millón?

—Pues eso estoy diciendo. Hasta ahí llega mi optimismo. —Dalia cogió la llave de su habitación de la cómoda y siguió a Pablo hacia el exterior.

Al llegar a la entrada del yacimiento arqueológico Dalia pudo oler el mar. La exuberante vegetación, el aire seco, el reluciente cielo azul cobalto, todo allí era exactamente como ella siempre se había imaginado México. Estaba impaciente por ver por fin el océano.

—¿El profesor Murillo Flores está hoy trabajando? —preguntó Pablo con aire despreocupado a la empleada de la caja, mientras pagaba las dos entradas.

La mujer asintió sin demostrar la menor duda.

—Ahora mismo está con un grupo. La siguiente visita guiada empieza dentro de dos horas. ¿Quieren que les reserve un par de plazas?

—No, gracias —dijo Pablo.

Pero Dalia le interrumpió.

—Sí, sí que nos gustaría.

Dalia ignoró la mirada inquisitiva de Pablo, hasta que la mujer les dio los pases adicionales para la visita.

—El punto de encuentro es aquí, en la entrada.

—Gracias. —Dalia tiró de Pablo para alejarse y detenerse en una sombra cerca de los servicios.

—¿Por qué quieres hacer una visita guiada? —Pablo la miró expectante.

Ella se encogió de hombros.

—Simplemente he pensado que sería... una buena oportunidad de conocerlo un poco, para empezar.

Pablo frunció el ceño.

—¿No acabas de decirme que has calculado que las probabilidades de que, en efecto, sea tu padre son mínimas?

Dalia agitó la cabeza de un lado a otro.

—Sí, vale, pero... Mi intuición me dice que podría serlo. Y si realmente es así —prosiguió Dalia en un tono conspiratorio—, en ese caso debería proceder paso a paso. ¿O debería presentarme ante él diciendo: «Hola, ¿qué tal?, soy Dalia, tu hija»?

Pablo no pudo evitar reírse.

—Claro que no. Vayamos a comer algo y luego hacemos la visita, a ver qué nos cuenta.

—Casi no puedo soportar la espera —admitió Dalia en voz baja—. Dos horas... —Señaló más allá del complejo—. Antes de ponernos a buscar algo de comer me gustaría ver el mar, ¿te parece bien?

—Tus deseos son órdenes para mí. —Pablo la tomó de la mano como si fuera lo más natural del mundo y empezó a avanzar sobre el ancho camino asfaltado que conducía directamente al Atlántico.

Dalia intentó ignorar el cosquilleo que se había apoderado de sus dedos al sentir su roce.

Cuando el agua azul turquesa del Atlántico hizo aparición en su campo de visión, se olvidó por un momento del caos emocional que reinaba en su interior.

—¡Guau! —exclamó—. Esto es... ¡guau! —No encontraba las palabras adecuadas para describirlo.

—Esto es Tulum —anunció Pablo en tono festivo—. Uno de los rincones más preciosos de este planeta, en mi humilde opinión.

Dalia se quedó mirando la superficie del agua, casi plana, a unos pocos metros por debajo de donde estaban ellos. Unas suaves olas acariciaban con un murmullo apenas audible la blanca arena de la maravillosa cala. Los muros de un blanco deslumbrante del templo maya tras las verdes palmeras, sobre aquella costa escarpada, y ante ellos el refulgente mar, que casi parecía fundirse con el luminoso horizonte… Dalia nunca olvidaría aquel paisaje único.

—Es precioso —susurró con la voz entrecortada—. Es… como un sueño. Como de postal.

—Me alegro mucho de poder mostrarte este pequeño paraíso. —Pablo la cogió nuevamente de la mano.

Dalia se volvió para mirarle y le pareció descubrir en su cara, en sus ojos, que no solo era ella quien hacía frente a un torbellino de sentimientos en su interior, de los cuales hasta hacía muy poco ni siquiera se había dado cuenta. ¿Qué debería hacer? ¿Cómo debería comportarse?

En ese instante fue consciente de que se había enamorado perdidamente de Pablo. De un mexicano que vivía a miles de kilómetros de distancia del lugar que consideraba su hogar.

25

Veintinueve años antes
Chichén Itzá

—La palabra «milpa» designa el método de cultivo de los mayas. Significa «campo». La tierra debía ser preparada antes de empezar a cultivar nada, y para ello se procedía a la tala y quema de los campos. Es el procedimiento más simple para una producción planificada de alimentos. Se quema toda la vegetación presente en el terreno y a continuación se procede a la siembra, gracias a que las cenizas juegan un papel muy relevante como abono. Una característica típica de la milpa es la combinación de maíz, calabaza y frijoles, por ejemplo, que se cultiva en un solo campo, con la ventaja de que...

Camellia escuchaba solo a medias a Ricardo. Aunque había pasado una semana desde la muerte de Carmen, todavía se preguntaba por qué la joven había tenido que morir. Desde entonces los días se sucedían sin que Camellia participara de una manera activa en ellos. Apenas podía soportar el sinsentido de su fallecimiento.

Y desde hacía siete días esperaba que Ricardo le diera una explicación de lo sucedido en la explanada destinada al juego de pelota cuando él le posó la mano en su mejilla, cuando sintió vibrar el espacio entre ellos con su proximidad. Pero Ricardo hasta el momento no había hecho la menor alusión a aquello, ni tampoco había intentado hablar a solas con ella. El tiempo iba pasando y Camellia ya no había vuelto a sentir la euforia que la había invadido durante los primeros días en México. La sombra de la muerte de Carmen era una pesada carga para todos ellos.

—Camellia, ¿podrías explicarnos por favor la posible relación entre esta clase de producción agrícola y el declive de la cultura maya? —La voz de Ricardo la sacó de sus cavilaciones.

Camellia tragó saliva y miró al resto de sus compañeros. La mirada de Saddie estaba cargada de compasión, Arnaud parecía ausente, con la mente en otra parte, y los labios de Giovanni esbozaban una débil sonrisa. Camellia se aclaró la garganta.

—Yo... lo siento, estoy... —Buscó algún pretexto bajo la mirada de Ricardo.

—Es muy difícil para todos, Camellia. —Hizo una mueca que denotaba incomodidad—. Pero esto es un viaje de estudios que todos los becados deberían poder aprovechar. Casi no has participado en los debates de los últimos días.

Camellia alzó la barbilla desafiante y lo miró a la cara con ademán provocativo.

—Concéntrate un poco más, por favor —añadió él en un tono de voz más tranquilo.

Camellia tuvo que reprimirse para no contestar mal. ¿Cómo podía ser tan insensible?

—Giovanni, ¿podrías, por favor, arrojar alguna luz sobre el tema? —pidió Ricardo nuevamente.

—Seguimos sin saber con certeza el motivo del declive de la civilización maya —empezó a decir Giovanni con un subyacente tono triunfante—. Se cree que una de las posibles causas sería la inapropiada evolución de la agricultura que, a pesar de haber funcionado estupendamente durante siglos, pasó a plantear grandes problemas debido al crecimiento exponencial de la población. El suelo estaba agotado y, por tanto, era menos fértil. No era posible seguir alimentando a toda esa población y...

Ricardo había desviado la mirada y ahora escuchaba a Giovanni con expresión atenta. Camellia cerró los puños. Le reconcomía que Ricardo la ignorara abiertamente. Le irritaba sentir aquella especie de mareo en su vientre al recordar su roce. Al captar la mirada de Saddie, se encogió de hombros como disculpándose. Ojalá pudiera hablar con alguien. Tal vez Lilian sería capaz de comprenderla. Pero ¿qué podría contarle realmente a su hermana? «Oye, me he enamorado del director del viaje de estudios. Es unos cuantos años mayor que yo, vive en otro continente, pero bueno, ¿qué más da? Además, me ha hecho perder la cabeza, y ahora me ignora».

No, tenía que guardarse aquello para sí misma. «Aquello», repitió en su mente. Pero ¿qué era aquello? Quizá las intenciones de Ricardo no habían ido más allá cuando le acarició la mejilla con sus dedos. Tal vez simplemente quería consolarla por la pena que sentía que compartían. Y ella, la muy tonta, había interpretado aquel gesto inocuo como una aventura amorosa.

Más tarde, mientras comían juntos, Camellia masticaba con aire ausente su tortilla de maíz rellena de pollo y frijoles rojos.

—¿Estás soñando despierta? —La voz de Saddie la devolvió al presente.

—Está enojada porque ya no es la estudiante preferida de Ricardo —se mofó Giovanni con una mueca.

—¡Idiota! —siseó Camellia—. Parece que te da absolutamente igual que una compañera haya muerto.

—No cambies de tema —contraatacó Giovanni—. La muerte de Carmen ha sido un golpe duro para todos. Pero ¿qué tenemos que hacer? ¿Hundirnos en una depresión colectiva? Hemos recibido una beca para comprender mejor *in situ* esta extraordinaria cultura. —Movió la cabeza en un ademán despectivo—. Solo porque Ricardo ya no te hace caso no tienes por qué descargar sobre nosotros tu frustración.

Camellia intercambió una breve mirada con Saddie, y luego se puso en pie y sin decir más se digirió al mostrador para pagar su comida.

—¿Adónde vas, Camellia? —le preguntó su compañera.

Camellia hizo un gesto con la mano como restando importancia al hecho de haberse levantado de la mesa, dejó las monedas sobre el mostrador y salió del local.

Al llegar al yacimiento arqueológico saludó en la entrada a la cajera, que a esas alturas ya conocía a todos los estudiantes y sin mediar palabra hacía un gesto con la cabeza para indicarles que podían pasar. Una muchedumbre de turistas rodeaba todas y cada una de las edificaciones. A esas horas Camellia casi nunca había estado allí, puesto que hacía demasiado calor para trabajar en las excavaciones. Pero ese día echaba de menos el efecto reconfortante que esas antiguas construcciones ejercían sobre ella. Quería sentir la calma que emanaban aquellas estructuras, dejar que el hechizo de los mayas la envolviera, y olvidar por un rato el presente.

Camellia avanzaba paseando bajo la sombra que proporcionaban las copas de los árboles, dejando atrás el Templo de Venus, cuando avistó una iguana de color verde grisáceo que descansaba sobre una rama seca. El reptil la miró, inerte, solo sus ojos se movían muy despacio. Camellia se detuvo un momento para observar aquel extraño animal. Al volverse hacia atrás descubrió la presencia de Ricardo justo delante de la gran pirámide, tomando notas con ayuda del sujetapapeles. Camellia retrocedió un paso para evitar que él la viera. Ricardo llevaba unos pantalones cortos azul marino con una camiseta blanca, que dejaban a la vista unos gemelos musculosos y bronceados. Al girarse abruptamente, Camellia saltó hacia atrás. Aquel movimiento repentino aparentemente no debió gustarle a la iguana, que puso en acción sus cortas patas, se escondió rauda entre la maleza y desapareció.

Camellia se pasó la mano por el pelo y abandonó las sombras. ¿Por qué diablos se estaba escondiendo? Regresó lentamente dejando atrás las ruinas, cuando Ricardo de pronto la vio y la saludó con un gesto.

Pero ella apenas le devolvió el saludo, se dio media vuelta apresuradamente y empezó a avanzar en sentido contrario, sin dignarse siquiera a mirarlo.

—¿Por qué no me has llamado antes, cariño? —preguntó su madre.

Camellia se quedó mirando una mariposa monarca naranja y negra que acababa de posarse sobre una planta trepadora que había delante de la ventana.

—No tengo teléfono en la habitación, mamá —se excusó—. Y las llamadas a Inglaterra son caras.

Su madre suspiró al otro extremo de la línea.

—No me gusta nada que estés tan sola en un lugar remoto de México. Desde un buen principio…

—No estoy sola en un lugar remoto de México —la interrumpió Camellia. Aunque en los últimos días, si no quería engañarse a sí misma, con frecuencia se había sentido muy sola. Carmen, la compañera con la que mejor se entendía, estaba muerta; Ricardo la ignoraba rigurosamente desde su encuentro en la cancha del juego de pelota, y Saddie pasaba casi todo el tiempo con Armand y Giovanni. Camellia no podía soportar al chico italiano con sus maneras invasivas y a menudo provocadoras, y por eso se mantenía apartada de los demás.

Se apoyó en el mostrador de la recepción de la casa de huéspedes.

—Me han dado una beca para hacer este viaje de estudios, mamá. Es una oportunidad excepcional, ya lo sabes. No puedo tirarlo todo por la borda.

—Pero no pareces estar contenta, tesoro —replicó su madre—. Me encantaría estar contigo ahora y poder consolarte un poco.

Camellia intentó no perder la compostura.

—A mí también me gustaría —admitió en un tono apenas audible—. Pero ahora no puedo simplemente decirles que renuncio y que me voy a casa.

—No tienes que demostrarle nada a nadie —le recordó su madre con insistencia.

—Ya lo sé, pero… —Muy a su pesar Camellia no pudo evitar pensar en Ricardo. La forma en que aquella tarde la había saludado. Su sonrisa arrebatadora, que de vez en cuando le regalaba. Y la calidez y el aplomo que desprendía—. Tengo que pasar por esto ahora.

—Yo no lo veo así, Camellia —la reprendió su madre desde la lejana región de Cornualles—. Te echo de menos.

—Mami, por favor, no me lo pongas más difícil. —A Camellia se le encogió dolorosamente el corazón al pensar en sus padres y sus hermanos. En Cornualles era temprano por la mañana, y en México acababa de anochecer. Camellia sabía que su madre se levantaba todos los días a las cinco, y por eso no había tenido reparos en llamarla tan pronto.

—Tranquila, no pasa nada, está todo bien —rectificó su madre—. Ya verás como enseguida te vas a sentir mejor. Guarda los buenos recuerdos de Carmen. El tiempo que pasasteis juntas, aunque fuera poco, nadie te lo puede arrebatar.

—Gracias, mamá —respondió Camellia conmovida. Conocía de sobra las reticencias de su madre, y el hecho de que no siguiera insistiendo para convencerla de que volviera a casa hacía que valorase aún más su apoyo—. Tengo que colgar o me quedaré sin dinero —añadió en tono risueño—. Además, estoy cansada, aquí son las once de la noche.

—Pues que duermas bien, cariño. Y si necesitas algo o simplemente quieres hablar, llámame. A la hora que sea. —Hizo una pausa—. ¿Lo harás?

Camellia notó que se le hacía un nudo en la garganta. Tragó saliva.

—Sí, no te preocupes. Gracias, mamá. Te quiero. Dale recuerdos a papá, a Lilian y a los demás.

—Lo haré. Yo también te quiero, hija mía.

Tras colgar, Camellia permaneció inmóvil unos instantes apoyada en el mostrador, mirando hacia el exterior. La vistosa mariposa monarca seguía revoloteando alrededor de la planta. Camellia se quedó admirando el diseño afiligranado de sus llamativas alas. Flotar en el aire ingrávida, levantar el vuelo cuando los problemas terrenales resultaban abrumadores... Era una idea de lo más seductora.

¿Qué le estaba pasando? No se reconocía a sí misma, tan meditabunda y ensimismada. Se alejó de la mariposa y regresó a su habitación.

Una vez allí, fue al cuarto de baño y se mojó la cara. El fino polvo de Chichén Itzá se había colado por todos los poros de su piel. Camellia alzó la cabeza y se quedó mirando su reflejo en el espejo. Tenía un aspecto horrible. A pesar del suave bronceado que lucía gracias a la exposición al sol mexicano en los últimos días, parecía demacrada y exhausta.

Al oír unos golpes en la puerta enarcó las cejas, sorprendida. ¿Quién podría ser a esas horas de la noche? ¿Saddie? Quizá se le habría acabado la pasta de dientes. O necesitaba un tampón. Camellia salió del cuarto de baño y se acercó a la puerta de madera.

—¿Sí?
—Soy yo. Ricardo —anunció en voz baja.

¡Ricardo! Camellia inspiró profundamente, antes de abrir la puerta.

—Es tarde. ¿Pasa algo?

Ricardo la miró a los ojos durante unos instantes.

—Lo siento. ¿Te he despertado?

Camellia negó con la cabeza.

—No, pero estaba a punto de meterme en la cama. Ha sido un día... muy largo.

—Te vi pasar... antes. —Sus labios se curvaron en aquella espléndida sonrisa que Camellia había echado tanto de menos en los últimos días—. Se me ha ocurrido... —Se interrumpió a sí mismo, y luego hizo un gesto con la mano como si estuviera desechando la idea que tenía en mente.

—¿Qué es lo que quieres, Ricardo?

—Ya veo que estás cansada. La verdad es que quería preguntarte si... podríamos pasear juntos un rato.

Camellia se quedó mirándole, perpleja.

—¿Pasear? Es casi medianoche.

Ricardo alzó los hombros como disculpándose.

—Tienes razón, es una idea absurda. Entiendo que no te apetezca...

Ella suspiró.

—Es que... En los últimos días me has ignorado continuamente. Cuando... —exhaló profundamente—. La semana pasada en el campo de juego de pelota...

Ricardo bajó los ojos.

—Salgamos un rato a pasear y hablar. Por favor.

—De acuerdo. —Camellia cogió la llave y cerró la puerta tras ella sin hacer ruido.

Ricardo propuso el camino que rodeaba aquel trozo de selva. Las caobas se alternaban con palos de Campeche, árboles de chicle y ceibas. Algunos troncos estaban recubiertos de plantas trepadoras y epifitas. La luz de la luna bañaba la espesura con una luz grisácea, casi irreal. De vez en cuando se oían los espeluznantes gritos de los monos aulladores.

—¿Sabías que de este árbol se extrae la materia prima para fabricar los chicles? —Ricardo interrumpió tras unos minutos el tenso silencio que se había instalado entre ambos.

Camellia se detuvo en seco y le miró a los ojos.

—¿Para eso querías salir a pasear conmigo? ¿Para que me familiarice con la flora de México?

Ricardo suspiró. Luego negó con la cabeza.

—No. No, obviamente no quería hablar contigo sobre la flora de mi país.

—Ricardo, es tarde —repuso Camellia impaciente—. Y estoy realmente cansada. ¿Qué es eso tan importante que tenías que comunicarme sin falta esta noche? —Se esforzó por dotar a su voz de un tono desenfadado, para intentar, en la medida de lo posible, ocultar sus sentimientos por él. Aunque tal vez ya era demasiado tarde para eso.

Él le tomó ambas manos entre las suyas y observó detenidamente su rostro.

—Soy tu profesor, Camellia. Y tú eres una estudiante de mi equipo.

A Camellia se le aceleró el pulso. El anhelo le encogió el estómago. Pero no podía ser. Se aclaró la garganta.

—Gracias por recordármelo de nuevo. De lo contrario seguro que se me habría olvidado. —Bajó la vista hacia sus manos, en un gesto explícito.

—¡Camellia, por favor!

A partir de ese momento, ella ya no pudo ocultar su dolor.

—Apenas me hablas desde hace días —espetó—. Y cuando te diriges a mí, lo haces en un tono frío y ausente. —Empezó a parpadear al notar que se le humedecían los ojos. El nerviosismo le cerraba la garganta—. ¿Qué pasó la semana pasada entre nosotros? Después de que Carmen... —Su voz se quebró.

—No tendría que haber hecho aquello —admitió Ricardo con un tono áspero en su voz.

Camellia se rio sarcástica.

—¿El qué? ¿Qué es exactamente lo que no debías haber hecho? Por lo que yo recuerdo, no pasó nada en absoluto. Solo me rozaste brevemente con los dedos. Pero de una manera... —No pudo acabar la frase.

—Soy tu profesor —repitió en un tono apenas audible.

—Sí, eres mi profesor —corroboró Camellia—. ¿Por qué entonces llamas a mi puerta casi a medianoche? ¿Por qué hemos salido a pasear los dos solos? ¿Y por qué me has cogido las manos?

Durante unos segundos los dos guardaron absoluto silencio. El aire vibraba con la tensión que había ido aumentando hasta un nivel inconmensurable.

—Porque siento algo por ti, que no debería sentir —dijo Ricardo tras lo que pareció una eternidad—. Tengo miedo de que los demás se den cuenta de que eres más importante para mí de lo que corresponde a una relación puramente académica.

El corazón de Camellia comenzó a latir con más fuerza. ¿Qué le estaba diciendo? Su comportamiento de los últimos días le había dado a entender más bien lo contrario. No podía creerlo y sin embargo... ¿Por eso la había tratado con tanta frialdad? ¿Para no levantar sospechas? Toda una flota de mariposas estaba ejecutando un doble tirabuzón en su estómago.

—Hace días que intento resistirme —prosiguió Ricardo con la voz ronca—. Pero no lo consigo. Cuando nos reunimos todos temprano por la mañana... Estoy impaciente por tenerte a mi lado. Mirarte...

Ella avanzó un paso, hasta que sus caras casi se rozaron.

—Y ahora ¿qué hacemos?

Ricardo soltó las manos de ella y le acarició la mejilla de nuevo. Como la semana anterior en el campo de juego de pelota. Sus dedos irradiaban calor, un calor que se extendió por todo el cuerpo de Camellia, mientras ella percibía su aroma seductor, su proximidad.

Cuando cerró los ojos, los labios de él rozaron con delicadeza primero su mejilla, luego la nariz, hasta llegar a su boca.

—Eres tan preciosa, Camellia.

Sí, eso era lo que quería oír. Eso era lo que tanto había anhelado.

El beso que siguió a aquellas palabras hizo que Camellia olvidara todo a su alrededor. Le rodeó el cuello con los brazos y se acercó aún más a él. El abrazo de Ricardo también se intensificó. Camellia saboreó su lengua, sintió cuánto la deseaba, se dejó envolver por su olor como si se tratara de una reconfortante y mullida manta. ¿Estaría soñando? ¿O aquello estaba sucediendo realmente en ese momento?

Cuando Ricardo, jadeando, se separó de ella, Camellia cogió su rostro entre las manos y lo miró radiante de felicidad.

—Esto es exactamente lo que estaba deseando desde que nos conocimos en Ciudad de México.

Ricardo la miró incrédulo.

—¿Desde Ciudad de México?

Ella asintió.

—Desde que vi a este sexy mexicano por primera vez en el auditorio.

Él esbozó una débil sonrisa.

—De haberlo sabido…

—¿Por qué no dijiste nada tú? —replicó ella, y sin esperar respuesta le besó de nuevo, con ternura, sin reservas. En ese instante a Camellia le pareció que su abrazo podría abarcar el mundo entero.

—Tenemos que ser prudentes. Si se descubre que nosotros…

—¿Te quedas conmigo esta noche? —le interrumpió Camellia impaciente.

—Sabes que eso no es buena idea.

—Al contrario —le contradijo—. Es la mejor idea que he tenido desde mi llegada a México.

26

*Actualidad
Tulum*

—Tulum fue erigida en el siglo XI. Unos doscientos años después el asentamiento se convirtió en un importante centro de culto religioso maya. —El profesor mexicano señaló hacia el interior—. En la parte que da hacia los campos la ciudad estaba rodeada en un principio por un muro de piedra de cuatro metros de alto y seiscientos de largo. Los peregrinos partieron desde aquí hasta la isla de Cozumel. —Indicó por señas el océano—. El muro de la fortaleza contaba con cinco puertas, de las cuales solo una ha llegado a nuestros días.

Dalia no podía dejar de mirar fascinada los labios del investigador. ¿Podría realmente ser su padre? Desde el momento en que les había saludado y empezado a explicar con vívidas palabras la vida cotidiana de aquella civilización antigua, Dalia observaba su rostro, absolutamente concentrada, buscando algún parecido físico entre ellos. Pero no había conseguido llegar a ninguna conclusión definitiva. De momento, como mínimo, no podía descartar con seguridad que no fuera su padre. Notó la mirada de Pablo a sus espaldas, giró la cabeza y le dedicó una sonrisa. Luego volvió a centrar su atención en Ricardo Murillo Flores, que ahora hablaba del Templo del Dios Descendente.

—Pueden acercarse después para examinar con calma esa

edificación. En el nicho situado en mitad de la puerta podrán ver al Dios Descendente. —Esbozó una pícara sonrisa.

Una turista americana quería saber qué tenía de especial esa deidad tan peculiar.

El profesor movió la cabeza como reconociendo lo oportuno de su intervención.

—Buena pregunta, a la cual, como suele ocurrir con las investigaciones de la cultura maya, solo se puede responder con especulaciones; no hay una respuesta clara. El dios se representa como una figura alada, boca abajo, con una pequeña corona. Podría ser que simbolizara el ocaso o el dios de las abejas. —Se encogió de hombros—. Con tan solo este ejemplo pueden darse cuenta de lo poco que sabemos realmente sobre los mayas, a pesar de todas las estructuras que nos dejaron y de los numerosos bajorrelieves que nos cuentan en parte la historia y la biografía de algunos de sus reyes. Disponemos de muchísima información, y es una labor apasionante intentar interpretarla correctamente, aunque a menudo eso se parezca a pescar en aguas revueltas. —Dejó vagar la mirada por el círculo de turistas mientras hacía una pausa por si tenían más preguntas.

Dalia tuvo que morderse la lengua. No quería incomodarlo delante de toda esa gente. Lo mejor sería esperar a que la visita finalizara y luego intentar abordarlo a solas.

—Me gustaría recomendarles encarecidamente que visiten sin falta el Templo de los Frescos —prosiguió el científico—. Allí podrán admirar varias pinturas murales, con representaciones por ejemplo de serpientes, lagartos y criaturas marinas. Damos por hecho que aquí se veneraban a los dioses responsables de la fertilidad del suelo.

La visita se prolongó durante más de una hora. Dalia no era capaz de asimilar todos los conocimientos, nuevos para ella, que el profesor les había transmitido. ¿Cómo podía una sola persona saber tantas cosas? Sus colegas de profesión ya habían dado a entender que era un experto en su campo de investigación, y ahora ella comprendía a qué se referían. Su erudición parecía inagotable. Tenía una respuesta siempre a punto y sin titubear para cada una de las preguntas de los turistas.

Cuando el grupo se fue disolviendo, Dalia le indicó a Pablo que la siguiera. Se acercó al profesor Murillo Flores y se aclaró la voz, nerviosa. Se le aceleró el pulso cuando él se volvió para mirarla.

—¿*Señorita*?

Dalia se armó de valor.

—Hola. Estábamos en la visita. Es realmente impresionante cuántas cosas sabe sobre los mayas.

Sus labios se curvaron en una sonrisa, dejando ver unos brillantes dientes blancos.

—Muchas gracias, me alegro mucho de que les haya gustado. Pero lo cierto es que todavía no conocemos más que una mínima parte de la civilización maya. Aún hay muchos secretos ocultos por descifrar. Miles de edificios cubiertos por la vegetación. Serán necesarias muchas más generaciones para analizar todas las fuentes disponibles. Hay suficientes enigmas todavía por resolver como para que nuestros nietos sigan investigando en este y otros yacimientos.

Dalia alzó las cejas, impresionada.

—Mi... madre estuvo hace muchos años en Chichén Itzá. Y en aquel entonces estaba igual de fascinada que usted por los mayas. —Dalia se atrevió a dar un primer paso.

—Chichén Itzá es imprescindible para cualquier investigador de los mayas —replicó Ricardo Murillo Flores—. Estuve largo tiempo trabajando allí, donde también dormitan todavía muchos misterios no resueltos. —De nuevo le ofreció una sonrisa afable. Cuando hizo el gesto de pasarse el índice en vertical por la frente, Dalia se estremeció. Ella hacía lo mismo cuando estaba reflexionando intensamente sobre algo. ¡No era posible!

¿Era él? El nerviosismo de Dalia iba en aumento. Le encantaba su carácter simpático y abierto. Pero ¿cómo debería proceder ahora? Decidió no andarse con rodeos.

—¿Cuándo estuvo investigando usted en Chichén Itzá? Tal vez sus caminos se cruzaran allí.

—¿Su madre también es arqueóloga? —Aparentemente había despertado su interés.

—Lo era... —respondió Dalia vacilante—. Hace mucho tiempo.

Él movió la cabeza, meditabundo.

—Déjeme pensar un momento. —Volvió a reírse suavemente—. Cuando a uno le hacen esta clase de preguntas, es cuando se da cuenta realmente de lo viejo que es. Pero lo cierto es que hace ya treinta años. Estuve más de diez años en Chichén Itzá, antes de seguir en Palenque durante un tiempo. Luego volví a Chichén Itzá, y finalmente aterricé aquí. —Su mirada se hizo más intensa—. ¿Cuándo dice que estuvo su madre allí?

Dalia tragó saliva, y notó que se le secaba la boca mientras intentaba calmarse. Era él. La época coincidía, y ese gesto... Se estremeció por dentro, pero no consiguió reunir el valor para revelarle su velada sospecha.

—No en la misma época que usted —afirmó—. Eso sería mucha casualidad.

—En todos los yacimientos trabajan cientos, a veces miles de investigadores. Los distintos ámbitos aplicables a los estudios propios de cada uno de ellos son inagotables, tal como acabo de explicarles. Cada persona encuentra el tema de su elección en el que profundizar aún más.

—Qué interesante —intervino Pablo.

El profesor lo miró con atención.

—En efecto. —Señaló hacia el Castillo, que se alzaba sobre el acantilado dominando el Atlántico—. Saben, mi familia vive no muy lejos de aquí. Y cuando vi por primera vez estas ruinas, supe a qué me iba a dedicar. —De nuevo rio suavemente—. Ya sé que suena un tanto melodramático, pero fue exactamente así. La historia antigua me ha fascinado desde siempre. Y eso probablemente nunca cambiará.

Dalia detuvo sus pasos y tuvo que parpadear deslumbrada por la luz del sol. Las olas lamían la orilla de la playa. Inspiró profundamente. El profesor y Pablo debían de estar pensando que se había vuelto loca.

Después de que Ricardo Murillo Flores les hubiera explicado cómo llegó a ejercer su profesión, en el interior de Dalia todos los diques de contención se resquebrajaron. Todas las emociones encontradas que se habían ido acumulando en ella en los últimos días se desbordaron como el océano que tenía ante sus pies. Había empezado a temblar sin previo aviso, y las lágrimas habían aflorado. Al darse cuenta de que no era capaz de seguir controlando sus sentimientos, sin mediar palabra había dado media vuelta y había echado a correr hacia la playa, por el camino más directo. Escuchó apenas todavía la voz de Pablo disculpándose, excusándola, diciendo algo así como que había pasado recientemente por momentos difíciles.

Dalia se llevó las manos a la cara y dio rienda suelta a sus sentimientos. Las lágrimas resbalaban por sus mejillas. En lo más profundo de su interior tenía la certeza de que era él, de que había encontrado a su padre. La abrumadora intensidad de ese descubrimiento la había desarmado, como si la hubieran noqueado con un martillo. El temblor no había cesado todavía en sus dedos, y su corazón estaba desbocado. Mientras contemplaba las aguas intentó volver a calmarse. Respirar.

Ricardo Murillo Flores había estado en Chichén Itzá en la misma época que su madre. La investigación sobre los mayas era básicamente toda su vida. Tal como habría sido en el caso de su madre, de habérsele concedido seguir viviendo. Dalia solo necesitaba hacer una pregunta. Una única pregunta. Y, sin embargo, de pronto le había asaltado un miedo terrible ante la posible respuesta. ¿Era Ricardo Murillo Flores su padre, tal como le indicaba claramente su instinto? ¿Había sido el gran amor de su madre hacía años? ¿Y qué había sucedido en aquel entonces para que su abuela le hubiera dicho que ella había muerto en el parto al igual que su madre?

—¡Dalia!

Ella se giró y vio a Pablo acercándose a donde estaba sentada. Se retiró un mechón de pelo de la cara, todavía alterada, y se secó los ojos.

—¿Qué te ha pasado? —Pablo parecía preocupado. Ella movió la cabeza de un lado a otro como respuesta—. No te preocupes, por favor, le he explicado al profesor que ahora mismo estás… un poco saturada. —Le cogió una mano y se la apretó con suavidad—. ¿Qué piensas de él?

Dalia echó la cabeza hacia atrás y observó dos gaviotas que volaban en círculos. Luego buscó de nuevo los ojos de Pablo.

—Es él.

Pablo frunció los labios, vacilante.

—Es posible. Pero solo estarás segura cuando se lo preguntes.

Dalia asintió, y de nuevo empezaron a temblarle las rodillas.

—Ven conmigo. —Pablo la invitó a ponerse en pie y la condujo con delicadeza a una de las muchas tumbonas que había en la playa. Con suavidad la conminó a sentarse y la examinó atentamente—. Espera aquí, ¿vale? Enseguida vuelvo.

No pasaron ni cinco minutos antes de que regresara con dos vasos de papel de color azul claro. Tomó asiento a su lado y le puso uno de los vasos en la mano.

—Bebe.

Dalia dio un gran trago y después volvió a enjugarse las lágrimas.

—¡Qué rico!

—Es zumo de mango —dijo Pablo sonriente, mientras la observaba de soslayo—. ¿Mejor?

Dalia asintió haciendo acopio de valor.

—Es solo que… cuando estábamos ahí arriba, en las ruinas, de pronto sentí… —Tragó saliva y se quedó durante varios segundos con la mirada fija en la blanca y fina arena ante ella—. Es él —repitió en voz baja, antes de volver a alzar la vista—. Es él —murmuró de nuevo—. ¿Has visto cómo se pasaba el dedo índice por la frente?

Pablo entornó los ojos, y después movió la cabeza lentamente en un gesto afirmativo.

—Yo también hago ese gesto con frecuencia —prosiguió Dalia—. Estoy segura de que Ricardo Murillo Flores es mi padre.

—¿Cómo puedes tener la absoluta certeza? —preguntó Pablo en un tono ligeramente molesto.

Dalia asintió tímidamente.

—Lo percibo de alguna manera. Es tan… amable… cordial… cálido.

Pablo le rodeó los hombros con un brazo y la atrajo hacia sí.

—Entonces realmente debe de ser tu padre, porque se parece a su hija. —Se rio brevemente—. Bromas aparte, tienes que preguntárselo. Si no, no podrás estar segura del todo.

Dalia lo miró a los ojos.

—¿Es que no lo has oído? Estaba en Chichén Itzá en aquella época. Al mismo tiempo que mi madre. Se llama Ricardo. Y ese gesto… Simplemente creo que tiene que ser él.

Pablo guardó silencio.

Dos niños se sentaron en la arena no muy lejos de ellos y empezaron a construir un parapeto con ayuda de dos grandes palas. Dalia seguía la escena con aire ausente.

—La edad también coincide —comentó pensativa—. Era un par de años mayor que mi madre. —¿Cómo diantres debería proceder a continuación? No podía obligarle sin previo aviso a afrontar el hecho de que estaba viva, en contra de lo que había creído durante décadas. ¿Cómo reaccionaría?

—¿Qué vas a hacer?

Dalia suspiró.

—Esperar. Idear una estrategia. Quizá debería conocerlo un poco mejor antes de… decirle la verdad.

Giró la cabeza para alzar la vista hacia el Castillo, que se erigía sobre el océano, refulgente bajo los rayos del sol. Se le erizó el vello de los brazos al pensar que Ricardo estaba en algún lugar allí arriba en ese preciso instante.

—¿Qué te ha parecido?

Pablo sonrió.

—Muy amable.

—¿Crees que puede ser mi padre? —preguntó, como anhelando una confirmación.

Pablo suspiró.

—No lo sé, Dalia. Mientras hacíamos la visita he intentado encontrar algún parecido físico entre los dos, pero como no sé qué aspecto tenía tu madre… Es tremendamente complicado encontrar algo cuando uno no sabe exactamente qué es lo que tiene que buscar. Ambos tenéis el pelo oscuro, el color de piel es similar, pero… —Las comisuras de sus labios se curvaron en una mueca—. Si bastara con eso, también nosotros podríamos ser hermanos. —Sonrió—. Afortunadamente, sin embargo, no es el caso.

Dalia apoyó la cabeza en su hombro y volvió la vista hacia el mar. Sentirlo a su lado le hacía mucho bien.

Tres pelícanos sobrevolaban las olas. Sus largos picos amarillos destacaban entre su plumaje blanco. Siguieron volando impasibles sobre las crestas espumosas de las olas, sin interferir con los bañistas que retozaban en el agua, cruzándose en su camino.

—¿He llegado al paraíso?

Pablo se rio.

—Es posible.

—El límpido azul del cielo, que casi no se distingue del color del agua del Atlántico, el verde intenso de las palmeras, los acantilados de un tono gris claro, los muros blancos de las ruinas… —Dalia enmudeció admirada—. Amo Cornualles más que ningún otro lugar, pero creo que nunca había visto un sitio más precioso, reluciente y puro que Tulum.

—Mi familia te ha invitado a cenar esta noche con nosotros —anunció Pablo—. ¿Te apetecería disfrutar de una cena típica mexicana en el paraíso?

27

Satisfecha, Dalia se reclinó en el respaldo de su silla y dejó vagar la vista sobre la amplia mesa. El hermano de Pablo, Rafael, hablaba con su mujer, Marcela, sobre la fiesta del colegio de los niños. Clara, la hermana menor, había posado su mano sobre el brazo de su padre, Vicente, y hablaba en voz baja con él, mientras los sobrinos de Pablo, Enrique y Flora, se levantaban en ese momento de la mesa y atravesaban el patio corriendo.

Pablo se inclinó hacia Dalia.

—Un poco excesivo todo, ¿no?

Dalia negó agitando enérgicamente la cabeza.

—Me parece totalmente entrañable.

Pablo alzó las cejas.

—¿Entrañable? Somos una familia muy escandalosa. Puede resultar un tanto... bueno... molesto, para quien no nos conozca.

—¿No son todas las familias mexicanas un poco ruidosas?

Pablo reflexionó un momento y luego asintió.

—También tienes razón. Pero vosotros los ingleses...

—¿Vosotros los ingleses? —Dalia hizo una mueca—. ¿No me dijiste hace poco que yo era una de los vuestros?

A ambos lados de la boca de Pablo volvieron a hacer aparición sus hoyuelos.

—Sí, claro, pero en el pasado no es que hayas experimentado la cultura mexicana demasiado, ¿no?

Dalia asintió como con nostalgia, mientras la madre de Pablo, Alma, volvía a salir al exterior llevando en las manos una bandeja de madera de gran tamaño en la que había varios cuencos. Pablo se levantó y alivió a su madre de aquella carga. Luego dejó la bandeja sobre la mesa y distribuyó los cuencos por su superficie.

—¿Qué es esto? —preguntó Dalia, curiosa.

La madre de Pablo volvió a desaparecer en el interior de la casa.

—Trozos de piña, mango y naranja —enumeró Pablo—. Bañados en almíbar. Te va a encantar.

Dalia se llevó la mano al vientre.

—Ya estoy llena.

Pablo rechazó su objeción con una mano.

—Antes de medianoche aquí nadie está lleno.

En ese preciso momento apareció de nuevo Alma con una tarta en la mano.

Dalia intercambió una mirada de desconcierto con Pablo.

—¿Quién va a comerse todo eso? —le preguntó en un murmullo.

Él se rio.

—¡Quién va a ser! Pues nosotros.

—¿Qué pasa, Pablo? —Su madre lo miraba arrugando el ceño, mientras colocaba la tarta al lado de los cuencos con fruta.

—Dalia se estaba preguntando a cuántas personas más has invitado esta noche.

Alma miró a Dalia con incredulidad.

—Esto es para nosotros, Dalia. Para toda la familia. —Señaló la tarta—. Esto es una *torta imperial*. —Luego miró a su hijo para que tradujera.

—Lleva almendras molidas y mucha yema de huevo. —Alma empezó a enumerar los ingredientes—. Y también mucha vainilla y canela. —Se llevó el índice y el pulgar a los labios para enfatizar con un gesto lo deliciosa que era la tarta—. Es una especialidad mexicana. —Luego procedió a cortarla, cogió un plato de los que había apilados y sirvió el primer trozo a Dalia—. Tienes que probarla sin falta.

—Gracias —dijo Dalia y miró a Pablo como pidiendo ayuda.

—Tú puedes —dijo él con una sonrisa divertida—. Tómate tu tiempo.

Dalia probó la tarta y comprobó que era mucho más exquisita de lo que había imaginado.

Intentó recodar si alguna vez había comido tanto como esa noche. Entonces se acordó de la fiesta de la abuela de Estela, en la que el bufé había sido igual de copioso. Pensó que era asombroso que la población de aquel país al completo no sufriera de sobrepeso en grado extremo.

Alma repartió diligente la fruta y la torta imperial entre todos los miembros de la familia, y en menos de dos minutos los cuencos con fruta y el plato pastelero quedaron vacíos.

—¿A qué te dedicas en Inglaterra, Dalia? —se interesó Clara.

—Soy diseñadora gráfica —replicó—. Diseño sitios web para varias empresas, y además trabajo para el centro de jardinería que pertenece a mi familia. Me ocupo del material publicitario, diseño los rótulos, y ahora mismo estoy trabajando en un nuevo concepto más atractivo para renovar la tienda.

—Y pinta como Frida —añadió Pablo.

—Ni mucho menos —minimizó Dalia con modestia.

El rostro de Pablo adoptó una expresión de reproche.

—Ahora no te quites mérito. —Cogió el móvil y deslizó el dedo por encima de las fotos guardadas en la galería—. Aquí está —dijo mostrando a Clara la pantalla—. Esto es lo que Dalia pintó en Uxmal.

Clara abrió grandemente los ojos.

—¿Lo has pintado tú? —preguntó incrédula.

Dalia parecía estar buscando un pretexto.

—Es solo un primer boceto. Antes pintaba más a menudo, luego lo dejé por falta de tiempo... En Uxmal de repente me entraron ganas de retomar la pintura. —Tragó saliva—. Diseñar sitios web y material publicitario ya no me llena. Pero desgraciadamente no tengo la menor idea de qué otra cosa me gustaría hacer. Espero poder encontrar aquí un poco de paz y tranquilidad, a ver si se me ocurre cómo enfocar mi futuro profesional.

—Ese cuadro es magnífico —contrarrestó Clara, y al momento le pasó el móvil a Rafael y Marcela.

—Mirad esto.

—Excelente —comentó Marcela, y también Rafael parecía obviamente impresionado.

—Si no encuentras en Cornualles ninguna ocupación que te motive, aquí podrías alquilar un puesto y vender cuadros con las ruinas mayas como motivo —sugirió Marcela—. Con que vendieras un cuadro por semana, podrías vivir de maravilla en México.

Dalia se quedó mirando atónita a la joven.

—Lo digo en serio —añadió la cuñada de Pablo—. Los artistas en México tradicionalmente siempre han gozado de un buen estatus.

—Piénsatelo —le murmuró Pablo al oído—. Yo personalmente me alegraría mucho, por supuesto.

De nuevo hizo aparición esa cálida sonrisa que hacía que Dalia se estremeciera. Se sentía increíblemente a gusto en medio de aquella familia, con ese hombre a su lado. ¿Cómo podría dejar jamás todo aquello y simplemente regresar a Inglaterra? Nuevamente Cornualles parecía alejarse cada vez más en su mente.

—Pablo nos ha contado que estás buscando a tu padre —intervino Clara de nuevo.

Mientras Dalia le ponía en antecedentes sobre la carta y los pendientes, y le hacía partícipe de su sospecha de que el profesor que trabajaba en Tulum era su padre, escuchó de soslayo a Alma preguntar a su hijo si ella era su novia.

Al ver que él respondía con una negación, algo en su interior se tensó. Pero ¿qué esperaba? A pesar de la confianza y la cercanía entre ambos, Pablo hasta ese momento no había hecho el más mínimo ademán de profundizar en su relación. Seguramente era igual de consciente que Dalia de que las circunstancias externas eran demasiado complicadas para iniciar una relación. Y sin embargo...

Con el tiempo había llegado a un punto en que ansiaba terriblemente que la tomara en sus brazos, sentir su calor. No pudo evitar recordar la noche no tan lejana en que ambos habían bailado juntos: minuto a minuto, canción tras canción, la noche le había parecido eterna. De hecho, había llegado a desear que no acabara nunca.

—Cruzo los dedos para que realmente sea él tu padre —resonó de nuevo la voz de Clara en medio del caos de pensamientos en la mente de Dalia.

—Me gustaría conocerle un poco más antes de hacerle preguntas directas. Cómo es, lo que hace —respondió—. Y por eso me he apuntado a un seminario. —Dalia se pasó la mano por el pelo—. No tengo la menor idea de cómo debería plantearle que yo...

—Pero tampoco estás cien por cien segura —repuso Clara.

Dalia le devolvió una sonrisa.

—¿Te lo ha dicho tu hermano? —preguntó y luego negó con la cabeza—. No, no estoy segura del todo, pero... lo noto. —Se encogió de hombros—. Suena absurdo, pero creo de veras que es él. Todo coincide, y... deseo con todo mi corazón que Ricardo Murillo Flores sea mi padre.

28

Veintinueve años antes
Chichén Itzá

Mientras Ricardo les explicaba cómo debían respirar bajo el agua, la mente de Camellia divagaba, distrayéndose una y otra vez. El profesor era el amante más tierno que nadie habría podido imaginar. La noche anterior no había tenido que insistirle dos veces. Subieron juntos a su habitación, donde al principio reinó un silencio incómodo. Camellia en aquel momento también pudo sentir la barrera invisible entre ambos. Ella era una estudiante, por lo que una relación íntima entre ellos dos era absolutamente inapropiada. Pero cuando él dio un primer paso para acercarse a ella, el maleficio se quebró de golpe. El recuerdo de lo sucedido provocó mágicamente una sonrisa en sus labios.

—¿Qué te pasa hoy? —le susurró Saddie en ese momento al oído.

Camellia reaccionó rauda y sacudió la cabeza de un lado a otro.

—Nada, ¿qué me va a pasar?

—Estás soñando despierta —replicó Saddie, un tanto malhumorada—. ¿Es por Carmen?

Camellia tragó saliva. Y luego asintió sin demasiado convencimiento.

—Sí, también.

—Ahora tienes que concentrarte. Después de todo es nuestra primera inmersión.

Camellia volvió a asentir y se esforzó por prestar atención por fin a la voz de Ricardo.

—No somos submarinistas al uso —explicaba el profesor en ese preciso instante, mientras los miraba de uno en uno. Su mirada se posó en Camellia durante un poco más de tiempo que en los demás, pero su rostro no dejaba entrever que había estado en su cama tan solo hacía un par de horas—. Por esa razón os ruego encarecidamente que no hagáis ningún experimento y no busquéis el límite. Esta actividad tiene simplemente la finalidad de ampliar vuestra perspectiva. Me gustaría que supierais cómo es el cenote desde dentro del agua. No vais a encontrar ningún esqueleto ni nada parecido, ya los han sacado todos. Pero os puede servir para trasladaros mentalmente por un instante al pasado, unos cuantos siglos atrás. Imaginaos las sensaciones que produciría el cenote durante la época de máximo apogeo de los reyes mayas. Seguid el rastro de las víctimas arrojadas como ofrenda que perdieron aquí la vida. —Hizo un gesto enérgico con la cabeza—. ¿Estáis listos?

Camellia inspiró profundamente. Ya había buceado en varias ocasiones en Cornualles, pero estar al corriente de los atroces rituales que en el pasado se habían celebrado allí arrojaba una luz casi espeluznante a la inminente inmersión.

—Camellia, ¿quieres ser la primera? —Su tono de voz seguía siendo el mismo de siempre.

Tomó aire rápidamente antes de contestar.

—Sí —respondió en voz baja—. Con gusto.

—Bien. —Ricardo le hizo señas para que se acercara.

Camellia avanzó con las aletas torpemente y con cuidado, dejando atrás a los demás hasta llegar a la altura del profesor, guardando las distancias.

—No te voy a morder. —Ricardo sonrió—. Sumérgete lentamente en el agua. No necesitas bajar mucho. El agua es muy clara, vas a tener visibilidad a bastante distancia. —La miró a los ojos—. ¿De acuerdo?

Ella afirmó con un gesto.

—Pues adelante.

El agua estaba más caliente de lo que había imaginado. Camellia nadó dando vigorosas brazadas hasta el centro de la sima de las ofrendas y después se sumergió. De pronto, todos los ruidos de fondo cesaron, tanto el murmullo producido por las voces de sus compañeros como los procedentes de la espesa selva alrededor del cenote.

Una vez sus ojos se acostumbraron a la luz azul turquesa que iluminaba el fondo se sintió un poco más segura. Bajó los brazos y se quedó flotando ingrávida en aquellas cristalinas aguas verdosas. Las escarpadas paredes de roca a su alrededor estaban cubiertas de algas y moho. Por debajo de ella, a mucha más profundidad advirtió una pequeña apertura, por la que probablemente el cenote se abastecía de agua desde abajo, y se conectaba con otras cuevas.

Al oír un chapoteo a su lado, se giró sobre sí misma y reconoció a Armand, haciendo el símbolo de la victoria con sus dedos y dirigiéndose a ella. Camellia hizo un gesto afirmativo con la cabeza e intentó sonreír por debajo de la máscara de buceo. Luego volvió a concentrarse en su entorno con la intención de absorber cualquier impresión, aún la menos llamativa, y de que hasta el más mínimo detalle quedara grabado en su memoria: las plantas acuáticas que trepaban enredándose en un estrecho y puntiagudo bloque de piedra; los guijarros que se habían acumulado en un pequeño hueco natural; las ondas que habían quedado dibujadas en el fondo, fangoso en algunas partes. La calma inconcebible que reinaba ahí abajo, mientras que en la superficie llegaban los primeros autobuses cargados de turistas para visitar el yacimiento.

—Para un investigador, concentrarse en los hechos es de gran relevancia —explicaba Ricardo dos horas más tarde, una vez acabadas las inmersiones—. ¿Qué hemos encontrado? ¿A qué conclusiones podemos llegar con certeza? ¿Y qué significado podría haber tenido la reliquia que hayamos podido encontrar? No siempre obtenemos una única respuesta definitiva. A menudo incluso es imposible contestar a esas cuestiones que nos plantemos, porque carecemos de alguna información fundamental. Pero… —miró a los estudiantes uno a uno—… siempre seguimos adelante. No nos dejamos caer en el desaliento. Nunca nos damos por vencidos. Llegaremos a callejones sin salida, una y otra vez, sin duda. Pero entonces regresamos al punto de partida y probamos con la siguiente bifurcación. —Se giró un poco hacia Giovanni—. ¿Qué has pensado tú cuando estabas sumergido en el cenote? —preguntó al joven italiano.

—Que era condenadamente estrecho y húmedo —respondió haciendo una mueca.

Ricardo enarcó las cejas.

—Gracias por esa aportación tan sumamente valiosa. —Desvió la mirada hacia Saddie y Camellia—. ¿Saddie?

—Me pareció muy emocionante. Me habría gustado permanecer más tiempo allí abajo. Tenía la sensación de estar en otro mundo. Era surrealista… y de algún modo también escalofriante.

—¿Y tú, Camellia? —preguntó con un tono de voz suave y cálido.

Camellia empezó a sentir una especie de mareo al acordarse sin poder evitarlo de las manos de Ricardo recorriendo todo su cuerpo. De cómo le había cubierto la cara de besos. Cómo…

—¿Camellia?

Saddie le propinó un leve codazo en el costado.

Camellia reaccionó sacudiendo brevemente la cabeza.

—Yo… no pude evitar pensar en las víctimas de los sacrificios. En lo que debieron sentir al saber que no había posibilidad de escapar.

—Seguramente no les daba tiempo a sentir mucho más —espetó Giovanni.

—¿Qué pensamientos acudieron a tu mente? —insistió Ricardo, haciendo caso omiso de aquel comentario.

—Intenté imaginarme que yo era una de esas víctimas —confesó Camellia en voz baja—. Con las manos y los pies atados. Incapaz de subir a la superficie ni siquiera un centímetro…

—¿Qué diría un psicólogo de semejante fantasía? —interrumpió Giovanni con una sonrisa burlona.

—Ya basta de bromas, ¿vale? —le reprendió Ricardo. La brusquedad de su tono de voz no solo sorprendió a Camellia.

—¿Qué está pasando hoy? —Saddie miró a Camellia de soslayo—. ¿Ha sucedido algo…?

Camellia se mordió el labio inferior y guardó silencio.

—Dímelo —presionó Saddie.

—Te lo cuento más tarde, ¿vale?

—¡¿Que os habéis qué…?! —Saddie movió la cabeza de un lado a otro en un gesto de incredulidad.

Camellia era consciente de que habría sido mejor no contarle nada a la americana, pero necesitaba una válvula de escape, tenía que contarle a alguien lo sucedido. Todavía estaba totalmente abrumada por sus propios sentimientos. Solo de pensar en Ricardo empezaba a sentir un hormigueo en todo el cuerpo.

—Si alguien se entera, vas a tener serios problemas —siguió diciendo Saddie.

Camellia asintió turbada.

—Lo sé. Y Ricardo seguramente perdería su trabajo.

—Pero ya te parecía atractivo en Ciudad de México —añadió Saddie con una sonrisa—. Sea como sea espero que sepáis guardarlo en secreto.

—No debes contarle una palabra de esto a nadie, sobre todo a Giovanni —le hizo prometer Camellia, mientras miraba a su alrededor para comprobar que nadie las escuchaba. Pero estaban sentadas a solas a la sombra del templo. No había ni rastro de los demás.

—A ese idiota nunca le contaría nada —replicó la americana en un tono levemente ofendido—. Ni a él ni a nadie. No soy ninguna chismosa. —Estiró las piernas—. ¿Y qué pasará ahora con vosotros?

Camellia se encogió de hombros.

—No tengo ni idea, pero... —Miró a Saddie fijamente a la cara—. Creo que me he enamorado de verdad. Ricardo no solo es atractivo, sino muy inteligente. Anoche estuvimos hablando durante horas de varias hipótesis derivadas de algunas investigaciones. Es increíble todo lo que sabe.

Lo cierto era que habían estado hablando durante horas de la tesis doctoral que Ricardo había concluido hacía ya unos cuantos años. Camellia no estaba de acuerdo con todas sus teorías, había contradicho incluso algunas de ellas, lo cual le había servido como inspiración para que siguiera explicándole aún con más detalle su punto de vista sobre las reliquias mayas. Nunca en su vida había podido debatir nada con tanta intensidad con un hombre. Ella le había hablado de sus artículos y de que esperaba encontrar allí un buen tema para su trabajo de fin de carrera.

—Además es tan cariñoso, tan...

Saddie alzó una mano.

—Para. No me des más detalles, por favor. Es también mi director del viaje de estudios, y no tengo ganas de tener que imaginarme su aspecto por la mañana cuando se levante, desnudo y con el pelo revuelto, después de que hayáis... —Se rio—. Preferiría seguir poder viéndolo como un investigador de la cultura maya.

Camellia también se echó a reír.

—Vale, lo comprendo. Ricardo es un científico excepcional. Creo que realmente tiene una gran carrera por delante. Su sabiduría parece ilimitada.

—Bueno, no es que seas la persona más objetiva del mundo, pero... —Saddie ladeó la cabeza—... creo que tienes razón.

Camellia esquivó en la medida de lo posible la mirada de Ricardo desde que entró en el restaurante. Puesto que Saddie se había dado cuenta enseguida de que le pasaba algo raro, ahora temía que Giovanni y Armand se enterasen de su aventura al detectar un comportamiento extraño en ella. «Aventura», se repitió a sí misma en la mente, esa palabra sonaba sucia y chabacana. Lo que había entre Ricardo y ella no era una cosa ni la otra. Era la experiencia amorosa más pura y sincera de todas las que hasta entonces había tenido Camellia en su vida.

Pero ¿opinaría lo mismo Ricardo? ¿Sería para él algo más que un breve amorío? Su estancia en México tenía un límite de tiempo. ¿Qué pasaría con ellos cuando tuviera que volver a Inglaterra? No quería ni pensarlo.

Ricardo estaba conversando con Armand sobre el dios de la lluvia, Chaac. Camellia le lanzó una mirada furtiva, examinando con anhelo sus sensuales labios, su nariz prominente, sus ojos cálidos y sus espesos cabellos. Nunca antes le había gustado tanto un hombre. No solo era guapo, sino también inteligente, una cualidad que ella valoraba sobremanera, puesto que aborrecía tratar con hombres que ni siquiera comprendían de qué estaba hablando. Algunos seguramente considerarían que era una arrogante precisamente por eso, pero a ella simplemente le encantaban las conversaciones profundas, y podía hablar con alguien durante horas sobre temas de su interés. La mayoría de los hombres que había conocido con anterioridad se habían sentido agobiados por su sed de conocimientos y por su apasionamiento. No así Ricardo. Con él podía hablar horas y horas. Largamente, sin conclusiones predeterminadas, de igual a igual.

Saddie le ofreció una sonrisa y Camellia supo que la había sorprendido mirándolo.

—¿Tanto se me nota?

Saddie no respondió, sino que se limitó a asentir con firmeza. Camellia suspiró.

—¿Qué te parece, Camellia, si analizamos más de cerca esa fantasía tuya que nos has contado esta mañana? —Giovanni hizo un gesto obsceno con la lengua—. Podríamos recrear esa situación juntos. En mi cuarto. —Profirió una risa asquerosa.

—Idiota —siseó Camellia y se alejó de él.

Pero el italiano no se daba por vencido.

—Te ataría las manos y las piernas… —Deslizó una mirada provocativa sobre todos los compañeros—. Y tú me podrías decir cómo te sientes.

Camellia apretó los labios con rabia.

—¡Ya basta! —le increpó Ricardo, con los ojos centellantes en una mirada furiosa.

Camellia contuvo la respiración. ¿Por qué se inmiscuía ahora? Parecía como si quisiera que todo el mundo se enterara.

—¿Eres su nuevo protector? —prosiguió Giovanni en un tono provocativo—. Solo le he hecho una propuesta completamente inofensiva entre amigos.

—Soy el responsable de este viaje de estudios —le corrigió Ricardo, al tiempo que se esforzaba por mostrarse calmado—. En el futuro no quiero oír comentarios semejantes.

—¿De qué va esto? —A Giovanni no le cuadraba para nada que el docente le reprendiera delante de todo el mundo.

—Simplemente intenta controlarte, ¿vale? —Ricardo se inclinó un poco más sobre la mesa para acercarse a Giovanni y lanzarle una mirada fulminante.

El corazón de Camellia empezó a latir con inusitada fuerza en su pecho. ¿Por qué Ricardo tenía que ponerse así? ¿Acaso creía que no era capaz de arreglárselas ella sola con aquel completo idiota? Se puso en pie airada.

—Se me ha quitado el apetito. Que tengáis una bonita velada.

Al detectar la mirada perpleja de Ricardo, Camellia se dio media vuelta y salió del restaurante sin mediar una palabra más.

Saddie le gritó algo que no entendió. Giovanni y Ricardo siguieron discutiendo en un tono de voz más fuerte de lo normal, pero ella no quería oír nada más. Quería estar sola, estar tranquila, simplemente huir de aquella escena.

Dos horas más tarde, mientras estaba en el pequeño balcón de su habitación leyendo, oyó que alguien daba unos golpecitos en su puerta. Su enojo se había disipado un poco en aquel intervalo de tiempo, pero seguía molestándole que Ricardo se hubiera dejado provocar por Giovanni.

Atravesó la estancia y abrió la puerta. Ricardo estaba en el pasillo esbozando una sonrisa.

—¿Puedo pasar? —Desvió la mirada, delatando su sensación de culpabilidad.

Camellia vaciló un instante, luego asintió y se hizo a un lado.

—Tenía que verte como fuera —dijo Ricardo en voz baja mientras hacía ademán de abrazarla.

Pero Camellia alzó las manos poniéndose a la defensiva.

—¿Qué pasa? —preguntó con una mirada aún más penetrante.

—¿Qué ha sido toda esa escena en el restaurante? —Camellia tuvo que contenerse para no alzar la voz.

—¿A qué te refieres? —Realmente parecía no tener la menor idea del motivo de su enojo.

—A ese intercambio de golpes tan infantil con Giovanni —respondió ella con hostilidad.

Ricardo reflexionó un momento.

—Se estaba tomando demasiadas libertades contigo.

Camellia cruzó los brazos sobre el torso.

—Soy lo bastante mayorcita como para defenderme yo sola. No necesito ningún guardaespaldas. ¿Quieres que todo el mundo se entere a toda costa de lo que pasó entre nosotros?

—¿Lo que pasó entre nosotros? —Él avanzó un paso hacia ella—. ¿Qué estás queriendo dar a entender? —En su voz había ahora un deje de inseguridad.

—Pues lo que he dicho. —Se giró un poco sobre sí misma para darle la espalda a medias, para demostrar que seguía enfadada.

—Camellia... —Ricardo parecía estar buscando las palabras adecuadas—. Yo... Lo siento. Simplemente pensé... No me gusta que nadie... que un hombre te hable de esa manera.

—¿De veras crees que no puedo apañármelas yo sola? —Volvió a mirarlo—. He conseguido mantener a raya a tipos mucho peores que ese casanova fanfarrón de poca monta.

La elección de aquel vocabulario hizo sonreír a Ricardo, aunque enseguida volvió a esforzarse por ponerse serio.

—Lo siento, Camellia. De veras. No discutamos, por favor. El tiempo que compartimos es demasiado precioso.

Aquel tono de voz con el que se disculpó le llegó al corazón. Dejó caer los brazos y miró a Ricardo con aire desvalido.

—Tengo miedo de que alguien...

Él movió la cabeza en un gesto comprensivo.

—Lo sé. Yo también. Tenemos que ser muy precavidos. —Le acarició la mejilla—. Te he echado mucho de menos.

A Camellia se le aceleró el pulso.

—Pero si solo han pasado un par de horas.

—Demasiado tiempo —replicó él con voz ronca.

Ricardo la atrajo hacia sí y cubrió de besos suaves sus cabellos. Ella cerró los ojos y se dejó llevar por las sensaciones que le provocaban sus caricias. ¿Por qué se peleaban por una persona tan irrelevante como Giovanni? No valía la pena. Y no permitiría que alguien como él arruinara lo que había surgido entre ellos.

—Camellia, me gustaría verte feliz —le susurró Ricardo al oído—. Me gustaría hacerte feliz.

Ella esbozó una sonrisa.

—Ya lo estás haciendo.

Las manos de Ricardo le acariciaron la espalda, y su abrazo se intensificó. Camellia sintió que su bajo vientre se contraía debido al anhelo. Lo deseaba. Alejó de su mente a los demás estudiantes. Y la discusión en el restaurante. Allí, en ese momento, solo existían ellos dos. Camellia se liberó de su abrazo y empezó a desabrocharse lentamente la blusa, mientras miraba a Ricardo a los ojos de una manera insinuante.

—¿Cómo de feliz te gustaría hacerme?

Más tarde, ya satisfecho su deseo, se sentaron en el pequeño balcón. Ricardo empezó a hablarle de sus investigaciones sobre el calendario maya. Como de costumbre, Camellia le escuchaba fascinada, intervenía de vez en cuando para profundizar en algunas cuestiones, y dejaba que le explicara detalladamente en qué se basaban sus suposiciones. Ricardo había desarrollado sus investigaciones en distintos museos y yacimientos, y le describió su metodología. En varias ocasiones ella le dejó desconcertado con sus preguntas, meticulosamente formuladas. Debatieron durante horas. Solo cuando las primeras luces del alba empezaron a ahuyentar la oscuridad de la noche se percataron de cuánto tiempo llevaban sentados hablando. Ricardo se despidió apresuradamente y regresó a su habitación. Camellia se tumbó en la cama para intentar conciliar el sueño durante un par de horas.

29

Actualidad
Tulum

—El arte maya es famoso por su singular belleza y sus representaciones narrativas —comenzó a explicar Ricardo Murillo Flores, una vez que todos los participantes del seminario se hubieron reunido en torno a él. Además de Dalia, el grupo lo formaban cuatro mujeres más y tres hombres. En su mayoría eran americanos, pero había una pareja de los Países Bajos y también un noruego.

—Casi todas las vasijas que vamos a examinar hoy reflejan en sus motivos ornamentales acontecimientos históricos, aunque también hay representaciones de deidades o escenas de la corte —prosiguió, mientras miraba uno por uno a todos los asistentes—. Estas cerámicas demuestran la habilidad técnica y la creatividad del pueblo maya, pero también sus capacidades intelectuales. Su arte alfarero no tiene parangón aún hoy en día, siendo uno de los más avanzados a nivel mundial. Supera incluso a la producción cerámica de la antigua Grecia en el plano técnico y artístico.

Dalia se había inscrito en el seminario de arte cerámico maya el día anterior, tras regresar de la playa con Pablo. Pensó que ese breve seminario podría ser una buena oportunidad para conocer mejor de incógnito al hombre que posiblemente era su padre. En la entrada le habían informado de que Ricardo se había asociado en Tulum con algunos otros científicos para acercar la cultura de los mayas a los turistas a través de distintos seminarios.

La larga velada con la familia de Pablo, sin embargo, le estaba pasando factura, y Dalia tuvo que reprimir algún que otro bostezo. En ningún caso habría querido que Ricardo tuviera la impresión de que el tema o su forma de explicar le resultaban aburridos. Al contrario, no podía evitar fijar la mirada en sus labios, y estaba tan alterada que apenas conseguía concentrarse en el contenido de su disertación. Le habría gustado grabar todas y cada una de aquellas palabras para poder volverlas a escuchar más tarde con calma y a solas. Pero pensó que le daría un poco de vergüenza si alguien se daba cuenta.

—Los mayas obtenían los colores primordialmente de óxidos de hierro —explicó Ricardo—. Sobre todo, de óxido de hierro rojo y óxido de hierro negro, a partir de los cuales conseguían un espectro de colores que iba del amarillo al negro, pasando por el marrón. En caso de añadir manganeso o cobalto podían producir otras tonalidades adicionales, como por ejemplo el rosa. —Volvió a deslizar la mirada por todo el grupo—. ¿Hasta aquí tienen alguna pregunta?

Una americana de cabellos negros alzó la mano.

—¡Sí, por favor! —El profesor le hizo una seña para que tomara la palabra.

—¿Tenían los mayas también hornos adecuados? He trabajado a menudo con barro y sé muy bien la importancia que tiene el proceso de cocción en la durabilidad de las piezas.

Ricardo asintió.

—Interesante pregunta —respondió sonriente—. No lo sabemos con certeza, pero hasta hoy no se han encontrado hornos tal y como los imaginamos actualmente. —Alzó una mano—. Lo cual no quiere decir nada. Falta mucho por descubrir. Las piezas que hemos encontrado están cocidas a temperaturas relativamente bajas, entre quinientos y setecientos grados, se presume que en un hogar abierto o en un hoyo. En la actualidad, los alfareros mayas trabajan asimismo con hogares abiertos o en fosas en el suelo, por lo que hasta ahora las investigaciones dan por hecho que en aquella época también se hacía de ese modo.

Mientras los demás participantes a su alrededor seguían haciendo preguntas, a las cuales el científico respondía con el mismo nivel de detalle, iba en aumento el respeto que Dalia sentía hacia él. En verdad tenía respuesta para todo.

—Ahora que ya sabemos un poco de teoría, me encantaría pasar a la parte práctica del seminario —anunció Ricardo, al ver que nadie más hacía preguntas—. En primer lugar, invito a cada uno de ustedes a hacerse con un papel de los que he dispuesto ahí delante. —Señaló un lugar en medio de la hierba seca—. Piensen en una escena de su propia vida que les gustaría perpetuar en una vasija de cerámica. Los mayas utilizaban estos recipientes para beber, comer, como parte del ajuar funerario de sus muertos, pero también como regalo para gobernantes rivales o súbditos fieles. Por tanto, no hay límites para su fantasía. Tal vez antes de empezar quieran reflexionar sobre la utilidad que le darán a la vasija. —Volvió a sonreír dejando entrever de nuevo su blanca y reluciente dentadura.

Dalia estaba cada vez más emocionada. Su deseo de que realmente se tratase del gran amor de su madre iba creciendo exponencialmente.

Cada uno de los asistentes cogió una hoja de papel y una tabla de madera como soporte. Mientras Dalia cavilaba cuál sería el motivo que plasmaría en la vasija, el profesor fue deambulando alrededor del grupo para conversar brevemente con cada uno de ellos en voz baja. El corazón de Dalia empezó a latir aceleradamente al ver que se acercaba a ella.

—La chica cuya madre estaba entusiasmada con los mayas. —Hizo un gesto con la cabeza, como para animarla.

Dalia lo miró con asombro.

—¿Se acuerda de mí? —Debía de ver a cientos de personas distintas cada día.

—Bueno, a ver. —Volvió a reír—. Fue ayer cuando hizo la visita conmigo.

—Sí, es cierto. —Se mordió el labio inferior—. Y la verdad es que siento… haber salido corriendo así, sin más.

Él arrugó brevemente la frente, y luego hizo un gesto con la cabeza como para restar importancia a aquello.

—Ningún problema, *señorita*. —Indicó por señas el papel en blanco—. ¿Se le ha ocurrido alguna idea?

Ella titubeó.

—¿Flores tal vez? O una de las pirámides.

Ricardo volvió a hacer aquel gesto de pasarse el dedo índice por la frente. Dalia siguió el movimiento como hechizada.

—Usted decide. Las flores ofrecen por supuesto posibilidades ilimitadas de representación. Un edificio por su carácter estático puede restringir un poco más su imaginación.

Volvió a asentir, como alentándola y se dirigió al siguiente participante.

Solo entonces se dio cuenta Dalia de que inconscientemente había estado aguantando la respiración. Sí que era él. Aquel gesto tan familiar…

—Es genial, ¿no le parece? —La americana sentada a su lado se inclinó hacia ella—. Vengo todos los años. Ricardo ofrece de vez en cuando seminarios sobre temáticas distintas. Jamás en mi vida he conocido a alguien con tantos conocimientos.

Dalia asintió para indicar que pensaba lo mismo.

—A mí también me parece realmente fascinante.

—Le conozco desde hace más de diez años. Antes estaba en Chichén Itzá, y luego regresó a Tulum. Vive aquí con su mujer y su familia.

Dalia aguzó el oído.

—¿Tiene familia? —Tragó saliva. No se le había ocurrido pensar hasta ese momento en la posibilidad de tener hermanos. ¿Cómo sería dejar de ser hija única de pronto?

La americana se echó a reír.

—Sí, creo que tiene dos hijas. Me lo contó hace tiempo.

Cuando su móvil sonó, Dalia se disculpó brevemente para atender la llamada. Era Pablo.

—¡Hola! ¿Cómo va el arte? —preguntó en un tono animado de voz.

—Es... genial —respondió sincera.

—Estupendo, me alegro. ¿Te apetece quedar luego en la cala para hacer un poco de esnórquel?

—Suena bien. —Dalia intercambió una mirada rápida con la americana.

—¿Vas a preguntárselo cuando terminéis?

Dalia tragó saliva.

—No lo sé. Creo que... todavía no. Ni idea. Es tan... increíblemente amable.

Dalia le oyó reír al otro extremo de la línea.

—Eso por supuesto es un verdadero problema.

—No, en serio —añadió ella—. No sé qué haría si resulta que al final... no lo es.

—Eso solo lo sabrás cuando se lo preguntes —la amonestó Pablo ahora en un tono más serio.

Dalia inspiró profundamente.

—Ya lo sé. Pero debo tener paciencia. Ahora mismo tengo que ocuparme de diseñar mi primera vasija de cerámica.

—Vale, pues sigue disfrutando. Nos vemos luego, ¿de acuerdo?

Dalia asintió.

—Claro.

—Me alegro de que te apetezca el plan. —Luego Pablo colgó.

Con la punta de la lengua Dalia se humedeció los labios resecos. Pablo se alegraba. ¿Y ella? Sí, también se sentía contenta ante la perspectiva de volver a verlo enseguida. Volvió a mirar al profesor. Su vida en esos momentos estaba absolutamente trastocada por aquellos dos hombres. Necesitaba urgentemente volver a poner un poco de orden en aquel caos de sentimientos. Pero ahora tenía que diseñar la decoración de una vasija. «Un paso después de otro», se reprendió a sí misma. Cada acción que decidiera emprender en el futuro debería ser ponderada cuidadosamente.

—¡Ha sido fantástico! —exclamó Dalia con aire satisfecho mientras se tumbaba sobre la toalla. El agua se perlaba sobre su piel bañada por el sol. Dejó el tubo y las gafas de bucear a un costado, sobre su bolsa—. Gracias por haberme mostrado este paraíso. —Todavía estaba impresionada por el colorido mundo subacuático que se le había revelado bajo la superficie del océano.

Pablo se sentó en la tumbona que había a su lado y se quedó mirándola. Tenía el torso bronceado y musculoso. Al sentirse observada, Dalia se dio cuenta de que era la primera vez que la veía con tan poca ropa. Lo mismo le pasaba a ella. Y resultaba evidente que a él se le estaban pasando por la mente pensamientos similares. Se pasó la mano por el pelo mojado, avergonzada.

—¿Qué clase de tortugas eran esas que hemos visto?

—Tortugas marinas verdes —respondió él sin asomo de duda—. Es normal verlas por aquí, en toda la Riviera Maya.

Dalia se tumbó y se quedó mirando fijamente el cielo azul celeste. El sol calentaba su piel, suavemente acariciada por una leve brisa.

—Parece que esté de vacaciones —murmuró con deleite.

Pablo se rio.

—Es que estás de vacaciones.

Dalia giró la cabeza y le miró.

—Los últimos días han sido tan… irreales. Creo que nunca en toda mi vida he aprendido tantas cosas en tan poco tiempo. Aún no he podido asimilar todas estas nuevas impresiones.

Pablo cogió una botella de agua de la mochila y se la ofreció a Dalia. Ella aceptó agradecida y dio un largo trago.

—¿Qué debería hacer ahora? —le preguntó mientras le devolvía la botella.

Pablo la recuperó y la dejó en la arena.

—Te refieres en relación con el profesor, ¿no?

Dalia asintió.

—Su madre vive también en Tulum… —empezó a decir Pablo con cautela.

Dalia se incorporó y lo miró arrugando el ceño.

—¿Cómo lo sabes?

Pablo meció la cabeza de un lado a otro, antes de volver a hablar.

—Mi madre conoce a alguien, que conoce a alguien, que…

Dalia sacudió la cabeza sonriente, incrédula.

—Bueno, ya sabes cómo es la familia. La madre del profesor tiene una tienda y… —le dedicó una pícara sonrisa—. Podría ser incluso que hayas heredado tu talento artístico de ella.

Dalia lo miró como si no comprendiera lo que estaba diciendo.

—Pinta, igual que tú. Y no lo hace nada mal, en mi opinión.

—¿Cómo lo sabes? —repitió Dalia la misma pregunta.

—He ido a verla.

Dalia sintió que se le aceleraba el pulso.

—¿La has visto?

Pablo afirmó con la cabeza.

—Solo de lejos. No entré en la tienda ni nada parecido. Pero tenía algunos cuadros expuestos en la acera.

A pesar de las altas temperaturas, Dalia empezó a tiritar.

—Si Ricardo en efecto es mi padre, ahora tengo otra abuela.

Su mente divagó pensando en la bondadosa y amable anciana que la había acompañado durante toda su vida, su abuela de Cornualles. La cual también le había ocultado que había tenido contacto con su verdadero padre, caviló Dalia llena de nostalgia.

—¿En qué estás pensando?

Dalia suspiró.

—No sé. Es posible que sea mi abuela. Pero… —No acabó la frase.

—… pero eso solo lo sabrás seguro cuando hables por fin con él.

Dalia giró la cabeza para poder mirar directamente a Pablo a los ojos. Tenía el pelo negro mojado, pegado a la cabeza, y sus ojos oscuros refulgían bajo la luz del sol.

—Tengo miedo —murmuró ella—. Si al final no es él... —Dalia notó que las lágrimas acudían a sus ojos.

Pablo se deslizó hacia la parte delantera de la tumbona y le cogió la mano izquierda entre las suyas. El calor de sus dedos se extendió instantáneamente por todo el cuerpo de Dalia, y su vientre se contrajo por el deseo.

—Solo lo sabrás cuando te decidas por fin a preguntarle.

Ella hizo un gesto de aceptación con la cabeza.

—Tienes razón. —Alzó la vista hacia las ruinas blancas sobre los acantilados y guardó silencio por un momento—. Definitivamente tengo que hablar con él —dijo por fin—. No es justo dejarle en la ignorancia. Si realmente es él... —Cerró brevemente los ojos—. Sí, voy a hacerlo, encontraré el momento de hablar con él.

—Si quieres que te acompañe, tienes mi apoyo —dijo Pablo en voz baja—. Estoy aquí para lo que necesites. Espero que ya te hayas dado cuenta.

Dalia observó su rostro de bellas facciones. ¿Se había sentido alguna vez más cercana a un hombre que en ese preciso momento? ¿Por qué hacía todo eso por ella? Pero la mirada que había en sus ojos delataba la razón.

—Lo sé —replicó Dalia con la voz entrecortada—. Y por eso te estoy infinitamente agradecida, pero... creo que tengo que hacerlo sola.

—¿Vas a intentar hablar con él hoy?

Dalia negó con la cabeza.

—Necesito una noche más por lo menos.

Él hizo un gesto comprensivo.

—Tienes todo el tiempo del mundo.

—No, no lo tengo —le contradijo decidida—. Pero hoy no voy a hacerlo. Es demasiado precipitado. —Mientras hablaba se le ocurrió una idea—. ¿Qué tal si vamos a comer algo y me enseñas... la pequeña tienda de su madre?

A primera hora de la tarde ya se encontraban en una polvorienta callejuela de Tulum, mirando fijamente desde cierta distancia la tiendecita que se hallaba en la acera de enfrente de la calle transversal.

—¿Quieres entrar?

Dalia dejó vagar la mirada por encima de los cuadros dispuestos sobre grandes caballetes de madera al lado de la puerta de entrada, todos ellos con motivos abstractos, muy coloristas, con formas geométricas, círculos, rectángulos y muchas líneas. Dalia bajó la vista al suelo.

—Primero necesito saber sin falta si realmente es mi abuela —justificó con voz seria—. No podría soportar conocerla, comprobar que es igual de amable que su hijo, y que al final resulte que de nuevo me encuentro en un callejón sin salida.

—O sea que primero la conversación, y luego la reunión familiar.

—Reunión familiar… —repitió Dalia reflexiva, pensando en sus tíos y tías de Cornualles. En sus primas, con las que había compartido los despreocupados veranos de su infancia y juventud, y que eran como hermanas para ella. Todo aquello ahora parecía muy lejano, y los recuerdos despertaron en ella una dolorosa melancolía.

—Estás pensando en Cornualles. —Pablo adivinó sus pensamientos.

Ella asintió.

—Ojalá pudiera hablar con mis abuelos de todo lo que está pasando aquí. —Tragó saliva—. Les echo terriblemente de menos.

Pablo la rodeó por los hombros con un brazo.

—Pero no estás sola, Dalia. Ya lo sabes.

30

Veintinueve años antes
Chichén Itzá

Camellia no se lo podía creer. Había comprado tres test de embarazo distintos y todos habían arrojado el mismo resultado en cuestión de segundos. Consternada, se dejó caer en la cama. ¿Qué iba a hacer ahora? En las últimas semanas Ricardo y ella habían estado juntos casi todas las noches. Las horas pasaban llenas de amor, cercanía, confianza y pasión. Era el hombre más cariñoso que Camellia había conocido. Parecían no tener nunca bastante el uno del otro. Algunas noches las habían pasado simplemente en el balcón de su habitación, hablando durante horas. Sobre los mayas, sobre las investigaciones de Ricardo, sobre los estudios universitarios de Camellia. Nunca se les acababan los temas de conversación. En caso de que realmente existiera algo parecido a las almas gemelas, esa definición encajaba perfectamente con ellos dos. No era solo la atracción física, también intelectualmente se encontraban en el mismo nivel. Con frecuencia se entendían sin palabras. Y la fascinación que sentían ambos por las civilizaciones antiguas mexicanas había hecho el resto.

Camellia suspiró. Habían tomado precauciones, por supuesto, pero a pesar de ello obviamente algo había fallado. Con delicadeza posó la mano sobre su vientre y se imaginó al ser diminuto que en ese momento se encontraba dentro de su cuerpo.

Un pequeño ser humano. Un bebé. El corazón le dio un vuelco. Iba a tener un hijo de un hombre maravilloso. Y sin embargo... Nunca habían hablado sobre la posibilidad de tener hijos. Para ser sincera, nunca habían hablado siquiera de planes de futuro conjuntos. Sí se habían contado sus respectivos sueños, pero siempre desde la perspectiva del aquí y ahora. Seguramente porque ambos tenían claro que los miles de kilómetros que separaban sus países de origen posiblemente supondrían un problema considerable. ¿Qué debería hacer Camellia ahora?

Miró el reloj. En una hora tenía que estar en el yacimiento. Se puso en pie de nuevo y se alisó los pantalones de tela. Nuevamente deslizó la mano sobre su vientre plano. Podría estar de seis o siete semanas. Intentó calcular mentalmente cuándo había tenido el periodo por última vez. ¿Qué diría Ricardo? ¿Se alegraría? ¿Se alegraba Camellia? No era capaz de responder a esa pregunta. México era un país en el que la familia y los hijos eran de primordial relevancia. Pero ella estudiaba en Inglaterra, y Ricardo tenía su empleo en Ciudad de México. Una relación a tanta distancia estaba desde el principio condenada al fracaso, ¿o tal vez se equivocaba? Camellia ni siquiera había acabado los estudios. ¿Cómo podría conciliar el cuidado de un bebé con su formación? Sobre todo teniendo en cuenta que el padre estaba afincado en México y desarrollaba allí su carrera profesional.

Sintió cómo la resignación iba en aumento en su interior. Pero decidió apartar de su mente por el momento aquellas preocupaciones y preparar rápidamente la mochila.

Aquel día estaba previsto estudiar la vida cotidiana de los habitantes de los poblados mayas de hacía aproximadamente mil años. Ricardo les habló sobre la construcción de las viviendas de la gente sencilla, de la lucha por la supervivencia, del cultivo de maíz y de los rituales que se fueron transmitiendo durante siglos.

Camellia apenas conseguía concentrarse en todo aquel bombardeo de información. En las pausas evitó a Ricardo en la medida de lo posible, puesto que temía que pudiera darse cuenta de que le pasaba algo. Las miradas de desconcierto que él le lanzó una y otra vez, sin embargo, ya le dieron a entender que se había percatado de su extraño comportamiento.

—Os esquiváis el uno al otro como si tuvierais un importante y terrible secreto que esconder —susurró Saddie, mientras Ricardo explicaba a Armand y Giovanni cómo funcionaba el riego en los campos de maíz—. ¿Ha pasado algo?

Camellia la miró con perplejidad. La cara de Saddie tenía una expresión amable y abierta. ¿Debería confiarse a ella? Volvió a mirar de reojo a Ricardo, y luego nuevamente digirió su atención a Saddie.

—No, todo está bien —respondió, esforzándose por dotar de un tono firme a su voz.

Saddie alzó las cejas con escepticismo.

—¿Estás segura?

Camellia asintió.

—Pues si no fuera porque me lo estás asegurando tú misma, yo diría que Ricardo necesita hablar contigo urgentemente, algo que tú parece que quieres evitar a toda costa.

Camellia empezó a vacilar.

—Las apariencias engañan —replicó tras un instante de reflexión—. Es solo que… A veces no es fácil, pero de momento todo está bien. —Nuevamente no pudo evitar pensar en el bebé en su vientre.

—¿Te apetece ir a cenar después juntas? —Saddie estiró las piernas.

Camellia se lo pensó antes de responder.

—Estoy cansada, lo siento. Creo que me voy a acostar enseguida, en cuanto lleguemos al hostal. Mañana viene ese investigador de Guatemala para dar una charla. Estoy segura de que va a ser una jornada bastante intensa.

—Tienes razón. Mañana será un largo día. —Saddie suspiró—. Ojalá hiciera un poco menos de calor... Apenas consigo concentrarme, ni siquiera cuando cae la tarde.

Camellia se mostró de acuerdo, aunque su mente de nuevo divagaba. Si quería ser sincera consigo misma, tenía que reconocer que nunca se había planteado siquiera si quería tener hijos, o cuándo. Su vida se había centrado en los últimos años esencialmente en sus estudios. ¿Y ahora? ¿Cómo sería su vida con un hijo?

—Camellia, Saddie, ¿todavía estáis por aquí? —Justo en ese momento oyeron la voz de Ricardo.

—Sí —respondió Camellia sin dudar—. Sí, estamos aquí todavía.

—Pues en las últimas horas no lo parecía —replicó él, mientras sus labios esbozaban una tímida sonrisa—. Estaría bien que os involucrarais un poco.

—Estamos cansadas, Ricardo —dijo Saddie antes de que Camellia pudiera responder—. Este calor... Somos del norte y no estamos acostumbradas a estas temperaturas.

Ricardo puso los ojos en blanco y después miró alternativamente a las dos estudiantes. Luego echó un vistazo al reloj.

—Se ha hecho muy tarde —dijo sorprendido. Pareció reflexionar un momento, y luego asintió—. Está bien, me habéis convencido. Lo dejamos aquí por hoy. La técnica de cocción de las tortillas de maíz puede esperar. —Miró uno a uno a los estudiantes—. ¿Os apetece ir a cenar, aunque sea tarde?

Camellia negó con la cabeza, y Saddie la imitó. Giovanni y Armand, en cambio, aceptaron la propuesta, por lo que Camellia y Saddie se dispusieron a regresar las dos solas a sus respectivos alojamientos.

Más tarde, unos golpes en la puerta de su habitación despertaron a Camellia con un sobresalto. Echó un vistazo al reloj y vio que era ya pasada la medianoche. Aunque se sentía agotada, se levantó de la cama y fue hacia la puerta arrastrando los pies.

—Soy yo. —Camellia reconoció la voz de Ricardo y le abrió la puerta.

—Es muy tarde.

La mirada de Ricardo se volvió más penetrante.

—¿Qué está pasando?

Sin mediar una palabra, ella le invitó a pasar.

—¿Qué te pasa, Camellia? —dijo asiéndola por los brazos—. Llevas todo el día comportándote de forma extraña, rehuyendo mi mirada. ¿He hecho algo mal? ¿Por qué no quieres hablar conmigo?

Camellia posó una mano sobre la clavícula y se concentró en su respiración. Luego movió la cabeza de un lado a otro en silencio.

Ricardo se pasó la mano por el pelo.

—Es obvio que algo no va bien. ¿Qué ha pasado? —Su voz denotaba preocupación.

Al alzar la vista para mirarle, pudo ver la calidez de sus ojos, su amor, la confianza entre ellos. ¿Cómo reaccionaría cuando le diera la noticia?

—Camellia, por favor, dime qué te pasa —repitió él con insistencia.

—Yo… —balbuceó nerviosa—. Estoy… embarazada.

El rostro de Ricardo se descompuso al instante.

—¿Qué has dicho?

Camellia confirmó con un movimiento de cabeza y observó angustiada su reacción.

Él dejó caer las manos inertes y retrocedió un paso.

—¿Estás segura?

Ella repitió el gesto.

—Me he hecho tres test.

Ricardo cerró los ojos y deslizó el dedo índice de arriba abajo por su frente. Cuando volvió a mirarla a los ojos, Camellia percibió una expresión en su semblante que no supo interpretar.

—¿Qué pasa?

Él movió apenas la cabeza, en un gesto casi imperceptible.

—Yo... —No acabó la frase, sino que simplemente se dio media vuelta para alejarse de ella.

Camellia sintió que se le encogían las entrañas. Era evidente que no quería el bebé. No quería tener hijos con ella. Su reacción defensiva era inequívoca, sin asomo de duda.

—No te volveré a molestar —declaró ella con sequedad—. No te supondrá un problema.

Él guardó silencio durante unos instantes.

—Es que... —empezó a decir con voz temblorosa.

—No quieres tenerlo —aseveró ella, mientras en su interior se iba extendiendo una sensación helada de vacío.

—Yo... Lo siento, Camellia. Pero ahora tengo que irme. —Sin decir más, Ricardo dio media vuelta y salió de la habitación.

Camellia le observó mientras se iba, atónita. No se lo podía creer. ¿Era posible que su relación hubiera sido para él simplemente algo así como un agradable pasatiempo? ¿Cómo podía haberse equivocado tanto respecto a él?

Presa de la desesperación, se llevó las manos a la cara y comenzó a llorar descontroladamente. ¿Qué iba a hacer ahora? ¿Cómo había podido haberse marchado así sin más? No pudo evitar acordarse de la cercanía y la profunda confianza que había surgido entre ambos en las últimas semanas. ¿Habría sido todo aquello solamente una gran mentira? Camellia apenas era capaz de pensar con claridad, tal era la confusión que la embargaba.

31

Actualidad
Tulum

Tras pagar la entrada, Dalia volvió a dirigirse a la empleada de la recepción.

—¿Se encuentra el profesor Murillo Flores hoy en Tulum?

La mujer echó un vistazo al monitor, tecleó algo rápidamente y asintió.

—Hoy ha llegado muy pronto. —Alzó la vista para mirar Dalia—. Creo que podrá encontrarlo en el Castillo. Para llegar hasta allí tiene que...

—Gracias, ayer ya estuve aquí —la interrumpió Dalia nerviosa—. Sé cómo llegar.

Atravesó el yacimiento arqueológico con paso decidido y se dirigió hacia la imponente construcción que en los últimos días ya había admirado en varias ocasiones. Pero ese día no prestó atención a la belleza del edificio. Desde primera hora de la mañana, nada más levantarse, no podía pensar en otra cosa que no fuera la inminente conversación que pretendía mantener con él. ¿Cómo reaccionaría?

Al avistarlo desde la distancia, de pie delante de uno de los muros de las ruinas, se detuvo un momento para intentar concentrarse y luego se acercó a él.

—Buenos días, *señorita* —la saludó sonriente—. Parece que este lugar también la ha atrapado.

Dalia tragó saliva. Se llevó una mano al tórax para intentar calmar su respiración.

—Yo... He venido porque tengo que... Me gustaría hablar con usted.

Una expresión de asombro asomó a su rostro.

—¿Le han surgido dudas en relación con el seminario?

Dalia se mordió el labio inferior.

—No, me gustaría... Se trata de una cuestión privada.

El profesor se pasó el dedo índice de nuevo por la frente.

—¿Una cuestión privada? Acaba de despertar mi curiosidad. —Miró a su alrededor—. Tengo una cita importante ahora mismo, lo siento. ¿Podría volver usted a la una de la tarde?

Dalia notó los latidos de su corazón en la garganta. Aquel gesto familiar casi le cortó la respiración. Movió la cabeza de arriba abajo para dar a entender que aceptaba su propuesta.

—Por supuesto, muchas gracias.

—Bien, entonces... ¡Hasta luego! —Ricardo Murillo Flores escrutó su rostro, y después alzó una mano a modo de despedida, dio media vuelta y se marchó.

Solo al quedarse allí sola, Dalia se dio cuenta de que le temblaba todo el cuerpo. Miró el reloj y vio que faltaban dos horas hasta la una. Dos horas hasta el momento en que por fin tendría la certeza de si el simpático científico era realmente su padre o no. Decidió ir a la playa y esperar allí hasta que él hubiera acabado con su compromiso.

Dalia observaba con la mirada fija la refulgente superficie del agua mientras sus pensamientos volvían a arremolinarse en su mente. Se le erizó el vello de los brazos al pensar en cómo le revelaría a su padre en potencia la verdad. ¿Cómo reaccionaría ella si al final resultaba que no había conocido a ninguna Camellia Carter? ¿Si le decía que no había escuchado ese nombre en su vida? Y, al contrario, ¿qué diría ella de confirmarse la sospecha de que se trataba de su padre de verdad? Dalia cerró los ojos y disfrutó durante unos momentos del calor del sol de la mañana en su piel.

Pablo había vuelto a ofrecerse el día anterior por la noche para acompañarla y apoyarla. Sin embargo, y a pesar de estarle infinitamente agradecida, ella había insistido en que prefería hablar a solas con el profesor. Aquella era su oportunidad.

Empezó a sentir un hormigueo en el estómago al acordarse de la forma en que Pablo la había mirado el día anterior. En un momento concreto tuvo incluso la sensación de que iba a besarla. Pero en el último segundo se había echado atrás. ¿Le gustaría a ella besarle? Dalia volvió a abrir los ojos y movió la cabeza de un lado a otro. ¿Cuántas veces volvería a hacerse esa misma pregunta? Ya sabía la respuesta. Cada vez que él le cogía de la mano como si fuera algo completamente natural, cada vez que la miraba como si ella fuera la persona más importante del mundo para él... Esos instantes, todos ellos, estaban cargados de algo mágico. Sí, le encantaría besarle, porque era el hombre más interesante y cariñoso que había conocido últimamente. Pablo era una persona muy especial. Se tumbó en la arena, volvió a cerrar los ojos y se quedó adormilada.

Poco antes de la una Dalia recogió sus cosas, se vistió y se dirigió hacia las ruinas del yacimiento. Ricardo Murillo Flores se hallaba justo delante el Castillo hablando con un joven. Dalia calculó que debía de tener aproximadamente la misma edad que ella.

Decidió esperar a una distancia prudencial y mientras tanto inspeccionó uno de los muchos paneles explicativos que había distribuidos por el complejo, con información detallada de cada una de las edificaciones. Inquieta, iba cambiando el peso de su cuerpo de un pie a otro. Su grado de nerviosismo iba aumentando exponencialmente a cada minuto que pasaba.

El joven, después de lo que a Dalia le pareció una eternidad, finalmente se despidió del profesor y desapareció entre los muros de la antigua construcción. Dalia se acercó entonces a él. ¿Cómo diantres debería iniciar la conversación?

—Ah, ya ha vuelto —la saludó Ricardo con una cálida sonrisa—. Estoy realmente intrigado por saber de qué se trata.

Dalia tragó saliva para intentar aliviar su estado de agitación.

—Se trata de mi madre —empezó a decir con timidez.

—Que también está fascinada por los mayas, ¿no es así?

Dalia tuvo una sensación desagradable al notar la mirada del mexicano fija en ella. Asintió.

—Sí, mi madre… —repitió ella en un tono apenas audible.

Él la miró con escepticismo, pero permaneció en silencio.

—Mi madre se llamaba… Camellia Carter —prosiguió Dalia con la voz entrecortada—. Soy su hija. Mi madre murió al darme a luz hace veintiocho años. —Hizo una pausa para coger aire—. Sobre mi padre solo sé que se llama Ricardo y es mexicano. —Apenas se atrevía a mirarle a la cara.

Entre ellos se hizo un denso silencio. Cuando Dalia alzó la cabeza para por fin examinar el rostro del investigador, no vio nada. Ni la más mínima reacción, ninguna emoción.

—Usted conocía a mi madre —dedujo ella de su silencio—. Hace poco encontré una carta escrita por usted. Por lo que decía, durante todos estos años ha seguido creyendo que yo también había muerto.

Él seguía sin reaccionar ante las palabras de Dalia. Desvió la mirada girando la cabeza en dirección a las ruinas.

—Sí que conoció a mi madre —repitió Dalia ahora con impaciencia en su voz. ¿Por qué no reaccionaba?—. Por favor… —siguió hablando porque no creía poder soportar aquel silencio tan cargado ni un minuto más—. Necesito saberlo de una vez por todas. Yo…

Él sacudió la cabeza de un lado a otro y estaba a punto de volver a deslizar su dedo índice por la frente, pero detuvo la mano justo cuando iniciaba el movimiento y simplemente la dejó caer.

—Yo… tengo que irme. Por favor, no siga molestándome.

Dalia se quedó mirándole sin dar crédito.

—Pero...

Alzó una mano a la defensiva, dio media vuelta y se alejó de ella.

Dalia todavía no se lo podía creer. La había dejado allí plantada. Sin darle una respuesta. Pero ¿acaso su reacción no respondía por sí sola?

En ella se fue abriendo camino una profunda decepción. ¿Cabía la posibilidad de que se hubiera equivocado? Se dirigió hacia la salida con determinación. ¿Tal vez lo que había dicho le había alterado hasta tal punto que no había sabido qué responder? Tras aquel comportamiento tan extravagante ahora estaba firmemente convencida de que no se equivocaba en sus suposiciones.

Ricardo Murillo Flores era su padre. Ahora sabía qué aspecto tenía, y conocía su voz. Había conseguido encontrarle, pero resultaba más que evidente que no quería saber nada de ella.

Dalia pasó la tarde sola en la terraza de su habitación. Pablo quería ver a un viejo amigo de la infancia y no podría acompañarla, pero a Dalia no le importó. Después de la conversación mantenida con el profesor, le apetecía estar sola. Todavía no podía asimilar la indiferencia que le había demostrado. La decepción se iba mezclando cada vez más con la obstinación. Era cierto que previamente no sabía nada de su existencia. Y, sin duda, que le hubieran dicho que estaba muerta había sido totalmente injusto y cruel. Pero Dalia no tenía ninguna culpa de ello. Ella también había vivido en el engaño toda su vida. Y no estaba dispuesta a que se la quitara de encima tan fácilmente. Tenía derecho a saber algo más sobre sus raíces.

Decidió ir a comprar un zumo de naranja recién exprimido y disfrutar del dulce aroma de la fruta madurada al sol. Entonces sonó el móvil. Era Soley.

—Hola, bonita —saludó Dalia a su prima.

—*Hola, señorita* —replicó Soley en castellano con una sonrisa que se intuía en su voz—. ¿Cómo te va por el caluroso México? Ahora mismo aquí tenemos apenas ocho grados de temperatura.

Dalia dejó el vaso a un lado con un suspiro.

—Más o menos. Pero calor sí que hace. Imagino que ahora mismo debemos estar casi a treinta grados.

—¡Qué maravilla! Qué suerte tienes. He hablado con Nara y me ha contado que estabas haciendo un *roadtrip* por todo el país. La verdad es que es para tener envidia.

—Tú has estado por todo el mundo, Soley.

—En México todavía no. —Se oyó la risa de su prima al otro extremo de la línea.

Un cormorán aterrizó sobre la extensión de césped que había delante de la terraza de Dalia. Ella se quedó observando fascinada aquella majestuosa ave de oscuro plumaje.

—México es realmente un país maravilloso —respondió ensimismada.

—Apuesto que sí.

—¿Qué estás haciendo estos días? —preguntó Dalia, interesada por las actividades de su prima.

—Tengo una actuación en Aberdeen mañana. Ahora mismo estoy en el hotel, y de repente he pensado «llama a Dalia y pregúntale qué tal va la búsqueda de su padre».

—Le he encontrado —replicó Dalia con un suspiro.

—¿Qué has dicho?

—Pues eso, que parece ser que le he encontrado —repitió en tono vacilante—. Y resulta que no quiere saber nada de mí.

—¿Estás segura? Me refiero a si tienes la certeza de que es él.

El cormorán rebuscaba algo por el suelo y de pronto giró la cabeza hacia Dalia.

—Sí, bastante segura. Todo coincide. No me lo ha confirmado todavía con sus propias palabras, pero su reacción… no dejaba lugar a dudas.

—¡Eso es maravilloso! —Soley hizo una breve pausa—. Bueno, no me refiero a que él no quiera saber nada de ti, sino a que al final le hayas encontrado.

Se oyeron unos golpes en la puerta. Dalia se puso en pie para ir a abrirla, y el cormorán huyó apresuradamente.

—Soley, tengo que dejarte. Te llamaré cuando sepa algo más, ¿te parece?

—Sí, hazlo, por favor. Cruzo los dedos por ti, a ver si… recapacita y cambia de opinión.

—Gracias. Te deseo una actuación estupenda mañana. Saluda de mi parte a Aberdeen y a tus miles de seguidores.

Con esas palabras Dalia dio por finalizada la conversación y se dirigió a la puerta.

—Bueno ¿cómo ha ido? —Pablo la examinó con curiosidad.

Dalia hizo un gesto con la mano, que denotaba su frustración.

—No como esperaba.

Pablo entró en el cuarto y la miró arrugando el ceño.

—¿No es tu padre?

Dalia arqueó las cejas.

—Oh sí, por lo menos eso creo, pero…

En un par de frases resumió brevemente la extraña conversación que había mantenido con Ricardo en el Castillo. Al evocar en su mente de nuevo el momento en que su padre biológico había dicho que no siguiera molestándole, fue incapaz de contener las lágrimas por más tiempo. Lo único que buscaba eran sus raíces. ¿Acaso no tenía derecho a conocer por fin como mínimo a uno de sus progenitores?

Pablo dio un paso hacia ella y le retiró con delicadeza un mechón de pelo de la cara.

—Le superó la situación —dijo en voz baja—. Dalia, tienes que darle un poco de tiempo.

Ella bajó la cabeza y se quedó mirando fijamente el suelo.

—No lo sé —balbuceó afligida, y luego se enjugó el rostro con la mano—. Toda mi vida me he preguntado a mí misma cómo sería tener un padre. Ahora que por fin le he encontrado, él… —Su voz se quebró.

Pablo le cogió la mano y se la llevó lentamente a los labios, para después besar apenas, con suavidad, el dorso.

—Dale tiempo —repitió con voz ronca.

Como hechizada, Dalia seguía con la mirada aquellas caricias, que de pronto desencadenaron un reconfortante estremecimiento que le recorrió todo el cuerpo. Casi le parecía incluso que el suelo bajo sus pies vibraba.

—Tal vez —susurró ella, envuelta en una sensación de vértigo.

Pablo siguió deslizando su boca muy sutilmente por el brazo, como si fuera lo más natural del mundo, mientras cubría su piel de besos casi imperceptibles.

Dalia cerró los ojos mientras rogaba en silencio para que continuara, que no se detuviera nunca.

Al notar las manos de Pablo rodeándole la espalda, alzó la vista para mirarle y volvió a reconocer la calidez que irradiaban sus ojos, el afecto, la tierna familiaridad que había ido surgiendo entre ambos en los últimos días.

—No deberíamos estar haciendo esto —balbució con las últimas fuerzas que consiguió reunir para resistirse, antes de abrazar el cuello de Pablo con sus brazos y acercarse más a él.

—Cierto, no deberíamos, en absoluto —aseveró él también con un hilo de voz. Su rostro parecía transfigurado.

—Aunque sería posible intentarlo, a pesar de todo —prosiguió ella, mientras sus pensamientos se alejaban. Las manos de él siguieron deslizándose por su cuerpo, y ella tuvo la sensación de que irradiaban su calor por toda su piel a un tiempo. Dalia sintió como si su vientre estuviera en llamas.

Pablo asintió levemente y sonrió apenas.

—Sí, podríamos. —Le acarició el cuello, y luego le mordisqueó los lóbulos de las orejas, antes de posar sus labios sobre los de ella. Dalia al instante se olvidó de dónde estaba y qué hacía ella allí realmente. Lo único que importaba en ese momento eran Pablo y ella. El cuerpo de él sobre el suyo, su piel sobre la suya, su masculino aroma y su sabor en su boca.

32

—*Buenos días, querida* —murmuró Pablo al ver que Dalia, adormilada, parpadeaba ante la luz del sol de la mañana. Ella se desperezó, alargó una mano y la posó sobre la mejilla de él.

—*Buenos días* —susurró también en castellano. La calidez de la sonrisa de Pablo hizo que su corazón de inmediato volviera a palpitar más rápido.

—¿Has dormido bien? —Apoyó los codos y dejó caer la cabeza en el hueco de la mano de Dalia.

Ella asintió.

—¿En qué piensas? —preguntó Pablo al tiempo que su mirada se volvía más penetrante.

Ella esbozó una sonrisa.

—Que hacía días que deseaba estar así —respondió tras vacilar un momento—. Me imaginaba una y otra vez que nosotros... —Se interrumpió a sí misma, para acabar sonriendo.

Él se rio con voz ronca.

—A mí me pasaba lo mismo.

—Ya lo sabía —bromeó ella.

Pablo frunció el ceño.

—Lo he... notado... percibido... yo qué sé. —Puso los ojos en blanco—. Simplemente podía sentirlo. —Le pasó la mano con ternura por sus espesos cabellos negros.

Pablo volvió a bajar los brazos para acercar su cara a la de Dalia, de manera que apenas les separaban unos pocos centímetros. Muy despacio, aproximó sus labios a los de ella y la besó tiernamente.

—Todo este tiempo no estaba seguro de si tú... sentías lo mismo —le susurró al oído—. Yo no te lo había... notado.

—Seguramente porque tengo muchas otras cosas en la cabeza. —Suspiró—. Que mi padre no quiera saber nada de mí, por ejemplo.

Pablo le acarició el escote.

—Eso no lo sabes seguro, Dalia. Deberías practicar un poco más el arte de la paciencia.

—Creo que voy a ir a visitar a... —tragó saliva, porque la palabra que iba a decir casi se le había quedado atascada en la garganta—... mi abuela.

—¿Quieres que te acompañe?

Al percibir la calidez en la expresión de su cara, su vientre se contrajo con anhelo. Pero negó con la cabeza.

—No, tengo que... pasar por esto yo sola.

Pablo asintió, comprensivo.

—Pero todavía tenemos tiempo de desayunar juntos, ¿no? Tengo ganas de comer un par de tortillas de maíz con... —Se rio.

—Crema de cacao, mucho me temo. —Dalia le guiñó un ojo—. Aunque también tenemos algo de tiempo... antes de desayunar. —Se acercó más a él y posó una mano sobre su cadera.

Los ojos de Pablo centellearon, su semblante adoptó una expresión audaz.

—Eso suena bien. —La besó con ternura la clavícula—. Muy bien, incluso.

Dos horas más tarde, Dalia acudió al pequeño local de la madre de Ricardo Murillo Flores.

—*Buenos días* —la saludó la anciana con una sonrisa.

Dalia le devolvió el saludo y se dispuso a examinar más de cerca las obras expuestas. Su primera impresión no le había engañado. La madre de Ricardo parecía haberse especializado realmente en arte abstracto. Los coloridos lienzos rebosaban energía y alegría de vivir. Dalia no podía dejar de mirar aquellas formas asimétricas.

—¿Le gustan? —La anciana se puso a su lado para seguir la mirada de Dalia.

—Muchísimo —respondió, sincera—. La verdad es que la pintura abstracta no es lo mío, pero estos cuadros... —Inspiró profundamente—. Son magníficos. Expresan algo. Me... emocionan.

—Gracias.

—Yo también pintaba —añadió Dalia—. Pero...

—¿Pero? —La anciana la miró con curiosidad.

Dalia se encogió de hombros.

—Creo que todavía no he encontrado mi camino.

—¿Qué quiere decir eso?

—Soy diseñadora gráfica por mi formación, y elaboro páginas web, logotipos, material publicitario, y muchas más cosas similares, pero mi profesión ya no me llena. Aunque me ha encantado durante años, ahora ha llegado un punto en que me aburre.

—¿Podría enseñarme alguno de sus diseños?

A Dalia le pilló por sorpresa el repentino interés de la anciana, y se quedó mirándola fijamente.

—Sí. Por supuesto. —Cogió el móvil y deslizó el dedo sobre las fotos hasta llegar a la imagen de un rosal que había realizado hacía ya mucho tiempo para el centro de jardinería, con ayuda del programa de diseño gráfico. Le mostró la pantalla a la madre de Ricardo.

La anciana hizo un gesto de aprobación con la cabeza.

Dalia siguió buscando y le enseñó tres cuadros donde había plasmado unas flores, hacía ya algunos años.

—Estos cuadros los pinté en el centro de jardinería de mis abuelos —explicó Dalia, mientras volvía a sentir la aflicción por su muerte. Luego le enseñó la pirámide que acababa de pintar al óleo tan solo unos pocos días antes, allí, en México.

—Este es el mejor —anunció la anciana con voz grave señalando la representación de aquella edificación—. Por cierto, me llamo Fernanda.

—Yo soy Dalia.

—Tienes mucho talento —prosiguió Fernanda, dando por descontado que ya podían tutearse—. Pero tú...

—¿Sí? —Dalia la miró expectante.

—A los cuadros con las flores les falta el alma. —La dama hizo un gesto enérgico para enfatizar su opinión—. No es mi intención ofenderte. A nivel técnico no se te puede reprochar nada. No creo que tengas que aprender nada más. Pero creo que eso ya lo sabes. Los cuadros son muy buenos. Y cualquier profano tampoco podría poner ninguna pega. Pero el lienzo con la pirámide es otra cosa. Tiene carisma. Es... Muestra algo de ti misma. De tu interior.

Impresionada, Dalia observó el rostro surcado de arrugas de la anciana. Supuso que debía de tener como mínimo ochenta años. Fernanda llevaba recogidos sus cabellos canos en una larga trenza.

—Es algo totalmente nuevo. Una prueba —replicó Dalia—. Quería intentar... —Dalia profirió un lamento apenas audible—. Ahora mismo simplemente no tengo ni idea de cómo debería seguir.

Fernanda asintió comprensiva.

—¿Tienes prisa?

Dalia sonrió.

—Estoy de vacaciones.

—Muy bien —dijo la anciana, y a continuación señaló con un gesto de la mano una silla—. Siéntate por favor. Vuelvo enseguida.

Mientras Dalia esperaba sola en el pequeño local, le sobrevino una desagradable sensación, como de mala conciencia. ¿No debería haberle dicho sin rodeos quién era en realidad? ¿Qué pasaría cuando Ricardo se enterara de aquello? Se sentía mezquina. Fernanda era una dama muy amable, que no se merecía que le mintieran.

No pasaron ni cinco minutos antes de que Fernanda hubiera regresado con dos vasos que contenían un líquido blanquecino.

—Aquí tienes.

Dalia aceptó la bebida.

—¿Qué es?

—Horchata —replicó Fernanda divertida—. Una especie de leche, que se elabora con un pequeño tubérculo, aderezada con canela. ¡Pruébala! Está riquísima.

Dalia dio un sorbo y asintió.

—Mmm. Muy rica.

Fernanda se rio.

—Ya te lo he dicho. —Luego miró de arriba abajo a Dalia—. Tengo la sensación de que tienes muchas preguntas sin responder. Muchas inseguridades. ¿Te apetece quizá compartirlas conmigo?

El tono empático de su voz eliminó las posibles dudas de Dalia. Agradecida, cerró brevemente los ojos.

—Busco a mi padre —anunció en voz baja.

Fernanda sabía escuchar. Con unas cuantas frases Dalia le explicó por qué estaba en México. Aunque omitió por prudencia que su padre se llamaba Ricardo y que probablemente fuera su hijo.

—Verdaderamente sigues buscando tu camino —dijo la anciana cuando Dalia hubo acabado su relato—. Si piensas quedarte unos días más en Tulum, puedes volver mañana, o cualquier otro día. Tengo lienzos y pintura. Puedes venir a pintar aquí cuando te apetezca. Tal vez en el país de origen de tu padre puedas llegar a percibir aquello que te falta para encontrarte a ti misma. Podríamos pintar juntas.

Dalia le devolvió a Fernanda una mirada de asombro.

—¿Lo dices en serio?

La anciana sonrió satisfecha.

—Por supuesto que lo digo en serio. Los artistas tenemos que apoyarnos.

—Eso es… —Dalia, completamente abrumada, no sabía qué responder—. Gracias.

—De nada. Eres tan joven. Y tienes tanta vida por delante. Quizá te ayude el entorno, la atmósfera que reina aquí, a escuchar lo que dice tu interior.

Dalia reflexionó sobre las palabras de la mujer. La artista tenía razón. Había demasiadas cosas dando vueltas en su mente. Hasta ese momento no había tenido la oportunidad de ordenar sus pensamientos. Habían pasado demasiadas cosas en los últimos días. Era literalmente como una montaña rusa de sentimientos. Ricardo y Pablo, y ahora, además, Fernanda. Dalia necesitaba encontrar por fin momentos de calma. Tenía que asimilar todas las experiencias que había vivido durante ese viaje hasta entonces. Antes de su llegada a México jamás habría podido imaginar que conocería a un hombre que en pocos días conquistaría su corazón de forma tan intensa. Hasta hacía apenas un mes no había dedicado ni un solo pensamiento a la posibilidad de poder encontrar a su padre biológico, ni tampoco a una bondadosa anciana mexicana, que le había parecido adorable desde el principio, y que posiblemente era su abuela. Que veía a Dalia tal como era, y que deseaba ayudarla de forma totalmente altruista. No, ni en sus más atrevidos sueños Dalia habría podido hacerse ni la más remota idea de lo que le aguardaba en el país de su padre.

—Con mucho gusto vendré otro día —dijo por fin, con la voz empañada.

33

Veintinueve años antes
Chichén Itzá

—En matemáticas y astronomía los mayas superaban a todas las demás antiguas civilizaciones centroamericanas. —El experto procedente de Guatemala inició la conferencia con esas palabras.

Sorprendentemente, Ricardo se había excusado de acudir aquel día al yacimiento diciendo que estaba enfermo. Camellia estaba tan alterada que apenas podía concentrarse en lo que estaba diciendo el científico. ¿Estaría Ricardo realmente enfermo o se habría ausentado para rehuirla?

—Hemos encontrado inscripciones en monumentos de piedra, y existen además cuatro libros en forma de pliegos doblados a modo de acordeón y hechos de corteza vegetal; reciben el nombre de «códices». Los mayas utilizaban estos conocimientos entre otras cosas para la confección de sus calendarios. Con ellos podían predecir ciertos acontecimientos, pero también indicar a cuál de los seres sobrenaturales, en la cultura maya siempre presentes, correspondía el control de esos eventos. —Extrajo un cuadro explicativo de su archivador y les mostró una imagen, para que pudieran comprenderlo mejor—. Aquí podéis ver los símbolos de los números del cero al veinte. —Señaló el primer símbolo—. Ya he comentado antes que el pueblo maya fue el primero en hacer cálculos con el cero, que representaban como una concha. Solo calculaban con números positivos, ya que desconocían la posibilidad de que hubiera números negativos, y sabían sumar y multiplicar, de forma muy similar a nuestro sistema numérico árabe.

Miró a los estudiantes uno a uno.

—¿Hasta aquí tenéis alguna pregunta?

Durante la posterior visita guiada Camellia apenas prestó atención a las explicaciones. Todavía no podía aceptar que Ricardo hubiera sido tan insensible como para dejarla plantada tras revelarle que estaba embarazada.

—Pero ¿qué está pasando? —le preguntó Saddie en voz baja—. ¿Qué le sucede a Ricardo?

Camellia tragó saliva; la decepción casi le había cerrado la garganta.

—Es que… no sé. No tengo ni idea de qué le pasa.

Saddie arrugó la frente.

—Claro, ¿cómo podrías saberlo? —dijo con ironía. Luego miró a Camellia con insistencia—. Es evidente que prefieres no hablar de ello —añadió después.

Camellia negó con la cabeza.

—Quizá más tarde —masculló, esforzándose por reprimir el llanto.

Mientras seguía a los demás, apática, los pensamientos se agolpaban en su mente. ¿Cómo continuaría la relación entre Ricardo y ella? ¿O tal vez no tendría continuidad? Se llevó una mano al vientre y se detuvo un momento. El investigador mostraba a los demás un par de símbolos que representaban planetas, pero Camellia seguía sin poder concentrarse. No podía evitar pensar continuamente en aquel pequeño ser que había en su interior. Iba a tener un hijo. De Ricardo. Y él no quería saber nada más de ella. La tristeza se apoderó de todo su ser.

—El número nueve se representaba como una cabeza en la cual la mitad inferior está cubierta por una piel de jaguar. —La voz del experto en los mayas la hizo volver al presente—. El número nueve en maya se dice «bolom»; y jaguar, «balam».

Mientras intentaba seguir la conferencia, sintió que tenía la garganta seca y áspera. Pero su mente divagaba sin cesar. ¿Por qué le estaba haciendo aquello Ricardo? Camellia se giró de espaldas al científico para intentar ignorar su voz. ¿Cómo podría sobrevivir aquel día sin verle? ¿Dónde estaba? ¿Qué se le estaría pasando por la cabeza justo en ese momento? Le temblaba el cuerpo y sentía náuseas en el estómago.

A pesar de todo, consiguió aguantar hasta el final de la conferencia. Por la tarde, empezó a dar vueltas inquieta por su cuarto de un lado a otro. En un momento dado decidía ir a ver a Ricardo sin más tardar para obligarle a afrontar la situación, y al siguiente descartaba aquella idea. Cuando creyó no poder soportar más su agitación interna, cogió la llave y salió de la habitación. La de Ricardo se encontraba en el piso de arriba. Subió las escaleras apresuradamente y avanzó por el pasillo en su búsqueda. Hasta ese momento siempre había sido él quien iba a verla.

¿Realmente debería atreverse? Aunque ¿qué tenía que perder? ¿No le debía como mínimo una explicación por su más que reprobable conducta? Decidida, llamó a la puerta.

—Un momento —se oyó la voz de Ricardo desde el interior. Luego, la puerta se abrió—. ¿Camellia? —espetó sorprendido al verla.

—¿A quién esperabas si no?

Él lanzó un suspiro.

—Pasa.

El mobiliario de aquella estancia era igual de espartano que el de su habitación. Camellia miró disimuladamente en busca de algún objeto personal. Pero, aparte de documentos repartidos por todas partes, encima de la cama y de las sillas, no identificó ninguno.

Camellia se giró para ponerse frente a él y se llevó las manos a las caderas.

—¿De modo que estás enfermo?

Él giró la cabeza para esquivar su mirada.

—No me encuentro bien. ¿Cómo ha ido la conferencia?

Ella movió la cabeza de un lado a otro, incrédula.

—¿En serio? Estoy embarazada.

Ricardo inspiró profundamente.

—Creo que me merezco una explicación. —Hizo una pausa para armarse de valor—. ¿Solo he sido para ti una agradable distracción? ¿Una estudiante más, entre otras muchas? Supongo que no soy la primera protegida con la que te has acostado. —Entrecomilló en el aire con los dedos la palabra «protegida» al tiempo que la decía.

Ricardo hundió los hombros con desconsuelo.

—Tú has sido... eres la única.

Camellia entornó los ojos incrédula.

—En ese caso me resulta aún más difícil entender tu comportamiento.

—No sé cómo decírtelo. Aquí en México, la familia ocupa el primer lugar, es prioritaria. Yo...

—Un hijo entonces según tú no es parte de la familia —siguió diciendo Camellia, desilusionada.

Ricardo hizo un esfuerzo por tragar saliva.

—No he querido decir eso. Mis padres, mi familia... todos viven en Tulum. Y en el vecindario... —Alzó la mirada al techo y profirió un suspiro—. Hay una familia que vive muy cerca de nosotros desde siempre.

Camellia no entendía nada.

—¿Qué estás intentando decirme realmente? —Apenas podía contener su ira.

—Paula, la hija, ella es... —Interrumpió la frase y se pasó una mano por el pelo.

Camellia pudo ver lo incómodo que se sentía.

—Vamos a casarnos.

—¿Estás prometido? —Camellia creía no haber oído bien.

Él titubeó.

—No directamente.

—¿Qué significa eso? ¿No directamente? —preguntó mientras notaba una especie de mareo—. ¿Estáis prometidos o no?

—No, pero... desde hace años está decidido que... bueno,

que algún día nos casaremos. La religión y la tradición juegan un papel esencial en nuestra comunidad, Camellia.

—¿Se supone que eso es una disculpa, o qué es? —Camellia casi no podía tenerse en pie—. No solo has engañado a esa mujer, sino también a mí. Y ahora me quieres convencer de que es tu religión la que te empuja a comportarte de esa forma tan ruin.

Él volvió a suspirar.

—No te he engañado. Paula y yo… nunca ha habido nada entre nosotros hasta ahora.

Camellia no se lo podía creer. Se echó a reír con sarcasmo.

—¿Nunca ha habido nada entre vosotros hasta ahora? Pero entre nosotros… —Hizo un gesto con la mano señalando hacia él y luego hacia sí misma—. Entre nosotros sí hubo algo. ¿O no? ¿Acaso me lo he imaginado todo?

Él negó con la cabeza.

—No, por supuesto que no te lo has imaginado…

Se miraron fijamente en silencio durante unos cuantos segundos.

Camellia no sabía qué pensar. Una inglesa protestante tampoco encajaba en una familia mexicana estrictamente católica. La ira dio paso a una profunda desilusión. No tenían la menor oportunidad. Desde un buen principio no la habían tenido. La posibilidad de un futuro compartido era algo que Ricardo en ningún momento había contemplado. Pero tampoco se había pronunciado nunca al respecto. Había evitado mencionar que estaba prometido con otra. La tristeza la asoló. Tristeza porque su hijo no tendría un padre. Tristeza por haberse enamorado de un hombre que no se había tomado su relación igual de en serio que ella.

Cuando se dio cuenta de que estaba al borde de las lágrimas, dio media vuelta sin mediar palabra y abrió la puerta de par en par. El embarazo, la conducta inaceptable de Ricardo… Camellia solo quería volver a casa. Lejos de ese país que le había causado tanto sufrimiento. En el que le habían roto el corazón de forma despiadada. Y en el que había surgido una nueva vida en su vientre.

34

Actualidad
Tulum

Dalia volvió aquella misma tarde a la tiendecita de Fernanda. La anciana la miró sorprendida y sonrió.

—Bueno, ¿parece que no puedes aguantar demasiado tiempo sin un pincel en la mano?

La manera de ser de la madre de Ricardo, abierta y afable, tuvo como efecto inmediato que Dalia sintiera una especie de calor en su corazón. Tras la debacle en el yacimiento no se atrevía a volver a acercarse al profesor, por lo que había decidido conocer primero un poco mejor a su madre. Le gustaba el carácter sencillo de esa mujer.

—Pero no quiero molestar. —Cuando Fernanda frunció los labios en una sonrisa, las arrugas de la frente y las mejillas se hicieron más pronunciadas. Fascinada, Dalia observó aquel rostro bellamente surcado por aquellos pliegues de la edad.

—No molestas en absoluto, Dalia. De todos modos, ahora mismo hay muy pocos turistas, y los días se hacen largos sin clientes. Y siempre me alegro de poder intercambiar experiencias con jóvenes almas artistas. —Hizo una pausa, se levantó de su taburete de madera y se volvió en dirección contraria a la entrada de la tienda—. Ven. Quiero enseñarte algo.

Dalia la siguió con gran curiosidad, al ver que abría una

puerta en la pared trasera y abandonaba el local a través de ella. Ambas pasaron a un jardín maravilloso, donde las flores más variopintas competían en belleza. Se oía el zumbido de los insectos y el aire vibraba con todos aquellos aromas. Dalia miró a su alrededor extasiada. Atravesaron el jardín y pudo vislumbrar una especie de pequeño almacén, que aparentemente Fernanda utilizaba como estudio. Docenas de lienzos, en todos los tamaños y fases creativas imaginables, se hallaban apoyados contra la pared. Olía a pintura y aguarrás. Sobre una vieja mesa de madera había cientos de pinceles y, al lado, incontables tubos de pintura.

—¡Guau! —se le escapó a Dalia al ver aquel paraíso para pintores—. Esto sí que es... fantástico.

El semblante de Fernanda se iluminó con orgullo.

—Aquí es donde me retiro cuando necesito estar tranquila y trabajo en mis cuadros.

—¿Cuánto tiempo hace que pintas?

Fernanda se echó a reír.

—Tengo ochenta y tres años —dijo, sonriendo satisfecha—. Desde tu perspectiva soy viejísima. Y pinto desde... —movió la cabeza de arriba abajo mientras reflexionaba—... sí, desde hace más de sesenta años.

Dalia la miró atónita.

—¿Sesenta años? —repitió con tono incrédulo—. Eso suena como...

—... una eternidad —completó Fernanda la frase sonriendo—. Una infinita eternidad, pero haz caso a una anciana, Dalia. Al mirar atrás a una le parece que todos esos años han pasado volando. —Sacudió la cabeza de un lado a otro—. Todavía eres joven. Todas las opciones de vida están a tu disposición. Y cuando algún día mires atrás, tendrás la sensación de que tu vida ha pasado en un abrir y cerrar de ojos, así de rápido. —Chasqueó los dedos.

Empezó a sonar el móvil de Dalia, y al echar un vistazo a la pantalla pudo comprobar que se trataba de Pablo. Rechazó la llamada porque no quería parecer una maleducada. En cuanto pudiera le llamaría.

—Puedes cogerlo sin problema —la animó Fernanda.

—No pasa nada, luego devolveré la llamada. —Dalia volvió a concentrarse en los cuadros a medio terminar—. ¿Pintas varios cuadros a la vez?

—Sí, siempre. Me resulta… monótono, pintar un solo motivo. No todos los días me siento igual. Al anochecer la sensación es distinta que por la mañana temprano. Hay tantas cosas en la vida que ejercen un efecto sobre mí o sobre mi obra que a veces incluso después de haber empezado cinco cuadros al mismo tiempo, no tengo ganas de seguir. —Pasó la mano derecha sobre uno de los lienzos.

Dalia siguió con aire reverente el sutil roce.

—Vives para la pintura.

Fernanda asintió.

—Sin ella me sentiría muy vacía. Cuando no puedo pintar, me pongo de mal humor. Necesito desahogarme en el lienzo tanto como el aire para respirar. Mis hijos, en cambio, no son nada creativos. Ricardo, el mayor, es antropólogo americanista. —Se rio por lo bajo—. Le encanta sumergirse en las antiguas civilizaciones. Investiga a los mayas. —En su rostro hizo aparición un gesto maternal—. Y el más joven, Alfonso, es obrero. Le gustan las cosas sólidas, robustas, levanta casas enteras en pocos días.

—¿Y tu esposo? —se atrevió a preguntar Dalia aguantando la respiración.

Fernanda la miró extrañada.

—¿De veras te interesa?

Dalia asintió.

—José… murió hace ya diez años —explicó en voz baja la madre de Ricardo—. Y todavía sigo echándole de menos.

—Lo siento —dijo Dalia.

—A José le encantaba verme trabajar en mis cuadros. —Su boca dibujó una sonrisa traviesa—. Trabajaba como cajero en un banco. Cuando volvía a casa, a menudo se sentaba a mi lado en el atelier y se quedaba observándome durante horas mientras pintaba. Decía que le tranquilizaba. Cuando pinto estoy completamente absorta, como en otro mundo. Y esa calma también se la transmitía a él. —Sus ojos adquirieron un brillo radiante—. Sí, echo mucho de menos a mi José. Me comprendía como ninguna otra persona, siempre me animó. También al principio, cuando no lograba vender ni un solo cuadro. Me apoyaba e insistía en que siguiera pintando. Le daba igual lo que dijeran los demás, aunque el negocio no fuera bien. Siempre me decía: «Fernanda, pintar es tu gran sueño, tu vida, no puedes permitir que nadie te lo quite». —Suspiró—. Y antes de su muerte me hizo prometer que continuaría. Que nunca me daría por vencida, aunque él ya no estuviera. Sí, así era mi querido José. Un ser humano magnífico.

—Es una historia preciosa —comentó Dalia—. Suena como si estuvierais muy unidos.

Fernanda volvió a asentir.

—En efecto, lo estábamos. Era un hombre muy especial.

—¿Hola? —se oyó decir a una voz masculina en ese momento desde el interior de la tienda.

A Dalia se le aceleró el pulso al reconocer aquella voz.

—¿Quién es? —Fernanda miró a Dalia.

—Es… Pablo —anunció Dalia.

Salieron del atelier, atravesaron el jardín y regresaron a la tienda.

—Ya me imaginaba que te encontraría aquí. —Pablo miró sonriente primero a Dalia y luego a Fernanda.

—¿Es tu novio? —preguntó Fernanda.

Dalia titubeó.

—Somos… buenos amigos.

El rostro de Pablo se descompuso al instante. La miró como para verificar si había entendido bien.

—¿Amigos?

Dalia rehuyó sus ojos.

Fernanda, que aparentemente había captado la repentina tensión que había surgido entre ellos, inspiró profundamente.

—Yo... —Señaló por encima del hombro—. Tengo que ir un momento a buscar una cosa.

Cuando se quedaron a solas, Pablo dio un paso hacia Dalia y le lanzó una mirada airada.

—¿O sea que entonces solo somos buenos amigos, Dalia?

Ella se mordió el labio inferior.

—Vale, solo amigos —repitió Pablo en un tono de voz cargado de decepción—. La noche que hemos pasado juntos evidentemente no ha significado nada para ti, ¿no?

Dalia echó un vistazo a su espalda, preocupada porque Fernanda pudiera oír parte de aquella conversación.

—Vayamos afuera por favor. —Salió a la calle. Él la siguió a regañadientes—. Tú vives aquí, Pablo —empezó a explicar arrastrando las palabras—. Me refiero simplemente a que... —No sabía cómo expresar lo que quería decirle.

—De eso sí te has dado cuenta, sí, vivo en México —replicó él con cierto sarcasmo en su voz.

—Y yo en Inglaterra —prosiguió Dalia—. ¿Cómo podría funcionar? —Percibía claramente que algo no iba bien.

Él se rio con amargura.

—Claro, en lugar de pensar en una solución, es mucho más fácil, por supuesto, accionar directamente el freno de emergencia.

—Pablo, no quería decir eso en absoluto. —La desesperación empezó a hacer mella en Dalia—. Solo pretendía...

Él le clavó una mirada penetrante.

—¿Qué pretendías?

Ella notó cuán decepcionado se sentía Pablo, y sus hombros se hundieron con desánimo.

—Lo de mi madre y Ricardo tampoco funcionó —dijo por fin en un tono apenas audible.

Pablo la examinó atentamente durante unos segundos, y luego movió la cabeza de un lado a otro, desencantado.

—No tienes la menor idea de qué es lo que pasó entre tus padres. ¿Por qué comparas su situación con la nuestra?

Dalia no supo qué contestar.

—Bueno, si no tienes nada más que añadir al respecto, entonces será mejor que me vaya. —Se dio media vuelta y se alejó sin decir una palabra más en dirección hacia el centro de la ciudad.

Dalia, petrificada, le siguió con la mirada mientras se marchaba. ¿Qué debería hacer ahora? Él no había comprendido lo que ella había querido decir. Ni siquiera ella misma sabía lo que quería en esos momentos. Aunque en realidad tal vez sí, se corrigió a sí misma. Quizá incluso sabía con exactitud qué es lo que quería. La noche con Pablo había sido maravillosa. Se había sentido deseada y segura en su compañía. Pero la reacción de Pablo la había pillado completamente desprevenida. No era su intención discutir con él. Y, sobre todo, en ningún caso había querido que se disgustara de ese modo. ¿Cómo debería actuar ahora? Tenía que aclarar el malentendido urgentemente.

Mientras deambulaba por el mercado de Tulum, a Dalia la invadió el desasosiego. ¿Por qué había reaccionado tan torpemente al comentario de Pablo? Habían pasado la noche juntos, y había sido algo mágico. ¿Cómo se le había ocurrido, con Fernanda delante, afirmar que solo eran buenos amigos? ¿Cómo se habría sentido si Pablo se hubiera mostrado tan distante con ella? Evocó en su memoria la cercanía y la intimidad que había surgido entre ellos en los últimos días. ¿Cuándo había sentido por última vez algo similar? Pero sí, Pablo vivía en México, y no en el pueblo de al lado. Y todavía, tal como había dicho antes, seguía sin tener la menor idea de si podrían tener un futuro juntos, y en tal caso, cómo sería.

Se detuvo delante de un puesto con coloridas cacerolas de cerámica y se quedó admirando los vistosos recipientes. No pudo evitar pensar que a su abuela a buen seguro le habrían encantado aquellas piezas artísticamente decoradas. Pero Dalia no podría contarle sus experiencias en aquel país maravilloso. A su regreso, sus abuelos no estarían allí para abrazarla y preguntarle cómo le había ido el viaje. Ya nunca podría volver a casa y ser recibida por las personas más cercanas a su corazón. Echaba de menos esa sensación de seguridad, anticipándose ya incluso a su regreso.

Sintió que se le oprimía el corazón. Aquella decepcionante conversación con el hombre que creía que era su padre, esa discusión absolutamente innecesaria con Pablo, y la repentina fuerza con la que había vuelto a sentir la pena por sus abuelos fallecidos..., todo ello se convirtió en un abrumador peso en su pecho. En un intento por distraerse, siguió paseando por el mercado, admirando las coloridas bolsas, las terroríficas máscaras de madera y arcilla, el aroma de las especias exóticas, hamacas de todos los tamaños, diseños y colores, así como la gran abundancia de frutas y verduras.

Una y otra vez le asaltaba el recuerdo del reciente enfrentamiento con Pablo, de modo que decidió aclarar aquella intrincada situación. Con determinación, dobló la esquina en la callejuela por la que se llegaba a la casa de la familia de Pablo.

Al llegar allí, Dalia atravesó el patio delantero y se digirió directamente a la puerta de entrada, pintada de azul, y tapada a medias por las hojas de unas palmeras.

—¿Qué quiere Pablo con esa inglesa? —Dalia oyó en ese preciso momento la voz de la madre de Pablo que salía a través de la ventana de la cocina abierta, situada justo al lado de la puerta principal.

—A mí Dalia me parece muy agradable —replicó la hermana de Pablo.

A Dalia casi se le paró el corazón al darse cuenta de que estaban hablando de ella. Indecisa, miró por detrás de su hombro hacia la calle. Si ambas mujeres hablaban tan abiertamente sobre él, con toda seguridad eso quería decir que Pablo no estaba allí.

—¿Es que se va a mudar a Inglaterra? ¿Por qué no se busca una buena chica de aquí? —prosiguió la madre de Pablo.

—Hasta ahora no ha aguantado demasiado con ninguna mujer —replicó Clara riendo.

Se oyó cómo se cerraba la puerta de un armario y el ruido de utensilios de cocina entrechocando.

Dalia se escondió detrás de una de las palmeras, se reclinó en el tronco y cerró los ojos. El corazón le palpitaba con fuerza, le temblaban las manos. ¿Qué debería hacer? Su desazón iba en aumento.

—Esa mujer en ningún caso se quedará a vivir en México. —Dalia escuchó de nuevo la voz de la madre.

—¿Por qué no? Ya sabes que su padre era también mexicano —contradijo la hermana de Pablo.

Dalia volvió a cerrar los ojos. ¿No le había dicho Pablo que su familia le había preguntado cuándo volvería a cenar con ellos? Por la forma en la que ahora hablaba su madre sobre ella, casi no lo podía creer. En ese momento fue consciente de lo vergonzoso que era por su parte escuchar a escondidas a la familia de Pablo. Su intención había sido simplemente ir a ver a Pablo y disculparse con él. ¿Cómo habría podido imaginar que iba a escuchar sin querer aquella conversación?

—No tiene la menor idea de cómo es la cultura mexicana —prosiguió la madre de Pablo, impasible—. Es la primera vez que visita el país, no puedo imaginarme que vaya a dejar su vida en Inglaterra para quedarse aquí con él, así sin más.

Dalia inspiró profundamente. ¿Tal vez tendría razón su madre? ¿Realmente podía imaginar mudarse a México? ¿No sería más sensato acabar con la incipiente relación entre ellos de una vez? ¿Antes de que la intimidad que ya existía entre ambos se intensificara? ¿Antes de que su corazón no pudiera soportar separarse de él, sabiendo que Pablo permanecería en ese continente tan lejos de su hogar?

—Pero no podemos saberlo —refutó Clara—. Y Pablo es anglicista. También podría ser él quien se mudara a Inglaterra, si realmente Dalia le importa tanto. Por cierto, cuando vino a comer tuve la impresión de que en realidad no están… juntos. Al fin y al cabo, simplemente la está ayudando.

Su madre profirió una carcajada.

—¿No te fijaste en las miradas que Pablo le lanzaba todo el rato? No, estoy bastante segura de que le importa de verdad.

Conozco bien a mi hijo. Se le ve tan enamorado... —Suspiró. Durante unos instantes reinó el silencio en el interior de la casa.

Un tucán salió volando de una palmera y empezó a rebuscar por el suelo. Se oyó en la distancia el alarido excitado de un mono aullador.

—No quiero que se marche a Inglaterra —dijo la madre de Pablo finalmente, esta vez en un tono más suave—. Su lugar está aquí, en su hogar, con su familia.

—Vive en Ciudad de México, mamá. Le ves tres veces al año.

—Eso da igual —insistió su madre.

Dalia decidió que ya había escuchado bastante. Sigilosamente atravesó el patio de la casa de regreso a la callejuela.

Supuso que la familia de Pablo no se mostraría entusiasmada en caso de enterarse de que habían pasado la noche juntos. Y todo lo que había dicho su madre era cierto, en última instancia. Ellos dos provenían de dos mundos completamente distintos. Miles de kilómetros separaban sus países de origen.

Dalia vagó sin rumbo por la ciudad. No podía formular con claridad ningún pensamiento. ¿Qué debería hacer ahora? En ese momento volvió a invadirla aquella sensación de profunda soledad, que se había agravado desde la muerte de su abuela, pero que en realidad la había acompañado toda su vida.

En su mente se le apareció el rostro de Pablo. Sus cálidos ojos castaños, su preciosa boca que tan bien sabía besar. Las manos, cariñosas, sus dedos finos pero fuertes, que habían desatado en ella sensaciones que hasta ese momento le eran desconocidas. ¿Iba a permitir que él siguiera creyendo que aquella noche, así como el cariño que le había demostrado, no había significado nada para ella?

Dalia ya conocía la respuesta, pero no estaba preparada para ello. Lo que más deseaba en esos momentos era empezar a gritar a voz en cuello. Sacar de dentro aquella sensación de frustración. La familia de Pablo la rechazaba. Sin embargo, ¿qué quería ella realmente? Decidió acercarse al mar. La inmensidad del océano y sentir el viento sobre la piel ardiente siempre la habían ayudado a ordenar sus pensamientos y a escuchar su voz interior.

Al llegar a la playa sacó lápiz y papel, y empezó a dibujar. A cada trazo notaba cómo se iba calmando gradualmente. Cerró los ojos un momento y disfrutó de los reconfortantes rayos del sol en la cara. El murmullo de las olas, con su cadencia regular, y el rugido del mar amortiguaron un poco el caos en su mente. Aunque siempre había sido un espíritu libre, sentía que le faltaba el apoyo de sus abuelos. Y era consciente de que en Inglaterra le aguardaba su gran familia: Nara, Welwitschie, Lali, Soley y sus padres... Dalia no estaba sola. Había personas para las cuales ella era importante.

Con decisión volvió a alzar el lápiz y siguió dibujando. Al visualizar los ojos de Pablo, notó que aumentaba el anhelo en su interior. ¿Acaso el amor no podía ser más poderoso que la distancia física y las diferencias culturales?

Por la tarde, sentada en la terraza, Dalia devoró dos enchiladas que había comprado en un local de comida para llevar, no demasiado lejos de la pensión. El dibujo descansaba sobre la mesita auxiliar que tenía ante ella. Jugueteó con los pequeños pendientes en forma de dalias entre sus dedos índice y pulgar. Una y otra vez repasaba con las puntas de los dedos la superficie afiligranada. ¿Cuándo se habría puesto su madre aquellos pendientes? ¿En qué ocasión especial? Desde la discusión con Pablo, Dalia echaba de menos a su madre aún más. ¿Los habría comprado en uno de los muchos mercadillos? ¿O tal vez habían sido un regalo de Ricardo, tal como había supuesto? Sus pensamientos se repetían en bucle.

Con un suspiro volvió a dejarlos sobre la mesa, cogió el móvil y echó un vistazo a la pantalla por enésima vez. Pero Pablo no le había escrito. En todo el día. ¿Por qué debería hacerlo? Desde su punto de vista seguramente creía que ya estaba todo dicho. Dalia echó la cabeza atrás y se quedó mirando fijamente la oscuridad del cielo, salpicada por miles de estrellas que refulgían en el firmamento. Casi parecía que estuvieran compitiendo, a ver cuál brillaba con una luz más blanca, más hermosa, más intensa. No pudo evitar acordarse de un verano de aquellos que pasó con todas sus primas en Blooming Hall. Los abuelos las habían llevado al zoo de Newquay. Dalia recordaba con todo detalle aquel caluroso día de agosto. ¿Cuántos años tenía entonces? ¿Doce, trece? Había visto cobayas, tapires, tortugas, cebras, lémures, canguros y muchos otros animales. Pero los que más le habían gustado a Dalia en aquel entonces fueron los pingüinos de Humboldt. Le encantaban aquellas pequeñas y patosas aves marinas, mucho más que cualquier otro animal. Nara y Magnolia se burlaban cariñosamente de ella porque no conseguían que se separara del recinto en el que estaban. ¡Qué bonita era la vida entonces! La abuela había preparado un pícnic. La noche anterior había horneado un montón de empanadas, con el relleno preferido de cada una. Sí, así era la abuela. Siempre pensaba en cómo hacer felices a sus hijos y nietas.

Dalia se sumió en la melancolía. ¿Por qué la abuela no le había contado nunca que había tenido contacto con su padre biológico, que sabía cómo se llamaba, que le había escrito? Seguía sin encontrarle sentido al secretismo de su abuela. ¿Cómo podía haberle mentido de esa manera, cuando sabía perfectamente cuánto había sufrido por la ausencia de su padre desconocido? ¿Y el abuelo? Por lo menos él podría haberle explicado algo, ¿no? Pero ¿qué habría sucedido en aquel entonces para que guardaran silencio? Hasta el momento, sus pesquisas durante ese viaje no habían avanzado lo más mínimo para encontrar las respuestas a esas preguntas. Y la única persona que podía dárselas no quería saber nada de ella. Dalia se concentró en los ruidos nocturnos. El viento susurraba moviendo las hojas, en la distancia se oía un búho.

Al oír el tono de llamada del móvil se le aceleró el pulso. ¿Sería Pablo? Pero al echar un vistazo a la pantalla inmediatamente se desmoronaron sus esperanzas. Era Nara.

—Buenas noches, cariño —dijo su tía con voz animada.

—¿Te has caído de la cama? —dijo Dalia al ver la hora que era.
En Inglaterra era muy temprano por la mañana.
Nara bostezó.
—No podía seguir durmiendo. Y al mirar el reloj pensé que era una buena hora para llamarte. —Se rio suavemente—. Antes de que te fueras a la cama.
—Ay, Nara, me alegro tanto de oír tu voz. No podías haber buscado un momento mejor para llamarme —admitió Dalia angustiada—. Acabo de acordarme de una excursión que hicimos a Newquay. Cuando fuimos con los abuelos al zoo. ¿Te acuerdas de aquel día?
—¡Claro! —respondió al momento—. ¿No fue cuando te enamoraste de aquellos pingüinos tan monos?
Dalia suspiró.
—Sí, en aquel entonces les tocó a los pingüinos —se le escapó sin querer.
—Vaya, eso no ha sonado demasiado bien —replicó Nara—. ¿Me he perdido algo?
Dalia le contó lo sucedido en los últimos días. Le hizo bien poder hablar por fin sobre todo aquello con alguien que la conocía tan íntimamente.
—Ay, Dalia, no tengo ni idea de qué aconsejarte —dijo Nara con voz vacilante, tras haber escuchado su relato—. Ya sabes que yo no soy la más indicada para dar consejos en cuestiones de amor.
—De todos modos, tengo la impresión de que todo lo hago mal —dijo Dalia, por último.
—Ese chico sí que te importa, ¿no? —insistió Nara.
Dalia titubeó un instante.
—Creo que sí.
—¿Crees que sí? —repitió su tía con escepticismo.
—Sí, sí que me importa —se corrigió Dalia a sí misma de inmediato—. Pero su madre tiene razón. Jamás podría funcionar.
—Bueno, no conozco a ese tal Pablo, pero puedo percibir que te importa más de lo que tal vez tú misma estás dispuesta a

reconocer —comentó Nara, con cautela—. Si ambos sentís lo mismo, seguro que encontraréis una solución.

—Ojalá estuvieras aquí —dijo Dalia—. Podríamos beber zumo de papaya, comer sabrosas tortillas de maíz y charlar toda la noche en la terraza de mi habitación.

Nara se rio en voz alta.

—Sí, anda, dame más envidia.

—Te echo mucho de menos —admitió Dalia en voz baja—. Y a Welwitschie y a las demás…

—¿Has decidido ya cuánto tiempo más te vas a quedar?

Dalia deslizó el índice sobre una rendija que presentaba la madera de la mesa.

—No, ni idea. A veces pienso que debería recoger mis cosas y volver a casa inmediatamente, pero luego… ¿Por qué no quiere hablar conmigo, Nara?

—¿Te refieres a tu padre? —dedujo, indecisa.

—Sí.

—Dale tiempo. Al fin y al cabo, durante años creía que estabas muerta. Ha debido de sufrir un shock tremendo cuando te plantaste ante él y de repente se enteró de que eres su hija y estás vivita y coleando.

—Eso dijo también Pablo. —Delante de la terraza vio una iguana correteando entre las hierbas. Dalia entornó los ojos y siguió el rápido avance del reptil.

—Tengo la impresión de que tu Pablo es un hombre muy inteligente —respondió Nara en tono travieso.

—Eso exactamente es lo que necesitaba escuchar —la reprendió Dalia con una sonrisa.

—Me lo imaginaba —bromeó Nara—. Estoy segura, cariño, de que sabrás lo que tienes que hacer. Ahora mismo estás agobiada porque son demasiadas cosas las que te abruman, pero tienes un carácter fuerte y siempre has sabido lo que realmente querías. Vas a reconocer tu verdad cuando la tengas delante.

Dalia volvió a gemir.

—A estas horas eso es demasiado filosófico para mí.

—Todo se va a arreglar, créeme —replicó Nara con voz grave.

Después de que su tía le explicara con todo detalle a Dalia el viaje escolar de Welwitschie, ambas dieron por concluida la conversación y se despidieron.

Meditabunda, Dalia se quedó en la terraza con la mirada perdida a lo lejos. Quizá Nara tenía razón. Tal vez simplemente estaba dándole demasiadas vueltas a todo. Todo se pondría en su sitio, de un modo u otro. Que su padre no quisiera saber nada de ella, y haber ofendido al hombre que tan rápido había conquistado su corazón, no eran, en definitiva, los primeros reveses de su vida. Tal vez debería dejar pasar un poco de tiempo para que todo se asentara. No presionarse tanto a sí misma. Pero eso era más fácil de decir que de hacer.

35

Veintinueve años antes
Chichén Itzá

Camellia se sentía completamente exhausta, sin fuerzas. Habían pasado tres días desde la discusión. Ricardo había intentado en varias ocasiones hablar con ella, pero había sido en vano, puesto que Camellia se negaba a escuchar nada más. La decepción era demasiado grande. Justo en ese momento estaba explicando al grupo de estudiantes algo sobre los dioses mayas, pero ella apenas se podía concentrar en su exposición.

—Ya conocemos al dios de la lluvia, Chaac, pero también estaba el dios de la muerte, el dios de las dinastías reales, el del inframundo, un dios creador y, ¡quién lo iba a imaginar!, el dios del maíz. —Ofreció una débil sonrisa—. ¿Cómo podemos saber que tenían tantos dioses? Por una parte, contamos con una fuente importante de información en las numerosas vasijas de cerámica conservadas. Los dioses quedaron representados en escenas narrativas en la decoración de innumerables recipientes. Pero también la escritura jeroglífica nos permite conocer las creencias de los mayas. Existe un jeroglífico concreto que representa la cabeza de una deidad. —Sostuvo una imagen en alto—. «K'uh» es la palabra maya que significa «dios». Con frecuencia este símbolo precede a los nombres de los distintos dioses. Por cierto, las mismas deidades eran veneradas en sitios distintos, aunque el papel de cada una de ellas podía variar en función del lugar de culto, lo cual suponemos que dependía de la situación política de cada momento en cuestión.

Camellia dejó vagar la mirada a su alrededor. Mientras Ricardo seguía hablando sobre la religión en la civilización maya y la relevancia de sus deidades, ella se reafirmó en su decisión. Volvería a casa, puesto que sencillamente ya no podía aguantar más ver cada día al hombre que la había engañado y provocado tanta amargura. Ricardo estaba prometido con otra, una muchacha del vecindario, y sin embargo había comenzado una relación con Camellia. Y le había hecho sentir como si ambos fueran algo así como almas gemelas.

Posó una mano con delicadeza sobre su vientre. Necesitaba irse de allí lo antes posible. Ese mismo día, durante la pausa, llamaría a sus padres y les informaría de que iba a volver a casa en el primer vuelo que pudiera encontrar. ¿Para qué iba a seguir torturándose? De todos modos, hacía días que apenas conseguía concentrarse en las explicaciones.

Observó a los demás becados, los cuales escuchaban embelesados las palabras del científico. Ninguno de ellos podía imaginar lo que le estaba pasando por dentro. Tampoco Saddie sabía nada de su embarazo no planeado. Camellia cerró los ojos y rezó para que la mañana pasara rápido. En cuanto hicieran la pausa de mediodía se pondría a buscar un vuelo de regreso.

Saddie había ido a comer algo con Armand y Giovanni, pero Camellia había dicho que le dolía el estómago para poder organizar su viaje de vuelta sin que nadie la molestase. Justo cuando se disponía a dirigirse hacia la salida, para después buscar un teléfono y llamar al aeropuerto, oyó la voz de Ricardo.

—¡Camellia!

Ella se dio media vuelta muy despacio, como en cámara lenta, para confrontarlo.

—¿Qué quieres?

—¿Podríamos hablar un momento? —Había una súplica en sus ojos.

Camellia examinó las atractivas facciones de su rostro. Notó cómo crecía en ella el deseo, y de inmediato se odió a sí misma por aquel sentimiento completamente inoportuno.

—¿Sobre qué?

Él indicó por señas el Templo del Jaguar.

Reacia, Camellia le siguió hasta la sombra que proyectaba aquella edificación.

—¿Y bien?

—Camellia, tú eres muy importante para mí. Me gustaría aclarar lo que ha pasado entre nosotros —comenzó de nuevo.

Ella puso los ojos en blanco.

—Sí, claro. —Inspiró profundamente—. Mira, Ricardo. Voy a tener al bebé. No tiene la culpa de que su padre sea un cerdo sin carácter.

—Camellia, me gustaría… —intentó interrumpirla.

—Criaré yo sola al niño. Sin ti. Y no quiero volver a verte nunca. Que seas muy feliz con tu Paula. —Las lágrimas afloraron a sus ojos.

—¿No podríamos intentar encontrar una solución? —Su mirada se hizo más penetrante.

—¿Y en qué solución estás pensando? ¿Quieres que me deshaga del bebé? —Camellia elevó las cejas en un gesto inquisitivo—. No voy a hacerlo. En ningún caso.

Por supuesto que se le había pasado por la cabeza la idea de abortar, pero no le parecía lo correcto. En efecto, el niño no tenía la culpa de que Ricardo hubiera puesto fin a su relación de una manera tan despreciable. Además, no sabía con exactitud si estaba a tiempo para una intervención de ese tipo. Nunca antes había tenido que pensar a fondo en cuestiones como el tiempo límite para un aborto, y lo cierto es que no tenía ningunas ganas de hacerlo. Por lo menos no en ese momento. Cuando volviera a Inglaterra, a su casa, tal vez todavía podría pensar en esa posibilidad. Pero a Ricardo en ningún caso le revelaría sus dudas.

Él volvió a negar con la cabeza.

—No, no me refería a eso, pero…

—Me voy a casa —le interrumpió ella de nuevo, para evitar oír nada más—. Lo antes posible.

—Camellia, no puedes hacer eso. —En su voz había desconcierto, impotencia.

Camellia sintió que la ira crecía en su interior.

—¿Cómo que no puedo hacerlo? ¿De veras crees que puedes decirme qué es lo que puedo y no puedo hacer? Tú no tienes ningún derecho a darme órdenes. Ningún derecho, ¿lo oyes? —Antes de darse la vuelta para alejarse de allí, le miró por última vez—. Simplemente déjame en paz. Todo esto es tan patético.

Mientras se dirigía al camino que conducía a la salida del yacimiento, Camellia se dio cuenta de que le temblaba todo el cuerpo. Incapaz de seguir reprimiendo el llanto, avanzaba dando trompicones a ciegas en dirección a la vereda, cuando de pronto notó que su pie derecho chocaba contra algo, perdió el equilibrio y se desplomó de bruces en el suelo, cayendo por dos empinados escalones de piedra. Se golpeó la pierna derecha a la altura de la tibia contra el borde de piedra, y un dolor punzante de inmediato empezó a extenderse, anulando cualquier posible pensamiento.

De forma instintiva, Camellia se llevó las manos a su bajo vientre. Mientras Ricardo gritaba algo a su espalda, se dio con la cabeza contra el suelo polvoriento. Un lacerante dolor se expandió por todo su cuerpo. Empezó a tener una sensación de mareo. ¡Dios santo, no podía permitir que le pasara nada malo a su bebé! Todo a su alrededor se difuminó en una espesa niebla.

36

Actualidad
Tulum

—Buenos días. —Dalia entró en el local de Fernanda con aspecto cansado. Había pasado la mitad de la noche dando vueltas en la cama, sus pensamientos arremolinándose en bucle. Pensó si sería buena idea volver a abordar a Ricardo y si debería confesarle a Fernanda quién era. Además, había sentido infinitamente la ausencia de Pablo, le echaba de menos, y no había nada que deseara más que borrar aquella estúpida discusión.

—Buenos días, Dalia —la saludó Fernanda, y después abandonó el mostrador para salir a su encuentro—. ¿Cómo estás? Ayer me quedé un poco preocupada por ti.

Consternada, Dalia la miró a los ojos.

—Lo siento, no era mi intención. —Dalia era consciente de que el día anterior no debía haber desaparecido así sin más, sin despedirse de ella. Pero la desagradable disputa con Pablo le había afectado más de lo que estaba dispuesta a admitir. Y después solo había querido estar sola.

—¿Está todo bien?

Dalia suspiró.

—Te enteraste de la discusión, ¿no?

—Es por ese joven —replicó Fernanda—. ¿Quieres hablar o prefieres pintar?

Ante tanta franqueza, Dalia no pudo evitar sonreír sin querer.

—Si puedo elegir, ya que lo preguntas, prefiero pintar.

Fernanda también se rio.

—Pues entonces ven.

Una vez en el atelier, la anciana sacó un caballete de madera de detrás de una estantería, dejó a un lado el cuadro que sostenía el armazón y le mostró un lienzo en blanco.

—¿Lo quieres más grande o más pequeño?

Dalia ladeó la cabeza y examinó la blanca superficie.

—El tamaño es perfecto.

Fernanda asintió satisfecha y colocó el lienzo sobre el caballete.

—¿Pintura al óleo o acrílica?

Nuevamente Dalia se tomó un momento para reflexionar.

—Acrílica —decidió finalmente.

—El motivo tendrás que pensarlo tú misma. —Fernanda dejó varios tubos de pintura sobre una pequeña mesa auxiliar, que después empujó para acercarla al caballete—. Hay pinceles sobre el escritorio. Y agua ahí detrás. —Señaló hacia la pared—. Si necesitas ponerte algo encima de la ropa, al lado del lavamanos hay colgadas varias batas, puedes coger una si quieres.

Abrumada por su amabilidad natural y las atenciones recibidas, Dalia luchó por mantener el control. Fernanda no sospechaba quién era, no tenía la menor idea. Y, sin embargo, la trataba como si fuera de su familia. Le recordaba un poco a la abuela que la había criado. Ella también se habría comportado de forma similar.

—¿Qué pasa? —Fernanda la miró con más intensidad—. ¿Falta algo?

Dalia negó rápidamente con la cabeza.

—No, en absoluto, es solo que ahora mismo no he podido evitar... pensar en alguien.

—¿Ese joven?

—No, no directamente. Me he acordado de mi abuela —admitió Dalia—. Pero lo de Pablo es tan... complicado.

Fernanda sonrió.

—Eso se arreglará. Ya lo verás.

—Él vive aquí, y yo en Inglaterra —explicó Dalia.

—Las fronteras no pueden contener el amor, por desgracia —repuso Fernanda en un tono serio—. Mi hijo... —comenzó a decir. Luego hizo un gesto con la mano como para restar importancia a lo que iba a decir.

Dalia esperó escuchando atentamente.

—¿Qué me iba a decir de su hijo?

La anciana negó con la cabeza.

—Nada —contestó tras vacilar un momento—. No era nada. Algo que pasó hace mucho tiempo. —Obviamente no deseaba dar más detalles.

¿Qué había querido dar a entender Fernanda? ¿Qué sabía del amor de Ricardo hacia la madre de Dalia? Ansiaba saber más cosas, pero sabía que insistir sobre el tema solo habría conseguido incomodar a Fernanda.

—¿Te importa que te deje sola?

Dalia hizo un gesto con la cabeza para indicar que le parecía bien.

Una vez Fernanda abandonó el atelier, Dalia buscó una banqueta y se sentó ante el lienzo blanco. Cerró los ojos y se dispuso a mirar en lo más profundo de su interior. Permaneció en esa posición durante varios minutos, antes de visualizar en su mente el Castillo de Tulum. Ante ella aparecieron los acantilados de escarpadas rocas, la arena blanca de la cala, el refulgente azul del mar, que se fundía en la distancia con el horizonte... Y los muros de un tono gris claro de la antigua edificación. Dalia esperaba, por si aquella imagen se desvanecía, pero, en lugar de eso, los detalles iban tomando forma, definiéndose con más concreción. Inspeccionó los tubos de pintura, se hizo con una paleta, y comenzó a mezclar cada uno de los tonos. A la derecha, el mar; a la izquierda, los acantilados con el Castillo. Y entre ambos, la playa de arena, que resplandecía brillante bajo el sol. Resuelta, Dalia cogió un ancho pincel para empezar con la imprimación del lienzo.

Estaba tan absorta pintando que no era consciente del paso del tiempo. Al oír dos voces agudas provenientes del local, Dalia alzó la vista por primera vez desde que había empezado a pintar, y necesitó un momento para recordar dónde se encontraba. Nunca antes había estado tan sumergida en su arte. Satisfecha, contempló el resultado hasta ese momento. El mar estaba casi acabado, la transición con el cielo azul tenía un aspecto realista y armonioso. A Dalia se le antojó que casi podía oler el aire salitrado.

—Dalia, ¿tienes hambre? —Fernanda apareció en el umbral de la puerta—. Mis nietas acaban de llegar, vamos a comer juntas. He preparado burritos con atún.

—¿Has cocinado? —Dalia ni siquiera se había dado cuenta de que Fernanda había salido del local.

—Los burritos no necesitan demasiada preparación —dijo Fernanda riendo—. Parece como si te hubieras desconectado de todo lo que hay a tu alrededor. Te dije en voz alta desde la entrada de la tienda que iba a cerrar mientras estaba fuera.

Con incredulidad, Dalia sacudió la cabeza de un lado a otro.

—No he oído nada.

—Eso está bien. —La madre de Ricardo señaló hacia el cuadro—. Todavía no has acabado, pero ya es mucho mejor que tus cuadros anteriores. Este tiene… alma.

—¿De veras lo crees? —Dalia la miró a los ojos.

Fernanda asintió.

—Sí, de verdad me lo parece. —Le indicó por señas que la siguiera—. Ahora ven. Cristina y Valeria están famélicas.

En ese momento Dalia se percató realmente de a qué se refería Fernanda: sus nietas. ¿Posiblemente las hijas de Ricardo? En ese caso, serían medio hermanas. Solo de pensarlo casi se le cortó la respiración. Dejó el pincel a un lado y se levantó de la banqueta.

—Tengo que lavarme un poco las manos.

—No pasa nada. Cuando acabes ven con nosotras.

Cuando Dalia abandonó el taller, vio a dos niñas sentadas a

una mesa redonda vestida con un mantel. Calculó que debían de tener unos trece o catorce años. Llevaban sus oscuros cabellos recogidos en largas trenzas. Ambas tenían el mismo tono de piel aceitunado que Fernanda... Y que Dalia.

—¡Hola! —Dalia saludó a ambas en castellano, y después se presentó.

Las muchachas también dijeron sus respectivos nombres.

—¿Ya os habéis presentado? —preguntó Fernanda cuando poco después volvió a salir al exterior desde la tienda cargada con dos bandejas llenas de aromáticos burritos en sendas manos. Dispuso la comida sobre la mesa y tomó asiento—. Estas son las hijas de mi hijo mayor.

Dalia tragó saliva. ¡Se trataba realmente de las hijas de Ricardo!

—¿Cuántos años tenéis? —preguntó Dalia, con la esperanza de que ninguna de las tres se diera cuenta de que le temblaba la voz.

—Yo tengo trece —dijo Valeria.

—Y yo doce —añadió Cristina.

—Ricardo tardó mucho en ser padre —explicó Fernanda casi como disculpándose—. Él tuvo... —No acabó la frase, sino que repartió los platos y sirvió un burrito a cada una—. ¡Buen provecho!

Las tortillas de harina de trigo rellenas estaban deliciosas. El aprecio de Dalia por la cocina mexicana iba en aumento cada día, con cada comida que probaba.

—Muy sabroso —comentó con sinceridad, a pesar de que los nervios causados por aquel primer encuentro con las hijas de Ricardo le provocaban una sensación de agitación estomacal.

Sin preguntar nada, Fernanda sirvió un burrito más en su plato.

—¡Pues aquí tienes!

Dalia no pudo evitar echarse a reír.

—La abuelita prepara los mejores burritos —afirmó Cristina con una pícara sonrisa.

Dalia asintió.

—Creo que podrías estar en lo cierto.

—¿De dónde eres? —le preguntó Valeria.

Dalia les habló de Inglaterra. De Cornualles. Del centro de jardinería.

—Dalia está buscando a su papá —explicó Fernanda a sus nietas—. Es mexicano.

—¿Por qué le estás buscando?

Dalia les contó que su abuela había muerto recientemente y que su madre había fallecido hacía ya mucho tiempo.

—Eso significa que ahora estás completamente sola —concluyó Cristina consternada.

Dalia tragó saliva.

—Bueno...

—Dalia no está sola —intervino Fernanda—. Aquí ha conocido a mucha gente. A vosotras, a mí, a Pablo...

—¿Quién es Pablo? —Valeria miró alternativamente a su abuela y después a Dalia.

—Un... amigo —replicó Dalia alargando las palabras—. Tal vez.

—¿No lo sabes seguro? —Cristina le clavó una mirada escrutadora.

—A veces esas cosas son un poco complicadas —respondió Fernanda para zanjar aquel tema, obviamente difícil para Dalia—. Y ahora a comer, niñas.

Dalia inspeccionaba a las hijas de Ricardo disimuladamente desde el costado. Se le ocurrían mil preguntas que hacerles a ambas, y le habría gustado hablar del padre que tenían en común, pero debía ser precavida para no incomodar a las muchachas ni tampoco a Fernanda. Por esa razón reprimió su curiosidad y se concentró en la deliciosa comida.

Por la tarde, mientras regresaba a la pensión, Dalia iba sumida en sus pensamientos. Esas niñas desde el primer momento se habían ganado su corazón. Valeria había explicado que en su colegio había varios chicos que al parecer acosaban casi a diario a sus compañeros. Cristina les había contado que su profesor de español había sido injusto con una compañera de clase. Mientras despotricaba indignada, Fernanda escuchaba pacientemente y asentía comprensiva cada cierto rato o hacía un comentario pertinente.

¿Y Dalia? Se había sentido muy a gusto en compañía de las tres. Fernanda y las muchachas le habían transmitido la reconfortante sensación de que no era una extraña. De que era una de ellas. Aunque ninguna de ellas pudiera imaginar quién era Dalia realmente en cuanto a su parentesco, le habían hecho partícipe de la conversación, de sus preocupaciones y problemas, de su rutina diaria.

—¡Dalia! —Una voz que la llamaba a gritos por su nombre la sacó del hilo de sus pensamientos.

Sobresaltada, Dalia se giró, incrédula, y entornó los ojos. Entonces vio a Estela y Rubén, que se abalanzaban sobre ella.

—¿Qué hacéis aquí?

—Os hemos estado buscando —explicó Estela, intentando recobrar el aliento al detenerse frente a ella.

—Antes estabas en mejor forma —se burló Rubén sonriendo.

Estela le propinó un empujón en el costado.

—Todos nos hacemos mayores, ¿no?

Él ladeó la cabeza.

—Tú sí, pero en mi caso no estoy tan seguro.

Se echaron a reír.

Su buen humor era contagioso. Dalia se alegraba enormemente de volver a verlos.

—Hemos pensado que podíamos pasar un par de días con vosotros, en la costa, antes de que tengamos que regresar a la uni —dijo Estela para responder a la pregunta de Dalia—. Por cierto, mi mamá te envía cariñosos saludos. Dice que se alegraría mucho si volvieras a visitarlos.

—Gracias —replicó Dalia—. Me lo pasé realmente bien en vuestra casa.

—¿Dónde está Pablo? —preguntó Rubén.

—Él... —empezó a decir Dalia con voz vacilante—. No lo sé —tuvo que admitir irremediablemente.

Estela la miró con curiosidad.

—¿Qué ha pasado? ¿Habéis discutido?

Dalia se encogió de hombros.

—No directamente... o tal vez sí, más o menos.

—¡Vaya! —Estela volvió a mirar a Rubén, y luego de nuevo a Dalia—. ¿Qué os parece si vamos a tomar algo? Y de paso nos lo cuentas todo con calma. Tengo la impresión de que nos hemos perdido unas cuantas cosas.

Rubén señaló un punto más adelante en la misma calle.

—Antes he visto por ahí un bar de zumos. ¿Os apetece recordar el sabor de la papaya, el melón o la piña?

Dalia asintió agradecida.

—Suena bien.

Tras buscar una mesa en la terraza del pequeño local y haber pedido sus bebidas, Dalia notó que los dos aspirantes a doctor posaban la mirada con firmeza sobre ella.

—He encontrado a mi padre —espetó sin más—. Y con Pablo he... hemos... estamos... —balbuceó torpemente. Bajó la vista, avergonzada.

—En la fiesta de mi abuelita ya me di cuenta de lo que había entre vosotros —la interrumpió Estela con tacto—. Era tan bonito veros juntos en la pista de baile... Daba la sensación de que el mundo a vuestro alrededor hubiera dejado de existir. Solo teníais ojos el uno para el otro. —Dalia no podía casi creer que hubieran pasado tan pocos días desde aquella noche. ¡Cuántas cosas habían ocurrido desde entonces!—. ¿Quieres contarnos qué ha sucedido? —El rostro de Estela demostraba ahora empatía.

Al percibir la calidez que transmitía la voz de la joven mexicana a Dalia casi se le hizo un nudo en la garganta. Pero ambos conocían a Pablo bastante mejor que ella. Tal vez pudieran incluso ayudarla a enmendar las cosas entre ellos. Dalia se enderezó en su asiento y comenzó su relato.

—No sé qué debería hacer ahora —concluyó Dalia—. Lo cierto es que su madre tiene razón. ¿Cómo podría funcionar nuestra relación?

Estela intercambió una mirada con Rubén, antes de volver a dirigirse a Dalia.

—A ver, en primer lugar, Pablo y tú os habéis enamorado el uno del otro. Esas cosas pasan. No se puede hacer nada en contra de los sentimientos. —Ladeó un poco la cabeza—. O, por lo menos, no mucho. Yo diría que lo primero que deberíais hacer es hablar. Sobre vosotros. Hasta qué punto vais en serio, qué esperáis de la relación, cómo podríais continuar… —Sonrió—. La verdad es que en mi opinión hacéis buena pareja. Y que Pablo estaba colado por ti me di cuenta cuando todavía estábamos en Ciudad de México. —Sacudió la cabeza de arriba abajo despacio pero enérgicamente.

Dalia la miró atónita. ¿Cómo había estado tan ciega?

—En segundo lugar —prosiguió Estela sin inmutarse—, la cuestión de tu padre la veo de forma similar a Pablo. Ese profesor creyó durante décadas que no sobreviviste al parto. Y de pronto te plantas delante de él y le dices que eres su hija… —Hizo una pausa y miró brevemente de nuevo a Rubén—. Eso es duro de tragar, diría yo.

Rubén corroboró su opinión con un movimiento de cabeza.

—No creo que tenga la intención de volver a ponerse en contacto conmigo —anunció Dalia en voz baja.

—Espera un poco. —Estela dio un sorbo a su zumo—. Y en cuanto a Fernanda: me alegro mucho de que tu abuelita aparentemente sea una mujer fantástica y afectuosa. Y que incluso compartáis un talento similar. Pero… —Le lanzó una mirada penetrante—. Creo que deberías decirle la verdad.

—Yo pienso igual —coincidió Rubén—. Merece saber quién eres. —Hizo una pausa—. ¿Y de qué podrías tener miedo? Al fin y al cabo, eres su nieta. ¿Crees que te cogerá manía cuando se entere de la verdad? Yo creo que más bien lo contrario.

Dalia no sabía qué pensar.

—No tengo la menor idea de qué sucedió en aquel entonces entre Ricardo y mi madre, ni tampoco de por qué mi abuela le escribió diciendo que yo también había muerto.

—Ahora estás aquí, Dalia. —Estela se pasó la mano por el pelo—. Y Ricardo también. Le has encontrado. Solo eso ya es como un pequeño milagro. —Negó con la cabeza. —No puedo imaginarme que él pretenda ignorar esa realidad a largo plazo. Eres su hija, su primogénita.

—Sus hijas son muy agradables —comentó Dalia al pensar en Valeria y Cristina—. Y Ricardo también era muy simpático antes de saber… quién soy realmente.

—Seguro que se sintió sobrepasado por la noticia —especuló Rubén—. Quiero decir, que si me pongo a imaginar que de repente viniera a verme una chica que afirma ser mi hija…

—En tu caso no me parece tan descabellado imaginar una situación similar —remarcó Estela, y luego se echó a reír—. Espera un par de años y tal vez esa realidad podría perfectamente materializarse.

—*Estúpida* —replicó Rubén también riendo.

Dalia se reclinó en su asiento y miró a ambos.

—Me alegro de veras de que estéis aquí. Os he echado de menos. —Y lo decía en serio.

—La semana que viene es el cumpleaños de Pablo —anunció Estela—. Y no querríamos perdérnoslo por nada del mundo.

Dalia enarcó las cejas.

—¿Es su cumpleaños? No tenía ni idea.

—Ahora ya lo sabes. —Estela frunció las comisuras de los labios, satisfecha. Vaciló un momento—. Realmente tendríais que hablar.

Dalia se mostró de acuerdo haciendo un gesto afirmativo con la cabeza.

—De alguna forma tengo la sensación de que ahora mismo

simplemente todo lo hago mal. Pero no me voy a dar por vencida. —Durante unos instantes permaneció con la mirada fija en el horizonte.

Una pequeña salamanquesa verde se deslizó veloz sobre la mesa vecina.

—¿Qué te parecería ir a la isla de Cozumel? —Estela quebró el silencio y miró a Rubén expectante.

—¿Mañana?

Ella asintió.

—¿Qué es eso? —preguntó Dalia.

—Déjate sorprender. ¡Mañana vamos a hacer una excursión!

37

Impresionada, Dalia seguía con la mirada el proceso en virtud del cual Fernanda, al combinar trazos independientes, los convertía en un diseño fabuloso.

—¿Qué pasa? —sonrió Fernanda—. ¿Ya te has cansado?

Dalia negó con la cabeza.

—No, es solo que… necesito hacer una pausa. Cuando observo cómo trabajas… El pincel y tú… formáis un todo. Como si fuera una extensión de tu brazo.

Fernanda asintió en un gesto apreciativo.

—Lo has descrito a la perfección. Así exactamente lo percibo. El pincel no es ajeno a mí. Cuando pinto, forma parte de mi cuerpo, es otro miembro más. Como la mano, la cabeza, los pies.

Dalia suspiró.

—Creo que me falta mucho para sentirme así.

Fernanda dejó a un lado el pincel y miró en su dirección.

—Sinceramente, no lo creo, Dalia. —Se puso en pie y se colocó tras ella—. Es solo que todavía no lo sabes. —A continuación, señaló el Castillo, cuya representación había completado Dalia en las últimas horas—. Esta edificación… No son solo unos muros. Has conseguido plasmar el misticismo y los enigmáticos misterios de los mayas. Has insuflado vida a la construcción.

—¿En serio? —Dalia alzó la vista hacia ella.

—Sí, tienes buen ojo y mucha precisión. Ves la esencia, algo que muchas personas ya no son capaces de reconocer en nuestros días. En la vida hay tanto estrés y prisas. La consciencia de uno mismo y la observación de los detalles son cosas que muchos han olvidado. —Se dirigió de regreso hacia su caballete—. Tienes un gran talento, Dalia. Es un don especial que no hay que menospreciar.

—Gracias —respondió Dalia, conmocionada—. Tus palabras significan mucho para mí.

—Solo digo lo que veo. —Fernanda se encogió de hombros. Luego su mirada se tornó más penetrante—. Tengo la sensación de que hay algo que te preocupa. ¿Tiene que ver con... Pablo?

Dalia cerró los ojos un instante y pensó en la conversación mantenida con Estela y Rubén. ¿Sería ese el momento adecuado? Se le retorció el estómago. No, simplemente no era capaz. ¿Cómo reaccionaría Fernanda ante aquella revelación? Seguramente se pondría furiosa y la echaría con cajas destempladas del atelier. Sin dudarlo, asintió.

—Hoy me he encontrado a... dos conocidos. De Ciudad de México —empezó a decir con voz vacilante.

—Eso suena bien.

—Sí, y también hemos hablado de Pablo. Estela cree que él... hace mucho que se siente atraído por mí.

Fernanda arrugó la frente.

—¿Dónde está el problema?

—Mañana vamos a hacer una excursión. Los cuatro —continuó Dalia—. A la isla de Cozumel.

Fernanda sonrió.

—¿Qué pasa? —preguntó Dalia extrañada.

—Nada. —La anciana no quiso explicar más—. Seguro que pasaréis un día genial.

—Tengo miedo —admitió Dalia.

—¿De la excursión?

—De Pablo.

—Si Estela dice que le gustas, no puedo ver dónde está el problema.

Dalia parecía estar buscando las palabras adecuadas.

—Hasta ahora mi vida transcurría de forma ordenada. En Inglaterra siempre sabía cómo iba a ser mi día, mi vida cotidiana. Tenía a mi familia, el centro de jardinería, mi trabajo. Todo era...

—Previsible. —Fernanda acabó la frase ahora con gravedad en su voz.

Dalia la miró desconcertada.

—Exacto.

—Y ahora tu vida está completamente patas arriba —prosiguió Fernanda al tiempo que le lanzaba una intensa mirada—. Y eso te da miedo.

Dalia giró la cabeza a un lado.

—Aquí la vida parece tan sencilla. Siempre brilla el sol, la comida es por sí sola un sueño, la naturaleza y los yacimientos arqueológicos son impresionantes. Ya casi me siento como si fuera de aquí, como en casa. Pero vengo de Cornualles. Todas las personas que me han acompañado en mi vida viven a miles de kilómetros de aquí. Y, de repente, conozco a Pablo y... —Se le quebró la voz.

—Y te enamoras de él —dijo Fernanda con una expresión empática en su semblante—. Puedo comprenderte muy bien. Tienes sentimientos encontrados. Y a eso cabe añadir la búsqueda de tu padre...

—Le he encontrado —anunció Dalia.

Fernanda se inclinó hacia delante.

—¿Le has encontrado?

—No quiere saber nada de mí.

La anciana hizo un gesto de incredulidad con la cabeza.

—No puedo creerlo. Cualquier hombre se consideraría afortunado de tener una hija tan encantadora, inteligente y sensible como tú.

—Él no —repuso Dalia afligida.

—Eso seguro que va a cambiar.

—Cómo desearía que demostrara un mínimo interés por conocerme. Y me presentara a su familia, que me demostrase que está de mi lado —prorrumpió Dalia.

Hasta ese momento no había sido consciente de hasta qué punto le hacía sufrir aquella situación no resuelta. La disputa con Pablo y las gratificantes conversaciones con Fernanda habían apartado de su mente la decepción causada por la reacción de Ricardo.

—No puedo comprender cómo es posible que no le afecte el hecho de saber que tiene una hija.

Nuevamente Dalia tenía mala conciencia. Fernanda se había convertido en una persona importante para ella. ¿Por qué seguía ocultándole la realidad de su parentesco? ¿No habría llegado ya el momento adecuado de confesarle la verdad?

—Quizá necesite un poco de tiempo para hacerse a la idea —conjeturó Fernanda.

—Eso mismo dijeron Rubén y Estela —replicó Dalia—. Y también Pablo. —Y Nara y Soley, siguió enumerando para sí misma en su mente. Pero ¿cuánto tiempo necesitaría Ricardo? ¿Acaso no habían desperdiciado ya demasiados años?

—Mi padre siempre se opuso a mi deseo de pintar —explicó Fernanda—. Mi madre me apoyaba incondicionalmente, pero papá no tenía la menor sensibilidad hacia la creatividad. Era pescador, igual que José. La mar era su hogar. A menudo pasaba mucho tiempo fuera de casa. Me causaba mucha tristeza que no me viera como soy. —Hizo una mueca de dolor—. Que no viera mi esencia, mi pintura, mi carácter, todo aquello que me define. Toda mi vida luché para conseguir su atención completa, aunque solo fuera una vez. Pero él no podía cambiar. Era un hombre sencillo, que no sabía nada de arte ni de cultura. Mi madre, en cambio, se dio cuenta de que necesitaba desarrollar esa creatividad para ser feliz, para respirar; que formaba parte de mi camino poder expresarla. —Hizo una pausa—. Sí que puedo comprenderte. Durante décadas intenté ganarme a mi padre. Pero él nunca llegó a comprender quién era yo realmente. En toda su vida.

—Es verdaderamente muy triste —comentó Dalia, al tiempo que percibía cómo una sombra cubría su semblante. Pensó en su propia situación. Los abuelos, Nara y Lilian, toda su familia al completo siempre la había respaldado, apoyado y ayudado, cuando lo había necesitado. Ni siquiera cuando tomó precipitadamente la decisión de viajar a México había puesto alguno de ellos el menor reparo. Le habían advertido de los posibles riesgos, le habían pedido que se tomara más tiempo para preparar el viaje, pero nadie le había puesto trabas, más bien al contrario. Al pensar en ello se sintió reconfortada.

—Tu padre no te ha rechazado, Dalia. —La voz de Fernanda la devolvió a la realidad—. Desconozco las circunstancias concretas, pero estoy segura de que entrará en razón. —Echó un vistazo al reloj—. Es casi medianoche. ¿Qué te parece si lo dejamos por hoy? —dijo con una sonrisa traviesa—. No hay que olvidar que mañana te aguarda un gran día.

Dalia no salía de su asombro. Mientras hacía esnórquel en las cálidas aguas de la isla de Cozumel, a su alrededor iban pasando peces de todos los colores imaginables: amarillo solar, azul celeste, rojo cereza, verde hierba. Tal como Dalia se había imaginado toda su vida el Caribe. Y así exactamente lo estaba experimentando. Siempre había algo de cierto en los clichés. Unos cuantos metros por debajo de donde se encontraba había dos estrellas de mar rojas. El agua era cristalina, y la arena blanca del fondo marino aparecía bañada por la luz cegadora de los rayos del sol.

Al dar media vuelta avistó a Rubén y Estela a cierta distancia. Pablo nadaba a unos cinco metros de ella.

Durante el trayecto de apenas una hora desde la playa del Carmen a la isla, Estela y Rubén habían acaparado la conversación. Dalia había pasado casi todo el tiempo con la mirada fija en el agua. Nunca antes se había sentido tan libre en su vida y al mismo tiempo acarreando con ella una carga tan pesada. Pablo había rehuido su mirada durante todo el viaje en la medida de lo posible.

Una tortuga pasó nadando a su lado. Fascinada, siguió los movimientos de aquel animal de unos treinta centímetros de largo, que evolucionaba flotando casi ingrávida, sus aletas aprovechando las corrientes marinas. Cuando la tortuga giró la cabeza hacia ella, Dalia tuvo la impresión de que la estaba mirando directamente a los ojos. La invadió una embriagadora sensación de dicha. ¡El mundo podía ser tan bello!

Cuando Pablo le indicó por señas que le siguiera, Dalia cambió de dirección y avanzó dando grandes brazadas tras él. Pasados unos cuantos minutos Pablo señaló repetidamente hacia abajo, y luego alargó el brazo derecho y levantó el pulgar.

Sobre unas escarpadas formaciones rocosas crecían delicadas plantas acuáticas de color naranja. Ante ellos se extendía un enorme arrecife de coral. Dalia no podía creer lo que veían sus ojos. Nunca había visto nada tan bonito, tan excepcional. Ralentizó sus movimientos y se limitó a flotar y dejarse llevar suavemente por el agua. Aquel mundo submarino se le antojaba un auténtico paraíso. El fondo estaba cubierto de posidonia. En aquella verde espesura se ocultaban cangrejos y langostas. Dalia vislumbró esponjas, gusanos marinos e innumerables tipos de algas. La diversidad de especies parecía ilimitada. Peces de todos los colores y tamaños posibles surcaban las aguas a diestra y siniestra. Entre ellos se deslizaban con parsimonia rayas y tortugas. Dalia tenía la sensación de hallarse en un inmenso acuario de agua salada.

Pablo le hizo señas de nuevo, y ella volvió a seguirlo, nadando tras él. Ya no podía ver a Estela y Rubén.

Al ver que se dirigía hacia la playa, Dalia sacó la cabeza del agua, se quitó la máscara de buceo y miró con curiosidad a su alrededor. La playa se hallaba apenas a unos treinta metros de donde se encontraban, y parecía completamente desierta.

—¿Quieres que hagamos una pausa, antes de regresar nadando? —le gritó Pablo justo en ese momento. Él también se había quitado la máscara de la cara.

Dalia asintió y se dirigió a la orilla. Exhausta, se dejó caer en la suave y cálida arena.

—¿Dónde estamos? —Miró a su alrededor, pero no pudo ver nada más aparte de las palmeras y la playa. Su respiración se fue normalizando paulatinamente.

—Es una joya oculta —anunció Pablo sonriendo, y luego se sentó a su lado.

—Estoy absolutamente alucinada —confesó Dalia mientras clavaba los dedos de los pies en la arena.

—Yo también —dijo Pablo en voz baja.

A Dalia le pareció evidente que no se refería a la naturaleza a su alrededor. Giró la cabeza para mirarle a los ojos.

—Siento mucho haberme comportado de un modo tan estúpido.

Él alzó la mano para acariciarle suavemente la mejilla.

—Te he echado mucho de menos.

A Dalia se le puso la piel de gallina.

—Soy una idiota.

Él se rio.

—No, no lo eres.

—No debía haber dicho eso delante de Fernanda —aseveró con voz grave—. Es solo que... no habíamos hablado nunca de qué iba a pasar con nosotros. Qué significó... esa noche —Inspiró profundamente—. Simplemente no sé cómo... o si es que nosotros... —barboteó torpemente—. Ay, mierda, da igual. En todo caso lo siento muchísimo.

Pablo se acercó a ella y la besó con delicadeza. Al sentir aquel tierno roce Dalia olvidó todas las preocupaciones que la asediaban desde hacía días. La enorme distancia entre ellos ya no le importaba, la decepción sufrida por la reacción de Ricardo pasó a un segundo plano. En ese momento Dalia solo quería estar con Pablo. Su sabor, su olor, su cuerpo, su ternura, sus caricias. Rodeó con los brazos su cuello y le atrajo hacia sí. De inmediato volvió a surgir la magia que había sentido en su primera noche juntos. Ahora no tenían necesidad de hablar, ni de reflexionar sobre su complicada situación. Dalia solo quería sentir, percibir su sabor y su olor. Con todos los sentidos, con cada fibra de su cuerpo. Quería que Pablo la acariciase, disfrutar de su proximidad y de la sensación de seguridad que le proporcionaba. Los cálidos rayos del sol y el suave rumor del mar completaban a la perfección aquel instante mágico.

—¿Todavía te sientes insegura? —le susurró Pablo al oído al separarse de ella unos cuantos minutos después.

Dalia negó con la cabeza.

—Nunca me he sentido insegura. No en cuanto a mis sentimientos hacia ti. Más bien son las circunstancias...

Él le retiró con delicadeza un mechón de pelo mojado de la cara.

—Llegué a pensar que solo había sido una aventura para ti. Una experiencia más de las vividas en tus vacaciones, una simpática anécdota que contar.

Dalia contempló sus bellas facciones. Gotas de agua perlaban su frente y sus pómulos. Sus ojos oscuros centelleaban bajo la luz del sol.

—Nunca te consideré como una aventura —aclaró ella con firmeza—. Eres el hombre... más fantástico que he conocido en mi vida.

Él volvió a esbozar con sus labios esa sonrisa seductora tan suya.

—Eso suena mucho mejor.

Ella no pudo evitar echarse a reír.

—Lo digo en serio. Eres... único. Me salvaste de aquellos canallas y me ofreciste la posibilidad de quedarme con vosotros sin conocerme de nada, así sin más. Has viajado por todo México conmigo para ayudarme a buscar a mi padre. Cada vez que perdía la esperanza me dabas el valor para continuar. Una y otra vez me has levantado el ánimo. Me ves como soy y me apoyas para reinventarme a mí misma. Conseguiste pinturas al óleo para mí de la nada, para que pudiera pintar. —Movió la cabeza de un lado a otro—. Nunca he conocido a alguien tan generoso como tú. Podría seguir hablando así, indefinidamente, sobre lo excepcional que me pareces. —Sonrió—. Y, además, por cierto, besas fenomenalmente bien.

Él le sopló un beso en la nariz.

—¿Y qué más?

Ella ladeó la cabeza, como sorprendida por su insistencia.

—Vale, no solo besas fenomenalmente bien, sino que además…

—¿Por qué simplemente no te quedas aquí conmigo? —la interrumpió Pablo, tras incorporarse, mirándola de soslayo.

Dalia suspiró.

—Eso suena genial.

—Es genial —confirmó mientras le posaba una mano en la espalda y comenzaba a acariciarla suavemente.

—Pero vives en Ciudad de México —remarcó Dalia—. No estoy segura de si podría… ser feliz allí. —Desvió la vista hacia el mar—. Este lugar es absolutamente de ensueño. Tulum es una ciudad maravillosa, pero una metrópolis de millones de personas… Blooming Hall también está en medio del campo, y tampoco podría imaginarme mudarme a Londres, ¿me entiendes?

—Sí, puedo entenderlo perfectamente. Para mí supuso también un gran esfuerzo de adaptación mudarme a Ciudad de México. Aunque tiene rincones bonitos, no estoy seguro de querer vivir allí para siempre.

—Ya no puedo imaginar estar lejos de ti, Pablo. —Dalia le reveló sus pensamientos—. Siempre has estado ahí para mí, desde que llegué a México.

—Excepto estos últimos días…

—Siento haberte hecho daño. ¿Puedes perdonarme? —Le miró con ojos culpables.

Él movió la cabeza de un lado a otro, como restando importancia a aquello.

—No hay nada que perdonar, Dalia. Ya te has disculpado, fue un malentendido absurdo. Tú no tenías claro cómo podría seguir nuestra relación, y yo creí que no te importaba realmente. Ya está todo aclarado, ¿no? —Le acarició suavemente el brazo.

Ella asintió.

—Sí, ya está.

—¿Qué te parece? ¿Deberíamos volver ya nadando? —Su mirada se volvió más intensa—. ¿O te apetece disfrutar un poco más de la soledad?

Dalia le guiñó un ojo.

—¿A qué te refieres exactamente?

Él frunció las comisuras de los labios con picardía.

—Estoy seguro de que si nos quedáramos un ratito más se nos ocurriría algo… agradable.

—¿Algo agradable? —preguntó ella, balanceando la cabeza de un lado a otro—. Yo estaba pensando más bien en algo fenomenal. —Con una mano aflojó el nudo de la parte superior del biquini—. ¿En qué estabas pensando tú?

—¿Pensar? —Tragó saliva—. Ahora mismo, a la vista de este interesante panorama, pensar no resulta nada fácil.

Ella le acarició con ambas manos el torso.

—Pensar, en determinadas circunstancias, está ciertamente sobrevalorado.

Dalia se tumbó lentamente en la arena arrastrando consigo a Pablo.

38

—Durante semanas esperaba con ilusión que llegase el día en que mi abuela celebraba la gran fiesta de reencuentro —explicaba Dalia en un tono melancólico—. ¡Y me alegraba tantísimo cuando Magnolia, Lali, Soley, Nara y yo por fin estábamos todas juntas de nuevo! Los días antes la abuela preparaba diferentes pasteles: de chocolate, de limón, de fresa... Hacía también pudin y varias clases de limonada. —Dalia cerró los ojos mientras se deleitaba con aquellos recuerdos. Al volver a abrirlos, vio una expresión sonriente en la cara de Pablo.

—Eso suena muy bonito —dijo él.

Dalia asintió.

—Y lo era. Las cinco formábamos un equipo magnífico y nos lo pasábamos estupendamente. Recorríamos el centro de jardinería alborotadas, organizábamos pícnics en los prados, y cuando hacía bastante calor íbamos de excursión juntas a la playa. —Suspiró—. Éramos jóvenes y la vida era increíblemente sencilla.

—¿Increíblemente sencilla? —Pablo se rio.

Dalia dejó caer la cabeza hacia atrás y contempló el cielo estrellado.

Tras regresar de la isla de Cozumel se habían despedido de Estela y Rubén. Ambos les desearon las buenas noches con un guiño. Estela le susurró además a Dalia al oído cuánto se alegraba de que hubieran podido aclarar sus discrepancias.

Al acordarse de la intimidad de la que habían disfrutado a solas en la playa de Cozumel, Dalia notó que sus mejillas empezaban a arder. Por suerte ya era de noche, de modo que Pablo no podía apreciarlo.

Él había ido a buscar tortillas de maíz rellenas y cerveza, y después había subido a la habitación de Dalia con total naturalidad.

—Tengo la impresión de que tienes una familia maravillosa —afirmó.

Ella asintió con la cabeza.

—Sí, son todos geniales. Los abuelos eran la piedra angular de los Carter. Todos los cumpleaños, la Navidad o cualquier otra festividad... siempre lo celebrábamos todo en Blooming Hall. —Dejó vagar la mirada por los árboles de la terraza—. Sin embargo, no tengo la menor idea de qué pasará ahora. Los abuelos ya no están. Y mucho me temo que ya nunca volverá a ser como antes.

—La vida cambia —dijo Pablo con voz grave—. Todo el tiempo, cada día, cada momento. Algunos cambios nos parecen buenos, y otros son simplemente terribles. Pero tenemos que sobrellevarlos. Como sea. —Tomó la mano de Dalia y la apretó con suavidad.

Ella siguió con la mirada aquel gesto.

—Contigo el mundo ha perdido un filósofo.

Él negó con un movimiento de cabeza.

—La verdad es que no.

—Me gustaría tanto enseñarte mi hogar, la región donde me he criado —continuó Dalia en un tono cauto—. Y me encantaría presentarte a mi familia.

Él levantó las cejas, expectante.

Ella volvió a asentir enérgicamente.

—Yo conozco un poco tu país, a tu familia, y ahora...

—Los vuelos a Inglaterra son demasiado caros, Dalia. No me lo puedo permitir. —Su rostro adoptó una expresión pesarosa—. Ya te he contado que tengo que ayudar económicamente a mis padres.

—Lo sé —respondió ella en un tono apenas audible—. Simplemente no puedo imaginar regresar a casa sin ti.

Él deslizó los dedos lentamente y con ternura sobre el dorso de su mano.

—Encontraremos una solución, ¿sí? Ya verás como todo se arreglará —prosiguió, pero Dalia no estaba segura de si estaba hablando con ella o si en realidad solo se estaba dando ánimos a sí mismo.

—¿Qué dirán tus padres cuando se enteren de que estamos...? —No pudo evitar pensar en la conversación que había escuchado sin querer entre la madre y la hermana de Pablo.

—¿A qué te refieres? Tengo veintiocho años. En nuestro país tampoco es habitual tener que pedir permiso a los padres con antelación. —Él se echó a reír con picardía.

—Pero yo soy inglesa, no mexicana. Y ni siquiera soy católica —insistió Dalia.

—¿Y crees que por eso no les gustará que estemos juntos? —Puso los ojos en blanco y rechazó la idea con la mano—. Se alegrarán mucho.

De eso Dalia no estaba tan segura, pero no se atrevió a contarle que había oído la opinión de su madre al respecto sin que ella lo supiera.

—Deberías hablar con tu abuelita mexicana. —Pablo cambió de tema inesperadamente.

—Mañana —replicó Dalia—. Por la mañana temprano iré a verla y le diré quién soy. Si tampoco quiere saber nada de mí, tendré que aceptarlo.

—Eso no va a pasar —contrapuso Pablo en tono firme—. Después de todo, eres su nieta.

—Ayer, por cierto, conocí a mis hermanas por parte de padre, Cristina y Valeria.

—¿Tienes además dos hermanas? —Se inclinó hacia delante y la miró fijamente a los ojos.

Dalia le habló del almuerzo que habían compartido.

—Me alegro muchísimo por ti, de veras.

—Son muy simpáticas. Y muy jóvenes —siguió explicando Dalia con una sonrisa de satisfacción—. Todavía adolescentes.

—Van a alucinar cuando se enteren de que tienen una hermana mayor tan fantástica.

—Si es que permiten que se enteren…

—Cuando se lo cuentes a Fernanda, sin lugar a dudas, va a ponerse seria con su hijo —afirmó Pablo convencido—. Somos mexicanos. Y la familia lo es todo para nosotros.

—Pero aparentemente es obvio que yo no pertenezco a esa familia —se le escapó a Dalia—. Lo siento. Ni yo misma puedo ya seguir oyendo mi victimismo.

—No tienes que disculparte. —Tiró con delicadeza de su mano para indicarle que se acercara a él.

Ella se irguió levemente para deslizarse sobre su regazo. Embelesada, le acarició el pelo con ambas manos.

—Estoy tan contenta de que volvamos a estar bien los dos —le murmuró al oído.

Él posó una mano sobre la espalda de Dalia.

—Y lo demás también se solucionará.

Dalia apoyó la cabeza en su hombro y disfrutó de la cálida sensación que emanaba de su cuerpo. ¿Alguna vez antes en su vida se había sentido tan completa, tan protegida, tan amada? Dalia cerró los ojos y se concentró totalmente en el presente. En esos momentos no quería dedicar su energía a cavilar sobre sus preocupaciones y sus miedos. Cada instante con Pablo era precioso, extremadamente valioso, y no tenía la intención de desperdiciar ni un solo segundo.

—Estoy seguro de que tu padre no permitirá que vuelvas a desaparecer de su vida —prosiguió Pablo—. Y yo no voy a dejarte ir, así como así —murmuró con voz suave.

Aquellas palabras provocaron en ella un estremecimiento placentero que le recorrió todo el cuerpo. ¿Podía llegar a plantearse vivir en México? A Dalia le costaba imaginárselo. Amaba ese país; sus habitantes y su cultura se habían ganado su corazón desde el primer momento. Se sentía muy cercana a la gente, era una más, también a simple vista, por sus rasgos físicos. Pero ¿podría realmente dejar Inglaterra atrás y comenzar allí una nueva vida?

—Soy una cobarde —anunció ella, con un nudo en la garganta.

Pablo se rio con voz ronca.

—Ay, Dalia, pero qué dices. Yo incluso diría que eres una de las mujeres más valientes que he conocido en mi vida. Y no solo eso, eres además sensible, tienes un carácter fuerte y una gran inteligencia. —Le acarició una mejilla—. Lo vas a conseguir, Dalia. Vamos a conseguirlo. Juntos.

—Juntos —repitió ella—. Qué bonito suena eso.

Él la besó tiernamente.

—Es que es bonito, Dalia. Y tú eres preciosa.

Ella respondió a sus caricias y disfrutó del roce de sus manos en su rostro, los hombros, la espalda, la cintura. La magia entre ellos volvió a cobrar vida. Dalia se sentía liviana y dichosa. No estaba sola, tenía a su lado al hombre más maravilloso que habría podido imaginar. Con él sería capaz de todo. Pero ahora ansiaba disfrutar de su proximidad, ser amada y deseada, y demostrarle lo mucho que le importaba y cuánto anhelaba gozar de la intimidad entre ellos.

39

Veintinueve años antes
Chichén Itzá

Camellia había desviado la mirada hacia la ventana mientras luchaba con denuedo por reprimir las lágrimas que amenazaban con aflorar. No le permitían volar en sus circunstancias. El médico había sido tajante al respecto. Con la pierna rota en varios puntos no debía permanecer sentada durante horas en un vuelo a Inglaterra. Se llevó las manos al abdomen y cerró los ojos. Por lo menos la caída que había sufrido no había afectado al bebé. Camellia no habría podido perdonarse nunca que le hubiera pasado algo al pequeño ser que crecía en su interior, solo porque ella había bajado la guardia. Por haberse alterado tanto al hablar con Ricardo.

La habitación del hospital era sobria en cuanto al mobiliario y además no tenía aire acondicionado, por lo que las gotas de sudor resbalaban por su frente. En la cama de enfrente había una joven mexicana, más o menos de su edad, que se había roto ambos codos al caerse del caballo. Hacía media hora que se habían llevado a Juanita para volver a examinarla.

Camellia se sobresaltó al oír que llamaban con unos golpecitos y miró hacia la puerta.

—¿Sí?

Saddie pasó hacia adentro con un enorme ramo de flores multicolor en su mano derecha.

—¡Hola, preciosa!

Camellia hizo un esfuerzo por sonreír.

—Cómo me alegro de que hayas venido a verme.

—Un momento. —Saddie cogió un jarrón de la única cómoda que había en la habitación, se dirigió al pequeño cuarto de baño y pocos segundos después volvió a salir con el florero lleno.

—Son bellísimas —dijo Camellia, mientras seguía los movimientos de Saddie para colocar el ramo en el alféizar de la ventana.

—De parte de todos nosotros. Giovanni, Armand... —vaciló un instante—... Ricardo y yo —concluyó la frase y abrazó a Camellia.

—Gracias. Diles por favor que me han hecho mucha ilusión.

—Lo haré. También te desean todos, por supuesto, que te recuperes muy pronto, y me han dicho que te dé recuerdos de su parte —prosiguió—. Sobre todo, Ricardo.

A Camellia la invadió la ira.

—Seguro que espera que...

Saddie la miró fijamente.

—¿A qué te refieres? Ricardo está preocupadísimo por ti. —Cogió una silla y la acercó a la cama de Camellia—. Le gustaría mucho venir a verte.

Camellia negó con la cabeza.

—No quiero que venga.

—Pero ¿qué diantres ha pasado entre vosotros? —Saddie le cogió la mano derecha y se la apretó con suavidad—. Me he perdido algo.

—No me dejan volar —comentó Camellia con frustración en la voz—. Como mínimo, durante cuatro semanas.

Saddie se la quedó mirando con el ceño fruncido.

—¿Adónde quieres volar? Sigo sin entender...

Camellia se encogió de hombros.

—Te vas a enterar igualmente, antes o después. Mi intención era volver ya a casa.

—Pero ¿por qué? ¿Alguna cuestión familiar?

—No, en mi familia están todos bien.

—¿Querías irte por culpa de Ricardo? —Saddie se inclinó hacia delante—. ¿Os habéis peleado?

Camellia se mordió el labio inferior.

—Sí, yo… no quiero verle más. No puedo soportar más esta situación.

—¿Qué ha pasado?

El tono empático de la voz de Saddie quebró todas sus defensas.

—Estoy embarazada —confesó entre lágrimas.

—¡¿Qué?! —Saddie abrió grandemente los ojos.

Camellia asintió.

—Estoy embarazada, y Ricardo está… prometido con otra mujer.

Saddie se pasó la mano por la frente.

—¡Uf! Yo… no sé qué decir. Son demasiadas cosas de golpe. Pero sigo sin entenderlo del todo.

Cuando Camellia consiguió calmarse un poco le contó a Saddie cómo había reaccionado Ricardo ante la noticia de su embarazo.

—No me lo puedo creer. Ricardo es tan… sensato. Honesto, accesible. —Saddie resolló—. Por lo menos, esa era la opinión que tenía de él.

—Yo tampoco lo comprendo. Pasamos noches enteras sentados en el balcón, hablando. Sobre nosotros, nuestras familias, nuestras vidas, nuestros sueños, sobre las investigaciones que habíamos realizado, sobre los mayas… —Alzó la vista al techo—. Creía de veras que era una persona verdaderamente especial. Un hombre inteligente, que sabía tantas cosas. Él… podía hablar durante horas. Me encantaba escucharlo, con eso me conformaba. Y él me veía como soy. Me tomaba en serio y había demostrado auténtico interés por mis artículos. Era simplemente… perfecto.

—Tal vez deberías volver a hablar con él —sugirió Saddie con voz resuelta.

Camellia volvió a negar con la cabeza.

—De ninguna manera. No quiero volver a verle nunca.

—Pero también es su hijo —repuso Saddie con cautela.

—Ya, aunque al parecer eso no le interesa.

—No creo que sea así —contradijo Saddie en tono serio—. Está muy preocupado, de veras. Obviamente yo no podía saber que tú… esperas un bebé. Pero puedo imaginarme que haya temido por la salud del niño.

—Más bien seguramente estará decepcionado porque el bebé haya sobrevivido a la caída —replicó Camellia con amargura.

Saddie sacudió la cabeza de un lado a otro.

—No, no debes hablar así de él.

—¿Y quién me lo va a impedir? —Camellia volvió a desviar la vista hacia la ventana, con añoranza. Luego le cogió la mano a Saddie—. ¿Podrías ir a buscar una silla de ruedas? Tal vez podríamos sentarnos un rato en el jardín. Yo… me estoy volviendo loca aquí dentro. Hace tres días que solo veo estas paredes.

Saddie asintió.

—Claro que sí. En el pasillo siempre hay unas cuantas sillas de ruedas libres. Con un poco de suerte alguna de ellas estará disponible.

Poco después Saddie empujaba una silla de ruedas y ambas salían al exterior.

Camellia alzó la mano y se la colocó a modo de visera ante los ojos para amortiguar el deslumbrante sol de mediodía.

—Guau, aquí hace más calor que dentro.

Saddie se echó a reír.

—¿Qué te habías pensado? —Empujó la silla de Camellia sobre el camino polvoriento hasta llegar a un grupo de palmeras. Había sillas de madera pintadas de color amarillo dispuestas en corro sobre la hierba seca.

—¿Prefieres que nos quedemos en la sombra?

Camellia afirmó con la cabeza.

—Por supuesto. Me estoy derritiendo al sol.

Saddie se dirigió con Camellia al grupito de sillas y se sentó en una de ellas.

—No puedo quedarme aquí —aseveró Camellia mientras contemplaba el yeso blanco sobre su pierna.

—¿Qué opinan los médicos? ¿Cuánto tiempo quieren que te quedes en el hospital? —Saddie rozó con delicadeza la escayola.

Camellia se encogió de hombros.

—No lo saben. Depende de cómo evolucione, eso han dicho. Como mínimo tres semanas. —Profirió un gemido—. ¿Por qué tenía que pasarme esto a mí?

—Parece que nuestro viaje de estudios a México está gafado. Primero Carmen... —Saddie enmudeció—. Y luego esta caída.

Camellia sintió remordimientos de conciencia.

—Carmen está muerta. Y yo estoy simplemente aquí sentada quejándome. —Inspiró profundamente—. La pierna se pondrá bien, el bebé está perfecto. No hay ningún motivo para estar de capa caída.

Alzó la cara hacia el cielo y se concentró en el dulce aroma de las flores.

—Dalias —declaró extasiada.

—Camellia —empezó a decir Saddie con voz suave—. ¿Qué pasa con Ricardo? Es el padre de tu hijo.

—No quiero verle —repitió Camellia—. Y ahora se acabó la discusión. Prefiero que me cuentes algo interesante. ¿Qué habéis hecho en estos últimos días? ¿Habéis descifrado más misterios de los mayas?

Saddie se rio.

—Eres un caso, Camellia, en serio. ¿Lo sabías?

Ella no pudo evitar sonreír.

—¿Por qué?

40

Actualidad
Tulum

De camino a la tienda de Fernanda, Dalia se sentía con fuerzas para comerse el mundo entero. Miraba radiante a los desconocidos que pasaban por su lado y tenía que contenerse para no empezar a dar saltos de alegría en plena calle, de lo feliz que se sentía. Pablo la amaba. Se lo había dicho la noche anterior varias veces. Y ella le amaba también. Qué sencilla podía ser la vida. Tan simple, tan despreocupada. ¡Y pensar que había estado a punto de arruinarlo todo! Solo porque les daba demasiadas vueltas a las cosas, porque con frecuencia no podía desconectar su mente. Porque estaba pensando en el décimo paso que tendría que dar cuando todavía iba por el segundo.

El sol brillaba en un cielo completamente despejado. El recuerdo del día anterior en la isla de Cozumel todavía dejaba sentir sus efectos en ella. Un paraíso en la tierra. Con un mundo animal sin parangón. Estaba tremendamente agradecida por aquella fantástica excursión. Durante un instante el rostro de Ricardo asaltó su mente, su padre, que la rechazaba, que no quería tener nada que ver con ella.

Cuando la tienda de Fernanda apareció en su campo de visión, se le aceleró el pulso. ¿Qué diría la anciana? ¿Cómo reaccionaría? Dalia tenía que actuar con cautela, en ningún caso quería disgustar o abrumar a Fernanda. Quizá había sido ese el error que había cometido al hablar con Ricardo. ¿Debería de haber abordado la cuestión de otra manera? ¿De forma más precavida o diplomática? Dalia no podía saberlo. Pero ahora de todos modos ya era demasiado tarde.

¿Por qué a nadie se le ocurriría plantearse cómo debía sentirse ella? ¿Cómo se había sentido al descubrir la carta y los pendientes?

—¡Dalia! —Fernanda la llamaba desde la distancia. Acababa de colocar otro de sus cuadros sobre un caballete en el exterior de la tienda—. ¿Qué te parece? ¿Queda bien entre los otros dos? —Señaló los lienzos a derecha e izquierda.

Dalia detuvo sus pasos, posó una mano en la cadera, y después hizo un gesto de aprobación con la cabeza.

—Queda perfecto. —Observó admirada los cuadros. Su abuela era una pintora magnífica—. Tienes tanto talento.

Fernanda esbozó una sonrisa de agradecimiento.

—Confío en ti. Tienes buen ojo.

Sus arrugas se hicieron más profundas, y Dalia pensó por enésima vez que su abuela tenía una cara bellísima. Carraspeó para aclararse la voz.

—¿Cómo fue en la isla?

—Fue un día inolvidable —respondió Dalia, que apenas podía disimular lo dichosa que se sentía.

Fernanda asintió satisfecha.

—Un paisaje hermoso, el hombre adecuado… Es una combinación que puede hacer milagros. —Rozó el brazo de Dalia—. Me alegro mucho por ti.

—Me gustaría hablar contigo un momento. ¿Tienes tiempo ahora?

Fernanda la miró con asombro.

—Oh, eso suena a que se trata de algo serio.

Dalia asintió, mientras sentía una punzada de nervios en el estómago. Empezaron a temblarle las manos.

—¿Podemos ir adentro?

—Por supuesto. —Fernanda le indicó la entrada.

—¡Mamá!

Al oír aquella voz a su espalda, Dalia sintió que se le hacía un nudo en la garganta. Deseó poder alejarse apresuradamente y desaparecer en el interior del local, pero ya era tarde para eso.

—Ricardo —dijo Fernanda, y luego abrazó a su hijo mayor con un largo abrazo.

Al girarse en su dirección, Dalia pudo ver que la cara de Ricardo había adoptado una expresión desagradable.

—¿Qué demonios haces aquí? —preguntó.

Dalia miró alternativamente a ambos.

Fernanda arrugó el ceño.

—¿Os conocéis?

Ricardo parecía desconcertado.

—¿No le has dicho nada? —preguntó a Dalia—. Pero entonces ¿por qué estás aquí?

—Yo... —empezó a decir torpemente Dalia—. Ahora mismo quería... —Tragó saliva, pero estaba tan alterada que no fue capaz de pronunciar ni una palabra más.

—¿Por qué le hablas de esa manera? —Fernanda miraba enojada a su hijo—. ¿Puedes explicarme qué pasa aquí?

Cuando Dalia consiguió serenarse un poco, intentó acabar la frase:

—Ahora mismo iba a decírselo.

Ricardo alzó las cejas, mientras Fernanda la miraba fijamente, aturdida.

—¿Qué pasa? ¿Qué querías decirme?

—Que es tu nieta —explicó él con frialdad en su voz.

El rostro de Fernanda se transfiguró.

—¿Cómo dices? —Pasó la vista de uno a otro sin comprender qué acababa de decir su hijo—. Dalia es una turista, que de vez en cuando viene a pintar conmigo. Nos hemos hecho amigas —aclaró dirigiéndose a Ricardo—. No entiendo nada...

—Es mi hija —repitió Ricardo impasible.

—¿Tu hija? —Fernanda miró a Dalia—. ¿Cómo... pero por qué... no me dijiste nada?

Dalia cerró los ojos.

—Es lo que pretendía hacer ahora mismo…

—Hace días que vienes aquí y… —Las lágrimas afloraron a los ojos de la anciana. Se pasó las manos por la cara, dio media vuelta y desapareció en la tienda sin decir nada más.

Dalia y Ricardo se quedaron de pie, frente a frente, mirándose en silencio.

Al no poder seguir soportando aquella tensión, Dalia dio media vuelta y salió corriendo. Con la vista nublada por las lágrimas se precipitó por la calle polvorienta. ¿Por qué no se había decidido antes a hablar con Fernanda? Ahora también había arruinado la relación con su abuela mexicana. ¿Por qué tenía Ricardo que hacer acto de presencia justo en ese preciso momento? De haber llegado un cuarto de hora después, Fernanda habría escuchado la verdad de boca de Dalia. Todo estaba bien hasta hacía un minuto. ¿Podía un único instante realmente estropearlo todo?

Dalia no podía dejar de pensar en las horas que había pasado con Fernanda en su atelier. Cómo la había motivado para que escuchara su interior; los consejos que le daba para mejorar su técnica de dibujo y cómo la había elogiado al ponerlos en práctica. Eso ahora era historia.

El hecho de que su padre no quisiera saber nada de ella ya era bastante grave. A Fernanda, sin embargo, había podido conocerla mejor en los últimos días, y desde el primer segundo le había tomado cariño, se había sentido conectada a ella. Pero eso se había acabado. Para Fernanda, Dalia era una mentirosa. No había sido honesta con ella, mientras que la anciana, en cambio, la había recibido con los brazos abiertos, le había presentado a sus nietas sin sospechar nada e incluso la había animado tras su discusión con Pablo. Y su forma de agradecérselo había sido ocultarle su verdadera identidad todo ese tiempo.

Sin aliento, Dalia se dejó caer en un banco del parque. Otra vez había salido todo mal. Había esperado demasiado, había tomado las decisiones equivocadas.

¡Y la manera como Ricardo se había quedado mirándola fijamente! ¿Qué pensamientos le habrían asaltado al verla en la tienda de su madre? Debía de haberse quedado de una pieza. Dalia enterró la cabeza en sus manos y comenzó a sollozar. Se sentía culpable de aquella situación. Debería haber puesto todas las cartas sobre la mesa desde un buen principio. Fernanda era su abuela, Cristina y Valeria sus hermanastras. Las mentiras no tenían cabida en una familia. Las niñas y su abuela, al fin y al cabo, no tenían nada que ver con el mezquino comportamiento de Ricardo. Las tres la habían tratado como una más, sin reservas, aunque ninguna hubiera podido imaginar su auténtico parentesco. ¿Qué debería hacer ahora? ¿Regresar y disculparse?

No, era demasiado pronto para eso. Además, Ricardo probablemente todavía estaría en la tienda de su madre, explicándole con todo detalle cómo Dalia se había acercado a él, sin decirle tampoco la verdad desde el principio.

Toda aquella situación se le había escapado de las manos. Pero nadie le había explicado a Dalia cómo debía comportarse al encontrarse cara a cara con su padre por primera vez en sus veintiocho años de vida. Ella tampoco había elegido aquellas circunstancias.

Buscó el móvil, vacilante. Pablo había decidido pasar el día con su madre. Meditabunda, Dalia miró la pantalla. ¿Debería llamarle? Añoraba la confianza absoluta que él le inspiraba, su cercanía. Finalmente decidió buscar su número y le llamó.

—No era mi intención impedir que pasaras el día con tu madre —dijo Dalia sollozando sobre el hombro de Pablo, desesperada.

—Chis... Me has llamado porque me necesitabas —respondió Pablo en voz baja, mientras le acariciaba la espalda—. No te preocupes por eso, por favor. Mi madre siempre está ahí, no teníamos planeado nada importante.

—Lo siento de todos modos —replicó Dalia con la voz ahogada—. Solo te doy problemas.

Pablo deshizo el abrazo y la miró a los ojos.

—No quiero que vuelvas a decir eso, ¿de acuerdo? No me estás dando problemas. *¿Está claro?*

Dalia parpadeó.

—Creo que voy a volver a casa.

Pablo arrugó la frente.

—¿Por qué?

Ella inspiró profundamente.

—¿Podemos dar un paseo?

—Por supuesto. —Él la tomó de la mano, y ambos empezaron a caminar cerca de la orilla.

Por la tarde se levantó algo de viento. Las olas rompían sobre la fina arena. Las aguas rugían y borboteaban.

—No puedo soportarlo más —anunció Dalia—. Sí, soy consciente de que he cometido un error. Debía haber enfocado toda esto de forma distinta. Pero no he sabido hacerlo mejor. Hace unas cuantas semanas no podía ni remotamente imaginar quién podía ser mi padre.

Se detuvo y observó un par de pelícanos sobre las aguas. Aquellas elegantes aves nadaban plácidamente entre los bañistas.

—Me cae muy bien Fernanda —prosiguió—. Es… muy parecida a mí.

—Dalia, no deberías precipitarte —le aconsejó Pablo, mientras le acariciaba el pelo—. Todo esto no es fácil para ti. Una cultura distinta, gente desconocida hasta ahora para ti. Y, además, un padre que no ha reaccionado como deseabas. —La miró con insistencia—. No te des por vencida. Somos mexicanos. Y la familia…

—Lo es todo para vosotros… —Dalia acabó la frase con un deje de desilusión—. Lo sé. Pero también me doy cuenta precisamente de que no pertenezco a esa familia. —Hizo una pausa—. Sabes, en Inglaterra formo parte de una comunidad. Mis tías, tíos y mis primas… siempre puedo contar con todos, aunque no me parezca a ellos físicamente. Aquí me confundo en la multitud. Tengo el mismo aspecto que vosotros, no hay distinción. Y sin embargo... —Su voz se quebró.

—Eso solo son nimiedades, Dalia. —Pablo la rodeó con un brazo y la atrajo haca sí—. Eres mucho más que tu aspecto externo. —Le sopló un beso en la mejilla—. Por supuesto que formas parte de tu familia inglesa. ¿No me dijiste que tus primas también tienen raíces extranjeras?

Dalia asintió.

—El padre de Soley es islandés, la madre de Magnolia es originaria de Nueva Zelanda, y la de Lali de Sri Lanka.

—Es una familia realmente interracial —constató Pablo, sonriente—. El mundo es multicolor, Dalia. Da igual que seas morena, rubia o pelirroja... Siempre eres la misma persona.

—Había deseado tanto encontrar aquí a mi segunda familia —reconoció con tristeza—. El suelo bajo mis pies se desmoronó tras la muerte de mi abuela. —Dalia empezó a llorar de nuevo.

Pablo volvió a abrazarla y le habló intentando tranquilizarla.

Tras lo que se le antojó una eternidad, ella alzó la vista y se esforzó por esbozar una leve sonrisa.

—Te has ido a buscar una verdadera llorona.

Pablo se echó a reír.

—Me he buscado la mejor mujer del mundo, la más lista y la más guapa.

Abochornada, sacudió la cabeza como dando a entender que no tenía remedio.

—Tonto.

—Solo digo la verdad.

Dalia se secó las lágrimas.

—He estado pensando... —empezó a decir Pablo en tono vacilante—. Podría intentar solicitar un puesto de profesor de inglés como lengua extranjera en alguna universidad cercana a tu casa. Exeter, por ejemplo.

—¿Exeter? —Dalia entornó los ojos y examinó su rostro—. No está lejos de Blooming Hall, la verdad.

Él posó una mano en su mejilla.

—Eso ya lo sé.

—¿Te estás planteando en serio mudarte a Inglaterra? —Dalia apenas podía creer lo que estaba diciendo.

Él se encogió de hombros.

—Si el amor de mi vida no quiere quedarse donde yo vivo, pues tendré que buscar otra solución.

A Dalia le asaltó una sensación de mala conciencia.

—Yo no he dicho que no...

—Era una broma —la interrumpió con delicadeza—. Puedo comprender perfectamente que Ciudad de México no tenga ningún atractivo especial para ti. A mí me pasó lo mismo cuando empecé a estudiar allí. Y cuando me ofrecieron el puesto tras acabar el doctorado, también necesité algún tiempo para reflexionar, para decidir si quería quedarme a vivir en la capital a largo plazo. —Su mirada se hizo más penetrante—. He visto un documental sobre Cornualles y... —Sonrió—. Debo decir que me gusta la región. Hace demasiado frío, pero... —Movió la cabeza de un lado a otro—. El problema es la financiación.

Dalia le cogió las manos entre las suyas.

—Tal vez podrías trabajar en Blooming Hall.

—¿De jardinero? —Su rostro adoptó una expresión escéptica.

—No sé de qué exactamente —admitió Dalia—. Pero trabajo hay más que suficiente.

—Tengo que pensarlo bien —respondió Pablo—. Necesito encontrar un trabajo para poder permitírmelo.

—¿Lo harías por mí? —preguntó Dalia, conmovida.

Él asintió.

—No puedo dejarte escapar sin hacer nada para impedirlo. Eres una persona muy especial para mí. Lo nuestro... no puede acabar así. No por culpa de algo tan irrelevante como unos cuantos kilómetros.

Dalia sonrió satisfecha.

—Me haría tanta ilusión poder enseñarte mi país. Nuestras

maravillosas playas, el colorido esplendor de Blooming Hall, los pueblecitos que salpican toda la región —dijo, ahora en un tono entusiasta—. No puedo imaginarme en absoluto cómo sería regresar allí sin ti.

—Pues entonces no te lo imagines —replicó Pablo en voz baja.

Aquella tarde Pablo hizo todo lo que estaba de su mano para animar a Dalia. La llevó a cenar y le enseñó algunos de sus lugares favoritos en Tulum, inaccesibles para aquellos turistas que no tuvieran la suerte de contar con un guía autóctono.

Más tarde, sentada en la terraza de la casa de huéspedes, seguía sin poder asimilar la suerte que había tenido al conocer a un hombre tan bueno y servicial. Pablo era perfecto en todo lo que hacía. Siempre tenía las palabras adecuadas, y la alentaba cuando la decepción volvía a asolarla. Estaba para ella cuando le necesitaba. E incluso estaba dispuesto a ir a Inglaterra, por ella.

Dalia observaba la llegada del crepúsculo en el cielo, que pasó de un hermoso tono lila y anaranjado al gris oscuro del anochecer.

Pablo se había tenido que ir porque su padre quería hablar esa noche con todos los miembros de la familia. Y, aunque hacía tan solo media hora que se había marchado, Dalia ya le echaba de menos. ¿Se estaría comportando como una tonta? No pudo evitar la aparición de una sonrisa satisfecha en su rostro. ¿Por qué? Estaba enamorada. Había conocido al hombre más maravilloso que hubiera podido imaginar, el cual se había adentrado de manera sigilosa y furtiva en su corazón. Así de sencillo. Aunque de sencillo no tenía nada, por supuesto, se reprendió a sí misma de inmediato. ¿Qué había dicho Fernanda? El amor no tiene límites. Dalia suspiró. Aquel dicho seguramente tenía algo de verdad.

Al oír unos golpecitos en la puerta, alzó la vista, sobresaltada. ¿Sería Pablo de nuevo?

—¿Sí?

—Dalia, soy yo —resonó la voz de Fernanda desde el pasillo.

Dalia abrió la puerta.

—Hola.

—Hola —replicó la madre de Ricardo, mientras examinaba a su nieta durante unos segundos—. ¿Puedo pasar?

Dalia exhaló con fuerza. Sin querer, había estado conteniendo la respiración debido a la emoción.

—Por supuesto. Perdóname. —Le indicó por señas la terraza—. ¿Te parece bien que nos sentemos fuera?

Fernanda no respondió. Tras vacilar un instante, se acercó a Dalia y la abrazó con fuerza. Sorprendida, Dalia le devolvió la cariñosa muestra de afecto. ¿Fernanda la habría perdonado?

Después de unos segundos, que a Dalia le parecieron una eternidad, la madre de Ricardo deshizo el abrazo y la miró de nuevo.

—Mi niña —dijo con voz temblorosa.

Dalia sintió que empezaban a escocerle los ojos. No había contado con aquella reacción tan emotiva. Fernanda se inclinó hacia delante y tomó su mano derecha entre las suyas.

—Eres maravillosa, Dalia. Lista, con talento, cariñosa, amable. —Al curvarse sus labios en una sonrisa, los pliegues de su cara se hicieron más profundos—. Y eres mi nieta.

Dalia volvió a contemplar fascinada el bello rostro de la anciana.

—¿Ya no estás enojada conmigo?

Fernanda negó sacudiendo la cabeza de un lado a otro.

—Deberías habérmelo dicho desde el principio, pero... comprendo que no te atrevieras. Sobre todo, después de que tu padre se comportara de una forma tan desconsiderada.

—¿Desconsiderada? —Dalia arrugó la frente.

—Te dejó ahí plantada, me lo ha contado todo.

Dalia recordó sus buenos modales, a pesar del torbellino de sentimientos en su interior.

—¿Quieres tomar algo?
—¿Tienes algún refresco de cola?
Dalia negó con la cabeza.
—Agua. O... agua.
Fernanda sonrió.
—Ay, estos ingleses. —Hizo un gesto con la mano que daba a entender que no tenía importancia—. Agua, por favor.
Dalia cogió una botella y dos vasos de la cómoda y siguió a su abuela hacia el exterior. Sirvió el agua en los vasos y luego se sentó.
—Lo siento.
Fernanda dio un sorbo, y luego hizo una mueca.
—¡Puaf!
—Los mexicanos y su gusto por lo dulce —comentó Dalia divertida—. Pablo tampoco bebe casi nunca agua, prefiere limonada o cualquier otro zumo.
—Solo los burros beben agua —sentenció Fernanda mientras ponía los ojos en blanco—. Y tu padre es un... ¡idiota!
—Eso no lo voy a discutir. —Dalia se reclinó en su silla.
—Lo cierto es que lo ha pasado muy mal —prosiguió Fernanda—. No quiero defenderle, en absoluto, y creo que debería aclarar las cosas contigo urgentemente. Pero la noticia de la muerte de tu madre..., y de la tuya, le afectó enormemente en aquel entonces.
—No entiendo por qué la abuela le dijo que yo también había muerto —replicó Dalia, confusa—. Al leer esa carta suya, en la que expresaba su pena, casi no podía dar crédito. ¿Por qué? —Aquella pregunta tan decisiva seguía flotando en la habitación, sin respuesta.
—Yo tampoco le encuentro sentido —comentó Fernanda—. Ricardo hizo muchas cosas mal entonces, en cuanto a tu madre se refiere. Pero... —Suspiró—. Tiene que hablar contigo. No deseo prejuzgarlo ni anticiparme a vuestra conversación. No es asunto mío. —Miró a Dalia a los ojos—. Lo único que puedo asegurarte es que habría hecho lo que fuera por Camellia. Esta-

ba dispuesto a todo. Su muerte... —Angustiada, movió la cabeza de un lado a otro—. Creo que, en realidad, nunca llegó a superarlo.

Dalia ya no entendía nada.

—Pero ¿por qué permitió que regresara sola a Inglaterra, sabiendo que estaba embarazada? ¿Por qué no estaba a su lado cuando me trajo al mundo?

—Todo eso debe contártelo él en persona, Dalia. —Fernanda se quedó con la mirada fija en el vaso de agua que tenía ante ella—. Vuestro encuentro esta mañana le ha trastornado mucho.

—¿Por qué me rechaza de esa manera?

—A Ricardo nunca se le ha dado bien hablar sobre sus sentimientos. —Fernanda alzó la vista—. No, eso no es del todo cierto. Empezó a ser así después de que falleciera tu madre. Pero sí que es verdad que nunca ha sido una persona demasiado espontánea. Las cuestiones sentimentales enseguida le agobian.

—Pero tiene dos hijas —replicó Dalia.

—Sí, pero fue padre muy tarde. Hasta que no consiguió aceptar la pérdida de Camellia pasaron muchos años. Su mujer y él... —Suspiró—. Han pasado muchas dificultades.

Dalia no se atrevió a preguntar a qué se refería Fernanda.

—Pero ahora estás aquí. Le has encontrado. Y eres su hija. —Fernanda siguió hablando con determinación—. Él tiene que saber aprovechar esta oportunidad. —Apretó la mano de Dalia—. Y lo hará. Dale un poco de tiempo.

Dalia profirió un suspiro. Cómo deseaba que su abuela mexicana estuviera en lo cierto.

—Aunque no llegué a conocer a tu madre, su muerte me afectó mucho —afirmó Fernanda—. Pero desde que sé de tu existencia, me siento muy afortunada.

—Yo también —reconoció Dalia en voz baja—. Y de veras que lo siento enormemente —volvió a disculparse—. Debería haberte dicho enseguida quién era.

Fernanda la miró, pensativa.

—Tú también sientes la conexión, ¿verdad?

Dalia asintió, acongojada.

—Desde el primer día.

—Y yo que creía que eras simplemente una bonita chica inglesa —dijo la anciana en un tono más animado—. Muy simpática, eso sí.

—¿Lo saben Cristina y Valeria?

Fernanda negó con la cabeza.

—No, no creo que Ricardo se lo haya contado a su familia. Él... está luchando consigo mismo. Creo que se recrimina no haber ido al entierro de tu madre. Y ahora, el hecho de enterarse de que durante todos estos años su hija vivía al otro lado del Atlántico, la hija que creía muerta... Y a la que no pudo ver crecer. —Ladeó la cabeza—. Eso no es fácil para él.

—Me he pasado toda la vida imaginando cómo sería tener un padre —confesó Dalia, con la voz cargada de añoranza.

—Estoy segura de que para ti tampoco ha sido fácil —repuso la anciana con empatía—. Que tu madre muriera en el parto y no pudieras conocer a tu padre...

Dalia asintió.

—Hasta que no cayó en mis manos aquella carta, nunca antes había creído posible llegar a conocerle algún día.

Fernanda cogió la cara de Dalia entre sus manos.

—Y le vas a conocer. Muy pronto. Te lo prometo. Conozco a mi hijo. Es tremendamente inteligente y juicioso en su trabajo... pero en la vida privada siempre ha necesitado un poco más de tiempo para saber qué es lo que le conviene.

41

Veintinueve años antes
Chichén Itzá

Tras guardar sus pertenencias en la bolsa de viaje, Camellia echó un último vistazo a la espartana habitación del hospital en la que había pasado las dos semanas y media anteriores. Desde hacía dos días no había tenido que compartir aquel espacio, puesto que a su compañera de habitación le habían dado el alta antes que a ella.

A pesar de haberse quedado sola, estaba contenta y sentía un gran alivio al permitírsele salir del hospital antes de lo previsto. Tan solo hacía tres días que los médicos habían determinado que tenía que quedarse por lo menos una semana más. Pero el día anterior, en contra de lo esperado, le habían dado luz verde. En media hora saldría directamente hacia el aeropuerto y luego, sin más dilación, de regreso a Inglaterra.

Saddie volvió a entrar en la habitación con un vasito de café que le tendió a Camellia.

—Gracias.

—¿Sigues creyendo que estás haciendo lo correcto? —preguntó Saddie.

—Mi decisión es definitiva. México no me traído suerte. —Camellia posó la mano sobre su vientre—. No, no debo decir eso. México me ha enseñado hasta qué punto puede comportarse la gente de forma miserable.

Saddie se acercó a ella y le tomó la mano que tenía libre. Con suavidad, tiró de Camellia hasta la pequeña mesa al lado de la ventana y le indicó por señas que tomara asiento.

—¿Qué pasa ahora? —Camellia la miró, confundida.

Saddie empezó a rebuscar en el bolso, y finalmente sacó una cajita que dejó sobre la mesa, a mitad de camino entre Camellia y ella.

—¿Qué es eso? —Camellia señaló con la barbilla la cajita roja.

—Es de parte de Ricardo —dijo Saddie con voz vacilante.

Un escalofrío recorrió el cuerpo de Camellia. Empezó a temblar.

—¿De Ricardo? Ya te he dicho que no...

Saddie alzó las manos.

—Ya sé lo que has dicho, Camellia —la interrumpió—. Y Ricardo ha aceptado que no quieres verle. ¿Qué otra cosa podía hacer?

—¿Dónde está?

Se hizo el silencio durante unos segundos.

—Ayer tuvo que salir hacia Ciudad de México porque... tiene que tratar un asunto importante con el rector de la Universidad, eso es lo que nos ha dicho. —Hizo una pausa—. Y dio por supuesto que todavía tardarían unos días en darte el alta. —Saddie suspiró—. He hablado con él antes de venir hacia aquí. Cuando le he dicho que te vuelves a casa hoy mismo, se ha quedado destrozado.

Un asunto importante con el rector. Camellia se echó a reír amargamente, mientras que, en lo más profundo de su interior, se abría paso la decepción. Aunque no quería verle, en el fondo tenía la esperanza de que se esforzaría más por conseguir hablar con ella. Pero al parecer, su carrera era más importante que ella.

—¡El muy cobarde!

Saddie puso los ojos en blanco.

—Desde el día en que te trajeron aquí no ha dejado de insistir en que quería venir a visitarte. El rector es su superior. No creo que pueda simplemente decirle: «Lo siento, pero tengo que resolver algo urgente en Chichén Itzá. Mi novia, que es muy obstinada, lleva mareándome durante semanas y ahora, justo antes de subirse al avión, resulta que sí que quiere hablar conmigo».

El resentimiento invadió a Camellia, sorprendida por las duras palabras de Saddie.

—No es exactamente así.

—Pero es parecido —replicó Saddie y le indicó por señas la cajita—. Mira a ver qué te ha regalado.

Camellia tragó saliva. ¿Habría cometido un error? ¿No debería haber intentado hablar con Ricardo mucho antes? Pero enseguida volvió a sentir la ira que había provocado en ella la última conversación mantenida con él. Estaba comprometido con otra. Se iba a casar con la hija de los vecinos, Paula. Camellia y el bebé no tenían sitio en su vida.

—Camellia —le instó Saddie—. Venga, ábrela ya.

Con dedos temblorosos Camellia abrió la pequeña caja de cartón. Sobre un cojín de terciopelo negro había unos pendientes afiligranados en forma de flores. Dalias, la flor nacional de México, le vino a la mente a Camellia. Al verlos, muy a su pesar, las lágrimas hicieron aparición.

—¿De verdad que no prefieres aplazar el vuelo? —La voz de Saddie la devolvió al presente.

Camellia negó con unos movimientos rápidos de cabeza y se pasó la mano por los ojos.

—No. Ya ha tenido su oportunidad.

—¿En serio crees que la tuvo?

Camellia titubeó un instante.

—Sí, sí que la tuvo.

No pudo evitar pensar en todas aquellas noches que pasaron juntos. Habían hablado durante horas. Camellia se había sentido comprendida, aceptada, incluso protegida, a salvo. Nunca habían hablado de la posibilidad de tener hijos, pero en aquellos momentos Camellia realmente no habría podido imaginar un padre mejor para su bebé que Ricardo, con su carácter tranquilo y cortés. Era inteligente, tenía la capacidad de ver el gran panorama global, sabía qué era lo importante en la vida. Y luego, al confesarle que estaba embarazada, se había comportado como un canalla.

—Creo que estás cometiendo un gran error —volvió a insistir Saddie por última vez.

—Y yo creo que no es asunto tuyo —replicó Camellia airada, aunque al momento se arrepintió de su tono de voz—. Perdóname, por favor. Lo siento. Sé que solo quieres lo mejor para mí, pero... se va a casar con otra.

—Creo que te quiere mucho —contradijo Saddie con voz suave.

Camellia de nuevo negó con la cabeza. Se puso en pie.

—Tengo que irme.

Saddie también se levantó.

—Voy contigo al aeropuerto —dijo con un suspiro.

Camellia la miró, atónita.

—¿En serio?

Saddie asintió.

—Por supuesto, te acompaño.

Tres horas después Camellia miraba a través de la ventanilla del avión, observando cómo la costa atlántica iba disminuyendo de tamaño hasta desaparecer. No podía todavía creer del todo que su aventura en México acabara para ella de ese modo. Pero ¿qué esperaba? ¿Que Ricardo en el último segundo llegara corriendo a la puerta de embarque para impedir que subiera al avión? En esos momentos se encontraba a cientos de kilómetros de distancia. ¿Acaso Saddie tenía razón? ¿Habría cometido un error?

Empezaron a escocerle los ojos. Posó ambas manos sobre su vientre y pensó en el pequeño ser que crecía en su interior. Todavía no había comunicado su embarazo a sus hermanos ni a sus padres. No había querido anunciar a su familia por teléfono la noticia de que iba a tener un niño. Camellia se enjugó una lágrima que amenazaba con deslizarse por su rostro desde la comisura del ojo. ¿Sería capaz de salir adelante sola? Con toda seguridad, sus padres la ayudarían. No era la primera madre que iba a criar a su hijo en ausencia del padre. Camellia estaba decidida a dar a su bebé la mejor infancia que le fuera posible. Al niño no le faltaría nada, no debería sentir que echaba nada de menos. Camellia intentaría compensar por todos los medios el hecho de que su bebé creciera sin padre. Estaba absolutamente determinada a hacer lo que fuera por ese ser que llevaba dentro. Aunque tuviera que dejar la universidad. Su hijo se merecía que le quisieran, protegieran y cuidaran. Ya pensaría más adelante qué le explicaría el día de mañana cuando preguntase por su padre.

Camellia extrajo del bolsillo del pantalón la cajita y retiró la tapa. Muy despacio, deslizó el dedo índice de la mano derecha sobre las pequeñas dalias. Si era una niña, le regalaría los pendientes cuando tuviera edad suficiente. Lo único que tenía de su padre. Camellia sintió que la invadía la tristeza. ¿Habría sido demasiado dura? ¿Acaso habría sido posible otra solución, en lugar de abandonar el país sin mirar atrás? ¿Con tantas cuestiones pendientes de respuesta en la maleta? ¿Con el corazón roto y un bebé en camino, que también tenía derecho a conocer a su padre?

Camellia volvió a colocar los pendientes en la cajita y la tapó con un gesto apresurado, para después guardarla de nuevo en el bolsillo. Reclinó la cabeza en el respaldo de su asiento y cerró los ojos. Los recuerdos le asaltaron causándole una gran pena. Recuerdos de una etapa de su vida en la que había tenido la sensación de ser una chica verdaderamente afortunada. Con un hombre a su lado que aparentemente no podía ser más perfecto. En un país que desde el primer momento se había ganado su corazón. Ahora todo se había quebrado y solo quedaban añicos. Al evocar aquellos últimos meses lo único que le venía a la cabeza era cuán profundamente la había herido Ricardo. Tenía que olvidarle. Y, sin embargo, al mismo tiempo para Camellia era evidente que el bebé que crecía en su vientre siempre le recordaría al hombre que tantas cosas había destruido. Empezó a sollozar en silencio. Y se prometió a sí misma que nunca defraudaría a ese bebé que llevaba dentro.

42

Actualidad
Tulum

Dalia se alisaba la blusa, nerviosa. La familia de Pablo la había invitado a cenar. Pero no había podido olvidar lo que había escuchado sin querer. ¿Cómo la trataría esa noche la madre de Pablo? ¿Y cómo debería reaccionar ella?

Había pasado el día en la playa de Tulum. Tras haber aclarado las cosas el día anterior con Fernanda, sentía que se había quitado un peso de encima. Su nueva abuela ya no estaba enojada con ella. Al contrario, Fernanda le había asegurado en más de una ocasión que estaba muy orgullosa de ella, y agradecida de poder llamarla «nieta». Sin embargo, todavía era una sensación extraña tener de repente una nueva familia allí, a tantos miles de kilómetros de distancia de su verdadero hogar. «Un segundo hogar», pensó Dalia sintiéndose dichosa, y a continuación se dirigió al cuarto de baño, para recogerse el pelo.

Al oír sonar el móvil, que había dejado sobre la cama, dejó el cepillo en el lavabo y se precipitó de nuevo hacia el dormitorio.

Era Nara.

—¡Hola! —saludó animadamente a su tía.

—Hola, tesoro —replicó Nara—. Pareces contenta.

—Es que han pasado unas cuantas cosas —explicó Dalia.

—Ahora tengo curiosidad. Yo también tengo novedades.

Dalia vaciló un momento.

—¿Tú primero? ¿O prefieres que empiece yo?

Nara se rio.

—¡Tú, por supuesto!

Dalia le hizo un breve resumen de sus encuentros con Fernanda y de la conversación que mantuvieron el día anterior.

—Muy bien —comentó Nara, después de que Dalia acabara su relato—. Eso suena genial. Me alegro mucho por ti. Tengo la impresión de que has encontrado el gran amor de tu vida en México. Y me encantaría poder conocer a Fernanda personalmente. Todo se ha orquestado para que al final las cosas acaben bien. ¡No podría ser mejor! —Su voz sonaba verdaderamente exaltada.

—Ahora tú —pidió Dalia impaciente—. Me muero de curiosidad.

De nuevo se oyó la risa alegre de Nara.

—He encontrado otra carta —anunció con voz solemne.

—¿Otra carta? —Dalia se pasó la mano por la frente—. ¿De quién?

—De tu padre —contestó Nara en un tono triunfal.

—No puede ser —murmuró Dalia con incredulidad, mientras salía teléfono en mano a la terraza—. ¿Cómo puede ser que haya aparecido ahora así de repente?

Nara suspiró.

—La primera carta era para la abuela. La encontré en una carpeta, en su despacho. Pero esta, atención, va dirigida a tu madre.

—¿Has encontrado una carta de Ricardo para mi madre? —Dalia seguía sin poder dar crédito a sus palabras.

—Exactamente —contestó Nara—. Creo que nos va a llevar algún tiempo examinar todos esos viejos documentos. Dalia, no te puedes ni imaginar cuántos archivadores se han ido acumulando con el paso de los años. Y tenemos que revisarlos todos exhaustivamente para estar seguros de qué debemos hacer con ellos. Si podemos deshacernos de los viejos papeles, o por el contrario tenemos que guardarlos por si acaso los necesitamos más adelante. —Nara profirió una especie de lamento en voz baja—. Es... tremendo. En un armario del desván había antiguos documentos de tu madre. Y al intentar clasificarlos, me encontré con esta carta.

—¿La has leído? —Dalia contuvo la respiración debido a los nervios.

—Sí —confesó Nara, apocada—, lo siento, pero es que simplemente no estaba segura de si podía ser algo importante, ahora que estás en México buscando respuestas...

—No tienes por qué disculparte. Mamá era tu hermana. Tienes el mismo derecho que yo a conocer el contenido de esa carta.

—Dalia, lo que dice es muy... conmovedor —advirtió Nara.

—Léemela, por favor —dijo Dalia.

—De acuerdo. —Nara se aclaró la voz—. Pero será mejor que te sientes. —Y a continuación comenzó a leer.

    Mi querida Camellia:
    No tengo la menor idea de por dónde debería empezar. ¿Te acuerdas de nuestra primera noche juntos? ¿De nuestras charlas interminables sobre los mayas, sobre nosotros, sobre la vida, sobre nuestras investigaciones? Nunca se nos acababan los temas de conversación. Casi tenía la sensación de que no hubiera suficientes palabras para decir todo lo que ocupaba nuestra mente. Y ahora tampoco puedo ni remotamente encontrar la manera de decirte cómo me siento por dentro. Camellia, te echo infinitamente de menos. Echo de menos cada día, cada hora, cada minuto, cada instante. Soy consciente de que una simple disculpa no es suficiente para compensarte por mi miserable comportamiento. Pero es la única posibilidad, y por eso debo intentarlo. El bebé... nuestro bebé se merece crecer con sus dos padres. Y tú, Camellia, te mereces que te apoye en todos los aspectos. Me gustaría poder hacerte feliz, estar siempre a tu lado, no pasar ni un día más de mi vida sin ti. Todavía no sé exacta-

mente cómo vamos a poder lograrlo, pero estoy seguro de que encontraremos la mejor manera. Juntos. Tú, el bebé y yo. Los tres como familia.

Cuando regresaste a Inglaterra yo estaba en Ciudad de México para hablar con el rector de la facultad sobre la posibilidad de trasladarme a una universidad inglesa. Quería sorprenderte con un plan de futuro para nosotros cuando te dieran el alta. Pero entonces Saddie me explicó que ibas a volar antes de lo previsto, y mi mundo se derrumbó. Estaba en Ciudad de México y tú en la otra punta del país. No tenía manera de llegar a ti en tan poco tiempo.

Por favor, Camellia, escúchame por última vez, aunque sea por carta. En las últimas semanas he cometido muchos errores. No tenía que haber permitido en ningún caso que te fueras, pero espero que no sea demasiado tarde para nosotros. Basta con que me hagas la más mínima señal, y me subiré al próximo vuelo. Soy consciente de que saldrás de cuentas pronto, y de que las cartas tardan mucho en llegar a Inglaterra.

Camellia, te quiero. Eres la mujer con la que deseo compartir mi vida y con la que me encantaría criar a nuestro hijo. No puedo imaginarme un futuro sin ti y el bebé. Conquistaste mi corazón, cada día un poco más. Nunca antes había conocido a una mujer tan sensible, de buen corazón, inteligente, encantadora y hermosa como tú. Y soy un idiota por no haber sabido verlo a tiempo.

Cuando tuviste aquel accidente, pensé que mi corazón iba a dejar de latir. Podía comprender, por supuesto, que no quisieras verme, después de lo sucedido entre nosotros. Pero tenía tanto miedo de que a ti o al bebé os hubiera pasado algo... Cuando Saddie me dijo que estabais bien, se me saltaban las lágrimas de alivio. Camellia, mi gran amor, dame una última oportunidad. Déjame demostrarte que puedo ser el hombre que te hará feliz. Que te hará sentir completa. Que te amará como ningún otro.

Tu esperanzado,

RICARDO

Dalia lloraba desconsoladamente.

—Cariño, lo siento muchísimo —dijo Nara con un tono lleno de empatía.

—Pero ¿qué significa todo esto? Da la sensación de que realmente la amaba con locura. ¿Qué error había cometido? Estaba incluso dispuesto a mudarse a Inglaterra por ella. —Dalia echó la cabeza hacia atrás y miró hacia el cielo sin nubes.

—¿No ha vuelto a ponerse en contacto contigo? —preguntó Nara con delicadeza.

—No, su madre me ha dicho que desde siempre ha necesitado más tiempo que los demás para adaptarse a los cambios.

—La verdad es que, por lo que se desprende de la carta, no parece ser precisamente una lumbrera en lo que a sentimientos se refiere —comentó Nara.

—Él la quería mucho —repitió Dalia en voz baja—. Y quería ir a Inglaterra a vivir con ella. —¿Tal vez su madre habría recibido la carta a tiempo? ¿O habría llegado después de su nacimiento? Después de que su madre falleciera...

—¿Está fechada? —preguntó Dalia.

Nara vaciló un momento.

—Ricardo la escribió seis semanas antes de que nacieras. Estoy bastante segura de que tu madre leyó la carta. El correo tampoco tardaba ya tanto en aquella época.

—Es un pensamiento reconfortante, saber que ella pudo conocer de su boca cuáles eran sus sentimientos, antes de que... —A Dalia se le quebró la voz—. Me tuvo sabiendo que mi padre quería acudir a su lado y que viviéramos todos juntos, ¿verdad?

—Eso deberías preguntárselo tú misma cuando por fin hables con él —sugirió Nara—. Tal vez hablaron por teléfono más adelante o... no lo sé.

—¿Puedes hacerle una foto a la carta, por favor, y enviármela?

—Claro. Ahora mismo, en cuanto acabemos de hablar, ¿te parece?

—Gracias —dijo en un suspiro Dalia, invadida por la melancolía. Oyó cómo alguien llamaba a la puerta.

—Oye, acaba de llegar Pablo.

—¿Pablo? Me alegro de veras por ti. Ya seguimos hablando en otro momento, te deseo una velada maravillosa. Aquí está amaneciendo ahora mismo.

Dalia se despidió, tragó saliva para intentar deshacer el nudo que tenía en la garganta, y luego abrió la puerta.

—¿Qué pasa? —Pablo pasó adentro y la tomó entre sus brazos—. ¿No te encuentras bien?

Dalia negó con la cabeza.

—Sí, sí, estoy… bien. Yo… —Cerró los ojos un momento—. Me alegro de que estés aquí. —Le besó suavemente y le pasó la mano por el pelo—. Te quiero.

Los labios de Pablo se curvaron en una sonrisa.

—Yo también te quiero. —Se quedó contemplándola detenidamente—. Mi madre se alegra mucho de que vengas esta noche a cenar.

—Yo también me alegro de que me haya invitado —respondió Dalia en tono sincero—. Y pienso decirle que cuidaré muy bien de ti si al final viajas a Inglaterra.

Él hizo un gesto de aprobación con la cabeza

—Eso seguro que la tranquilizará mucho.

Al día siguiente, mientras iba de camino a la tienda de Fernanda, Dalia se deleitaba en los recuerdos de la noche anterior. Había hablado largo rato con la madre de Pablo, la cual en cuanto llegó la había abrazado y desde el principio le había asegurado que se alegraba muchísimo de que Pablo hubiera encontrado una mujer tan agradable. Dalia se había quedado tan perpleja que no había sabido qué decir. Fue una velada fantástica. Con buena comida, mucho alcohol y, sobre todo, muchas risas.

Al oír de pronto la voz desesperada de una muchacha desde

una calle lateral, Dalia detuvo sus pasos para escuchar. Retrocedió para ver qué pasaba. Entonces vio a Cristina y a Valeria, acorraladas contra la pared por dos chicos de aproximadamente su misma edad. Al reconocerlas, se le cortó el aliento.

—No llevamos dinero encima —decía Cristina con un gemido justo en ese momento, mientras uno de los chicos le ponía una mano en el cuello y le sonreía con una mueca asquerosa.

—Pues ve a pedírselo a tu padre, *princesa* —respondió el chico burlón.

Las niñas empezaron a llorar.

Dalia no dudó ni un segundo.

—¡Ey! —gritó enojada—. Dejad inmediatamente a las chicas en paz.

Sobresaltados, los muchachos giraron la cabeza simultáneamente para mirarla. Ella se precipitó hacia donde estaban. Asió con furia el brazo del chico que amenazaba a Cristina y tiró de él para liberarle el cuello a la niña.

—Pero ¿qué está pasando aquí?

—¿Y tú quién eres? —El muchacho la miró confundido, mientras intentaba soltarse de la mano de Dalia, pero ella no cedió. El otro chico dio un paso atrás. A continuación, Dalia se dirigió a las niñas.

—¿Quiénes son estos dos?

Cristina se llevó la mano al cuello, y Valeria miró hacia un lado, intimidada.

—¿Tu nombre? —vociferó de nuevo increpando al muchacho, al que sacaba media cabeza y cuyo brazo todavía asía con fuerza.

—Jorge —respondió acobardado.

—¿Vais al mismo colegio? —preguntó y de nuevo Dalia miró a las chicas.

—¡Callad la boca! —aconsejó el otro chico.

—¿Van a vuestro colegio? —repitió Dalia en un tono más elevado.

Valeria asintió.

—Bien —dijo Dalia en un tono temible—. Pues ahora mismo vamos para allá todos juntos. —Echó un vistazo al reloj—. La clase debe de estar a punto de empezar de todos modos, ¿no?

Ninguno de los cuatro respondió.

—Cristina, ve delante, por favor —instó Dalia en tono suave, puesto que no tenía la menor idea de dónde podía estar la escuela.

Mientras avanzaban en silencio por aquella bocacalle, Dalia no soltó a Jorge ni un segundo. Los dos muchachos caminaban con la cabeza gacha a su lado, ninguno se atrevía a decir nada.

Al lado de una puerta de hierro forjado que conducía al patio de la escuela había una mujer de mediana edad, seguramente una maestra.

—Pero ¿qué pasa con todos vosotros? —preguntó—. ¿Valeria, Cristina?

Las muchachas se volvieron hacia Dalia en busca de ayuda.

—Jorge y su amigo las han amenazado en la calle —explicó Dalia—. Yo pasaba por allí por casualidad, cuando oí que les querían quitar su dinero.

La maestra miró alternativamente a Jorge y a su amigo.

—¿Todavía no lo habéis entendido? —Entornó los ojos.

Solo entonces Dalia se dio cuenta de que seguía asiendo a Jorge con fuerza por el brazo. Le liberó apresuradamente y se hizo a un lado.

—Los dos vais a ir ahora mismo al despacho del señor López para reportaros ante él —dijo clavándoles la mirada a los chicos—. ¿Me habéis entendido? —Ambos asintieron sin rechistar y se dirigieron trotando con los hombros caídos hacia el edificio.

La maestra le ofreció la mano a Dalia.

—Soy Carmen Ruíz.

—Dalia Carter —se presentó Dalia.

Carmen Ruíz miró a las chicas.

—Ya sabéis que tengo que llamar a vuestros padres, ¿no? Tenemos que comunicarles el incidente.

Valeria y Cristina hicieron un gesto con la cabeza como indicando que lo habían comprendido.

—¿Podría esperar mientras tanto aquí con ellas? —pidió la maestra a Dalia—. Creo que a los padres les gustaría agradecerle lo que ha hecho y hablar un momento con usted, antes de que las niñas entren en clase.

Dalia tragó saliva. ¿Cómo reaccionaría Ricardo cuando la viera junto a sus hijas? Y, además, delante de su mujer, que muy probablemente no debía de saber nada de su existencia. Pero aceptó, aunque no fuera lo que más deseaba. ¿Qué otra cosa podía hacer?

Mientras esperaba delante de la sala de profesores con Valeria y Cristina, se le desbocó el pulso. La maestra se dirigió apresuradamente al despacho del director. Seguramente ambos les darían una buena reprimenda.

—¿Ya os habían hecho estos dos algo parecido otras veces? —Dalia se dirigió a las chicas.

Valeria negó con la cabeza.

—A nosotras no, pero sí a otros compañeros —explicó Cristina con la voz entrecortada—. Si siguen así, los expulsarán muy pronto.

Dalia asintió airada.

—Si vuelven a intentarlo, debéis acudir de inmediato a la señora Ruíz o contárselo a vuestros padres.

—Jorge es... su madre murió hace seis meses —informó Cristina—. Y su padre... bebe demasiado.

Dalia la miró prestándole toda su atención.

—Lo siento mucho por él. Aun así, no debe comportarse con los demás de ese modo tan ruin.

—¡Cristina! ¡Valeria! —se oyó justo en ese momento una voz femenina desde el otro extremo del pasillo—. ¿Qué ha pasado?

La madre de las muchachas avanzaba a toda prisa por el pasillo, y al hacerlo se oían los chirridos que hacían las suelas de sus zapatos en el suelo. Era menuda, y llevaba el pelo negro en una media melena hasta la barbilla. Nerviosa, Dalia miró en su dirección, y vio a Ricardo unos cuantos pasos por detrás de su mujer.

La madre abrazó con fuerza a sus hijas. Al presenciar aquella escena Dalia sintió una leve punzada de dolor.

—¡Hola! —saludó Ricardo atónito, al reconocer a Dalia.

—¿Es usted quien ha acompañado a las niñas al colegio? —Su mujer se volvió hacia ella y la observó con gran interés.

Dalia asintió y le tendió la mano.

—Dalia Carter.

—Yo soy Paula, y él es mi marido, Ricardo.

Acto seguido volvió a dirigirse a sus hijas.

—¿Ya le habéis dado las gracias a la señora por su ayuda?

Las niñas dijeron que no con la cabeza.

—No es necesario —rehusó Dalia con timidez—. Yo pasaba casualmente por allí...

—Gracias, Dalia —dijo Cristina—. Hemos tenido mucha suerte de que aparecieras justo en ese momento.

—¿Os conocéis? —Paula miró a sus hijas arrugando el ceño.

Valeria asintió.

—Es una amiga de la abuelita.

Dalia desvió la mirada. Amiga. De nuevo le asaltó su mala conciencia.

—¿Ah, sí? —Paula parecía no comprender la conexión.

Ricardo permanecía callado a su lado.

En ese momento regresó la maestra.

—El director y yo hemos hablado muy seriamente con ellos. Se han disculpado, y supongo que no volverán a hacer nada parecido. Pero en caso de que vuelva a suceder algo así, les ruego que me informen, ¿de acuerdo? —pidió la señora Ruíz a los padres de las muchachas. Luego se volvió hacia Valeria y Cristina—. Y vosotras ahora tenéis que ir a clase.

Las chicas se dirigieron a su aula y la señora Ruíz se despidió de todos.

En ese momento sonó el móvil de Paula. Esta echó un rápido vistazo a la pantalla.

—Ricardo, no te lo tomes a mal, pero tengo que irme corriendo al trabajo. Nos vemos luego.

—¡Hasta luego!

Paula hizo un breve gesto con la cabeza para despedirse de Dalia y se alejó trotando apresuradamente.

Dalia y Ricardo se habían quedado a solas en el vestíbulo.

—Tengo una cita ahora mismo —dijo él—, pero ¿tienes tiempo después?

Dalia asintió con el corazón desbocado.

—Por supuesto.

Él esbozó un amago de sonrisa al fruncir las comisuras de sus labios.

—¿Qué te parece si nos vemos sobre las tres?

—Bien, sí, me va bien.

—¿Podrías acercarte al yacimiento?

Dalia volvió a confirmar con un gesto de cabeza, porque mucho se temía no conseguir pronunciar una palabra debido a la emoción.

—Creo que ya es hora de que hablemos. —Él la contempló durante un largo instante—. Muchas gracias por haber ayudado a Cristina y Valeria.

Ella movió la cabeza como restando importancia a aquello.

—No ha sido para tanto. Seguramente se las habrían arreglado solas sin mi ayuda.

—Gracias de todos modos. —Sonrió levemente—. Me alegro de que tengas tiempo para vernos más tarde.

A Dalia le dio un vuelco el corazón al oír aquellas palabras.

—Yo también.

43

Ya en la tienda de su abuela, Dalia sentía como si estuviera en el séptimo cielo.

—Pero ¿qué te ha pasado para que estés tan contenta? —preguntó Fernanda.

Dalia era incapaz de reprimir la sonrisa de oreja a oreja que se abría paso en su cara.

—¿No te parece que la vida es maravillosa?

Fernanda se echó a reír.

—A ti te ha pasado algo, estoy segura. —Abrazó a Dalia y examinó detenidamente su rostro—. Pareces muy feliz.

Dalia ladeó la cabeza.

—He conocido a un hombre maravilloso...

Fernanda asintió.

—Pablo, ya lo sé.

—He encontrado a una abuela supercariñosa... —siguió enumerando Dalia.

Fernanda repitió el mismo gesto.

—Supongo que debería darme por aludida.

—Y tengo una cita con mi padre —concluyó Dalia triunfante.

—¿Ricardo se ha puesto por fin en contacto contigo?

—Bueno, no ha sido exactamente así —empezó a explicar Dalia.

—Pues ¿cómo ha sido? —Fernanda la tomó del brazo y la

arrastró con suavidad hacia el atelier—. Creo que hoy es un buen día para pintar.

Dalia aceptó la propuesta con un movimiento de cabeza. Y a continuación le contó a Fernanda el incidente con las niñas y el subsiguiente encuentro con Ricardo y su mujer.

—Paula no lo sabe —reflexionó Fernanda en voz alta—. Seguramente mi hijo no le ha contado nada todavía.

—Yo también lo creo —confirmó Dalia, mientras se hacía con un pincel y comenzaba a mezclar los colores.

—Probablemente prefiera aclarar las cosas contigo antes de contárselo a su familia —especuló Fernanda.

Mientras ambas mujeres empezaban a concentrarse en el trabajo, alguien llamó a Fernanda desde la tienda.

—Pero si es Paula —susurró Dalia sobresaltada.

Fernanda asintió.

—Estamos aquí, cariño. En el taller —dijo Fernanda alzando la voz.

La mujer de Ricardo apareció en el umbral.

—Ah, Dalia. Qué bien que nos encontremos aquí. Como las chicas dijeron que eras amiga de Fernanda, he venido para pedirle tu número de teléfono. Muchas gracias de nuevo por tu intervención esta mañana. Siento haber tenido que marcharme tan deprisa. —Llegó hasta el caballete y contempló el lienzo de Dalia.

—Este cuadro es precioso. Muy estético y armonioso. —Confirmó con un movimiento de cabeza.

—¿Te gustaría quedártelo? —preguntó Dalia movida por un impulso.

Paula la miró estupefacta.

—No, no podría aceptarlo, de ningún modo. Somos nosotros los que estamos en deuda contigo, y no al contrario.

Dalia exhaló largamente.

—Si te gusta de verdad, para mí sería un gran honor poder regalártelo. Cuando esté acabado, claro está.

—No deberías dejar escapar esta oportunidad, Paula —comentó Fernanda—. Dalia tiene mucho talento. En un par de años ya no podremos permitirnos comprar una de sus obras.

Dalia se echó a reír.

—Ya, seguro. No, ahora en serio, te lo regalo.

Indecisa, Paula miró alternativamente a Fernanda y a Dalia.

—No sé...

—A ver, te gusta cómo pinta Dalia, y ella quiere hacerte un regalo —concluyó Fernanda—. De todos modos, a Inglaterra no va a poder llevárselo.

Paula suspiró.

—Bueno, de acuerdo. No sé qué decir. Muchas gracias, de veras. —Pareció cavilar algo—. ¿Qué te parece si mañana por la noche vienes a casa a comer, como pequeña muestra de agradecimiento? —Desvió la mirada hacia su suegra—. Tú también estás invitada.

—*¡Hola!* ¿Cómo están las señoras? —Dalia habría reconocido aquella voz entre un millón. Su corazón empezó a latir desbocado. Al girarse vio a Pablo, que acababa de hacer aparición en la puerta del taller. Dalia se puso en pie y fue hacia él.

—¡Qué alegría que hayas venido a vernos!

Pablo le guiñó un ojo a Fernanda.

—Solo quería pasar un momento a daros los buenos días. —Enseguida le sopló un beso en los labios a Dalia.

—Y él también está invitado, por supuesto —anunció Paula sonriendo—. En calidad de novio de Dalia.

La expresión en el rostro de Pablo se tornó inquisitiva.

—Creo que no acabo de comprender...

Dalia le tomó de la mano y se la apretó con suavidad.

—Ya te lo explico después. Estamos invitados a cenar mañana por la noche en casa de mi... de Paula y Ricardo.

—¿Ricardo? —La mirada de Pablo era ahora más penetrante—. En casa de tu...

—De Paula y Ricardo —repitió ella con firmeza mientras le hacía un guiño—. Enseguida te explico el motivo de la invitación, ¿de acuerdo?

Pablo aparentemente se había percatado de que Paula no sabía nada de la relación de parentesco de Dalia con su marido.

—Claro. ¡Muchas gracias por la invitación!

—Ahora tengo que irme —dijo Paula, y luego abrazó a Fernanda para despedirse de ella—. Las niñas vendrán a pasar la tarde contigo después del colegio, ¿sí?

Fernanda asintió.

—Como cada miércoles.

Una vez Paula hubo abandonado el atelier, Dalia informó a Pablo de lo que había ocurrido aquella mañana.

—Te dejo sola un rato y no se te ocurre nada más que salvar a tus hermanas de unos abusones para que no les roben —dijo Pablo bromeando.

—Cristina me ha hablado a menudo de Jorge y su amigo —dijo Fernanda en un tono más serio—. Creo que el otro se llama Ramón.

—Parece ser que Jorge está pasando por una época difícil —comentó Dalia mientras volvía a sentarse en su banqueta.

—Su padre debería urgentemente prestarle más atención —opinó Fernanda—. De lo contrario el chico acabará mendigando en el arroyo.

—Parece ser que esa familia está en apuros —replicó Dalia, mientras empezaba a plasmar la luz del sol reflejándose en el mar. Luego miró de soslayo a Fernanda—. Esa invitación... ¿Cómo debería comportarme?

—Es una excelente oportunidad de decirle a Paula la verdad. Vas a ver a tu padre enseguida. Háblalo con él.

Pablo miró a Dalia arrugando el ceño.

—¿Cómo? ¿Vas a ir a ver a tu padre ahora? Salvas a tus hermanas, quedas con tu padre... —Se llevó las manos a la cintura—. Y yo soy el último en enterarse.

Dalia le acarició con suavidad la cara.

—Lo siento.

Él negó con la cabeza.

—Era solo una broma. Me alegro de que todas las piezas se

estén poniendo en su sitio —concluyó, mientras la cogía de la mano—. Te lo mereces.

Fernanda confirmó con un firme movimiento de cabeza.

—Eso es bien cierto. Y Ricardo también se merece poder conocer por fin a su hija mayor.

44

Con el corazón palpitante Dalia avanzó hacia el Castillo, donde se había citado con Ricardo. Al llegar, le encontró cerca de los acantilados.

—Hola —le saludó Dalia.

Él se dio media vuelta y sonrió.

—Hola, Dalia. —Le devolvió el saludo y con un gesto señaló hacia abajo, hacia la playa—. He tomado prestado un barco. ¿Te apetece salir al mar?

Dalia enarcó las cejas. No había contado con aquella excursión.

—Sí, claro. Suena genial.

En silencio, ambos se pusieron en camino para descender hasta la playa.

—Es de un viejo amigo —dijo Ricardo rompiendo finalmente el silencio, cuando llegaron al pequeño yate—. Nos conocemos desde hace mucho tiempo. Y de vez en cuando se lo pido prestado. A veces llevo a mis hijas, pero también salgo solo cuando tengo que poner mis pensamientos en orden. He pensado que en el mar dispondríamos del tiempo y la tranquilidad para hablar de lo que sea.

Dalia se mostró de acuerdo con un movimiento de cabeza.

—Es buena idea. Te entiendo perfectamente. El mar también tiene en mí un efecto inspirador y calmante.

Ricardo le tendió la mano para ayudarla a subir al barco.

Luego saltó él mismo al interior del yate, arrancó el motor y soltó las amarras.

—Adentrémonos un poco. Luego podemos hacer una pausa y disfrutar del océano. —Señaló hacia abajo, en dirección al camarote—. He traído unos cuantos burritos. Espero que tengas bastante hambre.

Al instante, como si le hubieran dado una orden, el estómago de Dalia empezó a rugir. Se echó a reír.

—Eso parece. —Carraspeó—. Estaba tan nerviosa que no me he acordado ni de comer.

Ricardo se quedó mirándola, con los ojos brillantes.

—Lo siento muchísimo. Esta situación de algún modo es como si fuera irreal. —Sacudió la cabeza de un lado a otro, y luego le hizo señas para que se acercara—. Ven, siéntate a mi lado mientras navegamos.

Un par de pelícanos pasaron volando cerca de ellos. El sol arrancaba destellos de la superficie del agua a su alrededor. Dalia cerró los ojos y disfrutó de la sensación del viento en sus mejillas ardientes. Casi no podía creer que estuviera sentada al lado de su padre, hablando con él. El padre del que hasta hacía muy poco no sabía casi nada.

—He cometido tantos errores, Dalia. Ni siquiera sé por dónde empezar. En los últimos días he revivido en mi memoria una y otra vez el tiempo que pasé con tu madre. Diez, veinte veces... Ya perdí la cuenta. —La miró brevemente de soslayo—. Lo que sigo sin entender es por qué tu abuela me informó de que tú también habías muerto durante el parto.

¿Había percibido Dalia acaso un leve temblor en su voz? Hizo un gesto con la cabeza para indicar que a ella le pasaba lo mismo.

—Yo tampoco consigo entenderlo —corroboró—. ¿Tal vez solo quería protegerme?

Él profirió una risa, pero no era precisamente alegre.

—Soy tu padre. No debería haberme mentido.

—La respuesta a esa cuestión desgraciadamente se la llevó a

la tumba —dijo Dalia—. Ojalá pudiera hablar con ella sobre esa época. O con el abuelo.

Ricardo redujo la velocidad.

—¿Te parece que hagamos una pausa?

Dalia asintió, y enseguida cesó el ruido del motor.

—Voy a buscar la comida. Mientras tanto, si quieres puedes ir acomodándote en la zona del comedor, en la popa —dijo Ricardo antes de desaparecer bajo la cubierta del barco.

Dalia se puso en pie y se dirigió hacia la popa, donde el propietario del barco había dispuesto una generosa zona de descanso. Se dejó caer sobre los gruesos cojines de color gris que acolchaban el banco que daba asiento. Al mirar en derredor, le pareció estar viviendo un sueño. A la vista únicamente el amplio azul oscuro del Atlántico. Unas cuantas gaviotas volaban en círculo sobre el yate, profiriendo chillidos agudos y penetrantes. El sol brillaba implacable en un cielo totalmente despejado. Dalia agradeció la sombra que les ofrecía el techo.

Ricardo regresó con una bandeja de madera marrón con varios paquetes de forma cilíndrica envueltos en papel de aluminio, además de dos vasos, y botellas de agua y refrescos.

—Espero no haberme olvidado de nada. De lo contrario tendré que volver abajo y asaltar la nevera de Ernesto —dijo riendo.

Dalia comprobó que había diez burritos.

—¿Son todos para nosotros?

—No sabía qué preferías, y por eso he elegido varios rellenos distintos —explicó Ricardo—. Pero espero saber eso y muchas otras cosas de ti muy pronto —añadió en voz baja.

Dalia alzó la vista.

—Y a mí me encantaría también compartirlas contigo.

—Siento de veras haber necesitado todo este tiempo. Paula y yo... ella no sabe todavía nada de ti. Cree también que falleciste en aquel entonces.

—¿Hace mucho que la conoces? —preguntó Dalia extrañada.

Él suspiró.

—Creo que lo mejor será que empiece a contarte todo desde

el principio. Desde que tu madre consiguió aquella beca para participar en un viaje de estudios en México. Desde que nos conocimos en ese viaje y cómo fuimos intimando... —Hizo una pausa y señaló hacia la bandeja—. Sírvete, por favor.

Dalia asintió y se decidió por un burrito con relleno de pollo.

—Y cómo me comporté como un completo idiota cuando me comunicó que estaba embarazada. —Profirió un largo suspiro—. Es una larga historia. Espero que no tengas prisa por volver.

—Tengo todo el tiempo del mundo. Para eso vine aquí. Me gustaría saberlo todo. Cuéntame por favor cómo era mi madre. Las cosas de las que hablaba, sus deseos, sus intereses —le pidió Dalia, ávida por saber, mientras se reclinaba cómodamente en su asiento—. Desgraciadamente no llegué a conocerla.

No tuvo que pedírselo dos veces. Su padre empezó su relato, mientras Dalia observaba embelesada sus labios. Le habló de la llegada a la universidad de Camellia, de su estancia en Chichén Itzá, de su apasionado interés por los mayas, de los debates mantenidos con ella sobre distintas teorías científicas. De sus encuentros secretos y los maravillosos momentos que pasaron juntos, del final abrupto de la relación cuando ella le comunicó que estaba embarazada. Ricardo admitió que se había sentido sobrepasado por la situación. Le contó la caída sufrida por Camellia, y que ella no quiso volverle a ver tras aquel accidente. Mientras estaba en el hospital, él había viajado a Ciudad de México para hablar con el rector sobre un posible traslado a una universidad inglesa. Entonces otra estudiante le llamó y le informó de que a Camellia le iban a dar el alta de la clínica antes de lo previsto, y que ella había decidido volver a Inglaterra. Ricardo le explicó que la perspectiva de no volver a ver nunca más a su gran amor le había sumido en la más profunda desesperación.

Mientras hablaba, Dalia engulló tres burritos y vació la botella entera de agua. Cuando él acabó de relatar la historia, después de lo que parecía una eternidad, Dalia se sintió tan conmovida y abrumada por los recuerdos de Ricardo que en un primer momento no supo qué decir.

—Con Camellia me comporté de una manera tan insensible como lo hice contigo. Es posible que no sepa gestionar las noticias importantes que me pillan por sorpresa —reconoció Ricardo en una demostración de autocrítica—. En aquel entonces, simplemente no conseguía olvidarla, y como no quería ponerse al teléfono cuando la llamaba, le escribí una carta en la que le pedía perdón.

—Mi tía la encontró hace poco —comentó Dalia sin aliento—. Debió llegarle a mi madre poco antes de que yo naciera.

—Sí que la recibió —confirmó Ricardo en tono grave—. Me contestó, diciendo que seguía amándome y que soñaba con formar una familia conmigo... y contigo. Al leer su carta me sentí inmensamente feliz, y nunca habría podido anticipar que el destino me tenía reservado un golpe tan terrible.

Las lágrimas se agolparon en los ojos de Dalia.

—Entonces ella lo sabía —murmuró aliviada—. Murió sabiendo que la querías y que no la habías abandonado. —Por primera vez Dalia se dio cuenta de lo importante que era ese matiz. Durante toda su vida había pensado que su madre había fallecido sintiéndose sola, sin el padre de su bebé. Y eso le había dolido enormemente. Pero esa suposición era errónea. Su madre murió sintiéndose feliz, con Ricardo en su corazón.

—Sí, lo sabía —confirmó su padre—. Y a pesar de todo... sigo culpándome por su muerte. Debería haber estado a su lado durante el parto. Y haber ido a su entierro.

—No habrías podido hacer nada —dijo Dalia con la voz llena de tristeza—. Mi madre sufrió repentinamente una grave hemorragia, que no hubo forma de contener.

—Pero tengo esa sensación en mi interior —contradijo Ricardo—. Aquí dentro. —Se llevó la mano al costado izquierdo de su pecho—. Camellia era una persona muy especial, Dalia. Ojalá hubieras podido conocerla. Habría sido una madre estupenda. —Desvió la vista a lo lejos, sobre el mar—. Y ojalá hubieras podido crecer con un padre a tu lado.

Dalia extrajo los pendientes del bolsillo del pantalón y los dejó sobre la mesa.

Ricardo abrió grandemente los ojos.

—¿De dónde los has sacado?

—La abuela los había guardado. Junto con la carta que le enviaste tras la muerte de mamá.

Él asintió con aire ausente.

—Sí, le escribí una carta tras recibir la suya en la que me decía que Camellia y tú… Que las dos habíais muerto.

Dalia cogió en sus manos los pendientes en forma de pequeñas flores y se los puso.

—Esa carta es la razón de que yo esté hoy aquí.

—No puedes hacerte a la idea de cuánto me alegro. Y te puso de nombre Dalia —dijo Ricardo con una leve sonrisa mientras observaba los pendientes—. Te quedan muy bien.

—El nombre tiene también que ver con una tradición familiar —explicó Dalia—. Los hijos de mis abuelos y todas mis primas llevan nombres de plantas o de flores. A la abuela lo que más le gustaba en el mundo eran las flores. El hecho de que conociera al hijo de un jardinero fue una maravillosa coincidencia providencial. Blooming Hall es su legado.

—Suena muy bonito. Me habría gustado conocer a tus abuelos. —Ricardo cogió un burrito y dio un bocado—. Quizá ha llegado el momento de conocer al resto de tu familia —dijo sonriendo.

Contempló a Dalia mientras masticaba.

—Todavía me cuesta creer que tengo una preciosa hija que ya es toda una mujer.

—¿Qué dirá tu esposa? —Dalia se atrevió a formular la pregunta que le preocupaba desde aquella mañana temprano.

—Paula y yo, después de todo aquello, necesitamos mucho tiempo para reencontrarnos. Yo le había dejado claro de forma inequívoca que me había enamorado de Camellia. Aunque en ese tiempo todavía no éramos pareja, siempre habíamos sabido que un día nos casaríamos y formaríamos una familia. Le hice mucho daño en esa época. Pasaron años hasta que volvimos a acercarnos. Y finalmente nos casamos y decidimos formar una familia, pero Paula tuvo varios abortos. —Su voz adoptó un tono melancólico.

—Lo siento. —Dalia examinó su rostro, las sienes ya grises que destacaban entre sus cabellos negros, las ojeras bajo los ojos. Aunque su padre había dejado de ser joven, todavía podía intuir qué era lo que debía de haber fascinado a su madre de él.

—Gracias. —No añadió nada más hasta que hubo acabado el burrito. Después se limpió la boca con una servilleta—. Cuando llegaron las niñas... —Movió la cabeza de un lado a otro—. No puedo expresar la alegría que sentí. Ninguno de los dos esperábamos ya poder ser padres. —Volvió a sonreír—. En aquel entonces no podía imaginar que ya tenía una hija maravillosa. Me he perdido gran parte de tu vida. —Hizo una pausa—. Me has contado que las ruinas te han conmovido enormemente. —Pestañeó en un gesto travieso—. Por lo que supongo que te alegrará saber que tú también llevas sangre maya en tus venas.

Dalia abrió los ojos como platos.

—¿A qué te refieres?

—La mayoría de mis antepasados son españoles, pero mi tatarabuelo era un maya auténtico —aclaró Ricardo con un deje de orgullo en su voz.

Dalia no daba crédito.

—Entonces yo también provengo de los mayas —balbuceó en tono reverente—. Eso es algo... muy especial.

Él asintió.

—Sí, es una herencia peculiar.

Durante unos cuantos minutos se hizo el silencio, puesto que ambos necesitaban asimilar todo lo que acababan de hablar.

—Tu mujer nos ha invitado a Pablo y a mí a cenar mañana en vuestra casa. —Dalia rompió finalmente el silencio y describió brevemente el encuentro que había tenido en la tienda de Fernanda.

—Eso significa que tendremos el enorme placer de poder colgar en la pared de nuestra casa una obra auténtica de Dalia Carter —comentó él visiblemente satisfecho—. ¡Qué gran honor!

—Eso parece.

—Pues entonces mañana podríamos contárselo los dos juntos —decidió Ricardo con firmeza—. Esa cena se convertirá de ese modo oficialmente en el primer encuentro familiar. Cristina y Valeria van a ponerse muy contentas. —Le hizo un guiño—. Y yo tengo muchas ganas de conocer más de cerca a tu Pablo. Me hace muy feliz que tengas un novio mexicano.

—A mí también —coincidió Dalia, mientras se le empañaban los ojos—. A mí también me hace muy feliz. Y lo mismo me pasa cuando pienso que tengo un papá mexicano.

Él alargó el brazo y tomó una mano de Dalia entre las suyas.

—Pasemos todo el tiempo posible juntos. Me gustaría saberlo todo de ti. Y también que me enseñes todas tus obras de arte, por favor.

45

—Tengo que reinventarme a nivel profesional, Lilian —anunció Dalia por teléfono a su tía cuando esta la llamó a última hora de la tarde—. Cuando pinto con Fernanda, siento una paz interior, un equilibrio, que nunca antes había experimentado de esa forma —se esforzó por explicarse mejor—. Sé que suena extraño, pero no sé cómo podría describirlo de otra manera.

—Entonces tienes que cambiar algo como sea, Dalia. —Lilian titubeó un instante—. A Soley le está pasando lo mismo. Por lo menos eso creo.

Dalia escuchaba con atención. Se acordó de que su prima efectivamente le había hecho algún comentario en ese sentido, antes de emprender viaje.

—Pero ese es otro tema —prosiguió Lilian después de un suspiro—. Me alegro tanto por ti de que hayas encontrado a tu familia mexicana. Y de que sean tan agradables y te hayan acogido con los brazos abiertos.

—Son geniales, cada uno a su manera —corroboró Dalia, mientras percibía una sensación de calidez que le inundaba el pecho. La tarde que había pasado con su padre había sido preciosa. Ricardo era una persona sensible y empática. Sus conocimientos parecían inconmensurables, y tenía su propia opinión en relación con cualquier tema. Dalia había disfrutado enormemente aquellas horas juntos. Él le había preguntado cuáles eran sus asignaturas preferidas en el colegio, a qué jugaba de niña, qué libros había leído, qué películas le gustaban, cuáles eran sus comidas favoritas, y miles de cosas más—. Y Ricardo es verdaderamente excepcional.

—No habría esperado menos de Camellia. —Lilian profirió una breve risa—. Tu madre siempre fue muy exigente. Los hombres nunca lo tuvieron fácil con ella.

—Me habría gustado tanto vivir con ellos dos, todos juntos.

—Ay, cariño —replicó su tía con la voz entrecortada—. Estoy segura de que Ricardo te podrá contar muchas cosas de ella. Al fin y al cabo, estuvieron juntos todo ese tiempo en Chichén Itzá.

Dalia desvió la vista hacia el exterior.

—Tienes razón. Cuando me habla de ella, casi tengo la sensación de haberla conocido. De estar cerca de mi madre.

—Siempre estarás cerca de ella, Dalia. Era tu madre. Y se habría alegrado muchísimo de que decidieras ir a buscar a tu padre. Eso ha sido muy valiente por tu parte.

—Qué va —minimizó Dalia—. Esta gente hace que todo parezca muy fácil. Son tan sinceros... tan poco complicados, y tan acogedores y afectuosos.

—Llámame cuando tengas más novedades, ¿de acuerdo? —pidió Lilian.

Justo cuando Dalia se despidió de su tía llamaron a la puerta.

—¡Fernanda! —exclamó perpleja al ver a su abuela mexicana apoyada en el marco de la puerta, mientras la miraba a los ojos.

Fernanda se encogió de hombros a modo de disculpa.

—No quería molestarte, pero... tengo tanta curiosidad. —Esbozó una sonrisa casi como si estuviera un poco avergonzada.

—Pasa. —Dalia la invitó a sentarse en la terraza y fue a buscar una botella de refresco de cola que luego dejó sobre la mesa—. Tengo capacidad de aprender.

Su abuela se echó a reír y sirvió refresco para ambas.

—Ahora venga, cuéntame.

Dalia tomó asiento y le contó con toda clase de detalles cómo había ido la excursión en barco aquella tarde.

—Tras recibir aquella carta de tu abuela, Ricardo apenas reaccionaba a nada de lo que le dijéramos —explicó Fernanda, cuando Dalia terminó de hablar—. Estaba de luto. Por Camellia. Por ti. Por la vida que había querido construir con vosotras dos en Inglaterra. Incluso había hablado con el rector de la facultad sobre un posible traslado a una universidad inglesa. —Fernanda hizo una pausa para beber—. Fue una época terrible. Tras haberme contado lo feliz que se sentía porque tu madre le había perdonado, no había pasado siquiera un mes, y su mundo se derrumbó. Nunca antes le había visto así. Cuando Paula muchos años después sufrió varios abortos... —Se inclinó hacia delante—. Reaccionó de forma muy parecida.

—Pero ahora tiene dos hijas fantásticas —comentó Dalia.

—Tres —corrigió Fernanda sonriente—. Tienes tres hijas fantásticas.

—Es una sensación muy curiosa, cuando una de repente se entera de dónde proviene. Ahora sé que llevo en mí vuestra cultura, vuestro pasado. Y se diferencia en muchos aspectos de Inglaterra.

—Somos seres humanos. Tanto a este como al otro lado del Atlántico —replicó Fernanda—. Todos tenemos sueños y anhelos, deseos y esperanzas. Eso no tiene nada que ver con la nacionalidad. Sí, nuestra gastronomía es distinta a la vuestra, nuestras frutas y verduras tienen un sabor distinto, pero en el fondo todos somos iguales.

—Cuánta razón tienes. —Respondiendo a un impulso, Dalia se puso en pie y se acuclilló al lado de la silla de Fernanda. Su abuela la atrajo hacia sí y le posó una mano en la cabeza.

—Tú serás siempre bienvenida aquí, Dalia. Da igual adónde te lleve en el futuro tu camino, aquí en Tulum yacen tus raíces. Esta es la tierra de tu padre y tus abuelos. Ojalá tu abuelo hubiera podido conocerte —dijo mientras le acariciaba el pelo.

Dalia cerró los ojos y disfrutó de la calidez de aquella muestra de afecto. Todavía no había podido procesar, ni remotamente, todas las impresiones y vivencias de los últimos días. Sin embargo, ya se había dado cuenta de que allí encontraría las respuestas a las preguntas todavía pendientes; algunas ya las había podido contestar. ¿Quién era? ¿De dónde venía? ¿Adónde quería llegar? Ahora por primera vez se sentía completa, había llegado a conocer a la otra mitad de su familia, había encontrado sus raíces mexicanas. Adoraba a su familia inglesa más que a nada en el mundo. Sus abuelos, tías, tíos y primas siempre habían estado ahí para ella, la amaban y la apoyaban en todo lo que podían. Y ahora por fin Dalia había encontrado la otra mitad, la que la completaba. Había encontrado a su padre y había conocido además a dos hermanastras y a una abuela, cuya existencia hasta ese momento desconocía. Nunca antes había tenido una sensación similar. Sintió que la invadía un sentimiento de gratitud.

Cuando volvieron a oírse unos golpes en la puerta, Dalia dio un respingo. Se irguió apresuradamente.

Fernanda le guiñó un ojo.

—¿Pablo?

—Supongo que sí. —Dalia echó un vistazo al reloj y abrió la puerta.

—Hola, preciosa. —Pablo al instante la cogió entre sus brazos y la besó apasionadamente—. Te he echado tanto de menos.

Dalia señaló en dirección a la terraza con la barbilla.

—Mi abuela está aquí.

Él deshizo el abrazo y se dirigió al exterior.

—¡Qué agradable sorpresa! ¡*Hola*, Fernanda!

La anciana se puso en pie, miró a Pablo y luego a Dalia.

—Ahora me tengo que ir. Mañana podemos seguir hablando.

—No era mi intención en absoluto ahuyentarte —dijo Pablo con firmeza.

—Y no lo has hecho. —Fernanda hizo un gesto con la mano, como restando importancia a aquello—. Pero sois jóvenes y ahora querréis estar a solas. Disfrutar de vuestra mutua compañía. —Confirmó con la cabeza—. Y está bien así. No vayáis a creer que nunca fui joven.

Dalia no pudo evitar reírse.

—Puedo incluso imaginarte perfectamente de joven. Con tanta energía como tienes todavía... Mi abuelo seguramente no daba abasto contigo.

Fernanda asintió con una pícara sonrisa.

—En efecto, así era. —Avanzó tres pasos en dirección a la habitación—. No hace falta que me acompañéis, quedaos fuera, sé encontrar la salida yo solita. —Abrazó a Dalia y luego a Pablo, antes de desearles buenas noches y marcharse.

—¿De veras queremos estar solos? —Pablo se acercó a Dalia y la atrajo de nuevo hacia sí.

Ella pestañeó repetidamente.

—Creo que sí.

—¿Para hacer qué exactamente? —preguntó con voz ronca, mientras ascendía por su cuello con los labios.

—Imagino que ya se nos ocurrirá algo. ¿No crees? —respondió ella en tono burlón mientras enterraba sus dedos entre sus negros cabellos.

—Es posible —le susurró él al oído, y a continuación introdujo las manos por debajo de su blusa.

Dalia se apretó con fuerza contra él, disfrutando del calor que emanaba la piel de Pablo sobre la suya, sus labios besándola, mientras ella le recorría el cuerpo con las palmas de las manos. ¿Qué es lo que le había hecho merecedora de algo así? ¿Era posible un instante más perfecto? ¿Se había sentido alguna vez tan feliz? Pablo la deseaba y la amaba, y Dalia no se cansaba de sus caricias. Era el amor de su vida, nunca antes había encontrado a un hombre que hubiera conquistado más profundamente su corazón, que hubiera explorado el fondo de su alma con más intensidad, que la hubiera visto como realmente era.

A la mañana siguiente, Dalia decidió espontáneamente alquilar un equipo de esnórquel y nadar un poco bordeando la orilla. Nuevamente quedó admirada por el colorido del paraíso acuático a su alrededor, en esa franja de la costa mexicana. Peces azules, amarillos, rojos, naranjas y violetas pasaban a su lado nadando en todas las direcciones, y también los corales refulgían con las tonalidades más inimaginables. Mientras seguía a una tortuga que había pasado rozándola para observarla y ver que desaparecía lentamente en las profundidades del océano, le vino a la cabeza una idea. Giró sobre sí misma y contempló el fondo del mar desde distintas perspectivas.

¿Sería capaz de plasmar la belleza y la diversidad de ese mundo submarino en un lienzo? Con la mente empezó a mezclar los colores adecuados que podrían reflejar el tono azul claro luminoso de las aguas de forma realista. Dalia se quedó inmóvil, y se concentró plenamente en la visión que tenía ante ella. Las delicadas plantas acuáticas, que danzaban suavemente al ritmo de la apacible corriente. Los cangrejos, los erizos de mar y aquellos peces que cruzaban las aguas, disparados, asemejándose a un manchurrón de pintura. Los corales que brillaban en tonos chillones con infinitos matices. Ahí abajo había otras leyes, era una especie de universo paralelo. Parecía como si cada planta y cada ser vivo flotaran en una burbuja de aire.

Dalia cavilaba cómo podría capturar y representar el movimiento deslizante, casi irreal, de los animales y las plantas. Inmortalizar la vida en el océano podría ser un nuevo reto para ella al que había decidido entregarse con curiosidad y sed de conocimiento.

Cuando tuvo la sensación de haber pasado ya suficiente tiempo observando, dio media vuelta y regresó nadando a la playa dando fuertes brazadas. Mientras salía del agua dio gracias por los cálidos rayos del sol y la ligera brisa que acariciaba su piel como si de las delicadas alas de una mariposa se tratase. Se dejó caer sobre la toalla, se quitó la máscara de esnórquel y el tubo de buceo de la cabeza, y los dejó a un lado.

—¡Dalia!

Se giró sorprendida hacia la dirección de donde provenía la voz. Cristina y Valeria iban caminando hacia ella. Llevaban coloridos biquinis bajo unas amplias túnicas de color azul claro.

—¿Qué hacéis aquí?

—Los maestros tienen un día de formación, por eso nos han dejado salir antes.

Colocaron sus toallas cerca de la de Dalia y se sentaron en ellas.

—¿Cómo estáis? —Dalia se llevó la mano derecha a la frente a modo de visera, para poder mirar a las chicas sin que le molestase el sol.

—Bien —respondió Cristina sonriente—. A Jorge le han dado un último aviso. Si vuelve a meterse en problemas, le expulsarán del colegio.

—Lo que hicieron él y su amigo obviamente está mal —coincidió Dalia—. Pero por alguna razón ese chico me da pena.

Valeria asintió, mientras se recogía sus largos cabellos en un moño.

—Lo de su madre es terrible. Y su padre… —Agitó la mano como queriendo decir que no tenía remedio.

—Tal vez por fin se haya enterado —comentó Cristina pensativa—. ¿Acabas de salir del agua? —Señaló el pelo mojado de Dalia.

—He hecho un poco de esnórquel —dijo Dalia—. Ha sido estupendo. Nunca había visto tantos colores en la naturaleza que brillaran con tanta intensidad como aquí.

—Papá a menudo nos llevaba también a hacer esnórquel —dijo Cristina con un tono de orgullo en su voz—. Hay algunos arrecifes de coral fantásticos que se pueden ver muy bien desde la superficie del agua. —Se puso en pie—. Si vienes después a comer a casa, seguro que papá puede decirte dónde están exactamente. —Luego miró a su hermana—. ¿Vamos a bañarnos?

Valeria también se levantó de la toalla, y ambas se precipitaron cogidas de la mano hacia la orilla.

Dalia no pudo evitar sonreír. Las niñas no sabían nada todavía de su parentesco, y le hubiera encantado decírselo lo antes posible ella misma. Pero había acordado con Ricardo que lo harían juntos, de modo que tendría que armarse de paciencia. Se apoyó en los codos y observó a las muchachas adentrándose en el agua y salpicándose mutuamente. Dalia dejó caer la cabeza hacia atrás y cerró los ojos. Por primera vez le sobrevino una sensación similar a la de estar de vacaciones. Se acordó de la tarde del día anterior con su padre, y de la visita nocturna de Fernanda y de Pablo. Cuando llegó a México no conocía a nadie. ¡Qué rápido había encontrado a aquellas personas que se habían ganado su corazón!

En realidad, ella no solía tener necesidad de estar conociendo continuamente gente nueva. No le hacía falta tanta variedad, le encantaba sentirse rodeada de caras conocidas. Por eso ahora, al reflexionar sobre ello, su viaje a través de México le resultaba aún más extraordinario.

—Hola, querida.

Dalia abrió los ojos sobresaltada para ver directamente la cara de Pablo.

—¡Hola!

Él le acarició cariñosamente la cabeza antes de sentarse a su lado en la arena.

—¿Tienes compañía? —dijo señalando las toallas.

—Me he encontrado con Cristina y Valeria por casualidad —explicó, y luego se inclinó hacia él y le besó—. Mmm, esto es lo único que faltaba en este momento perfecto —le susurró al oído.

Su rostro se ensombreció.

—No es mi intención arruinarte el día, pero me temo que no traigo buenas noticias —dijo en tono serio.

Dalia se incorporó y le miró preocupada.

—¿Qué pasa?

Él desvió la vista hacia el océano.

—No puedo permitirme viajar a Inglaterra —dijo en voz baja.

En un primer momento Dalia no supo qué decir.

—El piso en Ciudad de México... —empezó a explicar él—. No puedo dejarlo. Rubén y Estela por sí solos no pueden pagarlo;

y, si lo dejáramos, cuando regresara no encontraría nada parecido. Apenas hay viviendas de alquiler en la capital, menos aún en buen estado y que sean asequibles. —Pesaroso, movió la cabeza de un lado a otro—. No se me ocurre en qué más puedo ahorrar. Además, es mucho más difícil de lo que creía encontrar un puesto como profesor en una universidad cercana a donde tú vives. Y tengo que seguir ayudando económicamente a mis padres. —Dejó que sus hombros se hundieran en un gesto que denotaba impotencia.

Dalia tomó una de sus manos y se la apretó suavemente.

—Lo conseguiremos. De algún modo. Encontraremos una solución —dijo intentando brindarle aliento, aunque en ese momento ni siquiera ella misma podía saber exactamente cuál podría ser esa solución. Disponía de algunos ahorros, pero tenía claro que Pablo nunca aceptaría su dinero.

—¿Qué os pasa? —Valeria se abalanzó hacia ellos con el pelo mojado y se dejó caer en la toalla—. ¡El agua está genial!

Cristina estaba todavía de pie en la orilla y miraba a lo lejos hacia el mar.

Valeria se irguió y miró alternativamente a Pablo y a Dalia.

—¿Os habéis tragado la lengua?

—Estamos dándole vueltas a un problema —respondió Dalia con una débil sonrisa.

—Mamá siempre dice que no hay problema para el cual no haya solución. —Valeria retorció sus cabellos y de ellos cayeron gruesas gotas sobre la arena, a su lado.

—Tengo la impresión de que tu madre es una mujer muy lista —replicó Dalia pensativa—. Pero a veces, desgraciadamente, cuesta un poco encontrar esa solución.

Pablo le acarició la espalda y la miró desde el costado.

—No puedo perderte, así sin más.

—Todavía estoy aquí —replicó Dalia—. Y como la madre de Valeria suele decir, sí que hay solución. Solo tenemos que encontrarla.

46

Por la tarde, Dalia se sumergió en el intenso bullicio del mercado de Tulum en busca de regalos y detalles para sus hermanas y para Paula. Paseaba deambulando entre los puestos que ofrecían los más diversos artículos. Comprobó que también había hamacas de vistosos colores, como en todos los demás mercados que había visitado hasta entonces. Contempló admirada unas figuras pintadas, talladas en madera de cuajiote. Los vendedores se acercaban a ella para ofrecerle bonitos zapatos tradicionales y tejidos bordados multicolor. En un puesto de cerámica se entretuvo un poco más de tiempo para examinar las delicadas jarras expuestas, junto a cuencos de colores de todos los tamaños y preciosos floreros. No era capaz de decidirse por uno en concreto. Un jarrón violeta con un dibujo de flores amarillas bajo un cielo azul le pareció especialmente bonito. Pagó y le pidió al vendedor, un anciano al que Dalia echó unos noventa años, que lo envolviera con mimo. Ojalá le gustara a Paula tanto como a ella.

En el puesto contiguo una mujer joven vendía huipiles, las blusas tradicionales de Yucatán. Dalia pasó la mano sobre la suave tela con delicadeza.

—¿Quieres probarte alguna? —La vendedora se acercó a ella.

Dalia reflexionó un momento.

—Estoy buscando un regalo, tal vez dos bonitas blusas, para

mis... hermanas —explicó, sin poder disimular el orgullo que se intuía en su voz.

—¿Cuántos años tienen?

—Son más jóvenes que yo, pero casi igual de altas —contestó Dalia.

La vendedora le mostró una blusa blanca sin mangas, con el escote bordado con hilos de color verde, naranja, violeta y rojo. En la parte delantera de la prenda había flores de gran tamaño artísticamente elaboradas en los mismos tonos.

—Esta es especialmente bonita para chicas jóvenes —comentó.

Dalia cogió la blusa en sus manos y la examinó detenidamente.

—¿Tienes dos iguales?

La joven confirmó con un gesto y se agachó bajo el mostrador hasta que encontró otra blusa idéntica, todavía envuelta en una bolsa de plástico.

—Esta es la misma talla.

—Me llevo las dos —decidió Dalia.

Mientras inspeccionaba las demás blusas, le llamó la atención una parecida a las que había comprado, pero en tonos más oscuros. Se la llevó hacia el torso, por encima de la ropa.

—Bonitos colores —comentó la vendedora con una sonrisa—. La combinación de las distintas tonalidades de azul y rojo oscuro te queda bien, es ideal para tu tono de piel.

Dalia asintió, confirmando a la vendedora que coincidía con sus gustos en cuanto a la combinación de colores.

—Esta me la llevaré para mí. —Recuperó su monedero y pagó las tres blusas.

En otro de los puestos vendían esculturas de arcilla. Una de ellas representaba con sumo detalle un ramo de dalias. Sin poder apartar la vista de aquellas flores, preguntó al vendedor el precio y decidió comprar la escultura para regalársela a Ricardo.

Sintió que su agitación iba en aumento al pensar en la velada que la aguardaba. Cargada con sus adquisiciones siguió vagando sin prisa por el mercado, disfrutando de la abundancia de colores y fragancias.

Al oír el tono de llamada del móvil y leer en la pantalla el nombre de Nara, no pudo evitar esbozar una sonrisa.

—Justo ahora estaba pensando en vosotros —dijo al descolgar.

—Pues temía que estuvieras tan ocupada con tu familia mexicana que ya nos hubieras olvidado —bromeó Nara.

—Nunca en mi vida podría olvidarme de vosotros —contradijo Dalia, bromeando, en tono melodramático.

—¿Qué novedades me cuentas? —le preguntó su tía.

Dalia no sabía ni por dónde empezar. En unas cuantas frases le resumió su cita con Ricardo, cómo iba la relación con Pablo y su conexión con Fernanda.

—¡Eso suena genial! —exclamó Nara—. Me alegro tantísimo por ti. Que hayas encontrado por fin a tu padre... ¡Es impresionante!

—Sin Pablo nunca lo habría conseguido —admitió honestamente Dalia.

—Ese Pablo... —Nara se echó a reír—. Tengo una curiosidad tremenda por conocerle.

Dalia se acordó sin poder remediarlo de la conversación que habían mantenido aquella mañana en la playa.

—Eso quizá resulte un poco difícil —replicó con un tono de voz más sombrío.

—¿Por qué?

—No puede permitirse viajar a Inglaterra —explicó Dalia en voz baja—. Creo que realmente tenemos algo muy especial. Pero no tengo la menor idea de cómo podríamos mantener la relación. No puedo quedarme aquí para siempre, al fin y al cabo. En algún momento tendré que volver para trabajar. Pero tampoco puedo volar cada cuatro semanas a México para verlo.

—Oh, Dalia —dijo Nara con empatía—. ¿Crees que encontraréis una solución?

—Ojalá, eso es lo que más quiero, pero de momento no puedo imaginarme ninguna. Pero ya está bien de hablar de mí. ¿Qué novedades hay por casa?

—Soley viene mañana a Blooming Hall. Tiene una actuación en Exeter y aprovecha para hacer una visita a la familia —informó Nara—. A Lali no le va precisamente bien. Ayer hablé con ella por teléfono y me preocupa un poco. Se mostró más reservada que de costumbre. Creo que está agobiada por algo, pero ya sabes lo difícil que es llegar a ella y que cuente lo que le pasa. Cuando se cierra en banda, no hay manera. Obviamente seguiré intentándolo.

—Ay, la pobre —se le escapó a Dalia, que sí podía imaginarse lo que angustiaba a su prima.

—Y a Magnolia la arrestaron el otro día en Londres porque se había encadenado no sé dónde para obstaculizar el tráfico.

Dalia puso los ojos en blanco.

—¿En nombre de su organización ecologista?

—Creo que sí. No he querido pedir más detalles. —Nara rio de nuevo—. Ya ves, todo sigue igual. Por cierto, que ya han dejado libre a Magnolia.

—Menos mal, qué suerte ha tenido.

—Ah, y tengo que darte muchos recuerdos de Welwitschie. Te echa de menos y dice que quiere que vuelvas a casa lo más rápido posible.

Dalia sonrió, conmovida.

—Dale muchos recuerdos también de mi parte y dile que intentaré darme prisa en volver.

—Primero arregla las cosas tranquilamente en México. Todavía estás allí y puedes aprovechar para disfrutar del tiempo con tu segunda familia —le aconsejó Nara.

—Eso seguro que lo voy a hacer —concluyó Dalia antes de despedirse y colgar.

Al darse cuenta de que se iba agolpando una multitud cada vez mayor ante ella, Dalia avanzó hacia delante y siguió los movimientos de cinco hombres ataviados con camisas blancas y pantalones rojos que trepaban por un poste de unos veinte metros de altura. ¿De qué iba todo aquello?

En lo más alto del poste había una pequeña plataforma redonda, y justo por debajo una estructura cuadrada de madera, en la que se acomodaron cuatro de los mexicanos. El quinto en subir ascendió a la plataforma superior y empezó a tocar una alegre melodía con la flauta. La gente alrededor de Dalia miraba hacia arriba y contemplaba el espectáculo como hechizada. Cuando los otros cuatro, atados con cuerdas, se dejaron caer de cabeza hacia el abismo, Dalia casi se quedó sin aliento.

—¿Qué están haciendo? —preguntó a una joven que estaba a su lado.

—Son voladores —explicó enseguida la muchacha—. Están celebrando un ritual de siglos de antigüedad. Esos cuatro hombres representan el renacimiento de los guerreros y las víctimas ofrendadas, que flotan hacia la tierra como pájaros.

En efecto, los cuatro hombres iban descendiendo, surcando el aire, suspendidos por cuerdas, cada vez más cerca del suelo. Gracias a los movimientos del quinto hombre sobre la plataforma las cuerdas se iban desenrollando en torno al poste, y sus compañeros volaban en espiral hacia la tierra, en dirección a los espectadores.

Dalia se quedó fascinada mirando el ritual. Aunque obviamente ella no era ningún ave que regresara flotando por el aire hacia la tierra, sí sentía que era una hija perdida, que por fin había vuelto al seno de su familia.

Al ver la mesa tan generosamente repleta de comida, a Dalia se le antojó que era como estar en Jauja. La mujer de Ricardo debía de haberse pasado horas y horas en la cocina para preparar todos aquellos manjares de aspecto delicioso. Una enorme sartén con arroz y marisco, el equivalente mexicano de la paella española, según le habían explicado, ocupaba un lugar central al lado de una bandeja con langostinos asados al ajillo de aspecto crujiente. En un extremo de la mesa había un montón de tortillas de maíz apiladas, y una cacerola de pozole de carne de cerdo, chilis, y pequeños y sabrosos tomates completaba el conjunto de platos principales.

Como primer plato Paula había preparado una sopa de lima de exótico aroma. Dalia contó además hasta cuatro salsas distintas, de color verde, naranja, rojo oscuro y blanco. En torno a ellas se alineaban varios platos con langostas, gachas de frijoles asadas, pescado ahumado y plátanos fritos.

—¿Quién va a comerse todo eso? —lanzó Dalia la pregunta al aire, con una expresión de incredulidad. Todavía no se había acostumbrado a aquellas mesas tan opulentas. Valeria y Cristina estaban sentadas a derecha e izquierda de su madre, y Dalia se encontraba frente a ella. Ricardo había tomado asiento en el extremo derecho de la mesa, y Fernanda en el izquierdo. Pablo se había sentado junto a Dalia.

—Con el tiempo dejará de sorprenderte —replicó Pablo sonriendo—. La comida no es para los mexicanos una penosa ingesta de alimentos, sino pasión y disfrute.

Dalia enarcó las cejas.

—Bueno, si me tuviera que comer todo lo que hay aquí, no podría pensar ni en pasión ni en disfrute.

Todos se echaron a reír.

—Todo es delicioso, ya lo verás —añadió Fernanda guiñando un ojo—. Mi nuera es una de las mejores cocineras que conozco.

Ricardo corroboró su opinión con un movimiento de cabeza.

—Oh, Fernanda —minimizó Paula visiblemente avergonzada.

A Dalia la mujer de su padre le había caído bien desde el primer momento. Le había dado las gracias repetidamente por el florero, y a Dalia incluso le había parecido vislumbrar lágrimas de alegría en sus ojos. También las chicas se mostraron totalmente entusiasmadas con las blusas y habían insistido en probárselas allí mismo, para ir a conjunto con Dalia, que había estrenado su propio huipil con motivo de aquella ocasión tan especial. Ricardo se quedó sin habla durante unos instantes al recibir la escultura de manos de Dalia. Luego, todavía sin decir nada, la había atraído hacia sí para abrazarla. En caso de que Paula hubiera encontrado ese gesto inapropiado, había disimulado, o por lo menos nadie lo advirtió.

A diferencia de su familia en Cornualles, donde normalmente en la mesa no se hablaba demasiado durante la comida, ellos charlaban continuamente unos con otros. El nivel acústico aumentaba a medida que más gente intervenía en la conversación. Valeria habló de una redacción que no tenía ningunas ganas de hacer, pero que debía acabar para dentro de dos días, y Fernanda charlaba con Cristina sobre una cuestión de la clase de plástica. Entretanto, Pablo apilaba tres tortillas de maíz en su plato y sobrevolaba la mesa con la mirada.

—No estarás pensando en serio lo que yo creo, ¿no? —murmuró Dalia inclinándose hacia él, puesto que intuía lo que estaba buscando.

Él alzó los hombros a modo de disculpa.

—¿Me estás diciendo que debería reprimirme cuando estoy en público?

—Sí, exactamente eso es lo que quería decir. Nada de crema de cacao —le reprendió Dalia con una sonrisa.

—¿Crema de cacao? —repitió Cristina arrugando el ceño—. ¿Te apetece? —Miró a Pablo con curiosidad.

Dalia se pasó la mano por la frente con un gemido.

—Bueno, si no supone demasiada molestia… —prosiguió Pablo prudentemente.

Paula se puso en pie.

—Para nada. Voy a buscarla.

—Interesante combinación —comentó Ricardo, y acto seguido siguió los movimientos de la mano de Pablo mientras extendía generosamente la crema de cacao sobre sus tortillas.

—Interesante… —repitió Dalia sacudiendo la cabeza—. Es también una forma de decirlo, por supuesto.

Cristina cogió una tortilla para imitar a Pablo. Tras dar un primer bocado, movió la cabeza de arriba abajo, encantada.

—Está riquísima.

Dalia puso los ojos en blanco.

—Tenéis tantos platos tradicionales fabulosos, aromáticos y estupendamente especiados, variados y extraordinarios. Ni siquiera sé cuál debería probar primero. ¿Y de verdad preferís tortillas con crema de cacao? —Arrugó la nariz.

Pablo se rio.

—Todavía no es capaz de aceptarlo. —Luego le pasó un brazo por los hombros—. Te acostumbrarás, seguro, no te preocupes.

Dalia resopló.

—Seguro que no. Igual que tampoco me acostumbraré a todas esas bebidas dulces.

Valeria rio.

—Sin refrescos y cola aquí no funciona nada.

Dalia le ofreció una sonrisa cómplice.

—Ya me he dado cuenta de eso durante mi estancia aquí. Y por eso ahora tengo siempre una botella de refresco de cola en mi cuarto. —Lanzó una elocuente mirada a Fernanda—. Por si viene alguien a visitarme de forma inesperada.

—¿Cómo es que os conocéis tan bien? —preguntó Paula, una vez todos hubieron saciado un poco el apetito.

Dalia intercambió una mirada desvalida con Fernanda y Ricardo, el cual la tranquilizó con un gesto y a continuación se aclaró la voz.

—Creo que ha llegado el momento de comunicaros algo importante. —Miró primero a su mujer, y luego a Valeria y a Cristina.

Paula parecía confusa, y las niñas también se mostraban desconcertadas.

—¿Ha pasado algo, Ricardo? —preguntó su mujer.

Él asintió lentamente.

—Sí, en efecto. —Enseguida alzó ambas manos—. Nada

malo. Nada que os podáis estar imaginando. —Miró a su mujer a la cara con franqueza—. Seguro que recuerdas todavía el… problema que tuvimos hace muchos años.

Las muchachas estaban pendientes de los labios de su padre como si estuvieran hipnotizadas.

Paula parecía estar desconcertada.

—¿A qué te refieres?

—A la relación que tuve con Camellia Carter antes de estar juntos.

—Por supuesto que me acuerdo de la estudiante de Inglaterra. Pero ¿qué tiene que ver eso con Dalia y Fernanda?

—Dalia es hija de Camellia —anunció Ricardo con un tono grave en su voz—. Y también mía —añadió tras una corta pausa.

—¿Cómo?

Dalia pudo literalmente apreciar cómo la cabeza de Paula empezó a moverse de forma rápida y descontrolada.

Las niñas solamente se miraron en silencio, aparentemente sin comprender nada.

—Pero el bebé nació muerto —dijo Paula, parpadeando sin cesar debido a los nervios.

—No —intervino Dalia—. Mi abuela mintió cuando escribió esa carta a Ricardo, diciéndole que yo había muerto. No tengo la más mínima idea de por qué lo hizo.

—¿Dalia es tu hija? —Paula cerró los ojos como si necesitara reflexionar.

—Entonces, ¿Dalia es nuestra hermana? —concluyó Cristina—. ¿En serio?

Ricardo asintió.

—Sí, Dalia es mi hija y vuestra hermana.

Tras aquella revelación, en la mesa se hizo el silencio durante unos instantes. Nadie sabía qué decir.

—Guau, una hermana mayor de Inglaterra —dijo por fin Valeria—. Es muy guay.

—¿Cuánto tiempo hace que te has enterado? —preguntó Paula en voz baja a su esposo.

Él titubeó.

—Un par de días. Cuando Dalia se presentó ante mí y mencionó el nombre de su madre, me pareció que el mundo se detenía. La noticia me… impactó y me sobrepasó por completo. —Miró a Dalia como disculpándose—. Lo siento, pero aquella revelación me hizo sentir como si desapareciera la tierra bajo mis pies. Primero pensé que eras una impostora. —Frunció la cara—. Lo cual, por supuesto, era absurdo, enseguida fui consciente de ello. Y luego… Simplemente no me lo podía creer. Me preguntaba una y otra vez por qué la madre de Camellia me había escrito diciendo que Dalia también había muerto. No podía evitar pensar en todo lo que habíamos compartido con Valeria y Cristina —miró a su mujer—, todos esos años que al parecer me había perdido. Yo… sencillamente no tenía la menor idea de cómo gestionar esta nueva situación.

—No es la primera vez que te sientes desbordado por los acontecimientos —comentó Fernanda en tono bondadoso.

Él asintió en un gesto de aceptación.

—Sí, tienes toda la razón. —Después buscó los ojos de Paula—. Y, además, me daba un miedo terrible pensar cómo reaccionarías tú cuando te enteraras.

Los labios de Paula se curvaron en una suave sonrisa.

—¿Y cómo iba a reaccionar? —Miró a Dalia—. ¡Bienvenida a nuestra familia! —Se puso en pie, rodeó la mesa y abrazó a Dalia por la espalda.

En los ojos de Dalia asomaron unas lágrimas, que disimuladamente retiró de su rostro.

—¡Gracias! —dijo y después tragó saliva.

Paula volvió a enderezarse.

Pablo acarició la espalda de Dalia en un gesto tranquilizador.

—Solo me queda unirme a las palabras de Paula. —Ricardo volvió a tomar la palabra—. ¡Bienvenida a nuestra familia! —Se levantó también para acercarse a Dalia, la cual al igual que él se puso de pie para dejarse abrazar por ambos a un tiempo. La invadió un sentimiento de pertenencia. La sensación de haber llegado a su destino, y de haber encontrado aquello que había anhelado toda su vida.

—No sé qué decir —reconoció Dalia con voz ahogada—. Es tan… —Inspiró con fuerza—. En fin, que me alegro mucho de que me permitáis estar aquí. De que me aceptéis en vuestra familia, de tener unas hermanas tan fantásticas, un padre tan inteligente y una… madrastra tan cariñosa.

—Bueno, mi comportamiento de los últimos días ha sido de todo menos inteligente —señaló Ricardo.

—Ni que lo digas —corroboró su madre, y enseguida volvió a echarse a reír.

—Y de tener una abuelita mexicana tan adorable y creativa —concluyó Dalia, con un tono de agradecimiento en su voz.

47

Al día siguiente, Dalia fue al atelier de su abuela para pintar, pero no estaba demasiado concentrada. Una y otra vez le venía a la cabeza la conversación entre Pablo y Ricardo de la tarde anterior, que había entreoído. Pablo le había hablado a Ricardo sobre lo difícil que era encontrar un trabajo en Inglaterra, lo cual amenazaba con arruinar sus planes.

—¿En qué estás pensando? —le preguntó su abuela. Aparentemente se había percatado de que Dalia tenía la cabeza en otro sitio—. Ayer fue todo estupendamente, ¿no?

Dalia suspiró.

—Fue una velada maravillosa. Nunca me habría atrevido a soñar que podría ser parte de una familia tan armoniosa.

Fernanda se rio.

—¿Armoniosa? —Negó con la cabeza—. Ayer todos mostramos nuestro lado bueno. Espera a conocernos mejor. —Hizo una mueca.

Dalia sonrió divertida.

—Por lo menos contigo tengo la sensación de que te conozco desde hace mucho tiempo. Me siento simplemente muy a gusto cuando estoy aquí.

Fernanda le ofreció una cálida sonrisa.

—Me alegro mucho, Dalia. A mí me pasa lo mismo. No me hagas demasiado caso. Tienes toda la razón. La familia de Ricardo es fantástica. Y él se merece ser feliz. Igual que tú. Me ha dicho, por cierto, que la semana que viene invitará a cenar a su hermano, junto a toda su familia, porque quiere que los conozcas. Espera y verás la que se va a organizar.

Dalia esbozó una sonrisa.

—Creo que me puedo hacer una ligera idea. —Se acordó de la energía desenfrenada que había demostrado toda la familia el día anterior. Una reunión más numerosa a buen seguro animaría aún más aquellas efusivas manifestaciones de la alegría de vivir. A Dalia le encantaba el entusiasmo y la algarabía que parecían inherentes a todas las reuniones familiares mexicanas. En aquel ambiente impetuoso se sentía a gusto.

Enseguida volvió a ponerse seria.

—¿Qué pasa, Dalia? —se interesó Fernanda—. Es evidente que hay algo que te preocupa.

—Es Pablo —empezó a decir Dalia en tono vacilante—. No quiero ni imaginarme que muy pronto tendré que irme.

—Siempre que quieras podrás venir a visitarnos. —Fernanda intentó animarla, pero sospechó que estaba a punto de llorar por el brillo de sus ojos.

—¿Cómo podremos continuar Pablo y yo con nuestra relación? —Dalia lanzó al aire la pregunta que le había quitado el sueño la noche anterior—. A mí... me importa demasiado.

Fernanda asintió con un lento movimiento de cabeza.

—Es un hombre fabuloso.

—Sí que lo es —corroboró Dalia, y después dejó caer la cabeza—. ¿Qué puedo hacer? —Apenas podía ocultar su desesperación.

Fernanda se levantó de su banqueta y se acercó a Dalia. Le posó una mano en la espalda y permaneció a su lado sin decir nada.

—Sin él no puedo volver a Inglaterra —aseveró Dalia con frustración en la voz.

—Buenos días —se oyó la voz de Ricardo en ese momento desde la parte delantera de la tienda—. ¿Mamá?

—Estamos aquí detrás —exclamó Fernanda en dirección al local—. En el atelier.

Enseguida apareció el padre de Dalia en el marco de la puerta.

—¿Qué está pasando aquí?

Dalia se giró y le miró a través de sus ojos empañados en lágrimas.

—¿Qué sucede? —Arrugó la frente al ver a Dalia y desvió la mirada hacia su madre—. ¿Es por algo que pasó… ayer por la noche?

Dalia negó con la cabeza.

—Ayer pasé una noche preciosa con vosotros.

Él se aproximó a Dalia y se agachó hasta estar a la altura de sus ojos.

—Entonces, ¿qué es?

—Es por Pablo —respondió Fernanda en nombre de su nieta—. A tu hija le gusta mucho ese joven.

—¿Es eso cierto? —preguntó a Dalia con una voz penetrante mientras la miraba fijamente a los ojos—. ¿Qué significa Pablo para ti?

Dalia intentó recobrar la compostura. Luego le devolvió la mirada.

—Pablo significa… mucho para mí —respondió en tono sincero—. Nunca he conocido un hombre como él.

Ricardo asintió visiblemente complacido.

—Eso es lo que quería oír. —Estupefacta, Dalia desvió la vista hacia Fernanda, la cual se limitó a encogerse de hombros. Obviamente no tenía más información que su nieta—. Ayer conversé largo rato con Pablo —prosiguió Ricardo, mientras volvía a poner en pie. Se llevó una mano al hombro con un gemido—. Me contó que sus padres hicieron todo lo posible para que pudiera estudiar, y desde hace años él les ayuda económicamente. Que el piso en Ciudad de México cuesta mucho de mantener y… —Hizo un gesto con la mano como para restar importancia a los detalles—. En fin, cuestiones de ese calibre.

—Yo podría dejarle dinero para que pueda venir a Inglaterra —intervino Dalia.

—Lo sé. Me lo contó, y también que no desea aceptar tu oferta.

—Desgraciadamente no.

—Estos hombres son realmente muy obstinados —gruñó Fernanda.

—Puedo comprenderlo muy bien —dijo Ricardo en tono serio—. Por eso esta mañana temprano he hecho algunas llamadas. ¿De qué, si no, me serviría conocer a tantos científicos? Para algo bueno tienen que servir mis contactos alguna vez. —Sonrió satisfecho, pero casi como disculpándose. Dalia contuvo la respiración—. El caso es que hay un puesto vacante para él en la universidad de Exeter.

—¿Cómo lo has conseguido tan rápido? —Dalia le miró con incredulidad.

—No ha sido tan difícil. Es para impartir inglés como lengua extranjera. En un principio no es un puesto fijo, como suele ser en cualquier universidad.

Dalia no consiguió contener por más tiempo las lágrimas.

—¿Hasta qué punto es segura esa oferta?

—Tan segura como cualquier otra —replicó Ricardo con una sonrisa.

Ella se irguió y le abrazó impetuosamente. Al percibir cómo rodeaban su cuerpo los brazos de su padre, casi le pareció no poder soportar tanta felicidad, además de aquella sensación de seguridad.

—Eso significa que solo tiene que poner el dinero del vuelo.

Ricardo negó con la cabeza.

—Sí y no. La universidad asumirá una parte en calidad de algo así como una beca, el resto lo pagará su… futuro suegro.

—¿Cómo has dicho? —A Dalia le pareció no haber oído bien.

Fernanda sonrió divertida y movió la cabeza con un gesto que denotaba satisfacción.

—Durante veintiocho años no he podido ser un padre para ti —explicó Ricardo con una expresión grave en su rostro—.

Pablo es el hombre que por lo visto te hace feliz. Y solo es una insignificante aportación que me puedo permitir. Le explicaré claramente que no puede negarme la posibilidad de ayudar a mi hija con este gesto.

Dalia sintió que deseaba abrazar al mundo entero.

—Eres... —Comenzó a sollozar. Todas las emociones reprimidas de los últimos días se sumaron hasta convertirse en una potente explosión de sentimientos. Ricardo volvió a abrazarla.

Dalia se acurrucó en los brazos de su padre, disfrutando de la cercanía de aquel hombre que la había acogido tan calurosamente en su familia. Aunque habían empezado su relación de forma turbulenta, la forma en que se había desarrollado después había superado con creces todo lo que alguna vez hubiera podido soñar.

Tras casi una eternidad, Dalia deshizo el abrazo.

—¿Puedo contárselo a Pablo?

Él examinó la expresión de su rostro.

—¿Eres feliz?

Ella asintió.

—Entonces sí se lo puedes contar. —Le acarició el pelo—. Estoy muy orgulloso de ti. —Señaló con la barbilla detrás de ella, hacia el cuadro de Tulum—. Paula está impaciente por colgar tu cuadro en el comedor.

—Le regalaré otros diez, qué digo diez, cientos —replicó Dalia loca de alegría.

—Mejor no se lo digo, o es capaz de tomarte la palabra —bromeó Ricardo, y luego desvió la mirada hacia su madre—. Gracias por haber tomado a Dalia bajo tu protección.

—Es mi nieta —repuso Fernanda, no sin cierto orgullo en su voz—. Y siempre podrá venir aquí a pintar. Mi atelier es a partir de ahora también el suyo.

Dalia se sentía abrumada.

—Sois los mejores. —Alargó un brazo y le hizo señas a Fernanda para que se uniera a ellos. Su abuela se acercó a ambos con una sonrisa y rodeó con sus brazos a su hijo y a su nieta. En ese momento lo que más habría deseado Dalia era poder detener el tiempo. Había llegado a su destino. La amaban. Y había encontrado a la mejor familia del mundo.

Perdida en sus pensamientos, aquella tarde Dalia miraba fijamente a lo lejos, hacia el horizonte sobre el mar. Había pasado un día fabuloso con su familia. Por la mañana había terminado uno de sus cuadros en compañía de su abuela. La composición de los colores, la disposición de los motivos y su armonización, todas aquellas cosas nunca le habían resultado tan sencillas como en el lienzo que representaba los acantilados de Tulum.

Se giró sobre sí misma y observó las escarpadas rocas sobre las que se erguía dominante el Castillo de los mayas. Sí, había plasmado perfectamente la sensación que transmitía ese rincón del mundo. Se sentía más que satisfecha con su obra. La pintura todavía tenía que secarse, pero pronto podría Paula recoger el cuadro para colgarlo en su casa.

Dalia estaba prácticamente sola en la playa. No muy lejos una joven pareja paseaba por la orilla. Un niño jugaba con su perro, lanzándole una y otra vez un palo. Le encantaba la transición entre la tarde y la noche, ese intervalo de tiempo. Y estaba impaciente por ver de nuevo a Pablo, el cual había pasado el día con su hermano porque tenía que ayudarle en cuestiones administrativas, y luego había planeado encontrarse con Rubén y Estela. Dalia había pasado la tarde con Ricardo y las chicas en el yacimiento. Habían comido juntos y habían conversado sin cesar. Las horas habían pasado volando.

Al recordar aquellos momentos compartidos, sus ojos volvieron a humedecerse. Tenía dos hermanas. Dos hermanas de verdad. Y un padre maravilloso, que se interesaba por su bienestar, que se sentía responsable de su felicidad. Que estaba allí para ella y le ofrecía consejo. Dalia les había explicado que su trabajo como diseñadora gráfica ya no la llenaba como antes, y su padre le había aconsejado que hiciera lo que anhelara su corazón.

Si escuchaba en su interior sabría reconocer su verdadera vocación, le había dicho.

Cerró los ojos y pasó revista a su trabajo en los cuadros que la ocupaban en esos momentos. No había tenido que reflexionar, simplemente había empezado a pintar, dejando que los colores fluyeran. Por supuesto, con anterioridad había tenido que acotar el fragmento del paisaje que quería plasmar, pero dibujar y pintar le resultaba mucho más natural que trabajar durante horas delante del ordenador.

Además, su forma de pintar había cambiado. ¿Cómo lo había expresado Fernanda? Los cuadros que había pintado anteriormente con motivos florales no tenían alma. Y su abuela tenía razón. El Castillo de Tulum, en cambio, sí tenía alma, y Dalia había conseguido que quedara reflejada en el lienzo. Había captado las sensaciones que evocaba la vieja edificación hasta el más mínimo detalle, había conjurado el aura de aquellas ruinas mayas, así como el carácter de ese sitio tan especial. Dalia estaba convencida de que podía hacerlo aún mejor. Mucho mejor. ¿Cuántos motivos parecidos habría en su lugar de origen? Enseguida se le ocurrieron unos cuantos: la playa de Porthcurno, el teatro Minack, los dólmenes que salpicaban la región de Cornualles. Al pensar en las distintas perspectivas desde las que podría contemplar esos lugares magníficos, en su mente de súbito las posibilidades se multiplicaron. ¿Y quién le impedía volver a México y encontrar allí otros motivos?

—Parece muy absorta en sus pensamientos, *milady*. —Dalia dio un respingo y alzó la vista para encontrarse directamente con la cara de Pablo, que le ofrecía un vaso de papel—. Es la hora del té.

Dalia se echó a reír.

—Desde que pisé suelo mexicano no he vuelto a tomar el té de la tarde. —Agradecida, cogió la bebida y dio un sorbito—. ¿La hora del té?

—Es té helado —replicó, y luego también se rio.

Dalia puso los ojos en blanco.

—Claro, ¿cómo no se me había ocurrido antes?

Pablo la besó con ternura antes de dejarse caer en la arena a su lado.

—No queda demasiada gente.

—Me encanta la tranquilidad que reina antes del anochecer.

Él le pasó un brazo por los hombros y la atrajo hacia sí.

—Y a mí me encanta tener a mi novia tan cerquita de mí.

—¿Qué tal tu día?

Él se encogió de hombros.

—Muy bien. He podido solucionar todos los asuntos de mi hermano. Y Estela y Rubén... —Movió lentamente la cabeza de un lado a otro—. Te mandan muchos saludos. Me han preguntado si queremos hacer algo todos juntos mañana.

—Me gustaría mucho —replicó Dalia.

—Quizá podríamos ir a visitar una de las cuevas —dijo Pablo pensativo—. Ya veremos. Estela está avanzando mucho en su tesis, ya casi la tiene a punto. Creo que en medio año la puede tener acabada. Pero Rubén... —Suspiró—. Ha conocido a una chica y... —Pablo sacudió la mano—. Bah, dejémoslo así.

—Tiene otras cosas en la cabeza en lugar de la tesis —completó Dalia.

—Algo así.

—¿Cuándo empieza el semestre? —preguntó mirándole de soslayo.

—Dentro de dos semanas —contestó en tono seco.

—Entonces volveré a casa —anunció Dalia con voz temblorosa—. Tengo que acabar un encargo importante. Y eso no lo puedo hacer desde aquí con un ordenador.

—Tan solo dos semanas —repitió Pablo en tono abatido.

—En Cornualles tenemos una playa casi tan bonita como esta. —Dalia tuvo que hacer un verdadero esfuerzo para no revelarle de inmediato las buenas noticias—. Me gustaría mucho llevarte allí.

—Dalia, ya te dije que yo...

Ella fue incapaz de reprimir su sonrisa por más tiempo.

—¿Qué pasa? —Pablo la miró arrugando el ceño.

—A Ricardo le gustaría ayudar a su hija a ser feliz —empezó a decir en un tono misterioso.

—A mí también —replicó Pablo con voz sombría.

—Ha hecho averiguaciones. Parece ser que acaba de quedar vacante una plaza de profesor de inglés como lengua extranjera —prosiguió Dalia—. En la Universidad de Exeter. La ciudad está...

—Ya sé dónde está Exeter —la interrumpió Pablo—. Pero tú también sabes que...

—El vuelo lo pagará en parte la uni y en parte mi padre —siguió explicando Dalia—. Y puesto que él no puede imaginarse que tú vayas a poner pegas a su deseo de ayudar a su hija, ambos ya hemos dado por hecho que muy pronto vas a enseñar a estudiantes universitarios en Exeter.

Pablo la miraba boquiabierto.

—¡No puede ser verdad!

—Sí que lo es.

—Pero yo no puedo...

—Sí —repitió Dalia—. Sí que puedes. No hace ni dos minutos has dicho que te gustaría hacerme feliz.

—Es... una locura. —La voz de Pablo sonaba alterada. Desvió la vista hacia las aguas, y luego volvió a mirar a Dalia. Se pasó la mano por la mejilla, inquieto—. Es... No sé qué decir.

Ella ladeó la cabeza.

—Pues, por ejemplo, podrías decir que te alegras. Que te alegras mucho. —Le miró con una amplia sonrisa.

Él le tomó la cara con ambas manos.

—Me alegro muchísimo —dijo con voz ronca—. Pero dame, por favor, un poco de tiempo para asimilar todo esto.

Dalia se echó a reír.

—A mí me pasa lo mismo. Todo lo que ha pasado en estos últimos días...

—Iré a Inglaterra contigo —repitió Pablo en un tono casi reverencial, y luego deslizó la mirada por la cara de Dalia—. ¿Se puede tener tanta suerte?

Dalia le cogió de la mano para atraerlo hacia ella.

—Sí, sí que se puede.

Él la besó, con suavidad primero, y luego más apasionadamente. Dalia tenía la sensación de estar flotando y notó cómo su bajo vientre se contraía de deseo. Cuando por fin se separaron, ella le susurró al oído:

—No estamos en una playa solitaria en la isla de Cozumel.

Pablo se rio en tono suave.

—Tienes razón. Y, por supuesto, no queremos incomodar a nadie. Pero… —Se puso en pie y tiró de Dalia para ayudarla a levantarse también—. No hay nada que nos impida retirarnos a un lugar más íntimo —sugirió con una mirada centelleante, sus ojos negros emitiendo destellos—. ¿Qué te parece?

Dalia le sopló un beso en la mejilla.

—Me parece que es la mejor idea desde hace días. —Vaciló un momento—. ¿Puedes esperar diez minutos?

Él examinó su rostro y luego asintió.

—Tómate todo el tiempo del mundo.

Cuando volvió a quedarse sola, se llevó las manos a las orejas, de las cuales colgaban los pendientes en forma de dalia. Acarició suavemente el relieve de las delicadas flores. Guardaría aquel regalo de su madre como un tesoro. Mientras miraba hacia el mar, a lo lejos, se sintió más cerca de ella que nunca.

Dalia por fin había llegado a su destino. No solo había encontrado a su padre, sino que había conocido a su familia mexicana y a un hombre al que amaba profundamente. Y, en ese momento, se sentía más conectada que nunca con su madre, a la que tenía tanto que agradecer. De alguna manera, ella le había brindado la oportunidad de vivir todo lo que le había sucedido en los últimos días.

«Estés donde estés, mamá —pensó Dalia—, seguirás viviendo en mi corazón para siempre. Te quiero más que a nada en este mundo. ¡Gracias!».

Epílogo

Ocho semanas después
Cornualles

Dalia estaba sentada con Pablo en la terraza de Blooming Hall dando sorbitos a su taza de té.

—Es una mujer alemana que quiere abrir en Truro una especie de alojamiento turístico —le explicaba con creciente entusiasmo—. Va a mudarse a Cornualles dentro de cuatro meses.

—Qué valiente. —Pablo acompañó el comentario con una mueca.

—Bueno, el choque cultural que tú has sufrido no creo que sea tan grave en su caso —replicó Dalia con una sonrisa divertida—. Es del norte de Alemania, de cerca de Hamburgo. Eso hace que en principio ya esté acostumbrada a la meteorología de Inglaterra.

—¿Cómo te ha encontrado?

Dalia se encogió de hombros.

—El verano pasado estuvo por esta zona para pasar unos días de vacaciones, y de paso visitar algunos inmuebles que reunieran las condiciones para su proyecto. Y en algún sitio debió de ver mi nombre.

—Y ahora te ha pedido que pintes cuadros con las atracciones turísticas más bellas de la región para poder decorar con ellos sus apartamentos —prosiguió Pablo, mientras la miraba con admiración—. Suena estupendo, Dalia. Me alegro enormemente por ti.

—Luego llamaré a papá —añadió Dalia. Cada vez le costaba menos que esa palabra saliera de sus labios—. Y, por supuesto, también tendré que contárselo a mi abuelita mexicana.

Alzó la vista al cielo. Era principios de mayo, y hacía unos cuantos días que el sol iba ganando terreno al típico cielo gris cubierto de nubes.

Desde que Pablo había llegado a Inglaterra hacía mes y medio había estado lloviendo a cántaros. Él había bromeado diciendo que el país se estaba esforzando al máximo por mostrarle su mejor cara desde un buen principio. Dalia todavía no acababa de creerse lo fácil que había resultado todo.

Durante la semana, Pablo se alojaba en una pequeña pensión cerca de la universidad, pero los jueves por la noche regresaba a Blooming Hall para pasar el fin de semana con Dalia. Los viernes teletrabajaba desde la casa que había sido propiedad de sus abuelos.

—Es mi primer encargo como pintora —anunció Dalia entusiasmada—. La casa cuenta con cinco apartamentos independientes. Creo que estaré ocupada durante un tiempo.

—¿Ha considerado la propietaria incluir un comedor? —preguntó Pablo, dando a continuación un bocado a su trozo de pastel.

—Sí, ¿por qué lo preguntas?

—Porque tal vez podrías colgar cuadros allí para su venta. Para los turistas que se alojen allí. Posiblemente conseguirías más clientes. ¿Cómo se llama la propietaria?

—Angelika Moor.

—Si acordaras con la señora Moor una pequeña comisión por cada venta, estoy seguro de que no le importaría.

Dalia le miró atónita.

—Es una idea genial.

Él sonrió mientras masticaba.

—Menos mal que te tengo… —Después ladeó la cabeza—.

Pasado mañana tengo una cita con ella para hablar de la temática de los primeros cuadros. Aprovecharé la ocasión para plantearle tu propuesta. Ay, me alegro tanto de poder empezar por fin a pintar al óleo. Y de no tener que pasar horas sentada frente al ordenador peleándome con los programas de diseño gráfico. La verdad es que prefiero mil veces volver a tener un pincel en la mano y disfrutar de esa sensación de estar creando y desarrollando una idea.

—Has encontrado lo que gusta, lo que te llena. —Pablo se reclinó en su silla satisfecho—. Y podrías además preguntar en otros establecimientos de la región si les interesa tu obra. Para redecorar las habitaciones, por un lado, pero también por si desean ceder alguna superficie para la venta de tus cuadros.

—Mi novio emprendedor. —Dalia le ofreció una sonrisa y le cogió la mano para llevársela a la mejilla—. Estoy tan increíblemente contenta de que estés aquí.

—Yo también —coincidió Pablo, regalándole una mirada llena de amor.

Lilian avanzaba por la pradera a cierta distancia de ellos, y al verlos los saludó alzando la mano. Dalia también levantó el brazo para devolverle el saludo.

—Son todos tan agradables —dijo Pablo, a la vez que hacía un gesto con la cabeza para saludar también a la tía de Dalia.

—Espera a ver cuando nos volvamos a reunir toda la familia.

—Estoy impaciente por asistir a una de esas reuniones familiares —dijo, mientras acariciaba la mejilla de Dalia.

—Hola, tortolitos. —Nara se aproximaba hacia ellos con un cubo en la mano y un rastrillo en la otra—. ¿Ya habéis dado por terminada la jornada?

—Yo todavía tengo que corregir unas redacciones —dijo con un suspiro Pablo mientras levantaba las cejas—. Pero no puedo perderme la famosa hora del té, ahora que estoy en Blooming Hall.

Dalia y Nara se rieron.

—Por cierto, mi superior me ha preguntado hoy si me interesaría participar en un proyecto de investigación que empezaría en otoño. La propuesta para ese proyecto todavía tendría que reformularse un poco, pero si lo aprueban, tendría un puesto fijo durante los próximos cinco años.

—Eso suena genial —comentó Dalia entusiasmada.

Pablo dejó vagar la mirada por toda la propiedad.

—Me gusta este sitio. —Luego miró a Dalia, sonriente—. Y puedo imaginarme perfectamente quedándome un tiempito por aquí.

—¿Eso significa que a partir de otoño vas a trabajar como colaborador en un proyecto de investigación? —preguntó Dalia para asegurarse.

—Solo si tú, por tu parte, puedes imaginarte soportándome durante cinco años más.

—Creo que te soportaré durante mucho mucho más tiempo —contestó Dalia radiante de felicidad.

Nara puso los ojos en blanco.

—Qué bonito debe ser el amor.

Dalia se quedó mirando a su tía, todavía de pie ante ellos con el cubo y el rastrillo, y de pronto le vino una idea a la cabeza.

—¿Ibas hacia el almacén?

—Sí, ¿por qué?

Dalia se puso en pie.

—Me gustaría enseñarle a Pablo mis primeros proyectos como pintora. Creo que la abuela había guardado los cuadros en algún rincón del almacén. —Miró a Pablo—. ¿Te apetece que acompañemos a Nara?

Apresuradamente Pablo se introdujo el último pedazo de pastel en la boca, y luego se levantó también de su asiento.

—Claro. Tengo mucha curiosidad.

Los tres avanzaron rodeando varios parterres de gran tamaño, a medida que los distintos cultivos ocupaban todo su campo de visión. Nara abrió la puerta y cedió el paso a Dalia y a Pablo.

—Podéis echar un vistazo sin prisas. Tengo que reunir unas cuantas semillas. Y voy a tardar un rato.

Dalia le indicó a Pablo que la siguiera. El edificio dedicado al almacenamiento constaba de varios compartimentos, separados por simples paneles de madera.

—Veamos —balbuceó Dalia, mientras sobrevolaba con la vista las estanterías, llenas hasta los topes de cachivaches. Docenas de archivos compartían el espacio con cuadernos de notas y todo tipo de equipamiento para la floricultura. Había viejos libros de cocina junto a vetustos álbumes de fotos. Al pasar la mano lentamente sobre ellos, Dalia levantó el polvo y Pablo no pudo evitar estornudar.

—No tengo la menor idea de cuántas décadas de antigüedad deben de tener todas estas cosas —comentó Dalia sin dar crédito—. ¿Quién será capaz de hacer una selección de todo esto algún día?

—Seguramente se podrían donar algunas cosas a un museo —sugirió Pablo mientras se ponía a su lado.

—No es mala idea —comentó Dalia sin dejar de inspeccionar los estantes—. Es cuestión de paciencia y de echar unas cuantas horas.

Pablo sonrió.

—Tengo tiempo.

—Estoy segurísima de que los cuadros tienen que estar en algún sitio —dijo Dalia como hablando consigo misma.

—La cuestión es dónde —bromeó Pablo.

Finalmente, Dalia encontró en un rincón un par de marcos y lienzos, y se giró hacia Pablo con una expresión triunfante en el rostro.

—¡Ajá, quien busca encuentra! —Empezó a sacar uno por uno los cuadros y los examinó—. Esta es una de mis primeras obras —comentó con una sonrisa satisfecha mientras mostraba a Pablo el lienzo enmarcado, en el que había representados dos tréboles de cuatro hojas con una herradura en medio—. Mi primer dibujo con un motivo vegetal.

Él observó el motivo y movió la cabeza de un lado a otro en un gesto que denotaba admiración.

—Muy bonito. ¿Cuántos años tenías?

Dalia dio la vuelta al cuadro con la mano para poder ver la pequeña etiqueta adhesiva que había en la parte posterior.

—Mis abuelos anotaban las fechas. Tenía nueve años.

Antes de volverse hacia los estantes para seguir buscando, fue tendiéndole a Pablo las demás obras de arte. Al lado de unos cuantos libros viejos había apilados algunos lienzos más. Dalia también los bajó del lugar donde se encontraban para dejarlos sobre la mesa que se hallaba justo enfrente de la estantería.

—La obra temprana de Dalia Carter —dijo ella en tono burlón.

—Pero este no es tuyo, ¿no? —Pablo sostenía ante ella uno de los cuadros.

Dalia dio un paso hacia él y entornó los ojos.

—No, este no es mío —confirmó estupefacta—. Pero esa del cuadro es mi prima Soley.

—¿Tu prima? —Pablo dio la vuelta al lienzo—. Lleva un vestido muy extravagante, ¿no te parece?

Dalia se colocó a su lado para poder contemplar la obra juntos. La mujer retratada en el cuadro llevaba un vestido cerrado por delante con un delicado borde de encaje en el cuello. Pablo tenía razón. Soley nunca se pondría algo así.

—Pero es Soley —repitió confundida—, sin embargo... hay algo que no encaja. —Examinó el reverso del lienzo—. Mil novecientos cuarenta... y algo más que no consigo descifrar. —Alzó la vista—. ¿Nara?

—¿Qué pasa? —La voz de su tía resonó desde la zona más recóndita del almacén.

—¿Puedes venir un momento? —Dalia intercambió una mirada de desconcierto con Pablo.

Al ver acercarse a su tía, le mostró el cuadro.

—¿De dónde lo has sacado? —Nara primero lo inspeccionó, y luego lo giró tal como había hecho Dalia, para después quedarse mirando fijamente la fecha casi ilegible.

—Estaba entre dos de mis cuadros —explicó Dalia conteniendo la respiración—. Pero esta es Soley, ¿no?

Nara se rio brevemente.

—Como mínimo la mujer del cuadro se le parece muchísimo. Pero dudo que realmente se trate de ella... —Dio unos golpecitos en la parte posterior—. La fecha, por supuesto, no cuadra. Y la ropa que lleva tampoco...

—¿Podría ser que estuviera así vestida para una fiesta de disfraces? —especuló Dalia en tono escéptico.

Nara sacudió la cabeza de un lado a otro.

—Ni idea. En teoría sería posible.

—¿Deberíamos enseñarle el cuadro a Soley? —preguntó Nara mirando alternativamente a Pablo y a Dalia.

—¿Por qué no habríamos de hacerlo? —contestó Dalia tras vacilar un instante.

—Volverá aquí la semana que viene de todos modos, cuando acabe la gira. Entonces ya tendremos tiempo de mostrárselo. Seguro que sabe algo al respecto.

Devolvieron los cuadros a su sitio, abandonaron el almacén, y Nara se despidió de ellos porque todavía tenía que acabar de plantar algunas semillas.

—¿Qué es lo que tiene ese cuadro de raro? —caviló Dalia en voz alta.

—Es evidente que sois una familia llena de secretos —comentó Pablo en tono divertido—. Este almacén... me parece que aquí dentro debe de haber un auténtico batiburrillo de antiguos recuerdos.

Dalia miró a lo lejos con aire ausente.

—Tal vez tengas razón. ¿Por qué habría guardado la abuela allí ese cuadro? Si se tratara realmente de Soley, lo habría colgado en casa. No lo entiendo.

—Tu prima volverá pronto a casa y entonces podréis aclarar esa cuestión —dijo Pablo para intentar calmarla—. ¿Qué te parece si aprovecho ahora para sentarme ante el escritorio un rato y después vamos a la playa?

Dalia le besó.

—¿Nos llevaremos un pequeño pícnic?

—Tampoco estaría mal si el pícnic fuera un poco más abundante —replicó Pablo divertido.

—Conozco una cala muy acogedora, que en esta época del año casi siempre está vacía —susurró Dalia mientras le regalaba una coqueta caída de ojos.

—¿Como aquella en la isla de Cozumel? —Pablo la atrajo hacia sí.

Dalia asintió.

—Igual que la playa de la isla de Cozumel.

Él la besó en la punta de la nariz.

—Voy a darme prisa. ¿Nos vemos dentro de una hora en el coche?

—Ahí estaré. —Le rodeó el cuello con los brazos y se acurrucó feliz en el pecho de Pablo.

Queridas lectoras y lectores:

El comienzo de un nuevo libro siempre es para mí una pequeña aventura, aunque en ocasiones supone un reto un poco más desafiante, como en este caso.

Cuando la editorial Ullstein-Verlag me propuso desarrollar la idea de una saga sobre cinco mujeres en cinco continentes, mi sentido aventurero de inmediato se despertó. Un nuevo género significa un nuevo desafío. La propuesta llegó en el momento justo, puesto que precisamente mi musa estaba deseando embarcarse en descubrir nuevos lugares y comprometerse con nuevos personajes, con sus respectivas y extraordinarias historias. Enseguida tomaron forma en mi mente las primeras ideas para cada uno de los relatos vitales. Asimismo, poco después decidí cuáles serían los países donde tendría lugar la acción, para desde un principio poder visualizar las ubicaciones, antes de comenzar a desarrollar la trama y los personajes de cada una de las historias. La escritura de este volumen me ha deparado un placer inconmensurable, y lo mismo puedo decir de la investigación sobre un país, hasta ahora desconocido para mí, y su antigua gran civilización. Durante todo el proceso casi me parecía realmente estar en México.

Y ahora mis queridas lectoras y lectores tienen entre sus manos *Las hijas de las flores*, la primera parte de la saga, y probablemente ya han leído la historia de Dalia y Camellia. Desde el surgimiento de la idea inicial hasta la publicación de este libro el camino recorrido ha sido largo, y en él han participado muchas personas, a las que deseo expresar aquí especialmente mi agradecimiento.

En primer lugar, a mi familia, mi esposo y mis dos hijos, que siempre me ayudan a la hora de poder disponer del tiempo y la tranquilidad necesarios para poder sumergirme por completo en mis historias. Sin ellos, mi vida sería mucho más pobre.

También a mis queridos padres, que me han apoyado durante toda mi vida y siempre están disponibles cuando los necesito.

Mi especial agradecimiento de nuevo a mi querida correctora Claudia Hugo, que fue la primera en leer *Las hijas de las flores*. Gracias por tu opinión, y por las tardes compartidas, siempre extraordinarias.

Un gran agradecimiento va para mi querida editora Tabea Horst, quien me ofreció, junto a la editorial, esta maravillosa oportunidad. Gracias por tu apoyo y acompañamiento, por tus propuestas y comentarios, y por abordar el texto con tanta implicación. Gracias por este trabajo conjunto tan fabuloso y enriquecedor.

Muchas gracias a todos los colaboradores de Ullstein que han participado en este proyecto: a Annika Krummacher, mi segunda revisora; a Stephanie Martin, mi excelente directora comercial, y a todo su equipo; a los diseñadores gráficos que han creado una cubierta tan magnífica; y a todos los que haya podido olvidar mencionar aquí. Gracias por haber convertido mi idea original en un libro tan maravilloso.

Me gustaría expresar mi más sincero agradecimiento a mi agente Antje Hartmann, de la agencia literaria Kossack. Gracias por haberme acompañado en este largo camino, por estar siempre dispuesta a escucharme, por animarme continuamente y darme la motivación necesaria. Este libro, este proyecto, no habría sido posible en gran parte sin tu ayuda.

Queridas libreras y libreros, gracias por haber incluido este libro en vuestro catálogo, por exponerlo en las librerías, por recomendarlo y hablar de él. Gracias por vuestro excepcional apoyo.

Queridas lectoras y lectores, muchísimas gracias por haber elegido precisamente este libro. Espero haber podido ofrecer unas cuantas horas de agradable lectura, lo cual me alegra enormemente. Espero también que al acompañar a Dalia y a Camellia a México hayan surgido risas y lágrimas. Muchas gracias por el gran apoyo demostrado, y por todos esos comentarios tan agradables y variados.

En caso de tal vez desear conocer mejor a las primas de Dalia, espero con alegría y emoción poder volver a ofrecer muy pronto los demás volúmenes de la saga con sus aventuras.

Con cariño,

Tessa Collins